Petra Reategui, geboren 1948 in Karlsruhe, war nach einem Dolmetscher- und Soziologiestudium lange Zeit Redakteurin bei der Deutschen Welle. Sie arbeitet heute als freie Journalistin und Autorin in Köln. Für »Falkenlust« hat sie viele Jahre in Brühler und Düsseldorfer Archiven geforscht.

Dieses Buch ist ein Roman. Die Handlung ist frei erfunden, wenngleich im historischen Umfeld eingebettet. Einige Personen, Ereignisse und Orte sind historisch, einige sind es nicht.
Der Anhang enthält ein Glossar.

PETRA REATEGUI

FALKENLUST

HISTORISCHER KRIMINALROMAN

Emons Verlag

Kartenaufnahme der Rheinlande durch Tranchot und v. Müffling 1803–1820,
Zusammensetzung der Kartenblätter Brühl und Wahn (Ausschnitt)

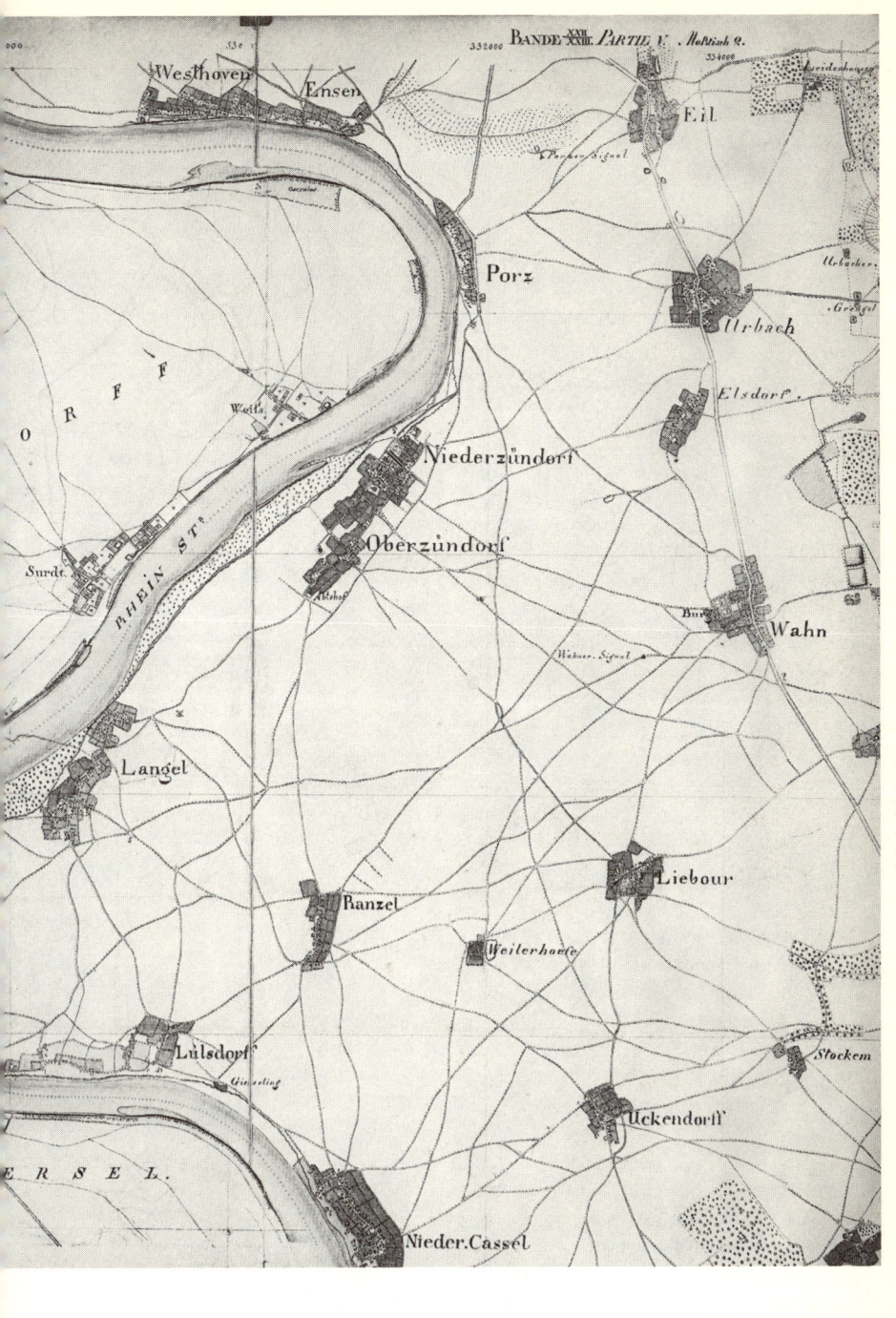

® Hermann-Josef Emons Verlag
Alle Rechte vorbehalten
Umschlagzeichnung: Heribert Stragholz
Druck und Bindung: Clausen & Bosse GmbH, Leck
ISBN-10: 3-89705-456-6
ISBN-13: 978-3-89705-456-1
Printed in Germany 2006

Unser Newsletter informiert Sie
regelmäßig über Neues von emons:
Kostenlos bestellen unter
www.emons-verlag.de

»… und ist wohl zu bemerken,
der rhein warn zu der zeit voller Eijß,
das eis schneidet schiff entzweij;
pfahlet dick Bäum ab,
zerstoßet zerfetzet alles,
was es antrifft …«

Der Januar des Jahres 1758 war traurig grau und, wie die Bauern meinten, für die Jahreszeit zu warm. Tief zogen wasserschwere Wolken von Westen über den Rhein hinweg, der Wind blies lau über Felder und Wiesen, und an geschützten Stellen trieb das erste Grün vorwitzig aus dem Boden. Nur selten drang die Sonne durch die trüben Schwaden. Wenn sie es allerdings für eine kurze Zeit geschafft hatte, konnte man glauben, der Frühling kündige sich an, und die Menschen hielten in ihrer Arbeit inne und schauten in den Himmel. Doch schnell schoben sich die Wolken wieder zusammen, heftige Wintergewitter entluden sich, und neue Schauer ergossen sich über das Land. Ab Mitte des Monats regnete es dann ununterbrochen, Tag und Nacht, und der Pegel des Flusses stieg stetig an. Mit Sorge beobachteten die Bürger von Sürth und Weiß die braune aufgewühlte Flut, die sich Hütten und Häusern bedrohlich näherte. Auch auf der anderen Rheinseite standen die Langeler und Zündorfer am Ufer, fragten sich, wie hoch die Wassermassen steigen würden und was sie noch mehr tun könnten, als sie ohnehin schon taten, um ihr Hab und Gut zu schützen. Aus dem nördlich gelegenen Mülheim kam die Nachricht, dass die Straßen des Ortes schon unter Wasser stünden und ein Kind in den Fluten ertrunken sei.

Endlich ließ Ende Januar der Regen nach und hörte zu Lichtmess ganz auf. Es war ein Glück, dass es diesen Winter in den Bergen bisher kaum geschneit hatte, sodass zum Regen nicht auch noch die Schneeschmelze hinzugekommen war. Vier Tage nach Lichtmess, am Montag, dem zweiten Fassnachtstag, der dieses

Jahr sehr früh lag, führte der Rhein zwar noch immer Hochwasser, doch hatte er sich schon wieder weitgehend zurückgezogen. Fast überall waren die Fluten abgeflossen, nur die Böden waren noch schwer und matschig, voller Unrat und angeschwemmter Äste und Baumstämme, und in den Senken des Auwaldes hielten sich ausgedehnte Seen.

Die große Kälte setzte in der Nacht zum Dienstag ein. Zuerst bemerkten es die, die zu vorgerückter Stunde von den Kneipenwirten vor die Tür gesetzt wurden und sich schwankenden Schritts auf den Heimweg machten. »Donnert's im Januar überm Feld, kommt bald große Kält'«, murmelten sie vorausschauend. Ein beißender Wind fuhr ihnen ins Gesicht. Die nächsten Tage arbeiteten die Bauern fieberhaft auf den Feldern, fuhren Mist aus und brachten die letzten Rüben ein, damit das Vieh versorgt sein würde. Doch gegen Ende der Woche war der Boden so tief gefroren, dass kein Spaten mehr ins Erdreich drang. Binnen weniger Tage erfasste der klirrende Frost das ganze Rheinland, die vom Hochwasser übrig gebliebenen Seen in den Auwäldern hatten sich zum Vergnügen der Kinder in glitzernde Eisflächen verwandelt, die Ufer des Rheins waren zugefroren, und selbst in der Mitte des Flusses schoben sich dicke Eisschollen knirschend ineinander. Kein Schiff kam mehr durch. Sollte das harsche Wetter anhalten, würde es nicht mehr lange dauern, bis die Bewohner auf beiden Seiten des Rheins sich gegenseitig besuchen gehen konnten. Auf dem Eis über den Fluss hinweg. In Vorfreude darauf wurden Schinken aus der Räucherkammer geholt und Kuchen gebacken, und jeden Tag wagte sich einer aufs Eis und prüfte dessen Tragfähigkeit.

Die grimmige Kälte dauerte ungewöhnlich lang. Erst Mitte März setzte Tauwetter ein, und die Besuche zu Verwandten und Freunden, zum Liebhaber und süßen Schatz fanden ein Ende. Kinder begannen, die auftauenden Uferböschungen nach Treibholz, Lumpen und anderem Brauchbaren abzusuchen, manchmal fanden sie ein totes Tier, eine Katze oder einen Hund, die sich nicht mehr hatten retten können. Die zogen sie dann unter großem Gejohle aus dem eisigen Wasser, pieksten und stachen in die gefrorenen Körper, versuchten sie umzudrehen und ließen sie schließlich irgendwo achtlos im Gebüsch liegen.

Am 18. März entdeckten sie von weitem einen Sack. Er hatte

sich zwischen Wurzelwerk und den Ästen der Weiden verheddert, die dicht über dem Wasser hingen und zum Teil hineinragten. Als die Kinder näher kamen, sahen sie, dass der Sack ein Hemd war, ein dunkles Männerhemd, unter dem sich ein schwerer, runder Gegenstand abzeichnete. Mit einem gierig gluckernden Geräusch umschwappten die Wellen den Stoff und leckten begehrlich an den Ärmeln, die, miteinander verknotet, aus dem Wasser lugten. Beim Anblick des seltsamen Fundes verstummten die Kinder und blieben unschlüssig stehen. Schließlich wagten sich die beiden Ältesten und Mutigsten vor, packten den nassen Stoff und zogen daran. Als eine nackte Schulter aus dem Wasser zum Vorschein kam, ließen sie schreiend los.

Eine Viertelstunde später stand ganz Sürth am Rheinufer und schaute gebannt zu, wie der Obrist und sein Helfer den Leichnam eines Mannes ans Ufer zerrten. Der steife Körper war bis auf die Hose nackt, in der Bauchgegend waren zwei tiefe Stiche zu erkennen. Wie von einem Hirschfänger, würde der Brühler Gerichtsschreiber später auf Grund der Aussagen der Chirurgi festhalten. Mit ihren Messern schnitten die beiden Männer das um den Kopf geknüpfte Hemd auf. Im wirren Haar klebten Reste von Blut. Durch die Menge ging ein erregtes Raunen. Einige glaubten, den Toten zu erkennen.

Erster Teil

EINS

1756, Octobris
Donnerstag, d. 14.
Zum ersten Mal bin ich richtig froh, dass ich lesen und schreiben kann. Gewiss, ich bin nicht gut darin, ich habe viel zu wenig Übung. Meine Schrift ist ungelenk, und nach einer Weile tut mir das Handgelenk weh. Es gibt ja auch nicht viel zu schreiben in der Gaststube, wo ich meinem Vater helfe. Aber ich bin froh, dass ich es kann, weil Johann mir einen Brief geschrieben hat, heimlich hat er ihn mir zugesteckt, letzten Sonntag, nach der Kirche. Ich bin ganz rot geworden. Die alte Kribben hat es bemerkt, glaube ich. Aber ich hab getan, als ob ich husten müsste. Ich habe mir dann schnell das Tuch über den Kopf gezogen und bin auf den Friedhof gelaufen. Zu Marias Grab hinten an der Mauer. Dort gehe ich immer hin, wenn ich allein sein möchte. Obwohl noch genügend Leute über die Gräber laufen. Trotzdem. Marias Grab ist für mich wie eine stille Zuflucht. Manchmal rede ich mit ihr. Das tut gut, obwohl sie mir nicht antworten kann.

Vor lauter Aufregung konnte ich Johanns Schrift am Anfang nicht lesen, er macht ganz kleine kritzelige Buchstaben, aber dann habe ich noch mal von vorn angefangen. Du hast Augen wie die Sonne, entzifferte ich, und: Ich muss mit dir reden. In großen Buchstaben hatte er dann noch bitte hinzugefügt. Ich zerriss den Zettel in winzige Fetzen und grub sie unter die Erde von Marias Grab. Sie würde nichts verraten. Mein Herz klopfte wie wahnsinnig.

Freitag, d. 15.
Drei Tage lang fand ich keine Zeit, ihm zu antworten. Zu Hause und in der Wirtschaft gab es viel zu tun, und nie war ich allein. Einmal sah ich ihn an der offenen Wirtshaustür vorbeigehen und hereinschauen. Ich schrubbte gerade den Fußboden, aber ich konnte ihm kein Zeichen geben, weil Vater

hinterm Schanktisch stand, und ihm entgeht nichts. Gestern Morgen aber, lange bevor die anderen auf waren, schrieb ich ihm eine kurze Antwort: Ich möchte auch mit dir reden, aber ich weiß nicht, wann ich von zu Hause weg kann. Ich habe den Zettel zusammengefaltet und ihn in meinen Rockbeutel gesteckt. Ich weiß nur noch nicht, wann ich ihn ihm geben kann, ohne dass es jemand merkt.

Den ganzen Abend über habe ich wie im Traum gearbeitet, habe Bierkrüge geschleppt und Teller mit Kohlsuppe. Habe mich gegen den alten Hubertus wehren müssen, der mir immer in die Wange kneifen will, und wenn Vater nicht so scharf aufpassen würde, noch ganz woanders hin. Habe versucht, mit den Gästen zu lachen und zu scherzen, denn das mögen sie und bestellen dann gleich noch mal so viel. Aber die ganze Zeit über habe ich darauf gewartet, dass sie endlich alle nach Hause gehen, dass mein Vater die Türe zuschließt und ich ins Bett gehen kann. Als dann alles still war, bin ich wieder aufgestanden. Wie gestern Nacht schon. Jetzt sitze ich am Küchentisch mit einer kleinen Kerze und hoffe, dass niemand von ihrem Schein aufwacht. Mir fallen die Augen zu vor Müdigkeit, aber ich muss einfach schreiben, denn ich ersticke fast, weil ich mit niemandem über Johann sprechen kann. Wenn jetzt jemand kommt und mich fragt, was ich mitten in der Nacht hier mache, werde ich sagen, dass mir Maria als Heilige erschienen ist und mir Geschichten aus dem Himmel erzählt und mich geheißen hat, sie aufzuschreiben.

Wie bin ich froh, dass ich schreiben kann! Heute Abend geht es mir schon viel besser von der Hand. Obwohl es noch schwer genug ist. Etwas Tinte, Papier und ein paar Federn habe ich bei meinem Vater gefunden. Ich hoffe, er merkt es nicht.

Ich erinnere mich, wie ich das erste Mal in der Schule schrieb – aber Schreiben konnte man das ja noch nicht nennen –, wie ich also das erste Mal Aufstriche und Abstriche malen musste, der Gänsekiel kratzte so sehr auf dem Papier, dass ich fast Löcher hineinriss. Die Tinte reichte mir nicht mal für zwei Buchstaben, und ständig machte ich Kleckse. Für jeden Klecks gab es einen Hieb mit dem Rohrstock auf die linke

Hand. Christina ist einmal gegen ihr Tintenfass gestoßen, und die ganze schwarze Farbe ergoss sich über das Papier ihrer Banknachbarin. Sogar die Kleider hatten schwarze Flecken. Die Schulmeisterin war außer sich, Christina bekam Hiebe mit dem Stock, die Eselskappe aufgesetzt und durfte viele Wochen lang nicht mehr schreiben. Aber das machte ihr nichts aus. Sie maulte so und so immer über die Schule. Für mich wäre es schlimm gewesen. Nicht mehr schreiben zu dürfen, meine ich. Die Schreibstunden waren ohnehin immer viel zu kurz.

Am liebsten mochte ich es, wenn Frau Recks, die Schulmeisterin, Geschichten erzählte. Wir waren uns nie sicher, ob sie wahr waren oder nicht. Geschichten von Jesus und Maria, von Verkrüppelten, die wieder laufen lernten, von Engeln, die kranke Kinder in den Himmel trugen. Wie unsere Maria. Wenn die Schulmeisterin guter Laune war, erzählte sie auch von Riesen und Zwergen, von Elfen und Waldmännchen, die in den Rheinwäldern tanzten. Ich hätte sie so gern aufgeschrieben, aber nie fand ich Zeit dazu. Und auch kein Papier.

Mein Vater wollte, dass ich zur Schule gehe. Du musst mir mal in der Wirtschaft helfen, hat er gesagt, da musst du schreiben und rechnen können. Mehr brauchst du nicht, hat er noch gesagt, ävver dat moiß sin. Acht war ich damals, und er zahlte dem Lehrer das Extrageld für den Rechenunterricht. Meine Mutter hätte es lieber gesehen, wenn ich, statt zur Schule zu gehen, ihr im Haus geholfen hätte. Kochen, waschen, putzen, mich um die Geschwister kümmern und um den kleinen Garten, in dem wir Zwiebeln, Lauch und Kohl haben. Wir waren fünf damals, und die Mutter erwartete wieder ein Kind. Das Bücken fiel ihr schon schwer, und Paul, der Jüngste, krabbelte überall herum und war schnell wie ein Wiesel, sodass man ständig hinter ihm hersein musste. Manchmal versuchte die Mutter, ihn in der Kammer einzusperren, aber dann schrie er so laut und so lange, dass es keiner aushielt. Und auch Lisa war noch klein und quengelte ständig.

Maria war zwar schon fünf, aber sie war immer krank und hatte keine Kraft. Einmal fiel ihr der Korb mit den Eiern aus der Hand, sie zerbrachen, und die ganze Bescherung glitscherte über den Fußboden. Die Mutter schimpfte und schlug Maria, aber die konnte doch nichts dafür. Als Maria starb, weinte die Mutter. Eine Woche lang hat sie kein Wort mit uns geredet und niemanden angeschaut. Wir hatten alle Angst und liefen auf Zehenspitzen herum, und der Vater kam gar nicht mehr aus dem Schankraum heraus. Die Einzige, die die Mutter an sich heran ließ, war Gertrudis. Trudis streichelte ihr immer das Gesicht und die Hände, und manchmal schien es mir, als ob sie sich stumm unterhielten. Vielleicht war es so, denn Trudis ist taubstumm. Schon seit sie geboren ist.

Dabei ist Trudis immer fröhlich und versucht, so gut sie kann, der Mutter zur Hand zu gehen. Damals war sie noch nicht mal vier, aber schon fast so groß wie Maria. Wenn Maria weinte, weil der Husten sie quälte und schmerzte, ging sie zu ihr hin und legte ihr die Arme um den Hals, bis sie ruhig wurde. Und wenn Paul wieder in alle Ecken kroch, kroch sie hinterher. Oder sie schleppte ihn wie einen Sack durch den Garten und wieder zurück an den Herd und wieder in den Garten, bis er endlich müde einschlief. Nur mit Lisa kam Trudis nicht zurecht, denn die schlug und biss immer, und als der kleine Jakob auf die Welt kam, wurde es noch schlimmer mit ihr.

Obwohl meine Mutter mich lieber zu Hause gehabt hätte, wagte sie nicht, meinem Vater zu widersprechen, und so ging ich nach Martini zum ersten Mal in die Schule. Am Anfang freute ich mich, und ich war ganz aufgeregt, aber später fiel es mir immer schwerer. Meist kam ich morgens schon müde hin, weil ich vorher noch die vollen Wassereimer vom Brunnen heranschleppen und dann die Suppe fürs Frühstück vorbereiten musste. Wenn ich mittags nach Hause kam, musste ich der Mutter helfen oder die Wirtsstube putzen. Oft ließ sie mich dann nicht mehr in den Nachmittagsunterricht gehen, weil ich bei den Kleinen bleiben musste, während sie zum Waschen ging oder andere Besorgungen machte. Viel Zeit zum Üben blieb da nicht. Im Winter, wenn es schon früh dunkel wurde, war es am schlimmsten, denn die Mutter wollte keine Kerzen anzünden, damit ich Licht zum Lernen hätte. Manchmal saß ich dann beim Vater hinter der Theke in der Schankstube und versuchte zu schreiben und Rechenaufgaben zu machen, aber bei dem lauten Gerede und dem Gelächter der Gäste fiel es mir schwer, und der scharfe Kerzen- und Tabakrauch brannte mir in den Augen. Als ich elf war, starb Frau Recks, und mein Vater meinte, es reiche nun. Für die Gaststube bräuchte ich nicht mehr zu wissen. Auch solle Paul später einmal zu Lehrer Thenhoven gehen, und für zwei reiche das Geld nicht.

Paul ist gut in der Schule, nur rechnen mag er nicht. Dafür singt er wunderschön und kann alle Geschichten aus der Bibel auswendig. Manchmal erzählt er uns eine, und wir hören ihm staunend zu. Dann glühen seine Wangen, und seine Augen leuchten, nur mein Vater schaut nachdenklich drein, und einmal hörte ich ihn zur Mutter sagen, dass er glaubt, dass der Paul nicht für die Gaststube gemacht sei. Aber er ist doch jetzt erst zehn, das kann noch kommen. Und außerdem ist da ja noch der Jakob. Der ist zwar nicht so klug wie der Paul, und außerdem mag er nicht still sitzen. Aber er geht auch seit einem Jahr in die Schule und kann schon etwas lesen.

Johann habe ich noch nicht wieder gesehen. Wahrscheinlich muss ich warten bis Sonntag nach der Kirche. Manchmal fahre ich mit der Hand an den Rockbeutel und spüre, ob mein Brief an ihn noch da ist. Jeden Augenblick denke ich an ihn. Er hat so schöne Locken, wie ein Engel.

8bris, d. 18.
Endlich! Er hat mein Briefchen erhalten.

Zuerst schien es, dass sich alles gegen mich verschworen hätte. Ich kam gestern fast zu spät zur Kirche, weil Jakob gestürzt war und sich den Kopf aufgeschlagen hatte. Er weiß genau, dass er nicht über die Tische im Schankraum klettern darf, aber er macht es immer wieder. Vater schrie ihn an, er solle sofort da runterkommen, und rannte erbost hinter ihm her. Jakob, natürlich nicht faul, wartete nicht auf die Prügel, sondern schoss davon, stolperte über einen Hocker und schlug mit dem Kopf so heftig auf eine Holzkante, dass es blutete. Was Vater nicht davon abhielt, ihm die Hosen stramm zu ziehen. Und ich musste ihm dann die Wunde verbinden und ihm das Versprechen abnehmen, sich hinzulegen und nicht aufzustehen, bis ich wieder zurück sein würde.

Als ich lange nach Mutter und Trudis in die Kirche kam, sang Pastor Mauel gerade das Kyrie Eleison. Ich stellte mich rasch in eine der letzten Reihen und versuchte, unter all den Männern Johann auszumachen. Er stand neben seinem Vater und seinem älteren Bruder. Seine Arme hielt er hinterm Rücken, die Mütze in der Hand. Ich musste lachen, er ist der Einzige, der so dasteht. Alle anderen falten ihre Hände vor dem Bauch.

Er hat meinen Blick wohl gespürt, denn er drehte sich um, und sein Gesicht verriet, dass er mich gesehen hatte. Da habe ich mit dem Beutel an meinem Rock gespielt, aber ich war mir nicht sicher, ob er verstanden hatte.

Nach der Kirche versuchte ich, in seine Nähe zu gelangen, aber die alte Kribben hielt meine Mutter, Trudis und mich fest und hörte nicht mehr auf zu tratschen. Ich habe vergessen, was sie uns erzählte, es interessierte mich auch nicht. Unterdessen spielte Lisa, die bei den kleineren Mädchen ganz vorn gesessen hatte, mit Paul und ein paar anderen Kindern auf dem Kirchplatz Verstecken. Unter dem Vorwand, Lisa etwas sagen zu müssen, konnte ich mich losmachen, lief um die Ecke und bekam dort Vochens Wilhelm zu fassen. Ich mag Vochens Wilhelm, er ist ein liebes Stümpche, noch keine sieben Jahre alt, aber flink. Ich beugte mich zu ihm hinunter. Will, sagte ich und drückte ihm den Zettel in die Hand, lauf den Stemmelers hinterher und gib das Briefchen dem Hennes, aber so, dass es niemand merkt. Meinst du, dass du das kannst? Klar kann ich das, er strahlte und kam sich sehr wichtig vor. Komm heute Nachmittag zum Schwarzen Bären, ich geb dir ein Plätzchen, versprach ich ihm. Ich sah ihm nach, wie er den Wall hinunterrannte, an den Ställen vorbei, den drei Stemmelers hinterher. Johann ging rechts außen, und als Will ihn erreichte, ließ er sich genau neben ihm fallen. Als ob er gestolpert wäre. Es blieb Johann nichts anderes übrig, als sich nach ihm zu bücken und ihm wieder auf die Beine zu helfen. Ich habe gewusst, dass der Kleine ein kluger Kopf ist.

Vater konnte das Wirtshaus heute früh abschließen. Es hat

den ganzen Nachmittag geregnet, die Wege sind matschig, voller Schlamm, Pfützen und Dreck. Das ist nicht gut fürs Geschäft. Da bleiben die Leute zu Hause. Mir aber war es recht. Ich habe Vater gesagt, dass ich für ihn die Abrechnung machen würde, und er war einverstanden. Jetzt kann ich hier in der Stube sitzen und schreiben, ohne das Licht verstecken zu müssen.

Es ist kalt heute Nacht. Unangenehm nasskalt. Morgen muss ich schauen, dass ich mir vor der Arbeit schon ein Tuch hole und es hinters Weinfass lege. Das ganze Jahr war verregnet gewesen, nur hin und wieder gab es ein paar schöne Tage, aber kaum waren die Wege mal etwas getrocknet, kam ein Gewitter, und dann regnete es wieder tagelang. Die Bauern schimpften, weil das Getreide am Boden lag, und der Garten gab kaum etwas zum Einlagern her. Der Einzige, der Spaß hat, ist Jakob. Den ganzen Tag über rennt er mit einem Stock hinter den Mäusen her, die alles auffressen, was ihnen in die Quere kommt. Ich krieg euch, ich krieg euch, schreit er dabei, dass einem die Ohren abfallen. Manchmal erwischt er wirklich eine. Er ist viel geschickter als unser verträumter Paul.

Was Johann jetzt wohl macht? Sicher schläft er schon, es muss schon fast Mitternacht sein. Oder ob er auch noch wach ist und an mich denkt? Was würde ich nicht drum geben, wenn ich nur einmal mit ihm allein sein könnte. Aber es wäre mir auch ein wenig unheimlich. Ob er auch so ist wie der Jöris? Der kommt herein, hockt sich in die Ecke und glotzt mich die ganze Zeit über an, als ob er mich verschlingen wollte. Ich kann ihn nicht leiden. Außerdem stinkt er aus dem Mund. Den alten Hubertus hingegen lache ich nur aus. So ein alter Mann wie du, sag ich ihm, sollte sich was schämen, jungen Mädchen hübsche Augen zu machen. Er lacht dann auch, und sein Gesicht verzieht sich dabei zu hunderttausend Falten. Eigentlich ist er ganz nett, aber ich mag's trotzdem nicht, wenn er versucht, mich zu betatschen.

Nein, der Johann ist anders. Er ist ein ganz Feiner, das sieht man schon, wie er geht. Dabei ist er schüchtern und überhaupt nicht eingebildet. Ich möchte ihm so gern einmal in seine Haare fahren. Er hat die schönsten Locken von ganz Brühl, und *alle Mädchen beneiden ihn darum. Nur die Herren vom Schloss haben noch schönere, aber das sind ja auch Perücken. Hoffentlich schreibt er bald.*

Schon Donnerstag, der einundzwanzigste. Es ist noch stockdunkel draußen. Ich muss gleich zum Brunnen und Wasser holen.

Drei Tage warte ich schon, und noch immer habe ich nichts von Johann gehört. Warum schreibt er nicht? Oder glaubt er womöglich, dass ich nichts von ihm wissen will? Weil ich gesagt habe, dass ich nicht wüsste, wann ich von zu Hause wegkommen kann?

Ich bin so unruhig. Ich kann an nichts anderes denken, bin unwirsch mit den Gästen. Einmal habe ich sogar ein Tablett mit Bechern fallen lassen, weil ich dachte, der Hennes kommt durch die Türe. Er war es nicht, vom Burbacher Hof der Anton war's. Er hat mich ganz seltsam angeschaut, ein Becher war ihm vor die Füße gerollt. Er hat ihn aufgehoben und mir gegeben, er war noch ganz, aber alle anderen waren entzwei. Der Wein lief zwischen die Holzfugen, dem Torwächter sein Köter kam angelaufen, schnupperte und leckte, bis ich ihn verjagte und die Brühe aufwischte. Und natürlich hat mein Vater geschimpft, vor all den Leuten. Ich hab mich geschämt und bin nach hinten in die Küche gelaufen, ich konnt ihn nicht mehr hören und nicht das Gelächter der Männer.

Meine Mutter hat nichts gesagt, aber sie hat mich auch so schräg angeguckt, wie der Anton. Ich sah, dass sie was sagen wollte, aber ich drehte mich schnell um und wusch mir das Gesicht überm Wassereimer. Nur nicht wieder eine blöde Belehrung, ich weiß ja selbst, dass mir das nicht hätte passieren dürfen.

Das kann jedem mal passieren, hörte ich sie plötzlich hinter mir sagen. Ich war so überrascht, dass ich mich zu ihr umdrehte, obwohl ich sie doch zuerst nicht anschauen wollte. Mutter ist sehr streng, und sie hält immer zu Vater. Ob sie etwas ahnt? Ob die hässliche Kribben getratscht hat? Aber wenn es so wäre, warum sagt sie dann so etwas: Das kann jedem mal passieren! Sie müsste dann doch eher ungehalten sein, sie predigt mir doch immer, ich solle mich nicht mit Jungen einlassen.

Ich glaube, sie lächelte sogar, aber vielleicht habe ich mich auch getäuscht, denn sie hatte wie immer, um zu sparen, nur eine Kerze angezündet, und die gab kaum Licht. Auch mein Vater hat hinterher nichts mehr gesagt. Nur, dass ich das nächste Mal besser aufpassen soll.

Ich muss aufhören, Lisa scheint aufzuwachen, sie knirscht dann mit den Zähnen und atmet unruhiger. Sie ist die Letzte, die wissen darf, dass ich Tagebuch schreibe. Sie würde es sofort weiter erzählen. Ich hätte nirgendwo mehr Ruhe.

ZWEI

Ignatz Clemens Kerpen, Schreiber am Gericht zu Bonn, ging nach Hause. Er zog sein rechtes Bein nach, das, seit er zurückdenken konnte, steif war und ihm ständig Unbehagen bereitete. Immerhin hatte es ihm die besondere Zuneigung seiner Mutter eingebracht, die nicht aufhörte, ihn als ihr einziges Kind zu umsorgen und zu verwöhnen. Schon als kleiner Junge waren ihm die vielen Liebesbeweise oft lästig gewesen. Die anderen Kinder lachten über ihn – nicht wegen seines Beines, wie er glaubte, sondern wegen der ständigen fürsorglichen und mahnenden Worte seiner Mutter. Dabei wünschte er sich nichts so sehr, als mit ihnen herumzutollen, durch die Felder zu streifen und das Vieh in den Ställen aufzuschrecken. Doch er konnte nie so schnell rennen wie die anderen, und sie liefen ihm immer davon. So begann er, sich in die Aufsätze und Bücher zu vergraben, die die Lehrer ihm gaben, und schuf sich seine eigene Welt, in der nicht viele Menschen Platz hatten.

Nach der Schule hätte Kerpen gern studiert, Ökonomie oder Jurisprudenz, irgendetwas. Aber das wenige Geld, das seine Mutter mit Wäschewaschen verdiente, reichte gerade für das Nötigste. An Köln oder irgendeine andere Universitätsstadt war überhaupt nicht zu denken. Nur der Schuldirektor, der mit großer Anteilnahme die Fortschritte des stillen, ernsten Jungen verfolgt und ihm sogar, als er älter wurde, zusätzlichen Lateinunterricht gegeben hatte, setzte sich für ihn ein. Da Kerpen schnell und sauber schreiben konnte, vermittelte er ihm eine Stelle als Schreiber beim Hofrat. Dort saß Kerpen dann tagein, tagaus in einer kleinen Kammer an einem dunklen Holztisch und kopierte Protokolle und Urkunden. Von seinem ersten Verdienst gab er die Hälfte seiner Mutter, von der anderen Hälfte kaufte er ihr einen dicken Schal, denn der alte war längst verschlissen und wärmte den von der Gicht geplagten Körper schon lange nicht mehr. Da ihm noch ein wenig Geld übrigblieb, erwarb er eine lateinische Ausgabe der »Besteigung des Mont Ventoux« von Francesco Petrarca, weil er nicht wusste, wie er sonst seinem früheren Lehrer mit Worten hätte danken sollen.

Dann starb nach zwei Jahren der alte Gerichtsschreiber. Ob es den stillen Gebeten der Mutter zu verdanken war oder der nochmaligen Fürbitte des ihm gewogenen Schuldirektors oder einer anderen einflussreichen Persönlichkeit, jedenfalls rief ihn eines Tages der amtierende Gerichtspräsident zu sich und hieß ihn aufschreiben, was er ihm diktierte. Kerpen erinnerte sich gut an jenen Tag. Es war ein kalter Märztag, der über dem Rhein nassgrau heraufdämmerte. Als er aus dem Haus trat, begann es zu regnen, ein unangenehmer scharfer Eisregen, der ihn schon bald bis auf die Knochen durchnässt hatte. Er hatte den Kragen seiner Jacke hochgeschlagen und die Schultern hochgezogen, sein Kopf war nach vorn gebeugt, als ob er so besser dem Regen entkommen könnte. Er versuchte, meist vergeblich, die tiefen Pfützen und den vom vielen Abfall schmierigen Matsch zu umgehen, die die Gassen fast unpassierbar machten. Kurz bevor er das Rathaus erreichte, kam ihm eine Equipage entgegen, die, kaum war sie an ihm vorbei, quietschend zum Stehen gebracht wurde.

»Kerpen!«, hörte er eine Stimme hinter sich, die er kannte. »Kerpen, alter Junge, wie schön, dich mal wieder zu sehen!«

Ignatz Kerpen blieb stehen, die Haare hingen ihm in die Stirn, das Regenwasser lief über sein Gesicht und in den Kragen, das Wasser quatschte in den Schuhen. Ihn fror. Nur widerwillig blickte er sich um zu dem Mann in der Kutsche, der seinen Kopf gerade so weit herausstreckte, dass er nicht allzu nass werden würde.

»Kerpen, Kerpen, wie geht's dir, gut siehst du aus«, lachte er. »Wie viele Jahre ist es her, dass wir zusammen die Schulbank drückten! Kannst du dich noch an den alten Goesel erinnern, dem wir damals Frösche ins Pult legten? Ach, das waren Zeiten, weißt du noch? Was machst du, wohin hat es dich verschlagen? Ich bin jetzt bei Tuchmacher Scheibler, ein famoser Mensch. Reise für ihn nach Wien und nach Prag, er vertraut mir rückhaltlos.«

Kerpen spürte, wie ihm trotz der Nässe und eisigen Kälte siedend heiß wurde und das Blut zu Kopf stieg. Er antwortete nicht, nickte nur und wollte sich schon wieder umdrehen, als sein früherer Schulkamerad noch einmal rief: »Komm mich doch mal besuchen, ich wohne hinter St. Remigius, du brauchst nur die Leute nach mir zu fragen. Wir machen uns einen schönen Abend und plaudern von den alten Zeiten.«

Kerpen hörte nicht mehr hin. Er war weitergegangen, noch während der andere redete. Für seine Schulkameraden war er nie etwas anderes gewesen als die lahme Krücke. Damals konnte er ihnen nicht entkommen, jetzt aber war er fest entschlossen, ihnen nie mehr den Gefallen zu tun, sich ihrem Gespött auszusetzen. Und wenn ihn vielleicht auch der Neid quälte, was er sich allerdings nicht eingestand, so schützte ihn eine gesunde Vernunft vor der Neugierde. Das Haus des anderen musste er nicht sehen, auch nicht die Möbel darin, die Stoffe, Teppiche und Bilder, mit denen dieser die Wände dekoriert haben würde. Auch nicht die Ehefrau oder Geliebte. Was ihm aber nicht aus dem Kopf gehen wollte, waren die Worte »Wien« und »Prag«. Es hätten auch Antwerpen oder Rotterdam sein können, die mächtigen Handelsmetropolen, ja selbst Köln mit seinen Gaffelhäusern und den großen Warenlagern am Rhein. Hinaustreten können aus der dunklen Schreibkammer auf die Straßen und Plätze, Waren prüfen, abwägen, kontrollieren. Anordnungen geben, Geschäfte aushandeln. Reisen.

Er betrat die Amtsstube, trocknete sich, so gut es ging, ab und begann seine Arbeit. Um elf Uhr, als er spürte, wie ihm das Fieber durch die Knochen kroch, rief ihn der Gerichtspräsident. Ob er in der Lage sei, die Arbeit des verstorbenen Gerichtsschreibers zu übernehmen? Dass er leider nicht dessen Titel tragen dürfe, da der Kurfürst ihn dazu ernennen müsse, und, da er nicht studiert habe, dies daher höchst unwahrscheinlich sei. Dass er sich aber dennoch finanziell beträchtlich verbessere.

Wien und Prag waren keine Meile näher gerückt, aber zum ersten Mal erlaubte sich Ignatz Clemens Kerpen, von einem Häuschen mit Steinfußboden zu träumen, in dem er seiner Mutter einen eigenen Raum einrichten wollte, sodass sie nachts beim Schlafen nicht mehr den Aschestaub vom Herd einatmen müsste.

Zehn Tage lang schleppte er sich morgens mit Fieber zum Gericht und kroch abends erschöpft nach Hause. Zwischen Hitzeschüben und Kälteschauern stürzte er sich in seine neue Aufgabe. Er notierte die Aussagen von Bittstellern, Klägern und Angeklagten, protokollierte die Streitereien zwischen Händlern, die sich um ihren Gewinn betrogen glaubten, und Käufern, die die Qualität der Waren anzweifelten, zwischen Bauern und Tagelöhnern, Armen und Reichen. Er schrieb Pachtverträge nieder, die Klöster mit ihren Halfen abschlossen, bereitete Kaufverträge und Testamente vor, Belege über Zinsabgaben und richterliche Anordnungen zum Ergreifen von fahrendem Volk und anderen Übeltätern und legte sie seinen Vorgesetzten zur Durchsicht und Unterschrift vor. Als die Tage wärmer wurden, ließ das Fieber allmählich nach, nur sein rechtes Bein schien ein wenig steifer geworden zu sein. Er zog es noch mühseliger hinter sich her als zuvor. Aber jeden Tag ging ihm seine Arbeit leichter von der Hand, und er war zufrieden, lernte er mit der Zeit doch das Gerichtswesen fast ebenso gut kennen, als wenn er studiert hätte. Bald waren ihm alle Winkelzüge vertraut, die die streitenden Parteien anstellten, um das Gericht von sich zu überzeugen, und innerhalb kürzester Zeit kannte er die unzähligen kurfürstlichen Vorschriften und Paragraphen genauso gut wie die Präsidenten und Ratsherren, manchmal sogar besser als diese. Oft nahm er Papiere mit nach Hause oder auch juristische Bücher, um sie abends noch einmal in Ruhe durchzugehen oder sich mit einigen Fällen eingehender zu beschäftigen. Es bereitete ihm Vergnügen, sich die Anordnungen, Befehle und Urteile, die die Präsidenten erteilen würden, im Voraus zu überlegen. Stimmten seine Beweisführungen und Vorhersagen mit denen des Gerichts überein, freute er sich, aber er hielt sein Wissen zurück. Nach dem langwierigen Prozess gegen die Dottendorfer Blutsbrüder, die die Menschen in der Voreifel fast ein Jahr lang in Angst und Schrecken versetzt und damit ihrem Namen alle Ehre gemacht hatten, bis sie ihre Raubzüge schließlich mit dem Leben bezahlen mussten, wurde ihm sein monatliches Salär noch einmal erhöht, Beweis dafür, dass man ihn für seine Zuverlässigkeit und Verschwiegenheit und für die Sorgfalt, mit der er Bücher und Akten führte, schätzte.

Dennoch ärgerte es ihn manchmal, dass er wohl nie den Titel eines Gerichtsschreibers würde führen dürfen, obwohl er dessen Arbeit leistete. An solchen Tagen ging er am Abend nicht auf direktem Weg nach Hause, sondern wanderte hinunter an den Rhein, wo er lange den Booten und Lastkähnen hinterherschaute, die schwer beladen von Pferden gezogen stromaufwärts treidelten oder sich mit der Strömung den Fluss hinuntertreiben ließen. Schon immer hatte er die Schiffer bewundert, die geschickt die Stromschnellen umfuhren, oder die Männer, die mit kräftigen Stößen die bis zu tausend Fuß langen Flöße aus vertäuten Baumstämmen den Rhein bis nach Holland schifften. Auch sein Vater war auf dem Rhein gefahren und dabei oft tagelang von zu Hause fort gewesen. Bei der Geburt seines Sohnes lag sein Schiff gerade im niederländischen Dordrecht vor Anker. Als er zwei Wochen später zurückkam, nahm er ihn auf den Arm, lief mit ihm durch die niedrige Stube, blieb vor einem bleichen Spiegel an der Wand stehen, hielt das Gesicht des Kindes so vor das Glas, dass es ihn von dort heraus anschaute, und erklärte stolz: »Wenn du mal laufen kannst, dann nehm ich dich mit, verlass dich drauf.« Dann küsste er die Stirn des Jungen und legte ihn freudestrahlend der Frau in den Schoß.

So hatte es ihm seine Mutter erzählt, später, als er laufen konnte und an ihrer Hand vom Ufer aus aufgeregt auf die vielen Rheinschiffe zeigte, die vorbeizogen. Da war der Vater schon lange nicht mehr bei ihnen. Der Fluss hatte ihn sich genommen, als Ignatz Clemens noch kein Jahr alt war. Er besaß sonst keine Erinnerung an den Vater, es blieben ihm nur seine Sehnsucht und seine Träume, die er aber mit niemandem teilte.

Auch jetzt kam er langsam, das rechte Bein nachziehend, in Gedanken vom Rhein herauf. Gestern war er dreißig Jahre alt geworden, und seine Mutter hatte es sich nicht nehmen lassen, aus diesem Anlass ein besonders schmackhaftes Abendessen vorzubereiten. Die Nachbarn, die sich auf eine kostenlose Bewirtung freuten, hatten schon laut schwatzend um den Tisch herum gesessen, als er zur Tür hereintrat. Selbst sein Pate, der kaum noch laufen konnte, war gekommen, um ihm zu gratulieren. Es war ihm unangenehm gewesen, so im Mittelpunkt zu stehen, aber was hätte er machen sollen? Also hatte er alle begrüßt und sogar Elisabeth, die seiner Mutter beim Servieren der Suppenteller zur Hand ging, mit einem Lächeln bedacht. Er wusste, was seine Mutter hoffte und worüber sich die Nachbarschaft das Maul zerriss. Auch gestern hatten sie alle darauf gewartet, dass er Elisabeth bei der Hand nähme und sich endlich vor allen Anwesenden erklärte, aber er hatte nichts dergleichen getan. Er hatte sich zum wiederholten Male dagegen verwahrt, obwohl er zugeben musste, dass Elisabeth hübsch war. Sie lachte gern und laut, vielleicht ein wenig zu oft und eine Spur zu laut. Im September noch war er mit ihr hinüber auf die andere Rheinseite gefahren, zu Pützchens Markt, weil seine Mutter es so wollte. Elisabeth hatte sich bei ihm untergehakt und ihn angestrahlt, aber da hatte sich nichts in ihm gerührt. Bin ich zu wählerisch, fragte er sich jetzt, während er nach rechts in die Josephsgasse einbog. Aus den niedrigen Häusern waberten Rauchschwaden und der Geruch von tranigem Fett und Kohlsuppe.

DREI

8bris,
Sonntag, d. 24. – Ach, ich kann kaum atmen vor Glück!
 Ich habe ihn getroffen! Endlich! Ich glaube, er liebt mich.
Und ich glaube, ich liebe ihn auch. Nein, ich weiß es – ich lie-
be ihn.
 Ich musste nach dem Gottesdienst zum Godorfer Hof, eine
Besorgung machen für meine Mutter. Das Wetter hält sich
noch, und so hat mir der Weg dorthin nichts ausgemacht. Nach
einer Weile wurde ich sogar ziemlich fröhlich und sang ein
bisschen vor mich hin. Obwohl ich Mutters alte Tante Lena
nicht mag, weil sie, wenn sie nicht gerade jammert, dass sich
keiner um sie kümmert, immer zänkisch ist. Aber ich war froh,
für ein paar Stunden weg von zu Hause zu sein. Mal nicht
gleich wieder ausschenken müssen oder in der Küche stehen.
Lisas Geschrei aushalten müssen. Sie streitet sich ununterbro-
chen mit jedem. Ich weiß nicht, warum sie so ist.
 Während der ganzen Predigt konnte ich an nichts anderes
denken als an Johann. Ich konnte ihn aber nirgends ent-
decken und habe vor lauter Enttäuschung nicht darauf ge-
achtet, was Pastor Mauel dort oben auf seiner Kanzel er-
zählte. Irgendetwas von Wünschen, die eitel seien und ins
Verderben führten. Ich habe es nicht ganz verstanden, wie er
das meinte. Denn Wünsche, die hat doch jeder, die kommen
doch von ganz allein. Die sind plötzlich da, ohne dass man
vorher daran gedacht hat. Wenn sie aber von allein kommen,
dann trifft mich doch keine Schuld, dann hat sie mir doch
Gott gegeben. Gott ist doch in unseren Herzen und Sinnen,
sagt Pastor Mauel.
 Und dann höre ich plötzlich ein Pferd hinter mir. Ich drehe
mich um und falle beinah in Ohnmacht. Er war's. Ich wusste
nicht, wo ich hinschauen sollte vor lauter Freude, und ich war
über und über rot angelaufen. Er sprang vom Pferd, und da
merkte ich, dass er sich genau so freute wie ich. Ich glaube, er

wollte mich sogar in den Arm nehmen, aber das hätte ich na-
türlich nie erlaubt.

Zuerst wussten wir nicht, was wir sagen sollten, wir gingen
einfach nebeneinander her, das Pferd trabte hinter uns drein,
gut, dass es nicht reden kann. Manchmal schaute ich ihn von
der Seite an – er sieht so gut aus, er ist sicher der bestaussehen-
de Junge in Brühl. Von den Herrschaften vom Schloss rede ich
jetzt nicht.

Gleich hinter der Kreuzung, wo der Weg nach Engdorf und
Meschenich abgeht, ist linkerhand eine Senke, die dicht be-
wachsen ist mit Büschen und ein paar Bäumen. Die Leute er-
zählen, dass es da mal einen See gegeben haben soll, und dass
noch immer eine böse Schwarze Frau herumgeistert, die in ei-
ner Hütte am Rand gewohnt haben soll. Mir war ganz un-
heimlich zumute. Aber Johann hat nur gelacht und gesagt, das
seien alte Geschichten, ich solle nicht alles glauben, was die
Leute erzählen. Trotzdem fand ich, dass der Boden schwarz
und feucht und moorig war. Vielleicht stimmt es doch, das mit
der Schwarzen Frau. Johann hat sein Pferd angebunden, wo
das Dickicht wie eine grüne Wand ist, dann haben wir uns auf
einen umgestürzten Baumstamm gesetzt und geredet. Wir ha-
ben ganz lange geredet, und er hat gesagt, dass er mich liebt
und noch vieles mehr, sodass ich wieder rot wurde. Aber ich
habe ihm nicht erlaubt, dass er mich küsst, obwohl er es ver-
sucht hat. Trotzdem bin ich ihm einmal ganz schnell durch sei-
ne blonden Haare gefahren, weil ich das schon die ganze Zeit
über wollte. Sie sind ganz weich und samten.

Ich hatte Vater versprochen, so schnell wie möglich zurück-
zusein, und Hennes musste für seinen Vater zur Godorfer
Mühle, um dort nach dem Rechten zu schauen. Wir haben uns
wieder für Dienstagmorgen verabredet, an der gleichen Stelle.
Da wird uns niemand sehen.

Ich finde, ich sollte mich häufiger um Tante Lena küm-
mern.

Sonntagnacht, der Letzte im Oktober, ich mache die Abrech-
nung für Vater. Heute war viel zu tun. Das macht das überra-
schend schöne Wetter der letzten Tage. Sonst aber ist das Jahr

*nicht gut für uns gewesen. Die Leute haben kein Geld, wegen
der schlechten Ernte. Ich kann's ja verstehen, aber schlimm ist
es trotzdem. Vater musste Jakob aus der Schule nehmen, vielleicht nächsten Winter wieder, sagt er. Ich glaube, es tut ihm
selbst weh.*

*Hennes und ich haben uns letzten Dienstag getroffen. Die
Senke ist ein gutes Versteck, wer oben vorbeikommt, kann
kaum durch die dichten Büsche hindurchsehen, solange noch
Blätter dran sind. Er hat mir erzählt, dass er nicht mehr für
seinen Vater in den Mühlen arbeiten will, sondern dass er versucht, als Famulus ins Schloss zu kommen. Am liebsten in die
Falknerei. Sie brauchen dort immer Knechte, für die Tiere und
auf der Jagd, sagt er. Sein Vater weiß noch nichts davon, ich
bin die Erste, der er es erzählt hat, sagt er. Ich bin sehr stolz auf
ihn. Ich stelle mir vor, wie stattlich er in der blauen Livree der
Falkner aussehen wird. Die Knöpfe sollen aus echtem Silber
sein und der Stoff mit Silberfäden durchwirkt, sagt man. Einmal habe ich Falkner unseres Kurfürsten vorüberreiten sehen,
sie sahen gut aus. So vornehm. Nur dass Hennes dann so viele
Damen am Hof treffen wird, gefällt mir nicht. Viele von ihnen
sind hübsch, sie tragen so wunderschöne Kleider und Schuhe.
Vielleicht wird er mich dann nicht mehr mögen. Aber er lachte nur darüber. Und dann küsste er mich, und ich erlaubte es
ihm, denn er soll nur an mich denken.*

*Johann ist zwanzig, drei Jahre älter als ich. Er sagt, wenn
sie ihn als Falkenjungen annehmen, wird er mich heiraten. In
meinem Magen grummelte es ganz fürchterlich, als er das sagte, und dann küsste er mich noch einmal und sehr lange, und
mit seinen Händen ist er so über meine Schultern und Arme
gefahren und so – dass mir ganz schwindlig wurde. Selbst
wenn sie ihn nicht nehmen, will ich ihn heiraten. Aber Falk-
ners Agnes hört sich doch besser an als Müllers Agnes. Noch
dazu, wo Johann wohl kaum Stadtmüller werden wird wie
sein Vater. Da ist ja noch sein älterer Bruder.*

*Ich muss Schluss machen, die Kerze ist gleich runterge-
brannt, Lisa muss morgen neue besorgen. Ich muss mir auch
überlegen, wo ich Papier und Federn herbekommen soll. Die
Feder, mit der ich schreibe, ist schon völlig abgenutzt, und*

Vater hat nur noch ein kleines Bündel in der Lade liegen. Ich muss sparsam damit umgehen.

Waren die letzten Tage auch überraschend schön gewesen, so war der Herbst doch vorbei, das Wetter schlug um. Joseph spürte es in den Knochen. Seit gestern schmerzte sein Buckel, der wie ein riesiges Ei hinter seinem Nacken hochragte und es ihm fast unmöglich machte, den Kopf zu heben, um nach vorn zu schauen. Und nicht nur sein Buckel. Auch sein linkes Auge, das er dann zusammenkniff, als wenn ihn die Sonne blendete. Obwohl es längst Nacht geworden war. Joseph kam vom Uhltor herauf, wo ihm Matthias, der Pförtner, wie jeden Abend Brot und Bier hingestellt hatte. Matthias war gutmütig, und sein Mitleid mit Joseph war echt. Er war auch der Einzige in der Stadt, der Joseph mit seinem richtigen Namen ansprach und ihn nicht »dr Puckel« rief wie die anderen. Joseph verstand nicht immer alles, was die Leute redeten, und sein Gedächtnis war nicht das Beste. Er wusste zum Beispiel nicht, wer seine Eltern waren und wo er herkam. Aber er wusste, dass er Joseph hieß und nicht Puckel, und dass Matthias, der Uhltorpförtner, das auch wusste, machte ihn zu seinem Freund.

Trotz seiner Schmerzen im Buckel und im Auge drehte Joseph seine nächtliche Runde durch Brühl. Außer Matthias und dem Nachtwächter hatte wohl niemand sonst Kenntnis von diesen späten Spaziergängen, und beide redeten nicht darüber. Der eine nicht, weil ihm der Joseph leidtat, und der andere nicht, weil er ihn eigentlich in den Turm sperren und auspeitschen müsste, dies aber als unzumutbare Anstrengung empfand. So bog er lieber in eine Seitengasse, wenn er Joseph die Uhlstraße entlangtappen sah, oder machte sich im Gebüsch zu schaffen. Ohnehin kannte er längst Josephs Gewohnheiten, und es fiel ihm nicht schwer, ihn zu meiden. »Außerdem tut der Puckel keinem etwas zu Leide«, pflegte er zu Matthias zu sagen, wenn er auf seiner Runde am Uhltor angekommen war. Und Matthias, der Pförtner, nickte und sagte: »Eijentlich is hä en ärm Sau, hä hät kei Minsch, dä jet för en deit, kei Kind, kei Rind.«

Das Brot war frisch gewesen, und Matthias hatte heute sogar ein Stück Fleisch für ihn gehabt. Dafür hatte das Bier nur noch für einen Becher gereicht, was Joseph bedauerte. Aber er war dankbar für Matthias' Freundschaft und beklagte sich nicht, sondern wanderte nun mit bedächtigem Schritt die stille Uhlstraße entlang, den Kopf tief vornübergebeugt. Jeden Stein kannte er, jedes Loch in der Straße. Dort, wo der Sandweg aufhörte und am Markt das Pflaster begann, befand sich rechts das Franziskanerkloster. Linker Hand lag das Haus Zum Schwan, in dem Baumeister Gerhard Cadusch mit seiner Familie wohnte. Nobel wohnte, wie Joseph ohne Neid anerkannte. Als Joseph am anderen Ende des Platzes angekommen war, hing ihm seine Hose schon wieder tief in den Kniekehlen, obwohl er sie doch bei Matthias noch mal hochgezogen und mit der Schnur festgezurrt hatte. Er blieb stehen und versuchte, sie wieder hochzuziehen und festzubinden, dann strich er sich das zottelige lange Haar aus der Stirn. Mit Mühe hob er den Kopf und starrte mit dem gesunden Auge in die dunkle Kirchgasse. Zwischen den Hauswänden hing fahler Nebel. Gewichtig tauchten daraus die Mauern von St. Margareta auf. Im Schwarzen Bären flimmerte noch Licht.

Joseph ließ seinen Kopf wieder fallen und schlurfte auf den Kerzenschein zu, der aus der Gaststube nach draußen drang. Durch das Fenster sah er Agnes in der Stube sitzen. Sie hatte sich ein Tuch um die Schultern gelegt und schrieb auf einen Bogen Papier. Sie schrieb aufmerksam, manchmal rutschte ihr die Zungenspitze aus dem Mund und fuhr aufgeregt über die obere Lippe. Manchmal strich sie sich eine Haarsträhne, die im Kerzenlicht noch rötlicher schimmerte als am hellen Tag, hinters Ohr und unter die weiße Haube. Josephs linkes Auge zuckte, als er versuchte, den Kopf zu heben, so hoch er konnte. Schließlich stützte er das Kinn auf dem Fenstersims ab und verharrte in dieser Stellung, obwohl der grobe Gesimsstein sich schmerzhaft in seine Haut drückte.

Als das Kerzenlicht zu erlöschen drohte, stand Agnes auf, brachte Feder, Tintenfass und Papier in eine Ecke, die Joseph von dort, wo er stand, nicht einsehen konnte, und kam dann zurück, um die Kerze auszublasen. In diesem Augenblick schaute sie hoch, und Joseph war klar, dass sie ihn gesehen hatte. Ihre Augen starrten ihn an, zuerst erschrocken, dann verärgert, wütend. Sie machte eine Handbewegung, als wollte sie ihn verscheuchen wie einen räudigen Hund. Er sah, wie ihre Lippen ein hitziges »Schschttt«

zischten, da grinste er und stieß ein kurzes höhnisches Lachen aus. Sein Kopf schlug heftig hin und her. Dann war es mit einem Mal dunkel in der Wirtsstube. Agnes hatte die Kerze ausgeblasen, oder der Stummel war endgültig heruntergebrannt. Während sich Joseph abwandte und seinen Nachtspaziergang fortsetzte, kicherte er leise vor sich hin. So schön war die Agnes noch nie gewesen wie an diesem Abend im Schein der Kerze.

VIER

Als Ignatz Clemens Kerpen an diesem Allerheiligen abends nach Hause kam, war Elisabeth in der Küche beschäftigt, wie fast jeden Abend seit seinem Geburtstag. Sie stand gebeugt vor dem Herd, griff nach den Holzscheiten, die neben der Feuerstelle in einem Korb lagen, und schob sie vorsichtig stochernd in das Ofenloch. Sie kehrte ihm den Rücken zu und schien ihn nicht gehört zu haben.

Der schwüle Dunst, der ihm beim Eintritt ins Haus entgegengeschlagen war, machte ihn benommen, und es brauchte eine kurze Zeit, bis er in dem flackernden Licht ihre Gestalt erkannte. Der Anblick der weichen, wohl gerundeten Rockfülle erregte Kerpen, und jetzt, wo er ihren Kopf, ihr Gesicht, ihre Haare nicht sehen konnte, dafür aber die weiße Haut der runden Knöchel, deren Verlängerung er sich vorzustellen begann, glaubte er zum ersten Mal so etwas wie Zuneigung zu empfinden, und dachte, dass Elisabeth vielleicht doch keine so schlechte Wahl wäre. Aber gleichzeitig war er sich bewusst, dass es nicht Elisabeth war, die ihn reizte, sondern die sanft wiegenden Bewegungen des Frauenkörpers.

Jetzt hatte sie wohl seinen Blick gefühlt, denn sie richtete sich auf und drehte sich nach ihm um, wobei sie ihre kräftigen, rußverdreckten Hände in die Taille stemmte und mit den Fingern Rücken und Wirbelsäule knetete. Dabei streckte und dehnte sie den Oberkörper, und Kerpen starrte auf ihre Brust, die sich prall und füllig unter dem fleckigen Stoff ihres Kleides abhob. Das Schultertuch war verrutscht, die Enden hingen aus dem Ausschnitt heraus, der linke Busen war entblößt.

Elisabeth strich sich eine Strähne aus dem verschwitzten Gesicht und lächelte. Kerpen fühlte sich ertappt, wie damals als Schulkind, wenn er vom Honigtopf naschte, und spürte, dass ihm das Blut ins Gesicht schoss.

»Setz dich, die Suppe ist gleich fertig, nimm dir schon Brot«, sagte sie. Sie lächelte noch immer, während sie sich das Mieder sorgfältig über der Brust zurechtrückte und glatt strich, das Tuch legte sie achtlos zur Seite. Kerpen konnte nicht umhin, jede ihrer Handbewegungen mit den Augen zu verfolgen. Schließlich zog er seinen Mantel aus, hängte ihn an den Haken neben der Eingangstür und setzte sich. Als sie ihm Suppe in seinen Teller goss, berührte ihre Hand leicht die seine, es konnte zufällig gewesen sein. Da erst fiel ihm auf, dass sie nur für zwei gedeckt hatte, der Platz seiner Mutter war leer. Er schaute sie fragend an.

»Deine Mutter hat sich heute Nachmittag in dein Zimmer gelegt, sie sagt, sie hat dort mehr Ruhe als hier in der Küche.«

Elisabeth bemühte sich, gleichgültig zu klingen, aber Kerpen hatte den Eindruck, dass sie es genoss, mit ihm allein am Abendbrottisch zu sitzen. Wie ein Ehepaar, dachte er, und ein Schauer lief ihm über den Rücken.

»Warum hast du das nicht gleich gesagt?« Er sprang hastig auf, sodass er gegen seinen Teller stieß, dessen Inhalt über den Rand schwappte und auf den Tisch lief, aber er achtete nicht darauf.

In seinem Zimmer war es dunkel, doch er würde, ohne sich zu stoßen, blind den Weg zu seinem Bett finden. Ohnehin war es nur spärlich eingerichtet. Unterm Fenster stand ein Tisch mit einem Stuhl davor, diesen zog er sich heran und setzte sich neben seine Mutter, die unbeweglich auf dem Bett lag und sich bei seinem Hereinkommen nicht gerührt hatte. Erst als er sie leise ansprach, sah er im fahlen Licht, wie sie versuchte, den Kopf nach seiner Stimme zu drehen, aber es fiel ihr offensichtlich schwer. Er berührte ihre Hände, die sie über dem Leib gefaltet hatte, die körperliche Nähe zu der alten Frau ergriff ihn und erschreckte ihn zugleich. Er musste sich tief zu ihr hinabbeugen, um die Worte zu verstehen, die ihr Mund formte und die schließlich in einem Hustenanfall erstickten. Ein Wort aber hörte er deutlich, das Wort »Ende«, es rüttelte ihn auf, heftig schüttelte er den Kopf.

»Nein, Mutter, ich gehe in die Apotheke, ich werde den Medicus holen, du wirst sehen, er wird dir helfen.«

Er war froh, als er den muffigen Raum verlassen konnte. Er hieß Elisabeth hellen Rheinwein besorgen, es sollte seiner Mutter an nichts mangeln, alles wollte er tun, damit sie wieder gesund werden würde. Die Nacht war längst hereingebrochen, als er sich auf den Weg zum Apotheker machte. Tief atmete er die kühle Luft ein, jetzt erst merkte er, dass er vergessen hatte, seinen Mantel überzuziehen, aber er wollte nicht mehr umkehren, um Elisabeth aus dem Weg zu gehen.

Nie hatte er daran gedacht, dass seine Mutter eines Tages krank werden, vielleicht sogar sterben könnte. Immer hatte er diesen Gedanken weit von sich geschoben, denn sie war die einzige Person, die ihm wirklich nahe stand, die einzige, die ihn trotz seiner Behinderung uneingeschränkt liebte. Elisabeth kam ihm in den Sinn, sie hatte ihm ebenfalls mehr als deutlich ihre Gunst gezeigt, aber er war sich nicht sicher, ob sie sich nicht einfach nur eine gute Partie erhoffte, denn als Protokollschreiber stand er ohne Zweifel besser da als die meisten anderen Männer im Viertel, und sie mochte die vermutlich sogar berechtigte Hoffnung hegen, dass er sich eines Tages ein Haus in einer besseren Umgebung würde leisten können. Dass seine Mutter allerdings Elisabeth mochte, irritierte ihn. Sie wird gut für dich sorgen, hatte sie ihm anderntags gesagt, aber er hatte nur gelacht. Nun drängte sich ihm dieser Gedanke auf: Seine Mutter, die vielleicht keine Kraft mehr haben würde, Essen zu kochen, Wäsche zu waschen, das Haus sauber zu halten. Elisabeth, die an ihre Stelle treten würde – und anders als seine Mutter mehr als nur Dank erwartete. Und eines Tages, vielleicht sogar bald, vielleicht sogar morgen oder übermorgen, würde seine Mutter nicht mehr da sein, und er wäre allein, allein mit dieser jungen Frau, deren Busen er heute sah und deren Schenkel er sich vorgestellt hatte. Und er wäre verantwortlich für sie und für die Kinder, die geboren werden würden, und für ihre Familie, die weiter unten, noch hinter der Kleinen Neustraße, in einer elenden Holzhütte lebte. Er würde sie heiraten, dann wäre er nicht mehr allein, er hätte jemanden, der für ihn sorgte. Er hätte getan, was alle Welt von ihm erwartete.

Und eine Gelegenheit vertan.

Er hörte seinen früheren Klassenkameraden »Wien« und »Prag« sagen, er sah die Rheinschiffer und die Flößer, die ihre Baumstämme den Fluss hinunter an den Niederrhein und weiter in die Niederlande lieferten, und lauschte dem Schleifgeräusch, das sein lahmes Bein auf den Pflastersteinen verursachte. Aber, dachte er, er hatte es zum Gerichtsschreiber ohne Titel gebracht, vielleicht würde Gott ihm noch einmal gnädig sein.

Der Medicus versprach zu kommen, aber dessen aufgedunsenes Gesicht und die rote Nase ließen Kerpen an den beruflichen Fähigkeiten des Gelehrten zweifeln. Zum Apotheker, der ihm eine Medizin aus verschiedenen Kräutern und Pülverchen mixte, hatte er mehr Vertrauen. »Geben Sie Ihrer Mutter morgens und abends je zwei Löffelspitzen, und reiben Sie sie mit Aqua mirabilis ein, das wird ihr das Atmen erleichtern. Kommen Sie wieder, wenn Sie mehr davon brauchen.«

Kerpen verbrachte die Nacht auf dem Stuhl sitzend neben seiner Mutter. Der Medicus war tatsächlich zwei Stunden später noch gekommen, hatte seine Hände an einem Tuch von undefinierbarer Farbe abgewischt, seine schwarzumrandeten Fingernägel notdürftig mit einem Holzstäbchen gereinigt, um einen Becher Wein gebeten, den er in einem Zug hinunterschüttete, den Aderlass durchgeführt, viel Geld verlangt, noch ein Stück kalten Braten hinuntergeschlungen, den Elisabeth ihm für seine Dienste anbot, und sich dann empfohlen. Kerpen hatte nicht den Eindruck, dass die Behandlung große Wirkung zeigte. Wahrscheinlich braucht es seine Zeit, dachte er.

Er war wohl eingenickt, denn irgendwann gegen Morgen schreckte er von einem Geräusch hoch, das aus der Küche kam. Er nahm an, dass es Elisabeth war, die vielleicht das Feuer anfachte, um Wasser heiß zu machen. Er hatte sich nicht mehr um sie gekümmert, nachdem der Medicus in der Nacht zuvor fortgegangen war, und wusste daher nicht, ob sie im Haus übernachtet hatte oder heute Morgen wiedergekommen war. Ihm war kalt, seine Glieder waren steif und schmerzten, es wunderte ihn, dass er überhaupt geschlafen hatte. Seine Mutter lag ruhig auf seinem Bett, sie atmete regelmäßig, ihr Gesicht wirkte friedlich. Die Medizin und vielleicht auch der Aderlass schienen anzuschlagen. Kerpen stand vorsichtig auf, um sie nicht zu wecken, und ging hinüber in die Küche.

Noch vor sieben Uhr machte er sich auf den Weg. Er hatte Elisabeth gebeten, bei seiner Mutter zu bleiben, und ihr Anweisungen gegeben, wann und wie sie ihr das Pulver und den Wein geben sollte. Er wolle zur Kirche auf dem Kreuzberg, hatte er ihr gesagt und sich einen kleinen Krug und ein paar Münzen in die Tasche gesteckt.

In den Straßen war es noch dunkel, als er die Haustüre hinter sich zuzog. Hier und da schimmerte Licht aus Fenstern und halb geöffneten Türen. Im Vorübergehen grüßte er Schuhmacher Steines, der bereits vor seinen Leisten saß und arbeitete. Der Händler an der Ecke zum Heisterbacher Hof häufte Weiß- und Rotkohl übereinander, Kinder kamen mit vollen Wassereimern vom Brunnen. Ein magerer Hund wühlte in den Abfallhaufen links und rechts der Straße, roch, schnupperte, nieste den Faulgeruch wieder aus und verschwand schließlich in einem der Hauseingänge, wo gleich darauf ein wütendes Geschimpfe losbrach und dann das erbärmliche Jaulen des Tieres.

Kerpen hielt vor dem letzten Haus in der Josephsgasse, kurz bevor diese auf die Sandkuhl einmündete. Er klopfte dreimal an eines der geschlossenen Fenster, und als ein etwa zehn Jahre altes Mädchen den Kopf durch die Türe streckte, bat er sie, aufs Amt zu laufen und ihn für diesen Dienstag zu entschuldigen.

Als er durch die Kölnstraße auf das Stadttor zuging, dämmerte der Tag herauf. Jenseits der Stadtmauer wandte er sich nach links, er war froh, die engen Gassen hinter sich zu lassen, und saugte gierig die Herbstluft ein, die ein leichter Wind von den abgeernteten Feldern herübertrug. Nebel lag über dem platten Land. Vorboten des Winters. Elisabeth, dachte er und schritt nun schneller aus. Eigentlich müsste er dankbar sein, dass sie bereit war, ihm zu helfen und die Mutter zu pflegen. Warum nur konnte er sich nicht mit dem Gedanken anfreunden, sie zu heiraten?

Sie schwatzt zu viel, dachte er. Der Weg führte ihn an den äußeren Wallanlagen vorbei, auf denen ein paar Soldaten gelangweilt Wache schoben. »Elisabeth steht herum und schwatzt mit den Nachbarn, wenn sie glaubt, dass ich es nicht sehe«, murmelte er vor sich hin. Rechts bog nun die Straße nach Endenich ab, aber Kerpen wanderte geradeaus weiter nach Poppelsdorf. Der stille Garten von Clemensruhe war vom frühmorgendlichen Raureif weiß überzogen. Andererseits, sie half, wo sie nur konnte, er hat sie noch nie jammern gehört, sie war immer guter Laune. Eine Frohnatur, die immer lachte. Aber manchmal zu viel. Zu oft und zu laut. Hatte er das nicht schon einmal gedacht? Aber was ist eigentlich schlimm daran, wenn ein Mensch gerne lacht? Nicht jeder kann so schweigsam durchs Leben laufen wie er. Hinterm Schloss begann der Weg langsam anzusteigen. Auf einem Holzstamm, der am Straßenrand lag, gönnte er sich eine Pause. Seine Hüfte, an der das lahme Bein wie ein nutzloser Klotz hing, schmerzte. Er war das lange Laufen nicht gewohnt. Hier ließe es sich gut wohnen, ruhiger als in der Stadt, schöner als hinter St. Remigius, dachte er trotzig. Und dann empfand er wieder so etwas wie Neid, als er über der Eingangstür eines der schmucken Häuser entlang der Straße die Inschrift entzifferte und las, dass der Kurfürst es für den Wasserträger Blentz und dessen Ehefrau erbauen ließ. Für einen Wasserträger! War er, Ignatz Clemens Kerpen, nicht sogar Gerichtsschreiber? Er stand auf und schüttelte den Kopf, wie um die Gedanken herauszuschütteln. Er sollte nicht mit sündigen Gedanken die Heilige Stiege betreten. Als er kurz darauf den Wallfahrtsweg erreichte, fühlte er sich wieder besser.

Trotz des Nebels, der zwischen den Bäumen hing, wurde ihm heiß, während er den steilen Waldweg hinaufstieg. Er erlaubte sich, langsamer zu gehen, obwohl er die Kirche noch nicht sehen konnte. Einige Bäume hatten begonnen, ihre Blätter abzuwerfen, und das Laub raschelte unter seinen Füßen. Es erinnerte ihn an lose Papierbögen, die ein stürmischer Herbstwind, wenn das Fenster offen steht, vom Schreibtisch auf den Boden weht. Blätter eng beschrieben mit Buchstaben, Buchstaben, die Wörter bilden, Wörter, die, zu Sätzen geformt, von einem ganzen Leben berichten, von Prozessen und Vertragsabschlüssen, vom letzten Willen eines Kaufmanns, vom Rheinhochwasser, das seine Opfer fordert, von den Wundern, die ein Heiliger getätigt, von der Zuneigung zweier Menschen zueinander, die sie sich in Briefen offenbaren, von den Schmerzen des nahen Todes. Und plötzlich kam ihm, was ihn an Elisabeth störte: Sie konnte nicht lesen, konnte nicht schreiben. »Kann deine Mutter lesen und schreiben?«, höhnte sie einmal. »Nein! Sie kann es nicht. Und weiß doch einzukaufen, und du achtest sie trotzdem. Warum soll ich mich also mit so was belasten?« Sie winkte ab, lachte ihr lautes, ein wenig zu lautes Lachen. Er wollte ihr damals sagen, dass seine Mutter glücklich gewesen wäre, wenn sie zur Schule hätte gehen können. Dass sie ihn oft gebeten hatte, ihr etwas vorzulesen, eine Geschichte aus der Bibel, ein Gedicht. Aber er hatte geschwiegen.

Er überholte eine alte Frau, die sich keuchend den Weg hinaufschleppte und immer wieder stehen blieb, um Atem zu holen. Jetzt erst bemerkte er, dass er nicht mehr der Einzige unterwegs war. Auch am heutigen Allerseelen hatten sich noch einmal viele aufgemacht zur Kreuzbergkirche, Bürger aus Bonn, Bauern aus den umliegenden Dörfern, Frauen im Sonntagsstaat. Einige der Wanderer ließen die Perlen ihres Rosenkranzes durch die Finger gleiten, ihre Lippen bewegten sich murmelnd, die Augen auf den holprigen Pfad gerichtet.

Dann plötzlich sah Kerpen die Kirche durch die Bäume schimmern, noch ein paar Schritte, und er stand fast ein wenig benommen vor dem im frischen Weiß erstrahlenden Bau. Er konnte sich erinnern, dass seine Mutter manchmal mit ihm hierher gegangen war, dann war er, das Kind, still neben ihr gestanden, in ihre Röcke gekuschelt, denn trotz des langen Aufstiegs fröstelte ihn in dem hohen Gotteshaus. Während seine Mutter betete, starrte er gebannt auf die kleinen Engel, die hoch droben auf dem Baldachin über dem Altar tanzten, kleine weiße Kerlchen, so alt wie er, die herumtollten, die Beinchen schwangen und mit ihren ausgebreiteten Flügeln wohl am liebsten auf und davon geflogen wären, hätte nicht, wie das Kind glaubte, ein erzürnter Gott sie dazu verdammt, auf immer und ewig dort oben auf den Altarsäulen, wie von einer unsichtbaren Hand festgehalten, auszuharren. Er fühlte mit ihnen, schon damals, und wenn seine Mutter ihm nach einiger Zeit übers Haar strich, Zeichen, dass sie mit ihrem Gebet zu Ende war und dass sie sich auf den Heimweg machen wollte, hatte auch er das Gefühl, dass ihn der böse Gott, um ihn zu strafen für eine Sünde, deren er sich nicht bewusst war, am Bein packte und nicht gehen lassen wollte. Dann griff er hastig nach der Hand seiner Mutter, die die seine fest und sicher umschloss, und ließ sich mitziehen, erst humpelnd und stolpernd, mit der Zeit aber doch gelöster, vergnügter, bis er schließlich, ihre Hand loslassend, den Waldweg vor ihr hinunterhüpfte. Was nutzten den beiden Engeln ihre Flügel, wenn sie doch nicht davonfliegen konnten, dachte er dann und war stolz, dass er wenigstens springen konnte.

Der Anbau mit der Heiligen Stiege, vor dem er nun angelangt war, war neu, er kannte ihn noch nicht, war er doch erst vor kurzem auf Veranlassung von Kurfürst Clemens August gebaut worden. Beeindruckt blieb er vor dem von schlanken Säulen umrahmten Eingang stehen. Als ob sie auf dem Balkon einer fürstlichen

Residenz stünden, blickten der steinerne Christus und seine Häscher aus ihren toten Augen über die Menschen hinweg, die nun von allen Seiten den Berg heraufkamen und wie er für einen Augenblick verharrten, nach Atem rangen und sich dann anschickten, die achtundzwanzig Stufen hinaufzusteigen, zu Christus am Kreuz, um ihm ihre Verzweiflung und Nöte entgegenzuschleudern. Sein steifes Bein hinderte ihn daran, die Mitteltreppe zu benutzen, die die Gläubigen langsam und mühselig, Stufe für Stufe und unter Schmerzen kniend erklommen. Kerpen nahm die rechte Seitentreppe, wo er sich an der niedrigen Mauer festhalten und so sein Bein leichter nachziehen konnte. Dass er trotz seiner Behinderung schneller war als die Wallfahrer auf der Mitteltreppe, erfüllte ihn mit einer gewissen Genugtuung. Wenn der zürnende Gott seiner Kindheit ihn am Fuß festgehalten hatte wie die weißen Engel auf dem Hochaltar, dann empfand er es jetzt nur als gerechten Ausgleich, dass er diese Treppen zu Gottes Sohn aufrecht und mit beiden Beinen hinaufsteigen durfte. Er trat fest auf, auf jeder Stufe verharrend, sicherer, je höher er kam. Als er unter der Kreuzigungsgruppe stand, betete er ein Vaterunser und stieg die gegenüberliegende Seitentreppe wieder hinunter zum Ausgang. Unterm Deckengewölbe über seinem Kopf schwebten rundliche Putten, sie schienen zu jubilieren und tirilieren und beflügelten seinen Schritt.

Er war es seiner Mutter schuldig, auch noch die Kirche zu besuchen. Die Frühmessen waren vorbei, doch vor der eichenen Pietà, der man nachsagte, wundertätig zu sein, drängten sich Männer und Frauen, gutgekleidete Bürger und Bettler in Lumpen. Kranke wurden herangetragen, zwei Blinde, von Kindern geführt, nach vorn geschoben. Er überließ sich der Menge, bis er endlich selbst vor Maria und ihrem Sohn zu stehen kam. Auf dem Weg hier herauf hatte er gewusst, um was er sie bitten wollte, aber nun stand er da und fand keine Worte, der Kopf war ihm leer, die vielen Menschen störten ihn, ihr Gemurmel und Greinen, das Schubsen und Drängeln. »Heilige Mutter Maria, hilf!«, las er auf einem der Täfelchen, das ein Unbekannter an die Wand neben der Holzfigur gehängt hatte. »Dank für Genesung« stand auf einem anderen, und: »Hilf mir auf den rechten Weg«. Ja, dachte Kerpen, hilf! Hilf auch mir! Die Menschen ließen ihm keine Zeit, sie schoben ihn weiter, noch bevor er sein »Du bist gebenedeit« zu Ende bringen konnte. Er bekreuzigte sich und entwand sich ihnen.

Im Hauptschiff setzte er sich in eine der hinteren Bänke und blickte zum Hochaltar, auf die weißen Engel, die noch immer zu springen versuchten und doch nicht von der Stelle kamen. Unwillkürlich musste er bei der Erinnerung an früher lächeln. Doch dann wurde er wieder ernst. Wie sollte sie helfen, die Heilige Mutter Gottes? Was wünschte er sich eigentlich? Dass seine Mutter wieder gesund würde. Natürlich. Jeder andere Wunsch ist Sünde, dachte er. Aber da war wieder die Sehnsucht wegzugehen. Diese Sehnsucht nach einem anderen Leben. Er hatte das Gefühl, seine Mutter zu verraten. Heilige Mutter Gottes, hilf!

Ihm war nicht bewusst, wie lange er so gesessen hatte. Ihm fiel nur plötzlich auf, dass es still geworden war in der Kirche, und als er sich umschaute, bemerkte er nur noch wenige Gläubige ins Gebet vertieft in den Bänken kauern oder in einem der Bögen zwischen Hauptschiff und Nebenraum an der Wand lehnen. Die meisten hielten die Augen zu Boden gerichtet oder suchten Erlösung in den sanft blickenden Gesichtern der Heiligen, die über den Altar wachten.

Kerpen griff nach dem kleinen Krug in seiner Manteltasche und suchte nach einer Münze für den Opferstock. Er stand auf, bekreuzigte sich erneut und war im Begriff zu gehen, als ihm ein Junge auffiel, der sich unter der Orgelempore an der Wand entlangdrückte. Noch immer hing weißlicher Weihrauchschleier in der Luft, dämpfte Geräusche und Aufmerksamkeit, und der süßliche Geruch lullte ein. Kerpen sah den Jungen wie zufällig, aber demütig zum Opferstock treten. Dann hob dieser einen Stock, den er in der linken Hand hielt, schob ihn blitzschnell in den breiten Schlitz des Opferstocks und bewegte ihn ein paar Male geschmeidig hin und her. Kerpen wunderte sich, dass die beiden Bauern, die neben der Säule unter der Empore und damit näher standen als er, den Jungen nicht an seinem Tun hinderten, ihn nicht anschnauzten und wegjagten. Sie sahen ihn und sahen durch ihn hindurch, als ob er unsichtbar wäre. Jetzt zog der Junge den Stock aus dem Geldkasten, an seinem Ende hing an einem Klumpen Vogelleim ein Geldstück. Hastig griff der Junge danach, klaubte es ab, versteckte es in seiner Hosentasche. Dann schaute er fahrig um sich, sollte er es noch einmal wagen oder sich besser aus dem Staub machen? Es war, als ob Kerpen die Gedanken des Jungen lesen konnte, und dies riss ihn aus seiner Erstarrung. So schnell es ihm sein lahmes Bein erlaubte, sprang er nach vorn, bei seinem erregten »He, du!« schaute der Junge zwar zuerst erschrocken hoch, doch seine Augen zogen sich gleich darauf zu schmalen Schlitzen zusammen. Kerpen wunderte sich nicht, dass der Ertappte ihn mit hasserfüllten Augen anfunkelte.

»Scher dich zum Teufel!«, hörte er ihn zischen.

»Das werde ich nicht tun«, antwortete er, aber er konnte nicht umhin, die Unverfrorenheit des Jungen zu bewundern. »Ich schau nicht ruhig zu, wenn du Geld nimmst, das Leute, die vielleicht genauso arm sind wie du, in guter Absicht gespendet haben.«

»Ich warne dich, leg dich nicht mit mir an, Krüppel.«

Kerpen schoss das Blut in den Kopf. Wütend wollte er den Jungen packen, doch dieser war schneller, er versetzte ihm einen Stoß vor die Brust, sodass Kerpen zurücktaumelte, und rannte aus der Kirche.

Kerpen versuchte nicht, ihm zu folgen. Es würde aussichtslos sein. Wie alt mochte der Junge sein? Dreizehn? Fünfzehn? Das schmale Gesicht und die schmächtige Gestalt mochten ihn jünger erscheinen lassen, als er tatsächlich war. Ob er lange oder kurze Haare hatte, hätte Kerpen nicht sagen können, denn sie waren unter einer Mütze verborgen, und nur ein paar dunkle Strähnen hingen hervor. Aber die pickelige Haut und die kleine Narbe über der linken Augenbraue würde er nicht so schnell vergessen.

Kerpen schaute sich um, die beiden Bauern musterten ihn neugierig. Doch jetzt, wo das Schauspiel vorbei war, drehten sie sich weg, ein paar Frauen schlugen hastig ein Kreuz vor der Brust und zogen sich eilig zurück. Hätte man einen Taschendieb erwischt, der ihnen die Münzen aus dem Beutel gezogen hätte, hätten sie ihn grün und blau geschlagen, dachte Kerpen. Aber so einen armen Tropf, der Geld aus dem Opferstock klaut, anonymes Geld, Geld, das die Priester bekommen, mit dem, wie man munkelt, sie vielleicht ihren Wein bezahlen und es sich gut gehen lassen, so einen armen Kerl wollten sie nicht gesehen haben. Kerpen zuckte mit der Schulter, er steckte das Geldstück, das er die ganze Zeit in der Hand gehalten hatte, wieder in seine Tasche zurück. Dann füllte er etwas Weihwasser in das mitgebrachte Tongefäß und machte sich auf den Rückweg. Es hatte zu regnen begonnen, und das kurfürstliche Bonn war unter einem gräulichblauen Schleier verschwunden. Kerpen fröstelte.

FÜNF

Als Johann Stemmeler die Mühle in Godorf verließ, war es schon
später Nachmittag und dunkel. Dabei wollte er gerade heute wieder rechtzeitig zurück in Brühl sein, weil er zur morgigen Wolfsjagd einberufen worden war. Die Nacht zuvor hatte es so heftig
gestürmt, dass sein Vater das Schlimmste befürchtete. Nach dem
durchwachsenen Oktober waren in der zweiten Novemberwoche
die ersten Winterstürme mit Macht über das flache Land gefegt,
hatten Bäume entwurzelt, ganze Scheunendächer abgedeckt und
im kurfürstlichen Schloss Glasfenster zerschlagen. Die letzte
Nacht aber jagte der Wind so heftig über Brühl hinweg, dass die
Menschen kaum ein Auge zumachten. Im Palmersdorfer Hof
starb ein Pferd, das beste, das sie hatten, als ein Holzbalken ein-
brach und das Tier unter sich begrub, man konnte von Glück reden, dass es keinen Menschen getroffen hatte. Als gegen Morgen
der Sturm nachließ, hatte Jakob Stemmeler seinen Sohn nach Godorf geschickt.

Der Müller hatte Recht gehabt. Es hatte einen der Mühlenflügel
heruntergerissen, der gesplitterte Trägerpfahl ragte wie ein gebro-
chener Riesenfinger nutzlos in die Luft. Den anderen Flügeln waren Sprossen gebrochen, die vorher straff gespannten Leinwände
hingen wie von einer Riesenschere zerschnitten in Fetzen herunter. Johann war den ganzen Tag damit beschäftigt gewesen, mit
dem Knecht die in der Umgebung verstreuten Holzstangen und
Stoffbahnen einzusammeln und mit dem Zimmermann die Repa-
ratur zu besprechen. Da auch das Kappendach beschädigt war,
versuchte er, notdürftig die lecken Stellen abzudichten, denn es sah
nicht so aus, als ob der Regen ein Erbarmen mit ihnen hätte.

Er hatte vorgehabt, noch bei Tageslicht nach Brühl zurückzu-
reiten, doch der Godorfer Bürgermeister machte ihm einen Strich
durch die Rechnung. Er war plötzlich aufgetaucht und hatte ihn
mit einer langen Klage über den Zustand des Mühlenwegs aufgehalten, aber ungeduldig wie Johann war, hatte er kaum zugehört.
Der seit einiger Zeit schwelende Streit zwischen seinem Vater und

dem Godorfer Rat, wer wann und an welcher Stelle für den Unterhalt der Zufahrtswege zur Windmühle zuständig sei, interessierte ihn in diesem Augenblick herzlich wenig. Obwohl er den Godorfer verstehen konnte. Sein Vater hatte seine eigenen Vorstellungen, wenn er etwas bezahlen sollte, und feilschte zum Verdruss aller stundenlang, bis der Gegner grollend nachgab und auf die Bedingungen des Brühler Stadtmüllers einging. Johann war dies oft peinlich, aber wenn er etwas einzuwenden wagte, lachte sein Vater ihn aus und erinnerte ihn daran, dass er ohne seine wort- und gestengewaltige Überredungskunst nie Besitzer dreier Mühlen geworden wäre. Johann war froh, dass er die Reparaturkosten allein mit dem Zimmermann ausgehandelt hatte; sein Vater würde ungnädig sein, aber er sah es als einen Bonus auf seine Zukunft an, wenn er einmal Besitzer der Windmühle sein würde. Wenn! Denn seit kurzem hatte er ganz andere Pläne im Kopf.

Endlich konnte er das Schreiben des Godorfer Bürgermeisters an seinen Vater in den Satteltaschen seines Pferdes verstauen und sich verabschieden. Er ritt jetzt nicht mehr, wie er es für gewöhnlich tat, die Hauptstraße entlang, sondern nahm, von der Mühle kommend, einen kleinen Umweg in Kauf, der ihn auf dem südlichen Umgehungsweg am Ortsrand vorbeiführte, sodass ihn niemand mehr aufhalten würde. Johanns Augen gewöhnten sich rasch an die Dunkelheit, er und das Pferd kannten den Weg. Auch waren zu dieser Stunde kaum noch Leute unterwegs. Johann gab dem Tier die Sporen. Der Wind stach ihm ins Gesicht, aber das war es, was er liebte, die Luft, die Weite der Landschaft, den Rausch der Geschwindigkeit. Er hatte es satt, wie sein Vater hinter dem Mühlrad zu stehen, den Mahlvorgang zu überwachen, die Mühlsteine zu schleifen und dabei ständig den weißen Staub einatmen zu müssen. Jeden Tag, von morgens bis abends, bis an sein Lebensende. Alles war vorgeplant, sein Bruder Peter würde die Unter- und Obermühle bekommen und er die Windmühle in Godorf. Peter war dem Vater gegenüber weniger aufmüpfig, dachte Johann. Vor allem aber war er der ältere und kräftigere, auch wenn er etwas einfältig wirkte. Aber Johann gönnte dem Bruder sein zukünftiges Erbe, er war sogar bereit, ihm seinen Anteil zu überlassen. Denn er wollte die Windmühle nicht. Nicht mehr, seit er neulich bei der Wildschweinjagd dabei sein durfte.

Sein Vater, der in diesem Jahr bereits zum vierten Mal zum Bürgermeister von Brühl gewählt worden war, hätte niemals nein sagen können, als der Amtsjäger zu ihm gekommen war und ihn im Namen des kurfürstlichen Jägermeisters um die Bereitstellung von zehn kräftigen Männern für die Dauer der Jagd ersuchte. Einige hatten gemurrt, als sie dazu ausgewählt wurden, andere sahen in der Jagd eine Abwechslung vom Alltag. Johann aber, der zum ersten Mal dabei sein würde und den sein Vater eher entbehren zu können glaubte als den älteren Sohn, war wie berauscht. Das war ein ganz anderes Leben, etwas ganz Neues, Aufregendes.

Er hatte sich hinterher noch lange mit den Jägern unterhalten, über die Jagd im Allgemeinen und die Wildschwein- und Hirschjagd im Besonderen, und schließlich kamen sie auch auf die Falkenbeize zu sprechen. Wenn Johann zwischen Brühl und Godorf unterwegs war, hatte er den Herrschaften aus dem Schloss oft zusehen können, wie sie auf dem freien Feld hinter Falkenlust standen oder oben auf dem Belvedere des kleinen Schlösschens und der Jagd auf Reiher und Milane zuschauten. Dann blieb auch er stehen und folgte den wendigen Falken mit den Augen, fieberte mit ihnen, bis sie endlich ihr Opfer zu Boden gezwungen hatten. Er beobachtete die Reiter, die herbeigeritten kamen, Falkner, Knechte, manchmal sogar der Kurfürst selbst. In der Sonne blitzten die silbernen Knöpfe seiner Jagduniform wie kleine Spiegel.

Seit der Wildschweinjagd wusste er, was er wollte, er wollte Falkner werden, und der Amtsjäger musste ihm helfen.

Links vor ihm tauchten die flackernden Lichter der ersten Häuser von Berzdorf auf, dann als dunkle Schatten das Wohnhaus und die Stallungen des Godorfer Hofes. Als er an der Senke vorbeiritt, in der er sich bis in die ersten Novembertage noch mit Agnes getroffen hatte, wurde ihm ganz warm zumute. Er würde sich einen anderen Ort ausdenken müssen, wo sie sich ungestört sehen könnten, dachte er, aber vorher wollte er mit Amtsjäger Gehrich sprechen und ihn bitten, sich für ihn einzusetzen. Morgen Abend wollte er das tun, morgen Abend nach der Wolfsjagd.

»Falkner wird man nicht einfach so«, brummte Gehrich, als Johann und er am Ende eines harten Tages noch auf ein Bier in der überhitzten Wirtsstube des Krahnen in der Uhlstraße saßen.

»Wie meinst du das?«

»Der Kurfürst sucht sich seine Falkenmeister selbst aus, die meisten sind Holländer, aus bekannten Falknerfamilien, in denen das Amt vom Vater auf den Sohn vererbt wird.«

»Aber es muss doch neben dem Meister noch andere Falkner geben, Knechte und Helfer!«

»Dafür sind die Falkenmeister zuständig, sie kennen ihre Männer, sie bringen sie aus Holland mit und wissen, auf wen sie sich verlassen können. Und wenn sie wirklich einmal neue Leute bräuchten, dann gibt es in deutschen Landen genügend Hofbeamte mit hoffnungsvollen Söhnen, die untergebracht werden müssen.«

Johann war enttäuscht.

Nach seinem Einsatz bei der heutigen Wolfsjagd hatte er gehofft, sich die Anerkennung Gehrichs erworben zu haben. Mit einer solchen Zurückhaltung von Seiten des Älteren hatte er nicht gerechnet.

»War ich nicht gut genug?«, fragte er trotzig.

»Doch, du warst gut, du bist ein geschickter Treiber, und ich bin sicher, du kannst mehr. Wenn es nach mir ginge … – aber es geht nicht nach mir.« Der Amtsjäger zuckte mit den Schultern und nahm einen Schluck Bier.

Johann trank sein Bier in einem Zug aus und rief nach einem zweiten Becher. Bis auf einen kleinen Rest leerte er auch diesen auf einmal. Gehrich betrachtete den Jungen.

»Nimm's dir doch nicht so zu Herzen, das Leben unter der Hofordnung ist nicht so einfach, wie du es dir vielleicht vorstellst. Was reizt dich daran? Die Jagd? Die Uniform? Glaub nicht, dass du dort ein freier Mensch bist. Gehorchen musst du dort, dem Knecht zuerst, dann dem Falkner, dann dem Falkenmeister. Nur der ist frei. Vielleicht.«

Johann antwortete nicht. Er schaute finster vor sich hin, biss sich mit den Zähnen auf seinen linken Zeigefinger.

»Gut«, sagte Gehrich, »ich will schauen, was ich tun kann, aber versprechen kann ich dir nichts.«

Jetzt schaute Johann hoch. »Bitte, tu, was du kannst«, sagte er, dann schwiegen beide.

Der Weg nach Hause führte Johann über den Markt. Als er an

die Kölnstraße kam, zögerte er, dann bog er links in die Kirchgasse und ging langsam am Schwarzen Bären vorbei. Aus den blinden Fenstern fiel schummriges Licht auf den Weg. Johann hörte Stimmengewirr, ein paar der Gäste glaubten singen zu müssen. Johann hatte eine unwahrscheinliche Sehnsucht, Agnes zu sehen, sie in die Arme zu nehmen, den Duft ihrer Haut, ihrer Haare zu atmen. Wie es ihr wohl geht? Sie hatten sich seit dem Kirchgang am letzten Sonntag nicht mehr gesehen, und auch da hatten sie nur ein paar Blicke austauschen können, ohne eine Möglichkeit zu finden, miteinander zu reden. Aber es bestand eine unausgesprochene Abmachung zwischen ihnen, dass er nicht ins Lokal ihres Vaters kommen würde, um sie nicht zu kompromittieren, und er wollte sich daran halten. Doch er würde morgen Vochens Will mit einem Briefchen schicken, um ihr von dem Gespräch mit Gehrich zu erzählen.

SECHS

Schon Ende November, das Wetter ist traurig geworden.
Ich weiß nicht, wann ich Johann das letzte Mal gesehen habe.
Unsere Treffen sind selten geworden. Zu selten für mich. Als
ob er mir aus dem Weg geht. Obwohl – neulich hat er mir ein
Zettelchen zugeschickt. Will hat es mir gebracht, als ich gera-
de beim Wäschewaschen am Brunnen war. Gehrich habe ver-
sprochen, ihm die Anstellung in der Falknerei zu besorgen.
Bitte, gedulde dich, schrieb er, warte auf mich, ich kümmere
mich um alles. Und dann schrieb er noch: Pass auf deine schö-
nen Augen auf. Ich musste darüber lachen. Aber das ist jetzt
schon wieder gut zehn Tage her, und seither – nichts.

Ich konnte ihm auch nicht zurückschreiben, denn ich hatte
keinen einzigen Bogen Papier mehr, nicht mal einfaches Ein-
wickelpapier. Zum Kaufmann wollte ich nicht, dort sitzt die
Kribben von morgens bis abends auf einem Stuhl neben den
Säcken mit Erbsen und Salz und passt auf, wer in Brühl was
kauft. Am nächsten Tag wissen es dann alle. Also habe ich ges-
tern Morgen meinen ganzen Mut zusammengenommen und
bin in die Schule gegangen, um Lehrer Thenhoven zu bitten,
mir ein paar Bögen zu geben und vielleicht auch Tinte und Fe-
dern. Es war mir peinlich, und ich fürchtete seine Fragen. Gott
sei Dank war er nicht da, nur seine Schwester, die alte Wittib
Kemps. Ich hab ihr gesagt, was ich wollte und dass ich alles be-
zahlen würde. Natürlich wollte sie wissen, wozu ich das Pa-
pier brauche. Zuerst wollte ich nichts sagen, obwohl sie eine
freundliche Frau ist, aber ich habe Angst, dass sie es meiner
Mutter verrät, und die würde es mir sicher verbieten. Aber
schließlich habe ich ihr doch erzählt, dass ich Tagebuch schrei-
be. Nur manchmal, habe ich gesagt, wenn ich über Dinge
nachdenken müsste, oder wenn mir Maria im Schlaf erscheint.
Von Hennes habe ich nichts gesagt. Seltsamerweise war sie gar
nicht überrascht. Sie hat nur ein wenig geseufzt und mir dann
vier Bögen gegeben. Schreib nur, hat sie gesagt, ich regle das

mit Simon Thenhoven. Komm wieder, wenn du was brauchst.
Sie ist freundlich.

Decembris, d. 1.
Habe heute Morgen Gertrud Dominick getroffen. Ich mag sie
nicht besonders. Sie ist immer hochnäsig. Weil ihr Vater der
Burbacher Halfe ist, glaubt sie wohl, etwas Besonderes zu
sein. Und dabei hat er nicht mal was zu sagen in Brühl! Auf
dem Markt kommt sie mir entgegen, sie grinst mich so seltsam
an, sie grüßt mich – was sie sonst nicht für nötig hält, und dann
sagt sie etwas Seltsames: Na, Schwägerin, bist du jetzt zufrie-
den? Mir fiel fast der Korb aus der Hand. Was hat sie gesagt?
Schwägerin? Und freundlich klang es überhaupt nicht, eher
bitterbös. Aber warum sagt sie so etwas? Ich hab sie nur ange-
schaut und den Kopf geschüttelt, weil ich nichts verstanden
habe. Du wirst schon sehen, was du davon hast, rief sie noch
und lachte und hakte sich bei ihrer Freundin unter.

Den ganzen Tag habe ich überlegt, was sie damit gemeint
hat, aber ich hab's nicht begriffen. Doch jetzt kommt mir ein
Gedanke. Ihre Freundin, Anna Margaretha Cadusch! Die hat
nicht gelacht. Im Gegenteil, die guckte ziemlich übellaunig.
Und Margaretha hat, wie jeder in Brühl weiß, ein Auge auf
den Anton geworfen – und der Anton kommt seit einiger Zeit
fast jeden Abend zu uns in den Schwarzen Bären! Ich habe
mir nie etwas dabei gedacht, aber es stimmt, dass er mich im-
mer auf so eine ganz bestimmte Art anschaut. Das erste Mal
damals, als mir das Tablett mit den Bechern runtergefallen ist.
Und manchmal habe ich schon das Gefühl, dass ich ihm gefal-
le. Vorgestern Abend haben wir sogar ein wenig miteinander
gesprochen, aber viel Zeit habe ich ja nie, und mein Vater,
kaum hat er gesehen, dass ich bei einem der Gäste saß, hat
mich sofort gerufen. Ein bisschen hat es mich geärgert, denn
der Anton kann gut reden und hat mir erzählt, wie er letzte
Woche in Köln war. Er ist ja auch schon viel älter als der Jo-
hann, das merkt man, er hat schon so viel Erfahrung. Aber
Schwägerin! Nein, ich hab doch den Hennes, auch wenn ich
ihn in der letzten Zeit kaum gesehen habe.

Aber der Anton ist schon ein ansehnlicher Mann, bestimmt

einen Kopf größer als mein Hennes, der mich kaum überragt.
Allerdings sagt man, dass er einem Mädchen in Kirberg ein
Kind gemacht hat. Wenn das stimmt, will ich mit so einem
nichts zu tun haben. Andererseits, der Anton weiß, was er will.
Der rennt nicht irgendwelchen Träumereien nach wie der Jo-
hann.

Die Sturmschäden an der Godorfer Windmühle waren beseitigt,
der Zimmermann hatte gute Arbeit geleistet. Johann nickte zufrieden, als er auf Brühl zuschritt. Er hatte recht daran getan, ihm etwas mehr Geld zuzugestehen. Wie erwartet, war es zu einer heftigen Auseinandersetzung mit seinem Vater gekommen, dieser hatte
ihm Leichtsinn und Eigenmächtigkeit vorgeworfen. Johanns Argumente wollte er nicht gelten lassen. Geh doch zu den Soldaten,
wenn du keine Verantwortung übernehmen kannst, hatte er ihm in
seinem Zorn an den Kopf geworfen, dort gehörst du hin. Gut, dass
damals sein Bruder hinzukam, der den Vater beruhigen konnte.

Als er am Godorfer Hof vorüberkam, hörte er das Wiehern eines Pferdes. Das war auch so was, das mit dem Pferd. Wenn nicht
etwas ganz Besonderes war, durfte er Vaters Pferd nicht mal anschauen. Dabei war er ein guter Reiter, und statt des langen Weges
zu Fuß nach Godorf könnte er mit dem Pferd die Strecke in weniger als einer halben Stunde schaffen und dem Vater noch in der
Stadtmühle zur Hand gehen. Andererseits, und Johann konnte ein
leichtes Grinsen nicht unterdrücken, so hatte er Zeit, den Reihern
nachzublicken und den Falken, die sich an Jagdtagen in den Himmel emporschraubten wie seine Träume. Und so hatte er in den
letzten Wochen auch manchmal Zeit gefunden, Agnes zu treffen,
sich einen Kuss zu holen und ihr zu sagen, was für schöne Augen
sie hat. Agnes. Er wollte erst wieder vor sie treten, wenn er die
Stelle in der Falknerei bekäme. Das war er sich schuldig.

Johann schritt schneller aus. Es ging schon auf sechs Uhr zu,
und er wollte, bevor er nach Hause ging, zu Gehrich in die Huntesgass. Seit er damals nach der Wolfsjagd mit ihm gesprochen hatte, waren schon über zwei Wochen vergangen, und er hatte nichts
mehr von ihm gehört.

Vor den Krämerläden in der Kölnstraße flackerten Lichter und
lockten die Frauen zu den letzten Einkäufen des Tages, ein paar

Kinder rannten mit leeren Wasserkrügen zum Brunnen, zwischen aufgeregten Hühnern und mageren Schweinen bahnte sich Pfarrer Mauel seinen Weg zur Kirche. Mit der rechten Hand hielt er seine Soutane zusammengerafft, um sie heil durch den Schmutz zu bringen. Ein Mann bog, vom Markt kommend, in die Kirchgasse ein. Warum dies Johanns Aufmerksamkeit erregte, hätte er nicht zu sagen vermocht. Er blickte ihm nach und sah, wie die Gestalt eben im Schwarzen Bären verschwand. Er glaubte, trotz der frühwinterlichen Dunkelheit Anton Dominick vom Burbacher Hof erkannt zu haben. Aus irgendeinem Grund versetzte es ihm einen Stich.

Was wollte der Burbacher im Schwarzen Bären? Traf der sich nicht gewöhnlich mit seinen Konsorten im Ledernen Wams am Fischmarkt? Er mochte Anton und dessen Freunde nicht sonderlich, schon in der Schule hatte sie Alter und eine Bankreihe getrennt.

Langsam näherte sich Johann dem Gasthof. Durch die Fenster versuchte er, in die Wirtsstube zu schauen, aber der Innenraum hing voll Tabakqualm, und die Fenster waren beschlagen, er konnte die Gäste nur schemenhaft wahrnehmen. Eine Frau stand an einem der Tische und stellte Krüge ab. Das musste Agnes sein. Ob einer der Männer am Tisch Anton war?

Er schrak zusammen, als er hinter sich ein Kichern hörte. Schnell drehte er sich um, beide Fäuste geballt, bereit auszuholen. Als er den Puckel vor sich sah, ließ er die Arme sinken. Wie konnte er nur vor diesem Krüppel Angst haben? Aber er ärgerte sich, dass dieser sich so lautlos an ihn herangeschlichen hatte. Wieder kicherte der Puckel. Mit einem Ruck hob er seinen vornüber hängenden Kopf hoch. »Et Agnes, nee, nee, et Agnes.« Er grinste Johann an. Dann spitzte er seine Lippen und warf ihm einen Luftkuss zu. Noch bevor Johann ihn packen konnte, war der Bucklige an ihm vorbei und in der Nacht verschwunden.

SIEBEN

Den ganzen nächsten Tag ging ihm Anton nicht aus dem Sinn, auch nicht der Puckel. Ohnehin war er schlechter Laune, denn sein Gespräch mit dem Amtsjäger am Abend vorher hatte nichts Neues gebracht. Gehrich war wie immer freundlich zu ihm gewesen, seine Frau hatte ihm einen Teller Rübensuppe mit Brot hingestellt, und doch war der Amtsjäger wortkarg geblieben. Vielleicht war er einfach nur ungelegen gekommen, überlegte er, denn das Jüngste der vier Kinder hatte trotz aller Beruhigungsversuche der Mutter ohne Unterlass geschrien, es musste Schmerzen gehabt haben. Er hatte schnell seine Suppe zu Ende gegessen und sich bedankt. Unter der Haustüre hatte ihm Gehrich gesagt, er solle mehr Geduld haben. Hatte er nicht dasselbe zu Agnes gesagt? Nein, er hatte es in seinem letzten Briefchen an sie geschrieben. Warum hatte sie eigentlich nicht zurückgeschrieben, wie sie es sonst immer tat?

»Pass auf, wo du hintrittst!«, herrschte ihn sein Vater an, als er über einen der Mehlsäcke stolperte, die dieser gerade neben der Türe abgeworfen hatte. »Beweg dich endlich! Wer, glaubst du, wer du bist? Dein Vater und dein Bruder arbeiten sich krumm und bucklig, und der Herr sitzt herum und träumt von gebratenen Enten.«

Der Müller warf Johann einen der Säcke zu, sodass er beinahe rückwärts gestürzt wäre.

»Ich hab es satt«, murmelte er.

»Was hast du gesagt?«, fuhr ihn sein Vater an.

»Ich hab es satt«, schrie Johann zurück. »Satt!«

»Du hast was satt?« Die Stimme des Müllers war plötzlich sehr leise, aber so eisig und scharf, dass Johann zu zittern begann. Er wusste, wozu sein Vater fähig war, wenn ihm jemand widersprach. Er schwieg.

Sein Vater setzte den Mehlsack, den er gerade aufgenommen hatte, langsam zurück auf den Fußboden. Dann stellte er sich vor seinen Sohn, wischte sich seine weiß gepuderten Hände am Kittel ab, hob langsam die rechte Hand.

»Was hast du satt?«, fragte er ihn wieder mit dieser schneiden-
den Stimme.

Johann stand bewegungslos vor seinem Vater. Er schaute an
ihm vorbei an die Wand und wartete auf den Schlag ins Gesicht.
Als er kam, geriet er ins Taumeln und fiel gegen den Türpfosten.
Er spürte das Blut aus seiner Nase tropfen. Ich hab es satt, dachte
er und krümmte sich, als sein Vater ihm einen Tritt versetzte.

»Steh endlich auf, vornehme Herren kann ich in meiner Mühle
nicht gebrauchen. Wenn du es satt hast, geh und komm mir erst
wieder unter die Augen, wenn du Vernunft angenommen hast.«

Als sein Vater draußen war, zog er sich hoch. Hinterm Haus
klopfte er sich den Mehlstaub aus den Kleidern, dann ging er hinunter an den Mühlenbach, wo er sich mit einem nassen Lappen das
Blut abwusch und das heiße Gesicht kühlte. Obwohl er zu frieren
begann, blieb er auf einem Stein unterhalb der Mühle sitzen und
betrachtete das Wasser, das an dieser Stelle wie erlöst nach getaner
Arbeit ruhig und beschaulich dahinfloss. Mit einem Stock mal-
te Johann Kreise in die stille Oberfläche, nach einer Weile tippte
er sie vorsichtig an, viermal, fünfmal, bis er immer heftiger zu
schlagen begann und den ruhigen Lauf des Baches aufwühlte. Er
konnte nicht aufhören damit. Wie besessen schlug er immer wieder auf das Wasser ein, es schäumte und spritzte und durchnässte
seine Kleider. Schließlich holte er aus und schleuderte den Stock,
so weit er konnte, in den Bach. Endlich stand Johann auf, wischte
mit dem Ärmel über das feuchte Gesicht und machte sich auf den
Weg nach Brühl. Aber er ging nicht die kurze Strecke über den
Mühlenbachweg zum nahen Kölntor hinunter, sondern nahm den
schmalen Pfad, der außerhalb des Walls um Brühl herumführte.
Als er am Uhltor ankam, fühlte er sich besser. Und er wusste, was
er tun würde.

Als Johann in den Schwarzen Bären kam, war Anton schon da.
Agnes war nirgends zu sehen. Johann bestellte einen Krug Bier
und zog sich damit an einen kleinen Tisch in der Ecke der Wirtsstube zurück. Niemand beachtete ihn. Ihm war es recht, so konnte
er den Burbacher beobachten, der mit einer Gruppe von Freunden
an einem Tisch unterm Fenster saß. Sie hatten ein Puffspielbrett
vor sich liegen, und als einer von ihnen gerade eben einen Zug tat,

brach die ganze Runde in lautes Geröle aus. Anton sprang auf und protestierte lachend. Dann setzte er sich wieder. »Noch eine Runde!«, rief er Agnes' Vater zu und begann, seine Steine für ein neues Spiel aufs Brett zu setzen.

»Na, dass man dich hier auch mal sieht! Ich darf doch?« Cornelius zog sich einen Stuhl vom Nebentisch heran und setzte sich zu Johann, ohne dessen Antwort abzuwarten.

»Seit wann kommen die hierher?« Johann zeigte mit dem Kinn auf die Spieler am Fenster.

»Ach«, sagte Cornelius, »schon seit einer ganzen Weile, der Wirt vom Ledernen Wams hat wohl die Preise fürs Bier angehoben.« Cornelius grinste. »Vielleicht waren sie ihm aber auch zu laut geworden. Du weißt doch, Anton hält sich für was Besseres und spielt sich gern auf.«

»Du warst lange nicht mehr hier.« Es sollte wohl wie eine nüchterne Feststellung klingen, aber Johann hörte die Neugier, die in Cornelius' Frage lag. Er wollte sich nicht aushorchen lassen, nicht einmal von Cornelius, obwohl er mit ihm seit Kindertagen befreundet war.

»Hast du Ärger?«

Johann schüttelte den Kopf, missmutig, störrisch.

Vom Nachbartisch drangen Fetzen einer heftigen Auseinandersetzung herüber. Die Worte Verschwendungssucht und Ablass waren zu hören.

»Die Dummen sind doch immer wir«, brüllte einer und schlug mit der Faust auf den Tisch.

Johann schien nichts mitzubekommen, er starrte an Cornelius vorbei Löcher in die Luft. Unterm Fenster saßen die Spieler jetzt ruhig und gespannt um das Spielbrett herum, einer hatte die Hand am Krug, aber vor lauter Aufmerksamkeit vergaß er das Trinken. Anton hielt eine Pfeife in der linken Hand, aus der sich dünner Rauch kringelte, während er mit der rechten einen seiner Steine auf ein neues Feld setzte.

Wo Agnes nur blieb? Johann griff ungeduldig zu seinem Bierkrug. Sollte sie krank sein? Oder eines ihrer Geschwister? Das wäre eine Erklärung, warum sie ihm nicht hatte schreiben können. Johann fühlte sich schlecht, insgeheim hatte er Agnes Vorwürfe gemacht, die wahrscheinlich unhaltbar waren. Nun war er wütend auf sich. Er würde morgen versuchen herauszubekommen, was mit ihr los war. In diesem Augenblick bemerkte er, wie Anton den Kopf hob und zum Tresen blickte. Nur ganz kurz, dann nahm er einen Zug aus seiner Pfeife und vertiefte sich wieder in sein Spiel. Johann drehte sich in die Richtung, in die Anton geschaut hatte.

Agnes, die mit einer dampfenden Schüssel aus der Küche gekommen war, bemerkte Johann sofort. Erschrocken stellte sie die Schüssel auf dem Schanktisch ab, noch einmal durfte sie nichts fallen lassen. Dann nahm sie sie wieder auf, und während sie an den ersten Tisch trat, um die Teller der Gäste zu füllen, grüßte sie Johann verstohlen. Sie bediente noch einen zweiten und einen dritten Tisch, bis sie zu Johann und Cornelius trat. Scheu grüßte sie diesen, dann drehte sie sich Johann zu und griff nach dem Suppenteller, der unberührt vor ihm stand.

»Warum hast du nicht geschrieben?« Johann versuchte zu flüstern, aber er hatte den Eindruck, dass ihn jeder im Lokal gehört haben musste.

»Ich hab doch geschrieben.« Agnes war überrascht. Hatte Will ihm das letzte Briefchen nicht gebracht? »Ich schwör's, ich habe geschrieben.« Sie füllte seinen Suppenteller. »Komm morgen früh nach der Frühmesse zur Kirche, ich warte hinterm Friedhof auf dich.« Dann drehte sie sich nach Cornelius um. Sie lächelte freundlich. »Auch Suppe?«

»Jetzt versteh ich.« Cornelius grinste seinen Freund an, nachdem Agnes weitergegangen war.

»Nichts verstehst du.«

Über seinen Teller gebeugt, verfolgte Johann Agnes' Schritte. Sie ging zurück zum Tresen und stellte die Schüssel hin, wischte mit einem nassen Lappen über das Holz und bückte sich nach etwas, das heruntergefallen war. Morgen früh hinterm Friedhof, ja, er würde da sein, er würde sie zur Rede stellen. Er musste wissen, was mit Anton war. Ob da etwas war.

»Noch eine Runde Bier!« In die Puffspieler war wieder Bewegung gekommen, die Männer unterhielten sich, diskutierten die letzten Züge auf dem Spielbrett, Anton blickte triumphierend herum, dieses Mal hatte er gewonnen. Agnes kam mit einem Tablett neuer Krüge.

Sie stand so vor dem Tisch, dass sie Anton verdeckte. Johann sah nur ihren Rücken, aber es war offensichtlich, dass sie miteinander redeten. Dass sie lange miteinander redeten. Die anderen Männer achteten nicht darauf. Das kannten die wohl schon! Johanns Laune verfinsterte sich wieder. Am liebsten wäre er aufgesprungen und hätte sie von dort weggerissen. Aber er beherrschte sich.

Auch Cornelius hatte Agnes nachgeschaut. »Beruhig dich, Hennes, da ist nichts zwischen ihr und dem Burbacher. Der kann doch den Mund nicht halten und hätte damit rumgeprahlt. Glaub's mir.«

Zum ersten Mal schaute Johann dem Freund in die Augen.

»Cornelius, wenn der Anton versucht, mir die Agnes wegzunehmen, dann bring ich ihn um.«

ACHT

Endlich waren sie alle aus dem Haus. Kerpen hatte es kaum erwarten können. Aber es war klar, Essen musste sein, Trinken musste sein. Er selbst hatte keinen Bissen herunterbekommen. Elisabeth war in ihrem Element. Sie wirbelte herum, stellte Rüben und Speck auf den Tisch, dazu Hirsebrei und besonders feines Weizenbrot. Unermüdlich holte sie neue Wein- und Bierkrüge aus der Kammer, und schließlich kam sie noch mit einer großen Schüssel Lebkuchen, die sie mitten auf den frisch geschrubbten Holztisch setzte. Kerpen sollte sich nicht schämen müssen, sie würde schon dafür sorgen, dass man seine Großzügigkeit lobte und damit auch ihre Haushaltung. Sie kümmerte sich um jeden einzelnen der Nachbarn und Verwandten, die zum Totenmahl gekommen waren. Auch ihre eigenen Eltern und Geschwister waren da, und sie schob ihnen die besten Stücke zu. Kerpen merkte es wohl, aber er sagte nichts, es war ihm ohnehin alles gleichgültig, er war ihr sogar dankbar, dass sie ihn in Ruhe ließ und vor den anderen, so gut es ging, abschirmte.

Als sich die Haustür hinter dem letzten Trauergast geschlossen hatte, zog sich Kerpen in das Zimmer zurück, wo in den letzten Wochen seine Mutter gelegen hatte. Wie er es in all den vergangenen Tagen getan hatte, setzte er sich auf den Stuhl neben das Bett und verharrte dort unbeweglich. Es war dunkel im Zimmer, kein Stern stand am nachtschwarzen Himmel, aber Kerpen dachte nicht daran, die Lampe anzuzünden. Er hatte das Gefühl, einen Kampf verloren zu haben.

Dabei sah es anfänglich so aus, als ob sie sich noch einmal erholen würde. Die Medizin aus der Apotheke hatte angeschlagen, ihre Hustenkrämpfe ließen deutlich nach, und ihre Augen schauten bald wieder klarer. Er hatte ihr von seinem Gang zur Kirche auf dem Kreuzberg erzählt und das Fläschchen mit Weihwasser gezeigt. Sie lächelte und griff nach seinem Arm, um sich etwas hochzuziehen, und er drückte ihr den kleinen Becher in die Hand, dass sie sich mit dem Heiligen Wasser bekreuzigen konnte. Aber es gelang ihr nicht aufzustehen, ihre Beine trugen sie nicht mehr, und je länger sie lag, desto schwächer wurde sie. »Die Elisabeth«, sagte sie wieder, »die Elisabeth wird gut für dich sorgen«, und sie strich ihm über seine Hand. Es war ihm unangenehm. »Vielleicht«, sagte er und »ich weiß nicht«, aber er sagte es so leise, dass seine Mutter ihn nicht verstand.

Dann verschlechterte sich ihr Zustand wieder, ihre Hände fuhren ruhelos über die wollene Decke, die sie vor der Kälte schützte, einmal sprach sie eine lange Zeit mit jemandem, den nur sie sah, doch die Worte kamen ihr wie verstümmelt aus dem Mund und machten Kerpen keinen Sinn. Noch einmal wollte er den Medicus zum Aderlass rufen. Aber sie hielt ihn zurück und schüttelte den Kopf. So ließ er den Priester holen, und drei Tage später war seine Mutter ruhig und friedlich eingeschlafen. Fast meinte er, sie hätte gelächelt.

Hatte er den Kampf wirklich verloren? Wem hatte die Heilige Mutter, die er angerufen hatte, geholfen? Nun war er allein, er würde tun können, was er schon immer tun wollte. Fortgehen. Sich irgendwo als Hauslehrer verdingen. In Köln eine der zahlreichen Universitätsstiftungen um Unterstützung für ein Studium ersuchen. Mit einem der Schiffe nach Holland segeln. Er war jetzt frei, doch in seinem Kopf rauschte es. Ein Loch hatte sich in ihm aufgetan, und er stürzte und stürzte, bis ihn ein Weinkrampf erfasste und er sich zusammengekauert auf das schmale Bettgestell legte, in dem seine Mutter gestorben war.

Er hatte keine Ahnung, wie viel Zeit vergangen war, irgendwann spürte er, dass er nicht allein in dem dunklen Raum war. Er hörte ein gedämpftes Atmen, es konnte nur Elisabeth sein. Sein Bein zuckte. Ohne dass er es wollte, bewegte er seine Hand. Ein leises Scharren verriet ihm, dass Elisabeth vom Stuhl, auf dem sie wer weiß wie lange gesessen hatte, aufstand und sich vorsichtig zum Bett hin bewegte. Jetzt setzte sie sich, er musste zur Seite rücken, um nicht mit ihr in Berührung zu kommen. Er hielt noch immer die Augen geschlossen und versuchte, geräuschlos zu atmen. Dann spürte er Elisabeths Hand auf seinem Arm, langsam wanderte sie nach oben und blieb in seinem Nacken liegen. Die Wärme der nach Fleisch und Zwiebeln riechenden Finger kroch ihm unter die Haut. Er wollte sich dagegen wehren, doch es gelang ihm nicht. Mit seiner rechten Hand suchte er ihre und umklammerte sie. Lautlos begann er wieder zu weinen. Als Elisabeth sich zu ihm legte, vergrub er sein Gesicht in ihre Arme, presste seinen hilflosen Körper an den runden, weichen der Frau, der ihn umfasste und einhüllte und bedeckte und in sich aufnahm wie einen verirrten Wanderer.

In den Tagen danach blieb Kerpen schweigsam. Er verließ frühmorgens das Haus, um zur Arbeit zu gehen, und kam erst lange nach Einbruch der Dunkelheit wieder zurück. Elisabeth fragte nicht, sie erbat sich Essensgeld, das Kerpen ihr wortlos hinlegte, machte die Einkäufe, wusch seine Wäsche, fegte die beiden Zimmer, ließ das Feuer im Ofen nicht ausgehen, damit es schön warm wäre, wenn er nach Hause kam, und machte sich Gedanken um ein breiteres Bett. Doch Kerpen ignorierte Elisabeths Bemühungen. Nach dem Essen zog er sich in sein Zimmer zurück und schloss die Türe. Elisabeth wartete vergeblich, dass er sie zu sich rief. Als sie selbst noch einmal den Versuch unternahm, in sein Zimmer zu kommen, bat er sie, ihn allein zu lassen.

Kerpen schämte sich. Er schämte sich, dass er sich am Tag der Beerdigung seiner Mutter schwach gezeigt hatte. Er schämte sich, dass er zu feige war, Elisabeth um Entschuldigung zu bitten und sie nach Hause zu ihren Eltern zu schicken. Und er schämte sich, dass er es genoss, in eine warme, aufgeräumte Wohnung zu kommen und das Essen auf dem Tisch zu finden. Wie lange würde er noch die Kraft haben, dem lebendigen Körper der Frau zu widerstehen?

Kerpen saß am Tisch unter dem kleinen Fenster und grübelte. Warum fiel es ihm so schwer, einen neuen Weg einzuschlagen, ein Risiko einzugehen, Entscheidungen zu treffen? Jetzt, wo ihn niemand mehr hielt, hatte er das Gefühl, dass sein lahmes Bein an ihm zerrte und ihn am Fortkommen hinderte. Schwerfällig humpelte er zum Bett.

Als Kerpen am nächsten Morgen auf dem Weg zum Rat war, schimmerten die Morgensterne durch eine aufgerissene Wolkendecke. Die Luft war angenehm frisch und sauber. Wie immer, seit dem Tod der Mutter, war Kerpen früher als notwendig aus dem Haus gegangen, und statt auf direktem Weg zum Hofgericht zu gehen, zog es ihn an den Rhein. Die schwarzen Wasser des Stroms schwappten gemächlich ans Ufer, auf der gegenüberliegenden Seite löste sich das Fährschiff und hielt auf die Stadt zu. Kerpen erkannte es nur an den flackernden Lampen, die das Boot kaum beleuchteten, aber jedem sein Kommen ankündigten. Flussfischer luden ihren morgendlichen Fang aus, der ihnen von den Markthändlern nach ausgiebigem Palavern und Feilschen abgekauft wurde.

Der Spaziergang hatte Kerpen erfrischt, er kehrte dem Fluss den Rücken. Lange würde er nicht mehr zögern dürfen, bisher konnte er immer noch sagen, Elisabeth führe ihm den Haushalt, solange er sich in der Trauerzeit befand. Dann aber würde sie Fakten schaffen wollen, das wusste er. An diesem Morgen ging Kerpen zum Vorsitzenden des Hofrats und bat, dass man ihn, wenn irgend möglich, in eine andere Stadt versetzen möge.

NEUN

Decembris, d. 9.
Ach, mein Hennes, er ist so eifersüchtig. Das hätte ich nicht ge-
dacht. Und ich weiß auch nicht, ob es mir gefällt oder nicht.
Natürlich ist es schön zu wissen, dass ich ihm nicht egal bin,
aber ich muss doch nun mal freundlich zu den Gästen sein.
    Dann fing auch er noch mit dem Anton an. Was haben die
alle mit dem Anton? Der sitzt friedlich in der Ecke und spielt
mit seinen Freunden, und ich unterhalte mich gern mit ihm.
Aber sonst ist doch da nichts. Das habe ich Hennes auch ge-
sagt, und ich musste ihm schwören, dass es stimmt. Ich schwö-
re, habe ich gelacht und ihm einen Kuss gegeben. Da wurde er
etwas ruhiger. Das mit Antons Schwester habe ich ihm lieber
nicht gesagt, ich glaube, dann hätte er sich nur wieder auf-
geregt.
    Aber was ich nicht verstehe, ist die Geschichte mit meinem
Brief an ihn. Ich habe ihm gesagt, dass ich lange Zeit kein Pa-
pier hatte und ihm daher nicht schreiben konnte, aber nach-
dem mir die Wittib Kemps neue Bögen gegeben hat, habe ich
ihm sofort über Will ein Zettelchen zukommen lassen. Und
nun sagt Hennes, er habe es nicht bekommen. Der Will sei
nicht bei ihm gewesen. Ich kann es gar nicht glauben, das hat
mit Will doch bisher immer so gut geklappt. Ob Hennes mir
was vorspielt? Aber warum sollte er?

Xbris, d. 12.
3. Adventus
Neulich konnte ich nicht mehr weiterschreiben. Ich musste
ganz schnell das Papier unter meinen Röcken verbergen, denn
mein Vater kam plötzlich herein. Was ich da noch mache, frag-
te er. Gott sei Dank schimpfte er nicht, aber ich glaube, er hat
gemerkt, dass ich immer sehr lange für die Abrechnung brau-
che. Zu lange, hat er gemeint und die Lampe ausgeblasen.
    Heute Morgen bin ich zur Wittib Kemps gegangen und ha-

be sie gefragt, ob ich manchmal in der Schule schreiben dürfte, wenn Thenhoven nicht da sei. Sie hat ja gesagt, und wenn mein Vater nachfragen würde, hat sie gesagt, würde sie ihm sagen, dass sie mir kostenlos ein wenig Unterricht gibt. Da könne er ja wohl nichts dagegen haben. Ich wäre ihr beinahe vor Freude um den Hals gefallen.

Es ist seltsam, hier zu sitzen, wo ich als kleines Mädchen schon gesessen habe. So vieles hat sich verändert. Damals war ich stolz, dass Vater mich zur Schule schickte und ich ihm irgendwann einmal helfen würde. Ich kam mir schon so groß vor. Ich habe gern gerechnet, aber noch lieber geschrieben, obwohl Frau Recks uns mehr lesen und rezitieren ließ. Die Wittib Kemps hat mir erzählt, dass es Frauen gibt, die sich ihren Lebensunterhalt mit Schreiben verdient haben. So richtig kann ich mir das gar nicht vorstellen. Was haben die geschrieben? Hier in Brühl können nur wenige Leute schreiben, Frauen und Mädchen fast gar nicht. Wozu auch? Aber mir gefällt es, und ich beneide die Damen am Hof, die ein eigenes Zimmer haben und genügend Schreibutensilien und Gedichte verfassen. Hat mir die Kemps erzählt.

Damals als kleines Mädchen wollte ich sein wie mein Vater. Groß und stark und geduldig. Aber jetzt, der liebe Gott möge es mir verzeihen, sehne ich mich nach etwas anderem. Zwar gefällt mir die Arbeit in der Wirtsstube, die Leute mögen mich, und weil das so ist, kommen auch mehr Gäste als früher. Vater merkt das auch, er sagt zwar nichts, aber manchmal guckt er mich so an und lächelt ein bisschen, und dann weiß ich, dass er mit mir zufrieden ist. Bin ich undankbar, wenn ich manchmal daran denke, wie schön die Frau von Baumeister Cadusch gekleidet ist? Und gar die Damen am Hof! Manchmal stehe ich am Gitter und sehe sie im großen Garten lustwandeln mit ihren wundervollen Röcken, den gelockten weißen Perücken, den zierlichen Handschuhen und den bunten Sonnenschirmchen. Na ja, nicht jetzt im Dezember, aber im Sommer. Meine Haare sind fast rot und hängen in langen Strähnen herunter, nachts flechte ich sie mir zu dicken Zöpfen und mache sie nass, damit sie am nächsten Morgen gewellt sind. Lange hält das nicht. Hennes sagt, er mag meine roten Haare, sie würden zu meinen Augen passen, und die liebe er nun mal ganz besonders. Wenn er das sagt, küsst er mich immer auf die Lider, das kitzelt so angenehm, und manchmal sage ich, er soll es noch mal machen.

Am letzten Dienstag bin ich nur ganz kurz in der Frühmesse geblieben. Ich hatte mich hinten hingestellt, um sofort wieder gehen zu können. Ich werde es beichten müssen, aber ich habe es kaum mehr ausgehalten, Johann endlich wieder zu sehen. Da habe ich ihm dann auch gesagt, dass er mich nicht mehr so lange warten lassen darf, dass ich dann glaube, er mag mich nicht mehr. Und so wie ich ihm habe schwören müssen, dass da nichts ist mit dem Anton, hat er mir schwören müssen, dass wir uns wieder häufiger treffen. Er hat es auch versprochen. Ich versteh ja, dass ihm das mit der Falknerei so wichtig ist, aber wenn ich ehrlich bin, glaube ich nicht, dass er im Schloss angenommen wird. Das hat man noch nie gehört, dass einer hier aus Brühl an den Hof des Kurfürsten kam. Nur wenn sie uns brauchen für ihre Jagden, dann holen sie uns, und dann dürfen wir nicht mal nein sagen. Aber dass einer von uns in den Dienst des Hofes tritt ... – nein, das kann ich mir nicht vorstellen.

Aber der Hennes ist ganz verrückt danach. Er glaubt, dass der Amtsjäger ihm helfen wird. Der Hennes ist auch der Einzige, den ich kenne, der gern mit auf die kurfürstliche Jagd geht, wenn sie die Brühler Männer einberufen. Die meisten murren und sind froh, wenn es vorbei ist. Aber auch wenn ich nicht daran glaube, ich wünsch ihm doch, dass er zu den Falknern kommt.

Eisig kalt war es am Dienstagmorgen hinterm Friedhof, aber so stockdunkel, dass uns hoffentlich niemand gesehen hat. Die Kribben war natürlich auch in der Messe, die lässt keine aus, und die hat natürlich gemerkt, dass ich früher rausgegangen bin. Ich hoffe, sie hält ihren Mund. Am Schluss hat mich Hennes in den Arm genommen, weil ich vor Kälte gezittert habe. Das kribbelte im Bauch und hörte gar nicht mehr auf. Und ich hab's ihm erlaubt, als er mir mit seiner eiskalten Hand in den Ausschnitt gefahren ist. So ganz langsam und sacht, und da lag seine Hand, und mein Herz klopfte wie wild, *und nach einer Weile war die Hand ganz warm, und ich wollt gar nicht, dass er sie wieder rauszieht.*

Später habe ich dann Will gesucht. Er war ganz verlegen, als er mich sah. Aber ich hab nicht geschimpft, ich wusste doch noch gar nicht, was passiert war. Und dann erzählte er mir, dass der Puckel plötzlich vor ihm stand und ihn am Arm festhielt, nachdem ich ihm gerade mein Billetchen gegeben hatte. Was er denn da habe, hatte der ihn gefragt, und ihm das Papier aus der Hand gerissen, wohin er denn damit wolle? Und dabei hat er ihn so böse unter seinen filzigen Zotteln heraus angeschaut, dass der kleine Will, der ja noch nicht mal sieben ist, es mit der Angst zu tun bekam und ihm gesagt hat, dass er den Brief dem Hennes bringen muss. Da hat, so sagt der Will, der fiese Puckel das Papier zerrissen und zusammengeknüllt und sich in den Mund gesteckt. Und dann hat er laut gelacht und den kleinen Will geschubst, sodass der gestürzt ist. Er hat mir noch die Stelle am Ellbogen gezeigt, wo er sich eine dicke Schürfwunde zugezogen hat.

Als ich den Will dann fragte, warum er es mir nicht gleich gesagt hat, zuckte er nur mit der Schulter. Du verlässt dich doch auf mich, und ich habe mich nicht getraut, dir oder dem Hennes was zu sagen, hat er gemeint und sich wohl ein bisschen geschämt. Da habe ich ihn in den Arm genommen und gesagt, wenn wieder was passiert, soll er sofort zu mir kommen, ich würde ihn schon beschützen. Und ich habe ihm einen Kuss auf die Stirn gegeben und den letzten Heller, den ich im Geldbeutel fand. Auf den Puckel aber, auf diesen Schwachsinnigen und Krüppel, bin ich richtig wütend.

Zweiter Teil

Blasses Januarlicht lag über dem Land, als Anton am frühen Nachmittag von Köln zurückkehrte. Der Schnee, der in der letzten Nacht gefallen war, blendete ihn, immer wieder kniff er die Augen zusammen oder schattete sie mit der linken Hand ab, um besser sehen zu können. Die Schneedecke dämpfte alle Geräusche, den Hufschlag seines Pferdes, die Schreie der Krähen. Anton ritt vorsichtig, damit das Tier nicht versehentlich über eine verdeckte Wurzel oder einen Stein strauchelte. Die eine Satteltasche war prall gefüllt mit Lebensmitteln, in der anderen hatte er Kerzenwachs verstaut, darüber Stoffe, Zwirn und Bänder, um die ihn seine Mutter und seine Schwester gebeten hatten. Seit Neujahr saßen die beiden Frauen zusammen mit Anna Margaretha, der Tochter von Baumeister Gerhard Cadusch, um den Tisch in der Küche herum, tuschelten und lachten und heckten allerhand Pläne aus, wie sie sich zu Fastelovend vermummen wollten. Es waren nur noch wenige Wochen bis zu den närrischen Tagen, und ihre Perücken und Kleider sollten etwas Besonderes sein.

Beim Gedanken an Caduschs Tochter verzog Anton verächtlich das Gesicht. Sie war bald vierundzwanzig und hatte noch immer keinen Mann abbekommen. Es wunderte ihn nicht. Wer wollte sich schon auf ein so zänkisches Weib einlassen! Das außerdem dumm war. Nur ungern erinnerte er sich daran, dass er fast selbst auf sie hereingefallen war, besser gesagt auf ihre schönen tiefschwarzen Haare, die ihr in Wellen fast bis zur Taille fielen. Äußerlich kam sie eindeutig nach ihrer Mutter, einer geborenen Marcelli, deren dunkles, ein wenig herbes Gesicht noch immer von schwarzen Locken umrahmt war, obwohl sie die Fünfzig schon überschritten hatte. Weiter ging die Ähnlichkeit zwischen Mutter und Tochter aber nicht. Jeder in Brühl wusste, dass Gerhard Caduschs Frau den großen Haushalt am Markt umsichtig führte und nie den Blick fürs Wesentliche verlor. Sie war eine resolute, aber keineswegs aufdringliche Frau, die allgemein geschätzt wurde. Ganz anders dagegen Anna Margaretha und ihre jüngere Schwester Maria. Die beruflichen Erfolge des Vaters, der damit verbundene Wohlstand, seine Anerkennung bei Hof, ihre häufigen Besuche im Schloss, wo die beiden Mädchen am Geburtstag des Kurfürsten vor Clemens August sogar einen Knicks machen durften, schienen ihnen zu Kopf gestiegen zu sein. Besonders der älteren Margaretha. Zuerst war ihr ein Bauer nicht gut genug gewesen, obwohl er nicht unvermögend gewesen war, und dann hatte sie den Sohn des Zimmermanns zurückgewiesen. Hingegen fand ihre Zuneigung zu einem kurfürstlichen Jäger keine Erwiderung. Ob diese Enttäuschung der Grund war, dass sie sich ihm während eines Festes im Haus ihres Vaters, zu dem Anton im letzten Jahr überraschend eingeladen worden war, liebenswürdig genähert hatte? Und beim Anblick des von Kerzen hell erleuchteten Treppenhauses, der hohen Räume und wertvollen Tapeten an den Wänden, in jener weinseligen Stimmung hatte er sich von ihren schwarzen Haaren betören lassen. Er hatte Margarethas Hand genommen und sie zum Tanz geführt. Sein Blick hatte Gerhard Cadusch gesucht, doch dieser hatte sich barsch umgedreht, kaum dass er ihn mit seiner Tochter erblickt hatte. Das heitere Gesicht des kurfürstlichen Baumeisters war zu einer Grimasse gefroren, schnell hatte er sich dem Apotheker und dem Stadtmüller zugewandt, die in ein lebhaftes Gespräch vertieft waren. Wahrscheinlich war es um Politik gegangen.

Um den Posten des Bürgermeisters, dachte Anton jetzt grimmig, während er an Meschenich vorbei auf Brühl zuritt. Im letzten Jahr war es der Stadtmüller gewesen. Jetzt war zum ersten Mal Baumeister Gerhard Cadusch im Gespräch. Nach dem 25. Januar würden sie es genauer wissen. Anton rechnete zurück: Das letzte Mal, dass ein Burbacher Halfe das Amt innehatte, war vor hundert Jahren gewesen, aber es war nicht einmal ein Dominick. Noch war er selbst mit seinen siebenundzwanzig Jahren zu jung für das Amt, aber eines Tages würde er, Anton Dominick, zukünftiger Halbwinner des Burbacher Hofs, diesen Posten einnehmen, und dann könnten all diese Fabris, Weisweilers, Hertmannis und Stemmelers, die sich seit Jahren wechselseitig die Pfründen zuschoben, nach Hause gehen! Vor allem Jakob Stemmeler, der nie genug bekommen konnte. Noch heute ärgerte sich Anton über seinen Vater, der zu schwach war, dem bulligen Stemmeler Paroli zu bieten.

So hatte er sich damals, 1745, als sein Onkel Peter Dominick krank wurde und die Untere Mühle aufgeben musste, vom Müller regelrecht über den Tisch ziehen lassen. Für welche lächerliche Summe hatte er ihm die Untere Mühle überlassen! Anton lachte bitter, als er sich an den Disput der beiden erwachsenen Männer erinnerte, in dem sein Vater so jämmerlich unterlegen war. Stemmeler hatte danach gut Lachen. Als Pächter der Oberen und Unteren Mühle war er bald unangefochtener Stadtmüller – die Brühler waren verpflichtet, ihr Mehl bei ihm mahlen zu lassen. Da spielte es wahrlich keine Rolle mehr, dass er vor vielen Jahren auf seinen Besitzanteil an der Pantaleonsmühle verzichtete. Aber er wäre nicht Jakob Stemmeler, wenn er nicht zum Ausgleich dafür ein Stück besten Ackerlands hätte gewinnen können. Obendrein erwarb er bald darauf die Windmühle in Godorf. Ja, Anton musste es zähneknirschend zugeben, Jakob Stemmeler war geschickt und hatte es zu was gebracht.

Ein paar Reiter, die seinen Weg kreuzten, schreckten Anton aus seinen Gedanken. Man grüßte sich, tauschte Neuigkeiten aus und klagte über die Absicht der Stadt Brühl, in diesem Jahr die ohnehin viel zu hohen Wegegeldabgaben für das Fahren und Viehtreiben auf den Straßen erneut zu erhöhen.

»Auch da hat der Stemmeler sicher seine Hand im Spiel«, murmelte Anton vor sich hin, während er seinen Weg fortsetzte. Sagte man nicht auch, dass er mit der Theismühle des Klosters Benden und mit der Lohmühle vor Kirberg liebäugle? Das Schlimme war, dass seine Rechnung aufgehen könnte, überlegte Anton, denn Jakob Stemmeler hatte es nicht verabsäumt, rechtzeitig Fäden zu knüpfen, und pflegte beste Beziehungen zu den Pächtern dieser beiden Mühlen.

Nein, der alte Stemmeler ließ wirklich nichts unversucht. Irgendjemand müsste es ihm mal richtig zeigen!

In Antons Kopf kreisten die Gedanken. Sobald er die Pacht von seinem Vater übertragen bekäme, würde er den Burbacher Hof groß machen. Die Wirtschaft lief heute schon nicht schlecht, der kurfürstliche Hof war ihr bester Kunde, regelmäßig lieferten sie Hühner, Schweine und Hammel. Und selbst nach den Abgaben an die Stiftsdamen des Burbacher Klosters, denen der Hof gehörte, blieb ihnen noch Ware, die sie auf den Märkten in der Umgebung verkauften. Anton richtete sich im Sattel auf und warf den Kopf zurück, er war überzeugt, dass er noch viel mehr daraus machen könnte. Margaretha Cadusch fiel ihm wieder ein. Sie hatten schweigend getanzt, damals, jeder war wohl mit seinen eigenen Gedanken beschäftigt gewesen. Danach hatte er noch ein paar Mal Caduschs Haus besucht, aber der Baumeister hatte ihn mit Missachtung gestraft. Anton zuckte gleichgültig mit der Schulter. Schwarze Haare allein waren keine gute Basis für eine Ehe. Er trauerte Margaretha keine Träne nach. Umso mehr, als er bald darauf die Bekanntschaft von Madame de Lavalière gemacht hatte.

Zuerst scheute das Pferd, dann hörte auch er einen seltsamen Ton, ein Rascheln, wie es kein Tier verursacht. Er hatte den Judenfriedhof erreicht, gleich dahinter bog links der Weg zum Burbacher Hof ab. Aber das Geräusch kam von rechts. Anton zog die Zügel an und lauschte. Jetzt hörte er ganz deutlich ein Röcheln und dumpfes Stöhnen. Misstrauisch lenkte er sein Pferd in die Richtung, aus der die Laute kamen. Man konnte heutzutage nicht wachsam genug sein, hörte man doch immer wieder Geschichten von Straßenräubern und Strauchdieben, die sich alle möglichen Listen ausdachten, um Reiter und Wanderer abzulenken und diese dann zu überfallen.

Als er näher kam, wurde das Stöhnen lauter, jemand rief um Hilfe. Aber es war mehr ein lautes Murmeln. Noch immer vorsichtig hielt er sein Pferd nah am Straßengraben an, er versuchte, irgendetwas in den dichten Hecken zu erkennen. Da bewegte sich etwas, eine Hand streckte sich ihm entgegen, dreckig und aufgeschürft. Das Bündel Mensch, das er erblickte, mühte sich aufzustehen, aber es gelang ihm nicht.

Anton schaute sich um, um zu sehen, ob außer ihm noch andere Reisende unterwegs waren oder ob er den Wächter vom Kölntor zu Hilfe rufen könnte. Aber alles war still, wie ausgestorben, und die Kölnpforte zu weit weg. So stieg er schließlich vom Pferd und beugte sich über den Verunglückten. Als dieser den Kopf nach ihm drehte, erkannte er ihn und schrak zurück. Josephs Gesicht war aufgeschlagen, ein Dorn, lang wie der Daumen eines Kindes, hatte sich ihm in die Backe gebohrt. Anton zwang sich, stehen zu bleiben, er verachtete den Puckel, und als Kind war er wie alle anderen johlend hinter ihm hergerannt und hatte ihn mit Steinen beworfen. Wer ihn zehn Mal hintereinander getroffen hatte, war Kurfürst. Anton hatte es dreimal zum Kurfürsten gebracht.

Soll er doch im Straßengraben liegen bleiben und verrecken, knurrte er, dann wäre Brühl eine Sorge los. Aber dann packte er den Krüppel doch an seinen schmierigen, stinkenden Lumpen und zog ihn auf den Damm hinauf. Joseph schrie vor Schmerzen, aber Anton achtete nicht darauf. Er ekelte sich vor den verfilzten Haarsträhnen und dem mächtigen Höcker. Wimmernd und zitternd krümmte sich Joseph im Schnee, dann hob er plötzlich den Kopf und hielt Anton das Gesicht hin. Mit seinen aufgerissenen Händen zeigt er auf den Dorn, der tief ins Fleisch eingedrungen war, und stieß gurgelnde Worte hervor, die Anton nicht verstand.

»Lass mich in Ruhe!« Anton stieß ihn von sich. »Hilf dir selbst. Ich bin kein Chirurgus. Es reicht, dass ich dich von dort rausgeholt habe. Im Schnee solltest du krepieren!«

Aber mit fast übermenschlicher Kraft packte ihn der Puckel am Knöchel und zog und zerrte und ließ ihn nicht los. Angewidert bückte sich Anton schließlich über das Gesicht des Krüppels. Mit der linken Hand drückte er dessen Kopf tief in den Schnee, mit der rechten packte er den scharfen Stachel und zog ihn mit einem Ruck aus der Wunde. Das Gebrüll des Puckels machte ihn so wütend, dass er ihm ins Gesicht schlug. Vor Schreck verstummte Joseph und rollte sich zusammen wie ein verwundetes Tier.

Anton trat an sein Pferd und schnallte die Decke ab, die am Sattel befestigt war. Ohne sich nach dem Verletzten umzuschauen, warf er ihm das schwere Tuch zu und schickte sich an, wieder aufzusteigen, als Joseph hinter ihm zu kichern begann. Anton drehte sich um, aber er war nicht schnell genug, um das kleine braune Päckchen zu erwischen, das mit der Decke zu Boden gefallen war. Blitzschnell robbte der Puckel darauf zu und raffte es an sich. Mit hastigen Bewegungen riss er das Einwickelpapier auf und hielt nun den Inhalt des Päckchens in der Hand. Immer schriller klang sein Kichern, und es hörte auch nicht auf, als Anton ihn an der Schulter packte und versuchte, ihm den Gegenstand wieder zu entreißen. Geschickt wandte sich Joseph zur Seite.

»För et Agnes«, kreischte er, »e Pelzje för dat schön Agnes!« Er schlang sich den zierlichen, hellbraun glänzenden Pelzkragen wie einen Kranz um seinen Kopf. Jetzt bekam Anton das Stück zu fassen, riss es an sich und stürzte davon.

»Da wird der Johann aber böse werden«, bellte der Puckel hinter ihm her und brach in klirrendes Gelächter aus. Anton saß schon auf seinem Pferd und trieb es zur Eile an. Er schaute sich nicht mehr um, er sah nicht, wie der Puckel eine kleine rote Stoffblume triumphierend in die Höhe hielt. »För et Agnes«, schrie Joseph noch einmal. Dann drückte er die Blütenblätter an seinen Mund, verstaute das zarte Gebilde zwischen seinen Lumpen und wickelte die Decke um seinen entstellten Körper.

Als Anton zu Hause ankam, zitterte er noch immer vor Ärger und Empörung. Er sprang aus dem Sattel, griff die Packtaschen, wobei er aufpasste, dass ihm der Pelzkragen, den er in seine Manteltasche gesteckt hatte, nicht wieder herausfiel, und überließ dem Knecht das Pferd. Er grüßte seine Mutter und stellte die mitgebrachten Waren auf den Tisch. Dann nickte er seiner Schwester zu, das erwartungsvolle Gesicht von Margaretha Cadusch übersah er geflissentlich. Er hatte es eilig, in sein Zimmer zu kommen, und hoffte nur, dass sein jüngerer Bruder nicht da sein würde. Er hatte Glück. Nicht dass Georg ihn störte, im Gegenteil, es war ihm angenehm, ihn in seiner Nähe zu haben, so konnte er ihm all die Aufgaben übertragen, die seiner Meinung nach ein zehn Jahre Jüngerer für den Älteren zu erledigen habe, wie Stiefel putzen oder den Rock ausbürsten. Georg machte für ihn Besorgungen und war gehorsamer Bote, wenn er sich mit seinen Freunden verabreden wollte. Der Kleine war ihm ergeben, er würde ihn später auf dem Hof gut gebrauchen können, wenn er ihn rechtzeitig einwies.

Jetzt aber war er froh, das Zimmer für sich allein zu haben. Vorsichtig zog er den Pelzkragen aus der Innentasche seines Mantels und glättete ihn behutsam auf dem Tisch. Gott sei Dank, er war nicht schmutzig, sondern durch den Schnee nur leicht feucht geworden, und er hatte ihn dem Puckel noch rechtzeitig aus den Händen gerissen, bevor dieser ihn in sein verlaustes Haar hatte drücken können. Anton fluchte auf den Krüppel und überlegte, wie er ihm das heimzahlen könnte. Dann fiel ihm plötzlich etwas ein. Die Blume. Wo war die rote Stoffblume, die er für teures Geld in Köln gekauft hatte? Hektisch durchsuchte er die Taschen seiner Kleidung. Das Papier, in dem beides eingepackt gewesen war, der

Kragen und die Blume! Warum hatte er nur nicht mehr darauf geachtet? Das Papier hatte er auf dem Weg liegen lassen, nachdem der Puckel, dieser fiese Mensch, dieser gottverdammte, armselige Lump, es zerrissen hatte. Schäumend vor Wut ließ er sich auf sein Bett fallen.

Er hatte es sich so schön ausgemalt, als er in Köln im Laden der Putzmacherinnen stand und in dem bunten Korb mit Kornblumen, Vergissmeinnicht und Klatschmohn die kleine rote Blume fand, die wohl eine Rose sein sollte. Die junge Verkäuferin war übrigens genau so hübsch wie die Rose. Er sollte bei seinem nächsten Kölnbesuch noch einmal in dem Geschäft vorbeischauen. Er hatte sich gedacht, Madame de Lavalière zuerst das Päckchen mit dem Pelzkragen zu überreichen, den zu besorgen sie ihn gebeten hatte. Wenn sie dann damit vor den Spiegel getreten wäre, um sich darin zu bewundern, wäre er ihr leise gefolgt, hätte sie mit einem Arm von hinten umfangen. Von der anderen Seite hätte er ihr die rote Rose dargereicht und dabei sanft einen Kuss ins weiß gepuderte Haar gehaucht.

Anton spuckte auf den Boden. Ein halbes Vermögen hatte ihn die Blume gekostet! Sollte er den Weg zurückgehen und versuchen, sie wiederzufinden? Vielleicht hatte der Puckel sie weggeschmissen, vielleicht hatte er sie aber auch eingesteckt, um sie gegen Essen oder Geld einzutauschen. Diese Vorstellung brachte ihn erneut in Rage. Aber es wäre möglich. Er erinnerte sich jetzt an das hysterische Lachen, das der Kerl ihm hinterher geschickt hatte. Dieses triumphierende Gekreische. Anton erhob sich, er würde ihn suchen und ihm für ein paar Heller die Rose wieder abkaufen. Der Gedanke beruhigte ihn ein wenig.

Doch dann fiel ihm noch etwas ein. Was hatte der Puckel geschrien? Im Raum war es inzwischen dunkel geworden. Anton trat ans Fenster, öffnete es und starrte hinaus in den beginnenden Abend. Die schmale Hecke vor dem Haus hob sich schwarz gegen den schimmernden Schnee im Hof und auf den Feldern ab. Der Puckel hatte etwas von Agnes gesagt, ein Kragen für Agnes! Anton lachte unwillkürlich auf. O ja, der Agnes würde der Kragen auch stehen.

»Aber so etwas ziemt sich nicht für eine Wirtstochter«, höhnte er. Selbst wenn sie so niedlich und reizvoll ist wie diese Agnes.

Und dumm ist sie auch nicht, vielleicht ein bisschen naiv. Aber es schmeichelte ihm, wenn sie ihm ihre neugierigen Fragen über Köln stellte. Ob er sie mal mitnehmen sollte? Er könnte sie wohl herumführen und ihr allerhand Seltsames und Kurioses zeigen. Sie würde aus dem Staunen nicht herauskommen. Der Gedanke amüsierte ihn.

Aber der Puckel hatte noch einen anderen Namen erwähnt. Einen Johann. Welchen Johann? Es gab nicht nur einen in Brühl. Und was hatte dieser Johann mit Agnes zu tun? Anton schloss das Fenster. Er musste den Krüppel finden.

ZWEI

Henrich Dominick betrachtete seinen Sohn wohlgefällig, als dieser am nächsten Tag nach dem Mittagessen mit sauberen Händen und geputzten Stiefeln aus seiner Kammer kam. Seine Mutter war weniger angetan.

»Was putzt du dich so auf, wenn du nur Fleisch bei Hof ablieferst?«, knurrte sie.

»Lass ihn. Es ist richtig so, er kann dort nicht hingehen, als ob er grad von den Säuen käme. Guck dir doch Levi und Kauffmann an, in welcher Aufmachung die bei Hof erscheinen.«

»Ich sage nur, Schuster, bleib bei deinen Leisten«, brummte die alte Frau und schob ein Scheit Holz ins Feuer. »Es hat noch keinem gut getan, wenn er was Besseres sein wollte.« Aber niemand hörte auf sie.

Anton rief nach Georg.

»Hol mir mein Pferd und pack das Fleisch zusammen. Du kannst mir tragen helfen.«

Anton setzte sich den Hut auf, den er trug, wenn er in Köln zu tun hatte, und trat hinaus auf den Hof. Der Schnee knirschte unter den Sohlen, als er hinüber in den Schuppen ging, wo die Winteräpfel lagerten. Er packte fünf kleine leuchtend rote Früchte in einen Beutel, dazu noch eine Handvoll Wal- und Haselnüsse und verstaute alles unter seiner langen Jacke. Dann tastete er nach dem Pelzkragen in seiner Tasche. Wieder stieg die Wut in ihm hoch. Die Nacht zuvor hatte er noch bis nach zehn Uhr die Gassen durchstreift und die Ställe am Wall abgesucht, aber er hatte den kröppelijen Hungk nicht finden können. Er empfand es als Blamage, mit leeren Händen vor Madame zu treten.

»Warum kann ich nicht bis ins Schloss mitkommen?«

Die groben Säcke mit den Schweineteilen drückten Georg schwer auf die Schultern, kaum dass er mit seinem Bruder Schritt halten konnte. Anton antwortete nicht. Er hatte sich den Dreispitz tief ins Gesicht gezogen und holte noch rascher aus. Der scharfe

Wind trieb ihm die Tränen in die Augen, immer wieder wischte er sie mit einer ungeduldigen Handbewegung fort.

»Komm schon, trödel nicht, ich hab keine Zeit zu verlieren!«, rief er dem Jüngeren zu, der Anstalten machte, unterm Kölntor seine Last abzusetzen und ein wenig zu verschnaufen.

»Warum kann ich nicht mitkommen?«

Georgs Hartnäckigkeit überraschte Anton.

»Was soll das jetzt? Es geht nicht, das weißt du.«

Er hörte Georg etwas murmeln, aber er drehte sich nicht um. Er würde ihn noch fester an die Kandare nehmen müssen. Andererseits, und Anton grinste bei diesem Gedanken, der Kleine wurde langsam groß.

An der Hubertusburg hielt er an und wartete auf Georg, der zurückgeblieben war.

»Es ist gut, ich nehm die Säcke jetzt.«

Versöhnlich boxte er dem Bruder gegen die Schulter.

»Du kommst das nächste Mal mit nach Köln. Die Mädchen dort sind lustiger als die Mamsells hier in der Küche. Der Küchenmeister hat seine Augen überall.«

»Aber du …«

»Ich werd's dir erklären. Später.«

Anton nahm die Säcke auf und ließ Georg stehen.

Der wachhabende Soldat sprang von dem Strohhaufen hoch, in den sein Körper eine wärmende Kuhle geformt hatte. Anton grüßte ihn, und während sie ein paar Worte tauschten, drückte er ihm ein Beutelchen Tabak in die Hand.

»Ein schönes Tier.« Anton zeigte mit dem Kinn auf den Schimmel, der gerade von einem Burschen aus der Remise geführt wurde. Ein zweiter folgte mit einer hellbraunen Stute, deren lange Mähne vom Wind gepackt dem Stalljungen ins Gesicht schlug.

Der Soldat nickte zustimmend und zog laut den frischen Tabak durch die Nase. Dann winkte er Anton durch das kleine Parktor und ließ sich wieder ins Stroh fallen.

Die Tür zum Wirtschaftstrakt war nur angelehnt. Anton trat ein und schnupperte mit Wohlbehagen die heißen Küchengerüche, die ihm in dem schmalen Korridor entgegenschlugen. Bratendunst und der Geruch von frischem Brot mischten sich mit dem süßen

Duft von Zimt und Orangen. Irgendwo schrie jemand nach Eiern, Gelächter antwortete, eine Tür schlug, Füße trappelten.

»Pass doch auf«, raunzte ihn das Mädchen an, das er beinahe angerempelt hätte, als er rechts in den Hauptgang bog. Die Schokoladentassen klirrten leise, als die Magd das Tablett mit einer schnellen Bewegung zur Seite rettete. Anton schaute ihr nach, wie sie den Gang entlangeilte, blonde Fransen lugten vorwitzig unter ihrer weißen Haube hervor. Er wartete, bis sie um die Ecke zur kleinen Orangerie verschwunden war, aber sie schaute sich nicht mehr nach ihm um.

Nachdem er am Ende des Ganges das Fleisch abgeliefert und sich die Rechnung hatte gegenzeichnen lassen, schlenderte er zurück zur Mundküche. Er hatte noch etwas Zeit. An der offenen Tür zur Zuckerbäckerei blieb er stehen. Hier arbeiteten die hübschesten Mädchen. Die dralle Schwarze gefiel ihm besonders, obwohl sie immer so tat, als ob sie ihn nicht sähe. Aber er merkte doch, wie sie ihn aus den Augenwinkeln beobachtete, während sie Eiweiß zu Schaum schlug und sich mit einer Freundin unterhielt.

Wie immer fand er Martha in der Mundküche. Sie strahlte, als sie ihren Neffen kommen sah, wischte sich die fettigen Hände am Rock ab und schob ihm einen Schemel zu. Dann füllte sie zwei Becher mit heißem Wein und hockte sich zu ihm.

»Wie geht es deiner Mutter?« Martha nippte an dem dampfenden Getränk und schaute Anton erwartungsvoll an.

»Gut, nur das Gliederreißen, na, du weißt ja. Die Salbe hat nicht geholfen. Wenn das Wetter besser wird, will sie nach Walberberg beten gehen.«

Martha nickte und rieb sich die Knie, dann klatschte sie in die Hände.

»Los, los, ihr faulen Dinger, was steht ihr herum und gackert. Elsbeth, leg Holz ins Feuer! Maria, mach voran mit den Fischen! Einer muss die Hühner rupfen, und du, Therese, gehst Pfeffer holen.«

Sie lachte. »Kaum bist du da, will keine mehr schaffen.«

Eifrig fuhr sie mit ihrer Schürze über den Tisch, wischte Flecken weg und fegte Brosamen auf den Boden.

Als Therese mit einer kleinen Schüssel an Anton vorbei zur Tür ging, stand auch er auf.

»Danke für den Wein.« Anton beugte sich formvollendet über die Hand seiner Tante. Sie ließ es sich belustigt gefallen.

»Fang nichts mit ihr an«, schalt sie ihn, »sie ist einem Metzgergesellen versprochen. Der wird dir fachgerecht den Hals durchschneiden.«

Anton grinste, dann beeilte er sich, aus der Küche zu kommen. Draußen im Gang beugte sich Therese über ihre Stiefel und band sich sorgfältig die Schnürsenkel. Er musste an ihr vorbei, um wieder zum Ausgang zurückzugehen. Täuschte er sich oder hatte sie ihm zugezwinkert? Er fühlte ihre Blicke im Rücken und hörte die Absätze ihrer Stiefel auf dem Steinfußboden. Er war froh, als er an dem schmalen Korridor angelangt war, der nach draußen führte. Aber statt geradeaus zum Ausgang zu gehen, nahm er die Treppe ins Obergeschoss. Als er sich umschaute, glaubte er Therese gesehen zu haben, wie sie ihm nachschaute.

Oben war es still. Bleiches Winterlicht fiel durch die Fenster auf den breiten, mit Dielen belegten Gang, der an den Zimmerfluchten der Kavalierapartements vorbeiführte. Inzwischen kannte er den Weg zu Madames Räumen wie im Schlaf. Vor vier Monaten hatte sie ihn zum ersten Mal zu sich rufen lassen. Besonders mild geräucherten Schinken sollte er ihr bringen. Persönlich, wie die Zofe ausrichten ließ. Die Waren vom Burbacher Hof seien besonders delikat, hatte sie hinzugefügt und ein hinterhältiges Grinsen nicht unterdrückt. Damals begriff Anton noch nicht, aber er lernte schnell, als Madame ihn während seines Antrittsbesuchs, bei dem er das sorgfältig ausgesuchte Schinkenstück auf einem schmalen Holzbrett präsentierte, mit eindeutigen Worten und nicht weniger eindeutigen Gesten in seine neue Aufgabe einführte. War er die ersten Male in der ungewohnten Umgebung noch befangen gewesen, so wich dieses Gefühl schon bald einer eitlen Routine. Selbstgefällig und dabei nicht ohne Vergnügen unterwarf er sich den Launen seiner Gönnerin, ganz abgesehen davon, dass ihm seine Artigkeit und die kleinen Aufträge, mit denen Madame ihn regelmäßig betraute, gutes Geld einbrachten. Und es schmeichelte ihm, Favorit einer reifen Frau zu sein, einer Dame des Hofes.

Er klopfte an die hohe Tür, hinter der sich die Gemächer von Madame de Lavalière befanden. Die Zofe, es war dieselbe, die den Schinken bestellt hatte, öffnete. Anton nickte ihr herablassend zu und trat über die Schwelle. Er genoss die Beflissenheit, mit der das Mädchen inzwischen seinen Hut und Mantel entgegennahm. Du hast zwar einen schönen Busen, aber einen schiefen Mund, dachte er bei sich und musterte sie unverfroren.

»Ich kenne mich aus, du kannst gehen«, befahl er ihr, dann öffnete er die Tür zu Madames Boudoir.

Es war fast dunkel, als Anton wieder die Treppe zum Ausgang hinunterging. Ein kleiner Page, der mit einer Kanne heißen Wassers die Stufen heraufkam, starrte ihn verwundert an und wusste nicht, ob er zu einem tiefen Diener verpflichtet war. Anton hob abwehrend die Hand und beeilte sich, aus dem Gebäude zu kommen. So unbefangen er sich inzwischen in den Gemächern von Madame zu geben verstand, so unwohl fühlte er sich außerhalb jener verschwiegenen Wände. Auch jetzt, obwohl die Korridore leer waren, weil der Kurfürst und das Gros des Hofstaates noch in Bonn weilten. Nur wenige Gäste waren der Einladung von Clemens August gefolgt, die Wintertage im Brühler Schloss zu verbringen. Allerdings ließ der erste festliche Höhepunkt des Jahres nicht mehr lang auf sich warten, und das Personal von Augustusburg war, wie ihm nicht entgangen war, schon eifrig damit beschäftigt, das große Ereignis vorzubereiten. Mitte Februar war Fastelovend, und niemand von Rang und Namen würde sich die viele Tage dauernden Festlichkeiten, die Kostümbälle, Galadiners und musikalischen Darbietungen entgehen lassen. Alle würden sie kommen, Erzbischöfe und Fürsten, Grafen, Hofräte, Obristjägermeister, gefeierte Künstler, adlige Damen und heiratswillige Desmoiselles. Leider auch Monsieur de Lavalière.

»Du wirst ein paar Wochen ohne mich auskommen müssen«, hatte ihn Madame beim Abschied geneckt und ihm einen Beutel mit Münzen zugesteckt.

Als Anton das schmiedeeiserne Parktor passierte, salutierte die Wache. Es interessierte sie nicht, was Lieferanten so lange im Schloss zu tun hatten. Zufrieden wanderte Anton auf Brühl zu. Zwar war es genau so gekommen, wie er befürchtet hatte. Sie war mit seiner Wahl des Pelzkragens zufrieden, und die Szene vor dem Spiegel spielte sich auch so ähnlich ab, wie er es sich vorgestellt hatte. Aber den Beutel mit Äpfeln und Nüssen, den er ihr statt der roten Rose reichte, stellte sie, dabei liebreizend lächelnd, achtlos auf ein Beistelltischchen. Für eine kurze Zeit hatte es ihn verletzt, aber jetzt pfiff er spöttisch. Warum sollte er sich darüber Gedanken machen? Er fühlte den Geldbeutel in seiner Hand, der sich angenehm weich und kantig zugleich den Bewegungen seiner Finger anpasste. Er wog ihn bedächtig und versuchte zu erraten, wie viel sie ihm gegeben haben mochte. Auf jeden Fall so viel, dachte er, dass es sich lohnte, ein paar Wochen zu warten, bis sie ihn wieder rufen lassen würde. Und sie würde ihn wieder rufen, dessen war er sich sicher, hatte er doch in den vergangenen Wochen alles getan, Madames Wünschen und Vorstellungen entgegenzukommen. Denn in bestimmten Momenten hielt Madame nichts von Etikette.

Selbstzufrieden rückte sich Anton den Hut zurecht, versteckte den verräterischen Geldbeutel in der Tiefe seiner Hosentasche und machte sich erneut auf die Suche nach dem puckelijen Plackfisel.

DREI

Matthias, der Uhltorwächter, tunkte einen Lappen in die Schüssel mit kaltem Wasser. Er wrang ihn leicht aus, damit er nicht mehr tropfte, und legte ihn dann Joseph auf die glühende Stirn. Der Krüppel dauerte ihn. Die Schwellung im Gesicht war heute noch schlimmer als gestern Abend, als er Joseph unterm Torbogen gefunden hatte. Er überlegte, ob er den Medicus holen sollte, aber wer könnte diesem sein Honorar bezahlen? Er selbst verdiente wenig genug. Als er den Eindruck hatte, dass der Verletzte etwas ruhiger wurde, löschte Matthias die Lampe, zog sich seine Stiefel an und nahm die Jacke vom Haken. Er warf noch einmal einen Blick auf Joseph, der nun zu schlafen schien, und verließ das Haus.

Es war nicht weit bis zum Amtsjäger in der Huntesgass. Er hoffte, dass dessen Frau Maria zu Hause sein würde. Gehrich öffnete ihm die Tür, und Matthias schlüpfte schnell in die warme Stube, nachdem er sich den Schnee von den Stiefeln abgeklopft hatte.

Maria stand vor der Feuerstelle und rührte in der Suppe, während sie in einem Arm das jüngste Kind sachte hin und her schaukelte und dabei leise ein Lied summte. Die anderen Kinder balgten sich um zwei Puppen, die ihr Vater ihnen aus Holz geschnitzt hatte. Wie immer wunderte sich Matthias, dass in der Familie des Amtsjägers selbst solche Streitereien friedlich verliefen und die Kinder dabei nur selten in lautes Geschrei ausbrachen. Es musste an den Eltern liegen, dachte er. Er konnte sich nicht erinnern, Gehrich jemals ungeduldig gesehen zu haben, und Maria war ohnehin eine Seele von Mensch. Und was Matthias besonders schätzte: Beide Eheleute konnten zuhören, wenn man mit seinen Sorgen zu ihnen kam, und sie erzählten nicht weiter, was man ihnen anvertraute.

»Maria, ich bräuchte etwas gegen Fieber, und wenn du mir ein paar Kräuter geben könntest gegen Schwellungen und eine steife Schulter …«

»Bist du gestürzt?«, fragte sie zurück. Sie nahm den Säugling auf den anderen Arm und setzte sich zu Matthias an den Tisch.

»Nicht ich, der Joseph liegt bei mir, und es steht gar nicht gut um ihn.«

»Erzähl, was ist passiert?«

»Ich weiß es selbst nicht, er redet nicht. Nur manchmal murmelt er vor sich hin, du weißt ja, man kann kaum ein Wort verstehen, wenn er was sagt. Aber er hat eine böse Verletzung im Gesicht, und die rechte Schulter scheint ihm höllisch wehzutun, denn als ich ihn ins Torhaus brachte, schrie er wie ein Wahnsinniger.«

Maria reichte Matthias das Kind. »Warte, ich werde dir was geben, vielleicht hilft es.«

Sie verschwand in einem kleinen Raum hinter der Küche und kam kurz darauf mit einem dickbauchigen Tonkrug zurück und einem Körbchen, in dem allerlei Blätter, Wurzeln und getrocknete Blüten lagen.

»Den Rettichsaft soll er kalt trinken, wickle ihn danach in eine Decke, damit er gut schwitzt. Für die Schultern kochst du einen Sud aus den Beinwellblättern hier und machst damit warme Umschläge. Wenn sie allerdings gebrochen ist, kann ich nichts machen. Die Ringelblüten sind für die Verletzung im Gesicht.« Sie betrachtete ihn mit Hochachtung. »Nicht jeder würde tun, was du für den Puckel tust, ich wünsch dir Glück.«

Als Matthias zurückkam, fand er Joseph neben dem Strohsack auf dem harten Lehmfußboden liegen. Der Buckelige stöhnte und wimmerte und warf seinen Kopf unruhig hin und her. Manchmal verstummte er unvermutet, lachte und meckerte aber schon bald wieder auf, schwieg wieder und verfiel plötzlich erneut in ein jämmerliches Klagen. Matthias stellte die Medizin auf den Tisch und versuchte, den ungelenken Körper seines Schützlings zurück auf den warmen Strohsack zu ziehen, wobei Josephs Klagen in markerschütterndes Geheul überging. Schließlich deckte er Joseph zu und begann, vorsichtig die Glut unter einem kleinen Suppentopf anzufachen, um Wasser heiß zu machen. Bald flackerte ein kleines Feuer auf. Matthias wärmte seine kalten Finger.

Gegen Abend des folgenden Tages wurde der Kranke ruhiger. Er ertrug jetzt die schwere Decke, die er immer weggestrampelt und die ihm Matthias unermüdlich aufs Neue hochgezogen hatte. Er hielt die kranke Schulter still, wenn Matthias wieder und wieder Umschläge auflegte, die Schwellung im Gesicht war zurückgegangen, nur die Haut an der Stelle, an der der Dorn ins Fleisch eingedrungen war, hatte sich fast schwarz verfärbt. Er hatte auch aufgehört zu wimmern, und als er jetzt sein gesundes Auge aufschlug, merkte Matthias, dass Joseph ihn erkannte. Matthias seufzte erleichtert. Er ging hinüber an das Strohlager, flößte dem Kranken ein paar Löffel von Marias Rettichsaft ein, den dieser auch bereitwillig schluckte, und reichte ihm dann einen Becher mit Wasser. Mühsam versuchte Joseph, den Oberkörper aufzurichten, um zu trinken, aber die Hälfte des Inhalts schüttete er daneben. Auf seinem Gesicht erschien der Anflug eines Lächelns, Matthias erwiderte es. Wohlwollend ächzend ließ sich sein Schützling wieder ins Lager sinken und schloss die Augen.

Obwohl Joseph protestierte, bestand Matthias darauf, dass der Genesende noch ein paar Tage bei ihm bleiben sollte. Matthias wunderte sich, wie sehr er sich in der kurzen Zeit an den buckligen Menschen gewöhnt hatte. Sicher, Joseph war sonst auch fast jeden Tag vorbeigekommen, aber er blieb nie länger als auf einen Schluck Bier oder einen Kanten Brot, und in dieser Zeit starrte er meist nur still vor sich hin. Die Anwesenheit dieses verunstalteten Menschen tat Matthias seltsamerweise gut. Er hatte jemanden, für den er sorgen konnte. Dabei war es nicht so, dass er keine Arbeit hätte. Im Gegenteil. Er hatte die Leute zu kontrollieren, die nach Brühl hereinkamen oder die Stadt verließen, fremde Kaufleute und Krämer, Bauersleute und Tagelöhner aus der Umgebung. Er prüfte die Waren, die sie auf ihren Karren hinter sich herzogen, und erteilte Auskunft, wenn jemand den Weg nicht kannte. Und er war ständig auf den Beinen, um nach den Gefangenen zu sehen, die im Turm im Uhltor einsaßen oder wegen eines schweren Vergehens sogar im tiefen Loch festgehalten wurden. Kein angenehmer Ort, vor allem jetzt im Winter. Matthias schüttelte sich, wenn er an die Ratten und Kakerlaken dachte, von denen es dort drunten nur so wimmelte. Und an den unsäglichen Gestank aus Schweiß, Exkrementen und Blut, bei dem ihm regelmäßig übel wurde, wenn er das Stroh austauschen musste. Im Augenblick hockte nur ein Landstreicher dort, ein junger Kerl, den die Leute vom Palmersdorfer Hof erwischt hatten, wie er versuchte, ein Stück trockenen Brots aus der Küche zu klauen. Dumm nur, dass in einem kleinen Holzkasten daneben das Lohngeld der Knechte und Mägde lag, das ihnen am Abend ausgezahlt werden sollte. Den Diebstahl des Brots hätten sie dem Jungen in dieser Jahreszeit vielleicht verziehen, nicht aber den des Geldes. »Die Hand soll ihm dafür abgehackt werden«, forderten ein paar lauthals, als sie den Dieb dem Obristen aushändigten.

Den Gefangenen oben im Turm ging es etwas besser. Vor allem war es nicht so kalt, denn in der Wachstube, in der Matthias oft mit dem Obristen und den Schützen beim Kartenspiel zusammen saß, flackerte ein kleines Feuer, und die Wärme zog in den Gefängnisraum. Konnte der Einsitzende zahlen, bekam er auch anständiges Essen.

Meistens versagte sich Matthias jedes Mitgefühl für seine Gefangenen. Warum er also an dem armen Tropf von Joseph einen Gefallen gefunden hatte, konnte er sich selbst nicht erklären. Vielleicht, weil dieser schon immer da war und zu Brühl gehörte wie das Uhl- und das Kölntor. Vielleicht, weil seine Mutter ein Brüderchen hatte beerdigen müssen, das mit einem viel zu großen Kopf geboren worden war. Wer weiß, was der Herrgott dem Kind erspart hat, hatte sie gesagt und ihn, Matthias, an sich gedrückt. Mit anderen sprach er gewöhnlich nicht darüber, wusste er doch, dass die Brühler mit wenigen Ausnahmen Joseph gerade nur duldeten und kaum Verständnis für seine Fürsorge hatten.

Als Matthias nun am Samstagabend vom Dienst unterm Tor zurückkam, hatte Joseph bereits das Feuer gemacht. Er hatte sich einen Stuhl herangezogen und biss verschämt auf einer Pfeife herum, die er sich, wie Matthias mit einem Blick feststellte, vom Regal genommen hatte. Matthias zog sich die mit Stroh ausgepolsterten Stiefel aus und stellte sie in eine Ecke, dann holte er den Tabak aus der Tischschublade und setzte sich zu Joseph. Genüsslich streckte er seine eisigen Füße dem Feuer entgegen, stopfte sich selbst eine Pfeife und reichte Joseph den Tabaksbeutel.

»Ich habe eine Blume«, sagte Joseph. Es kam laut und deutlich.

»Eine Blume?«

»Eine rote Blume.«

»Was für eine Blume?«

Matthias hatte sich die Pfeife angezündet und tat einen ersten tiefen Zug. »Wie kommst du jetzt im Januar zu einer Blume?«

»Eine rote Blume. Esu rut we dem Agnes sing Lippe.«
Joseph zog weiter an seiner kalten Pfeife und machte keine Anstalten, sie zu stopfen.

»Wovon redest du?« Matthias' Neugier war geweckt.

Joseph legte den Tabaksbeutel zur Seite und holte unter seiner Jacke die rote Stoffblume hervor. Er betrachtete sie liebevoll, ihre Blätter waren zerknittert.

»En Rus för et Agnes«, sagte er.

Matthias wollte nach der Blume greifen, um sie sich genauer anzuschauen, aber Joseph zog erschrocken die Hand zurück und drehte sich schnell zur Seite.

»Ich nehm sie dir nicht weg, ich wollte nur mal sehen. Woher hast du sie?« Matthias kam der Verdacht, dass Joseph sie gestohlen haben könnte, aber er sagte nichts. Jetzt streckte ihm Joseph die Blume entgegen, hob seinen schweren Kopf, so gut er konnte, und lachte Matthias verschmitzt an.

»E rut Schneiblömche för et Agnes«, wiederholte er. Dann ließ er den Kopf wieder sinken und hockte als krüppeliges Bündel am Feuer. Matthias hörte ihn vor sich hinbrummen. Er nahm sich vor, die Ohren offen zu halten, um vielleicht zu erfahren, welche von den Frauen in Brühl eine rote Stoffrose vermisste. Aber eigentlich konnte er sich keine vorstellen, die sich damit schmückte. Höchstens Caduschs Frau, überlegte er. Sie würde ihr gut stehen, mit ihrem dunklen Haar.

Als Matthias am nächsten Morgen aufwachte und sich zur Sonntagsmesse fertig machte, sah er, dass Joseph verschwunden war. Die Pfeife hatte er wieder an ihren alten Platz auf dem Regal zurückgestellt. Der Tabaksbeutel lag in der Schublade, wo Matthias ihn immer aufbewahrte. Sogar die Decke war zusammengefaltet und über das Fußende des Strohsacks gelegt. Kein Zweifel, Joseph fühlte sich stark genug, um seine unsteten Wanderungen wieder aufzunehmen.

Januarius 1757
Montag, d. 17ten
Warum muss Johann immer nur so wütend werden? Wie schön
sind die letzten Wochen gewesen! Kein einziges Mal hat es
Streit gegeben. Und dabei haben wir uns oft gesehen. Wann

immer es ging, sind wir gemeinsam den Weg nach Godorf ge-
gangen. Ich unter dem Vorwand, Tante Lena zu besuchen, er
weiter zur Mühle. Auch nach der Christmette haben wir uns
gesehen, als sich jeder ein gesegnetes Fest wünschte. Beim
Neujahrstanz. War das ein Trubel in der Wirtsstube! Vater hat
sogar erlaubt, dass ich mittanze. Wir fassten uns an den Hän-
den, wirbelten im Kreis herum, hüpften und sprangen, immer
neue Kreise bildeten sich, lösten sich, fanden sich wieder zu-
sammen. Es war ein Gewoge und Geschiebe, und Hennes hat
immer alles drangesetzt, sofort wieder an meine Seite zu kom-
men, kaum dass ihn ein anderer verdrängt hatte. Natürlich
konnte man bei dem Krach sein eigenes Wort nicht verstehen,
aber das war auch nicht wichtig. Es war so schön, meine Hand
in der seinen zu spüren. Er hielt sie immer ganz fest gedrückt,
nur manchmal hob er Lisa in die Höhe, weil sie sich immer
zwischen uns drängelte. Dann schüttelte er sie und lachte und
hopste mit ihr so lange herum, bis sie vor lauter Freude
quietschte und schrie. Ach, es war wunderschön. Irgendwann,
als mir vom vielen Tanzen und Springen die Beine wehtaten
und ich mich setzte, kam unsere stumme Trudis und schmieg-
te sich an mich. Sie zeigte auf Hennes und dann auf mich und
guckte mich richtig frech an. Was weiß die denn schon, sie ist
doch erst dreizehn! Doch ich war so vergnügt an dem Tag, dass
ich nur lachte. Aber dann legte ich ganz schnell den Finger auf
meinen Mund und auf ihren. Niemand sollte es wissen. Sie
verstand sofort und nickte ganz ernst. Sie wird langsam groß,
unsere Trudis. Ach, wenn doch Maria noch lebte. Mit ihr hät-
te ich über alles reden können.

Mutter muss auch etwas gemerkt haben. Bring du heute
den Roggen zum Mahlen, bat sie mich, als ich mit ihr das
Frühstück vorbereitete. Mir sind die Beine schwer nach der
Tanzerei von gestern, setzte sie hinzu und schmunzelte. Ich
wagte nicht, sie anzuschauen. Ich glaube, ich hätte geweint
vor Glück.

Ja, das neue Jahr hatte so gut angefangen, und jetzt dieser
Streit!

Begonnen hat das Ganze diesmal mit dem gestrigen
Abend. Die letzten Gäste waren gegen halb zehn gegangen.

Mein Vater musste sie hinauskomplimentieren. Natürlich macht er das nicht gern – zahlende Gäste vor die Türe setzen! Aber der Obrist hat wohl zu Beginn des Januars die Order bekommen, die Sperrstunde in den Wirtsstuben genauer als bisher zu überprüfen. Wir hatten es schon am Tag nach Neujahr zu spüren bekommen. Mit Kirchschlag neun stand er auf der Schwelle und klopfte mit dem Gewehrkolben auf den Fußboden. Ich habe die Männer noch nie so schnell draußen gesehen. Befehl ist Befehl, rief der Obrist meinem Vater zu und salutierte. Nun kommt er fast jeden dritten Tag vorbei. Wart's nur ab, sagte mein Vater, nach einem Monat wird's ihm genug. Spätestens im März haben wir wieder Ruhe.

Auch diesen Sonntag ist er also gekommen, aber da hat er den Gewehrkolben schon nicht mehr abgesetzt und ist auch gleich darauf wieder gegangen. Die meisten Gäste haben sich dann allmählich auf den Heimweg gemacht, nur der Anton und seine Freunde haben sich nicht darum geschert. Und einer von den Palmersdorfer Knechten war über dem Tisch eingeschlafen und hatte den Obristen gar nicht bemerkt.

Als dann endlich alle draußen waren, machte ich wie immer noch die Gaststube sauber, öffnete für einen Augenblick die Fenster und die Türe zur Straße, damit wenigstens der schlimmste Tabakrauch abziehen konnte, und als ich mit dem nassen Lappen wieder hinter der Theke hochkam, lag da eine Rose auf dem Boden. Zwischen zwei Stühlen.

Sie sah aus wie echt, aber als ich sie aufhob, merkte ich, dass sie aus Stoff war. Aus dünnem Stoff, zart wie Seide. Ich roch daran, dann musste ich über mich selbst lachen. An einer Stoffrose riechen, so was Dummes! Aber sie roch tatsächlich. Ja, wirklich, da war ein ganz feiner Duft, als ob gerade eine Hofdame vorbeigekommen wäre. Jemand muss sie verloren haben, dachte ich und wollte sie ganz oben aufs Regal legen, damit Lisa sie nicht in die Finger bekäme. Aber dann dachte ich, das kann nicht sein. Ich bin mir ganz sicher, dass die Rose noch nicht dalag, als ich von der Eingangstüre zur Theke ging. So leuchtend rot, wie sie ist, hätte sie mir auffallen müssen. Also muss sie jemand von draußen hereingeworfen haben, gerade als ich hinter der Theke sauber machte.

Seit dem Krach heute Nachmittag mit Johann ist mir klar, dass er es nicht gewesen ist. Dabei war ich fest überzeugt, dass die Rose nur von ihm sein konnte. Er hat mich doch erst vor ein paar Tagen mit der Neuigkeit überrascht, dass er nach Lichtmess bei Smulders in der Falknerei anfangen kann. Er hat mich so fest gedrückt und herumgewirbelt, dass ich glaubte, er bricht mir alle Rippen. Und gestrahlt hat er! Agnes, hat er gejubelt, gib mir ein Jahr, dann heiraten wir, und du bekommst alles, was du möchtest. Samt und Seide, schöne Schuhe, Bänder für dein Haar, ach und was er sonst noch alles sagte. Ich habe mich an ihn gekuschelt und ihn geküsst, was ich noch nie gemacht habe. Bisher habe ich mich immer nur von ihm küssen lassen. Das ist etwas ganz anderes. Aber ich habe mich doch so gefreut für ihn, und Mutter scheint ihn auch zu mögen.

Und dann lag da plötzlich diese Rose, und ich dachte, er wollte mir damit eine Freude machen. Sozusagen ein Hochzeitsversprechen. Natürlich rannte ich sofort raus auf die Straße, aber da war niemand. Ich stand ganz still und lauschte, ob ich Schritte hörte, dann wäre ich sofort hinter ihm hergelaufen. Aber nichts. Nur ein Rascheln, das vom Friedhof her kam. Wahrscheinlich Ratten. Dann war wieder alles ruhig.

Heute Nachmittag habe ich Mutter gebeten, mich mit den Kindern aufs Eis zu lassen. Sie erlaubte es. Aber kommt zurück, sobald es dunkel wird, ermahnte sie uns, und schaute Lisa dabei streng an. Es stimmt. Auf Lisa muss man aufpassen, sie will nie gehorchen. Nur aus diesem Grund hatte Vater sie sogar zu Thenhoven in die Schule geschickt, aber Lisa ist meistens nicht hingegangen, sondern hat sich herumgetrieben. Vater schlägt selten, aber als er erfuhr, dass er das teure Schulgeld fast drei Monate lang umsonst bezahlt hat, ist er so zornig geworden, wie ich es noch nie erlebt habe.

Wir zogen also los, raus auf die Wiesen vor der Stadt, überall gab es vereiste Flächen, auf denen die Kinder lange Bahnen gezogen hatten. Während Lisa und die beiden Buben losrannten, hielt sich unsere Trudis bei mir fest und gemeinsam schlitterten wir übers Eis. Die Stoffrose hatte ich am Halsband befestigt, sodass sie jeder sehen konnte. Ich war stolz auf sie. Tatsächlich machten Caduschs Margaretha und ihre Schwester Maria große Augen, als sie an mir vorbeizogen und die Blume sahen. Wer hat so was schon bei uns in Brühl! Nur die Damen am Hof. Aber dann tauchte Johann auf, und vor den Augen von Trudis machte er ein großes Parlament, schalt und zeterte wegen der Blume, dass ich dachte, er hat den Verstand verloren. Wer mir die Rose gegeben habe? Seit wann ich damit herumprahle? Ich solle doch endlich zugeben, dass ich was mit dem Anton hätte. Ich bat vergeblich, doch leiser zu reden, er schrie so laut, dass es jeder hören konnte. Mit Sicherheit Caduschs Maria und Margaretha, die hinter Johann stehen geblieben waren und die Ohren spitzten. Am liebsten wäre ich in den Erdboden versunken. Dabei war ich mir so sicher gewesen, dass die Blume von Johann war. Ich versuchte, es ihm zu erklären, aber er ließ mich nicht mal zu Wort kommen. Als er mir dann auch noch die Rose vom Band reißen wollte, wurde ich auch wütend. Du bist der größte Dummkopf, den ich kenne, schrie ich ihn an, drehte mich um und rannte davon.

Erst an Marias Grab habe ich mich wieder beruhigt. Wie soll man einen Menschen lieben, der nicht einmal zuhört? Ich mag ihn doch. Ich würde ihn doch nie verletzen und in seiner Gegenwart eine Rose tragen, die von einem anderen ist.

Jetzt gehört Maria die Rose. Ich habe ein Loch durch den Schnee gebuddelt, dort wo Marias Herz ist. Habe noch ein bisschen tiefer in die Erde gegraben, die Blume hineingelegt und alles wieder sorgfältig zugeschüttet. Sogar den Schnee habe ich wieder darüber verteilt. Schade um die schöne Blume. Aber Maria im Himmel wird sich darüber freuen.

Ich habe keine Ahnung, wann ich Johann wiedersehen werde. Ich weiß nicht einmal, ob ich ihn überhaupt wiedersehen möchte. Ich bin ganz durcheinander.

Sollte es wirklich der Anton gewesen sein, der mir die Blume geschenkt hat? Er war ja gestern einer der Letzten, der gegangen ist. Aber hätte er mir dann nicht ein Zeichen gegeben? Irgendeinen Hinweis auf die Blume? Doch er ist den ganzen Abend über ziemlich wortkarg gewesen. Als ob ihn etwas ärgerte. Und heute Abend ist er gar nicht gekommen.

VIER

»Du hast mir keine Vorschriften zu machen!« Anton schlug mit der Faust auf den Esstisch. Seine Mutter zuckte zusammen, Georg schaute ihn bewundernd an, nur der Vater ließ sich nicht stören, sondern aß als Einziger ruhig weiter. »Das wäre ja noch schöner«, spottete Anton, »meine kleine Schwester macht mir Vorhaltungen, weil ich ihre liebe Freundin Margaretha nicht zum Traualtar führe!«

»Du hast es ihr versprochen.« Erbost ließ Anna Gertrud ihren Löffel fallen. Herausfordernd schaute sie ihren Bruder an. »Ich finde, deine Frauengeschichten reichen langsam. Ganz Brühl lacht schon darüber.«

»Verzäll keine Dress, halt ding Schnüss«, herrschte er sie an. »Wenn angeblich ganz Brühl über mich lacht, warum will sie mich dann unbedingt? Im Übrigen hat ihr Vater ganz andere Pläne für sein Töchterchen, wahrscheinlich wird er sie meistbietend an einen Bonner Hofbeamten verschachern, so wie er es schon mit Margarethas Schwester gemacht hat.« Anton zog verächtlich die Spucke durch die Zähne. Der Blick seiner Mutter hielt ihn davon ab, auf den Boden auszuspucken. »Und wenn du es genau wissen willst, ich habe ihr nie etwas versprochen. Wenn sie sich das einbildet, hat sie selbst Schuld.«

»Du wirst wohl nie dazulernen. Die Kirberger Geschichte reicht dir anscheinend noch nicht. Wer weiß, mit welcher Küchenmagd du es jetzt am Hof treibst. Warum gehst du denn immer so geschniegelt und gebügelt dorthin, wenn du nur einen Hammel ablieferst? Wie ne Lackstivvel! Und jetzt noch Linnichs Agnes vom Schwarzen Bären. Du kriegst wirklich den Hals nicht voll.«

Anna Gertrud hatte sich in Wut geredet. Sie war selbst über sich erstaunt, so hatte sie noch nie gewagt, mit ihrem Bruder zu sprechen. Warum kam ihre Mutter ihr nicht zu Hilfe? Diese dachte doch genauso wie sie und hätte gerne Margaretha Cadusch als Schwiegertochter gesehen, aber sie getraute sich nicht, den Mund aufzumachen. Keiner in der Familie wagte es, Anton die Meinung zu sagen. Dass er ein hochnäsiger Tunichtgut war. Ein Frauenheld. Ne Dropjänger un en Aap. Vater schien ihm auch noch finanziell unter die Arme zu greifen, sodass er überall großspurig auftreten konnte.

»Und jetzt wirft er Vaters Geld zum Fenster hinaus. Für Blumen! Für eine lächerliche, teure, rote Stoffblume!« Triumphierend blickte sie in der Runde herum und genoss, dass alle für einen Augenblick zu essen aufhörten und sie anstarrten.

»Ja!« Jetzt war es an ihr, schadenfroh zu sein. »Er schenkt seiner Angebeteten eine rote Rose, wie es sie nur in Köln zu kaufen gibt, und die dumme Gans von Agnes fällt auch noch darauf rein!«

»Ich …« Anton wollte gerade widersprechen, aber er besann sich. Wie kam Agnes an seine Rose? Und was wusste seine Schwester darüber?

»Warum müsst ihr euch immer streiten?«, mischte sich die Mutter ein. »Anton«, sie wandte sich an ihren Sohn. »Ich denke auch, du bist alt genug und solltest dich nach einer Frau umschauen. Margaretha spricht voller Respekt von dir, du solltest …«

Anton achtete nicht auf seine Mutter.

»Was geht es dich an, ob ich rote Rosen verschenke?«, knurrte er seine Schwester an. »Hat Agnes dir das erzählt?«

»Pff, Agnes! Ich rede nicht mit Agnes. Aber Margaretha hat mir erzählt, wie sich Agnes und Stemmelers Johann gestritten haben. Wegen dieser Rose, die von dir war, wie Johann behauptete. Obwohl sie es ja bestritten hat.«

»Johann? Stemmelers Johann?« Anton schwieg.

»Ja, Stemmelers Johann. Die Agnes ist nicht so unschuldig, wie sie immer tut. Macht dem Stemmeler schöne Augen und hängt sich gleichzeitig an dich. Die ist dir gewachsen.« Gertrud lachte hämisch.

»Es reicht jetzt!« Henrich Dominick schlug mit dem Löffel auf den Schüsselrand. »Geh und räum auf«, befahl er seiner Tochter. »Georg kümmert sich um die Pferde, und Anton kommt mit mir.«

Anton fürchtete die Unterredung mit seinem Vater nicht. Er würde ihm etwas von guten Geschäften in Köln erzählen, dass er sich tatsächlich erlaubt habe, ein wenig Geld abzuzwacken, um diese Rose zu kaufen, die ihn so lieblich angelächelt habe. Er würde sich für sein eigenmächtiges Verhalten entschuldigen, und sein

Vater würde ihm vergeben. Für et Agnes, hatte der dumme Puckel geschrien. Warum eigentlich nicht, jetzt wo die ganze Geschichte ohnehin anders gelaufen ist, als er es geplant hatte? Warum sollte er nicht so tun, als ob die Rose wirklich für Agnes bestimmt gewesen wäre? Sie ist niedlich, die Kleine, mit ihren roten Haaren und dem runden Mund, überlegte er, warum sollte er sich nicht mit ihr verlustieren, solange Monsieur de Lavalière seine Zeit an der Seite von Madame zu verbringen gedachte. Und es wäre obendrein eine wundervolle Gelegenheit, den Stemmelers eins auszuwischen. Wenn die glaubten, sie könnten ihre Vormachtstellung in Brühl noch weiter ausbauen und in die Wirtshäuser einheiraten, dann sollten sie sich getäuscht haben.

Anton lachte leise in sich hinein. So hat doch alles auch sein Gutes, grinste er. Der puckelige Kerl ist gar nicht so dumm. Er würde ihm einen Heller hinwerfen, wenn er ihm das nächste Mal über den Weg liefe.

Als Georg am frühen Abend vom Stall zurückkam, versuchte Anton gerade, sein wirres Haar zu bändigen. Er scheitelte es sorgfältig und strich es am Hinterkopf glatt.

»Meine Mütze!«, rief er dem Jüngeren zu, der ihn andächtig beobachtete. Gut gelaunt schlug er seinem kleinen Bruder auf die Schulter. »Komm, wir gehen eine Runde spielen.«

Schon beim Öffnen der Tür zum Schwarzen Bären schlug den beiden Dominicks lautes Gelächter entgegen. In der Mitte des Raums stand der dünne Jöris auf einem Tisch und wedelte mit seiner speckigen Mütze in der Luft herum. Dabei bog er seinen rachitischen Oberkörper leicht nach vorn. Mit der linken Schulter wackelte er so aufreizend vor und zurück, dass er fast das Gleichgewicht verloren hätte. Er schaute herausfordernd auf die Männer herab, die sich johlend um den Tisch drängten, und öffnete den Mund. Wieder brach die Menge in schallendes Gelächter aus. Mit noch immer offenem Mund, die Mütze in der Rechten, deutete Jöris erneut eine Verbeugung vor der Masse an.

»Und nun, meine geliebten Mitbürger«, näselte er, »wie ich euch schon gesagt habe, verspreche ich euch ...«

»Huhu, hört, hört!«, brüllte die Menge zurück.

»... verspreche ich euch, wenn ihr mich zum Bürgermeister ernennt, Steine aller Art, Granitsteine, Sandsteine, Backsteine, Pflastersteine, Bruchsteine …«

»Kirschsteine«, schrie einer dazwischen, und wieder grölten die Männer.

Anton und Georg gesellten sich zu der ausgelassenen Gesellschaft. Unschwer erkannten sie in dem katzbuckelnden Jöris Baumeister Cadusch, der vor jeder längeren Rede drei Atemzüge lang den Mund wie ein Fisch geöffnet hielt, bis er endlich die ersten Worte herausbrachte.

»Für Kirschsteine, geliebte Mitbürger, und ich bitte um euer Verständnis, für Kirschsteine muss gelöhnt werden. Dafür liefere ich euch Pflaster- und Bruchsteine mit eigenen Händen, ein Drittel davon ist für die Kirche bestimmt, ein Drittel für euch und ein Drittel für den weiteren Ausbau meines Hauses, denn als achtbare Bürger von Brühl soll es euch wohl anstehen, dass der Wohnsitz eures künftigen Bürgermeisters der Stadt zur Ehre gereicht.«

Begeistert klatschten die Männer in die Hände, ein paar warfen ihre Mützen in die Luft.

»Weg mit dem knauserigen Stadtmüller«, rief einer, »mit Cadusch als Bürgermeister bauen wir uns die schönsten Luftschlösser.«

Anton musste grinsen. Es stimmte: Cadusch konnte wunderbare Reden halten, am Ende blieb immer alles beim Alten, während er selbst sein Haus am Markt in aller Stille schon wieder ein Stückchen weitergebaut hatte. Selbst der Kurfürst soll darüber gestaunt haben.

»Bier für alle!«, rief der alte Hubertus, der von seinem Gemüsegärtchen aus den besten Einblick in die Wohnverhältnisse von Cadusch hatte und sich noch gut der Steinhalden erinnerte, die der kurfürstliche Baumeister ein paar Jahre lang im Hinterhof anhäufte. Es war ein offenes Geheimnis, dass das Baumaterial von der alten Brühler Burg stammte und Cadusch es sich geschickt zu eigen gemacht hatte, um damit nach und nach sein nobles Domizil zu errichten.

Linnich, der Wirt, beeilte sich, dem Wunsch seiner Gäste nachzukommen. So sehr er sich über Jöris' Vorstellung amüsiert hatte, so sehr fürchtete er die überraschenden Visiten des Obristen oder anderer amtlicher Herren, die ihm Schwierigkeiten bereiten könnten, wenn sie wüssten, was so kurz vor der Bürgermeisterwahl in seinem Wirtshaus ablief.

»Mach voran«, wies er Agnes an, »die Leute sollen sich wieder setzen«, und er schob ihr ein großes Tablett mit Bierkrügen hin.

»Mädche, wat bes do hück esu knotterich?« Der alte Hubertus nahm sich einen der Krüge vom dargebotenen Tablett und versuchte, Agnes in die Wange zu kneifen.

Aber sie drehte unwillig den Kopf zur Seite. »Lass dat, do ahlen Bock!«

Hubertus schüttelte den Kopf. Erstaunt schaute er hinter ihr her, wie sie schnell die Krüge auf den Tischen verteilte oder in die ihr entgegengestreckten Hände drückte. Ungewohnt mürrisch eilte sie zurück zur Theke, um ein neues Tablett zu holen. Hubertus zuckte mit der Schulter und ließ sich an seinem Stammplatz nieder. Zwar sah er gern den jungen Mädchen hinterher und ließ keine Gelegenheit aus, sie um die Taille zu fassen, doch im Stillen war er froh, dass er nicht mehr jung war, denn auf die Qualen des Verliebtseins konnte er gut verzichten. Zufrieden setzte er den Bierkrug an die Lippen und nahm einen großen Schluck.

Anton, der sich mit Georg wie immer an den Tisch unterm Fenster gesetzt hatte, sah Agnes näher kommen und überlegte sich, wie er sie ansprechen sollte. Als sie den Brüdern zwei Krüge hinstellte, hielt er ihre Hand fest.

»Du hast die rote Blume nicht angesteckt. Hat sie dir nicht gefallen?«

Mit Befriedigung beobachtete er, wie Agnes mürrisches Gesicht errötete und sie ihm hastig ihre Hand entzog. Ich geb mir drei Wochen, dann hab ich sie, versprach er sich im Stillen.

Agnes antwortete nicht. Sie warf einen schnellen Blick auf Georg, der ein wenig unbehaglich auf seinem Stuhl herumrutschte. Er schien nicht zu ahnen, was in seinem Bruder vorging.

Hinter der Theke ließ sie sich erschöpft auf einen Hocker fallen. Also war die Blume doch von Anton? Was wollte er von ihr? Gefiel sie ihm tatsächlich so sehr, dass er ihr eine teure Rose aus Köln mitgebracht hatte? Ihr und nicht Anna Margaretha Cadusch mit den schönen schwarzen Haaren? Sie strich sich eine lange Strähne aus dem Gesicht und versteckte sie unter ihrer Haube.

»Ist was, Agnes?« Die Stimme ihres Vaters drang wie von weit her an ihr Ohr. »Ist dir nicht gut?«, fragte er noch einmal.

Was sollte eigentlich nicht gut sein, dachte sie plötzlich. Wenn Hennes nicht merkte, was er für ein Dummbart war, dann geschah es ihm recht. Sie würde sich damit nicht mehr die Stimmung verderben lassen. Es gab anscheinend noch andere Männer, die sie nicht ungern ansahen.

»Alles ist in Ordnung«, beeilte sie sich, ihrem Vater zu antworten. Dann streckte sie sich, fuhr sich mit der Hand über ihr verschwitztes Gesicht, rückte die Haube und das Schultertuch zurecht und versuchte zu lächeln.

»Du hast wirklich hübsche Augen.« Ihr Vater sah sie stolz an und streichelte ihr mit dem Handrücken die Wange. »Ich kann schon verstehen, warum dir hier alle Männer hinterherschauen. Aber mach dir keine Sorgen, ich pass schon gut auf dich auf.« Gutmütig ballte er die Faust und tat, als drohe er den vielen Verehrern, die sich unsichtbar um seine Tochter geschart hatten.

Agnes lachte verlegen. »Ich bin nur ein bisschen müde, aber es ist alles in Ordnung.« Dann fasste sie die Hand des Vaters, die dieser ihr reichte, und ließ sich von ihm von dem niedrigen Schemel hochziehen.

Während sie von Tisch zu Tisch ging, hier ein Glas einsammelte, dort einen Teller abräumte, eine Bestellung entgegennahm oder mit einem feuchten Tuch über die Tischplatten wischte, linste sie aus den Augenwinkeln nach den Gästen. Ihr Vater mochte Recht haben, die meisten Männer versuchten, einen Blick, ein Lächeln von ihr zu erhaschen, oder neckten sie mit einem Kompliment.

Zwei Männer allerdings schauten anders, sie hätte nicht sagen können, wie. Der eine war der Fremde, der rechts neben der Theke saß. Sie hatte ihn zuvor erst ein Mal hier im Schwarzen Bären gesehen. Vor drei oder vier Tagen. Man erzählte sich, er sei von Bonn gekommen und Gerichtsschreiber Weisweiler im Amt zugeordnet worden. Bei Jöris' Auftritt auf dem Tisch war er sitzen geblieben, aber es war Agnes aufgefallen, dass er die Szene aufmerksam verfolgte. Ein seltsamer Mensch, so blass und steif, dachte sie, während sie ihm einen Becher Wein hinstellte. Er dankte ihr höflich und bat sie um einen Teller Fleischsuppe. Der andere war Anton. Sie fühlte seine Blicke in ihrem Nacken, wenn sie an ihm vorbeikam, spürte seinen Atem, wenn sie sich über seinen Tisch beugen musste, um die leeren Krüge abzuräumen. Sie vermied es, ihn anzuschauen.

Als sie mit der letzten Runde Getränke durch die Gaststube ging und sich dem Fenstertisch näherte, rief er sie herbei.

»Noch einmal für Georg und mich«, bestellte er.

Dann hielt er sie am Arm fest. »Wenn dir die rote Rose nicht gefallen hat, sollst du dir eine andere aussuchen können. Sobald das Wetter besser ist, fahren wir gemeinsam nach Köln.«

Er ließ sie los und wandte sich Georg zu, ohne Agnes weiter zu beachten.

Neun Uhr war längst vorbei, als sich die Dominicks auf den Heimweg machten. Die Nacht war tief schwarz, kein Stern durchdrang die Wolkenschicht, die schon seit Tagen gräulichblau über der Brühler Ebene lastete. Unter ihren Schritten knirschte leise der Schnee. Vor den Haustüren lag Asche gestreut, die die weiße Fläche an diesen Stellen in eine schmierige Masse verwandelt hatte. Anton und Georg mussten aufpassen, dass sie nicht in die tiefen Rinnen stürzten, die die großen Räder der Holzkarren hinterließen und die von den Kindern in lange Eisbahnen verwandelt worden waren, in denen es sich herrlich schlittern ließ. Als sie den Mühlenteich hinter der Kölnpforte passierten, knackte es im dürren Unterholz. Vergeblich versuchten sie, in der Richtung, aus der das Geräusch gekommen war, etwas zu erkennen, die Dunkelheit verschluckte jeden Gegenstand, jeden Baum und Busch, der den Weg säumte. Georg fühlte sich nicht wohl, doch Anton lachte den Jüngeren aus. Was sollte schon sein, hier so kurz hinter der Stadt? »Eine Katze oder ein streunender Hund, was sonst!«, versuchte Anton den Bruder zu beruhigen und boxte ihm aufmunternd in die Seite. Da löste sich ein Schatten aus der schwarzen Hecke. Mit einem Sprung stand eine dunkle Figur vor ihnen, einen schweren Knüppel in der Rechten.

Georg wich zurück, und auch Anton war versucht davonzulaufen. Aber er riss sich zusammen und machte einen Schritt auf den Angreifer zu. Fast hätte er vor Erleichterung aufgelacht, als er Johann Stemmeler erkannte. Nur Johann! Kein Straßenräuber, der ihnen an den Geldbeutel oder gar ans Leben wollte.

»Was soll das, Stemmeler?« Anton hatte dennoch Mühe, seiner Stimme einen gleichmütigen Ton zu verleihen. Dass sie ein wenig zitterte, ärgerte ihn.

Johann war bis auf einen Schritt an Anton herangetreten, das Weiß seiner Augen leuchtete aus seinem mit schwarzer Erde verschmierten Gesicht. Sein Atem ging stoßweise, den Knüppel hielt er in Schulterhöhe vor sich, bereit, jeden Augenblick zuzuschlagen.

»Lass die Finger von Agnes!« Die Worte kamen gepresst. »Ich sag's dir nur einmal – lass die Finger von ihr, sonst kannst du was erleben.«

Johann ließ den Holzknüppel in seiner linken Hand federn, dann plötzlich schnellte er nach vorn und zielte auf Antons Magen. Doch bevor er ihn traf, hielt er mitten in der Bewegung inne.

»Wenn du nichts tust, tu ich dir auch nichts. So einfach ist das.« Johann trat ein paar Schritte zurück, lauernd, ob der andere ihm folgte. »Und deine Rose«, seine Stimme klang verächtlich, während er sich immer weiter in die Dunkelheit zurückzog, »deine Rose gibt es nicht mehr, Agnes hat sie weggeworfen, sie will sie nicht.«

Er schwieg, dann hörten Anton und Georg das Knacken von Ästen, es entfernte sich rasch, bis nach einiger Zeit wieder tiefe Stille herrschte.

»Du solltest vielleicht nicht mehr in den Schwarzen Bären gehen.« Georg kroch langsam hinter dem Gebüsch hervor, hinter dem er sich verborgen gehalten hatte.

»Hör auf«, herrschte Anton ihn an, »ich mache, was ich will. Ich lasse mir von niemandem sagen, wem ich den Hof machen darf und wem nicht. Schon gar nicht von einem Stemmeler.« Er lachte höhnisch auf. »Dem werd ich's zeigen. Mir drohen zu wollen! Ich bekomm die Kleine, Georg, jetzt erst recht!«

Schweigend setzten die Brüder ihren Weg fort. Sie sahen nicht mehr, wie Joseph, der Puckel, sich hinter ihnen mühsam aus dem Straßengraben herausarbeitete. Auf allen vieren kroch er, abwechselnd kichernd und ein Liedchen summend, die Böschung empor. Auf der Straße angekommen, stellte er sich mitten auf den Damm, schaute den Dominicks hinterher, wobei er beide Arme, die Finger zu Fäusten geballt, triumphierend in die Luft warf. Dann klopfte er sich sorgfältig den Schnee von seinen Lumpen und wanderte langsam aufs Kölntor zu. Kurz vor dem Tor bog er nach links ab und verschwand in der Dunkelheit. Eine Viertel Stunde später lugte er durch das schwach erleuchtete Fenster des Schwarzen Bären. Sein Gesicht verzog sich melancholisch. Er legte sein Kinn auf den kalten Fenstersims, sein rechter Arm diente ihm als Polster. Das Gesicht von Agnes konnte er nicht erkennen, sie hatte den Kopf tief über den Papierbogen gebeugt, der vor ihr auf dem Tisch lag, und schrieb. Selbst als sie die Feder in die Tinte tauchte, schaute sie nicht auf, sondern schrieb sofort weiter. Joseph sang leise vor sich hin und ließ das Mädchen drinnen in der Stube nicht aus den Augen. Wo hatte sie die Rose, die er ihr geschenkt hatte? Trug sie sie an ihrem Busen? Lag sie verborgen vor den Blicken der anderen in ihrem Bett? Josephs Kopf begann hin und her zu pendeln, sein krankes Auge zuckte.

Wat hät dr Johann för ne Dress verzallt, dat et Agnes dat Rüsje fottjeschmisse hät? Er hatte doch mit eigenen Augen gesehen, wie sie es vorletzte Nacht vom Boden aufgehoben und an ihr Gesicht gedrückt hatte. Und dabei so glücklich ausgesehen hatte. Glücklich und schön.

Im Schein der Kerze leuchteten Agnes' rote Haare wie Feuer. Joseph kam es vor, als ob Funken sprühten, und er begann wieder zu kichern.

Dienstag, d. 18ten
Ich bin ganz durcheinander. Maria, meine Schwester, komm doch, setz dich zu mir. Sag mir, was ich machen soll.
In meinem Magen rumort es, die Kehle ist wie zugeschnürt.
Wenn ich an Hennes denke, wird mir ganz weich ums Herz, und gleichzeitig bin ich böse auf ihn, weil er mich vor allen Leuten so beschimpft hat. Ich habe doch nichts getan, hab doch keinen anderen Mann angeschaut, Trudis kann's bezeugen. Ach, ich habe solche Sehnsucht nach ihm und fürchte gleichzeitig seine aufbrausende Art.
Und jetzt Anton Dominick.
Was will er von mir? Maria, warum bringt er mich so durcheinander? Er will mit mir nach Köln! Wie stellt er sich das vor? Ich kann doch nicht einfach mit ihm nach Köln. Was

*würden meine Eltern dazu sagen? Und Johann? Aber Köln!
Ach, es wäre schon aufregend, mit jemandem wie ihm dorthin
zu fahren, durch die breiten Straßen zu spazieren, vielleicht
gar in eines jener Kaffeehäuser zu gehen, von denen man jetzt
spricht. Aber nein, so etwas ist nichts für unsereins. Vielleicht
hat er die richtige Kleidung dafür, ich auf keinen Fall.*

*Aber was denke ich überhaupt darüber nach? Ich liebe ihn
doch nicht. Ach, könnte ich doch nur auf und davon gehen.
Von allem weit weg sein möchte ich. Wo ich weder den einen
noch den anderen sehen müsste. Maria, hilf mir, steh mir bei!*

FÜNF

»Und es werden geschehen große Erdbeben hin und wieder, teure Zeit und Pestilenz; auch werden Schrecknisse und große Zeichen vom Himmel geschehen.« Pfarrer Mauels Stimme grollte wie Donner von der Kanzel herab, seine Finger fuhren über die Seiten seiner Bibel und folgten den geschriebenen Worten des Lukasevangeliums.

Die alte Kribben nickte eifrig mit dem Kopf und setzte eine selbstgefällige Miene auf. Nein, sie empfand kein Mitleid beim Anblick der bedrückten Gesichter um sie herum. Zusammengekauert, die wärmenden Tücher und Umhänge um die Schultern gezogen, duckten sich die Gläubigen unter den zornigen Worten des Pfarrers. Hatte sie es ihnen nicht schon immer gesagt? Das erste Gotteszeichen war das große Erdbeben von Lissabon gewesen. Vor über einem Jahr im November siebzehnfünfundfünfzig. Sechzigtausend Menschen, sagte man, habe der Herr im Himmel auf einmal in die Hölle geschickt. Ein Sodom und Gomorra muss diese Stadt gewesen sein, empörte sich die Alte, aber unser Stadtrat hat nichts daraus gelernt. Vielmehr wirtschafteten die Herren Schöffen und Siebener fröhlich weiter in die eigene Tasche, und in Bürgermeister Stemmeler hatten sie ihren Meister. Die alte Kribben hob den Kopf und suchte unter den Gläubigen den Stadtmüller. Ihre Augen bohrten sich in seinen Nacken, sie murmelte eine Verwünschung.

Dann, und sie erinnerte sich sehr gut, folgten im vergangenen Jahr in der Gegend um Düren die vielen größeren und kleineren Erdstöße. Bis nach Brühl und Köln waren sie zu spüren gewesen, Türme stürzten ein, und Gottesdienste wurden ins Freie verlegt. Aber niemand wollte die Warnungen ernst nehmen! Und nun heute Morgen das böse Erwachen. Ausgerechnet heute, am 25. Januar, am Tag der Bürgermeisterwahl. Wenn das kein Wink Gottes war, wollte sie, Eleonore Kribben, fünf Vaterunser beten!

Angsterfülltes Wiehern, das anhaltende Geblöke der Schafe und das Muhen der Rindviecher hatten sie heute Morgen alle aus dem Schlaf gerissen. Wer hätte es gestern noch für möglich gehalten, dass der Schnee über Nacht tauen und sich in eine gewaltige, dreckige Schlammmasse verwandeln würde? Der Regen hatte ein Übriges getan, sodass binnen weniger Stunden die Bäche über die Ufer getreten und in die Stadt eingedrungen waren. Viele Häuser liefen voll, braune Wassermassen schwappten in die Stuben, Ställe und Scheunen drohten einzustürzen.

In aller Eile versuchten die Brühler, zuerst die Tiere und dann ihr übriges Hab und Gut in Sicherheit zu bringen. Doch ein Großteil der Vorräte an Heu und Stroh und des Wintergemüses wurde von den Fluten mitgerissen, was übrig blieb, war völlig durchnässt und würde über kurz oder lang verschimmeln. Noch nie, riefen sich die Brühler zu, habe das Wasser im Ort so hoch gestanden. Ein paar bekreuzigten sich, und Pfarrer Mauel schickte Kinder durch die nassen Straßen, um zu verkünden, dass der Gottesdienst anlässlich der Bürgermeisterwahl zwei Stunden später stattfinden würde.

Schnell ging das Gerücht, Ursache der Katastrophe sei der an der Stadtmühle vorbeiführende Mühlenbach, der im letzten Jahr nicht genügend ausgefegt worden sei, sodass das Wasser nicht ablaufen konnte. Tatsächlich hatte sich der Mühlenteich vor dem Kölntor innerhalb kürzester Zeit zu einem riesigen See ausgedehnt, und wer die Pforte passieren wollte, musste durch kniehoch stehendes Wasser waten. Allerdings führte auch der Donnerbach so viel Hochwasser, dass die Überschwemmung bis zur Schule reichte und die Lehmfußböden in den Häusern entlang des Walls aufweichten. Erst im letzten Augenblick hatte Schmitzens Franziska die Gefahr bemerkt. Mit einem fast unmenschlich anmutenden Schrei riss sie ihr Neugeborenes hoch, das neben ihr auf einem Schafsfell geschlafen hatte. Freudentränen liefen ihr übers Gesicht, als das Kind in ein Herz erweichendes Plärren ausbrach.

Endlich versammelten sich gegen halb neun die Brühler in der Kirche, und es kam zu einer lautstarken Auseinandersetzung über die Ursache des Unglücks. Die einen vermuteten menschliches Versagen und folgten mit vorwurfsvollen Blicken dem feierlichen Einzug von Bürgermeister Stemmeler mit seinen Ratsherren, die anderen sprachen von Naturgewalten und Gottes heiligem Willen. Erst das Aufbrausen der Orgel beendete die hitzige Debatte.

Die alte Kribben nickte wieder mit dem Kopf und lauschte weiter Pfarrer Mauel. Sie liebte die Bibelsprüche, die er in seine Predigten einzustreuen pflegte wie ein guter Koch Salz und Gewürze in seine Speisen. Dass er den einen oder anderen Vers nach eigenem Gutdünken den Ereignissen und Gegebenheiten in seiner Gemeinde anpasste, hielt Pfarrer Mauel für selbstverständlich. Seine Schäfchen lasen die Bibel nicht, der Papst hörte ihn nicht, und Gott war ein gnädiger.

»Ach Herr, unsre Missetaten haben's ja verdient …«, klagte er jetzt und schaute über seine Gemeinde hinweg, um zu sehen, wer gekommen war. Die Leute vom Burbacher Hof waren, wie immer, nicht darunter! »… aber hilf doch um deines Namens willen! Denn unser Ungehorsam ist groß, damit wir wider dich gesündigt haben.«

Eleonore Kribben erschauerte wohlig unter ihrem Wolltuch. Der Herr kannte sie und hatte es wohl gerichtet, dass ihre Kammer im Obergeschoss lag und sie nur nasse Füße auf dem Weg zur Kirche bekam. Gab es einen besseren Beweis für die Größe und Weisheit Gottes?

»Gehet hin in Frieden«, hörte sie die letzten Worte des Pfarrers an die Gemeinde. Doch dann wandte er sich noch einmal den Ratsherren zu, die heute in den vordersten Kirchenbänken Platz genommen hatten. Dem Organisten, der gerade zu spielen ansetzte, hieß er mit einer Handbewegung einzuhalten. Eindringlich ging sein Blick zu jedem einzelnen der Schöffen und Siebener, die sich nun gleich zur Bürgermeisterwahl in die Ratsstube am Steinweg zurückziehen würden.

»Ihr esset nun …«, hob er an, und es schien, als ob er jetzt dem Stadtmüller Stemmeler geradewegs ins Gesicht schaute. »Ihr esset nun oder trinket oder was ihr tut, so tut es alles zu Gottes Ehre.« Wieder hielt er inne, dann wanderte sein Blick die Reihe entlang und blieb bei Gerhard Cadusch hängen. Er runzelte die Stirn. »Gebet kein Ärgernis«, fuhr er fort, »weder dem Kurfürsten noch den Brühlern noch der Gemeinde Jahwes; und suche nicht, was dir, sondern was vielen frommt, dass sie selig werden.«

Ignatz Clemens Kerpen gehörte zu den ersten, die die Kirche verließen. Er war in Bonn nie ein großer Kirchgänger gewesen, aber er war sich darüber im Klaren, dass die Verhältnisse im kleinen Brühl andere waren. Er würde sich anpassen müssen. Umso mehr, als er die erste Unterredung mit dem Rat der Stadt vor über zwei Wochen noch in guter Erinnerung hatte. Ihm war eine gehörige Portion Misstrauen, wenn nicht gar offene Ablehnung, entgegengeschlagen.

Es war alles sehr schnell gegangen, schneller als er zu hoffen gewagt hatte. Gleich nach Neujahr rief ihn der kurfürstliche Amtmann zu sich und überreichte ihm ein Papier, in dem er zum Schreiber am Brühler Gericht bestellt wurde. In seine erste Freude mischte sich Enttäuschung, als er später die Bestallungsurkunde noch einmal durchlas. Er würde, so hieß es, dem amtierenden Brühler Gerichtsschreiber, Johann Weisweiler, wohnhaft im Haus Zum Stern zu Brühl, unterstellt. Sein Gehalt würde sich durch den Ortswechsel nicht ändern, man stellte ihm aber anheim, einen Antrag auf Hilfe zum Umzug einzureichen, den man gnädig prüfen wolle.

Und doch – er musste dankbar sein, hatte er doch alles erreicht, was er wollte. Oder wenigstens fast alles. Und das Wichtigste war zunächst einmal, wegzukommen von Bonn, weg von Elisabeth.

Er hatte niemandem außer dem Schuhmacher etwas von seinen Plänen erzählt. Sie hatten vereinbart, dass Steines in sein Haus ziehen würde, das etwas geräumiger war als die bisherige Schusterwerkstatt, und die wenigen Möbel, die Kerpen besaß, waren mit Hilfe des Fuhrmanns und dessen Knecht schnell am Tag des Auszugs auf einen Wagen verstaut. Er trieb den Fahrer zur Eile an, denn er wollte aus dem Haus sein, bevor Elisabeth, die er in der letzten Zeit jeden Abend zu ihren Eltern geschickt hatte, auftauchte.

Er warf sich vor, feige gewesen zu sein, aber er versuchte, sich damit zu rechtfertigen, dass nicht er sie, sondern sie ihn gesucht habe. Damit sie nicht plötzlich mittellos dastünde, hatte er Steines Geld für Elisabeth dagelassen, das einige Zeit reichen würde, bis sie eine neue Arbeit gefunden hätte. Und hoffentlich auch bald einen Mann, dachte er.

Am 11. Januar 1757 war er dann vor dem Brühler Rat erschienen und hatte den Herren das Schreiben des Amtmanns vorgelegt. Das Erstaunen der Brühler Ratsherren war nicht zu übersehen gewesen. Und eben nicht nur Erstaunen. Kerpen glaubte bei einigen auch Verärgerung und vielleicht sogar Neid zu erkennen, als die Urkunde von einem zum anderen weitergereicht wurde. Ungeduldig winkte ihn der bullige große Mann, der am Kopfende saß, heran.

»Der Amtmann beliebt, seine Kompetenzen zu überschreiten«, polterte Jakob Stemmeler, und die anderen Herren pflichteten ihm unter lebhaftem Gemurmel bei. »Er mag vor der Türe warten«, befahl ihm der Bürgermeister. »Wir werden die Angelegenheit beraten.«

Eine Stunde später war Kerpen wieder in die Amtsstube gerufen worden, wo man ihn zu seiner Überraschung einstimmig in sein neues Amt willkommen hieß. Dennoch spürte er die Abneigung einiger Ratsvertreter. Nur einer blickte ihn aufmunternd an.

»Schöffe Johann Weisweiler wird sich Seiner annehmen«, erläuterte der Bürgermeister kurz angebunden und deutete auf seinen lächelnden Nachbarn. Dann war er entlassen.

Tatsächlich war Weisweiler zufrieden mit der Entwicklung der Dinge. Er war schon einundsiebzig, die Knochen schmerzten, und die Augen wollten nicht mehr so recht. Und doch kamen noch immer alle zu ihm mit ihren großen und kleinen Sorgen, baten ihn um Rat und Unterstützung, ließen sich Briefe von ihm aufsetzen, und auch Pfarrer Mauel schaute regelmäßig vorbei, um gewichtige Kirchen- und Gemeindeangelegenheiten mit ihm zu besprechen. Seine Arbeit als Gerichtsschreiber rieb ihn inzwischen mehr auf, als er zugeben wollte. Die Gemeindeverordnung verbot es zwar nicht ausdrücklich, aber der Rat würde es trotzdem nicht gerne sehen, wenn er das Amt seinem Sohn, der seit einigen Jahren als Stadtschreiber tätig war, übertrüge. Schon oft hatte er darüber nachgedacht, wer ihm im Amt folgen könne, aber ihm fiel niemand ein, der über ausreichende Schriftkenntnisse verfügte und sich außerdem mit Latein und in juristischen Formulierungen auskannte. Die zugegebenermaßen selbstherrliche Entscheidung des kurfürstlichen Amtmanns kam ihm gerade recht.

Neben den Gräbern vor der Kirche blieb Kerpen stehen, um auf Weisweiler zu warten, der ihn schon bald eingeholt hatte.

»Cadusch wird heute Abend die Ratsherren zu sich nach Hause einladen«, verriet der Gerichtsschreiber vielsagend. Als er Kerpens fragendes Gesicht sah, beeilte er sich hinzuzufügen: »Und natürlich auch den neuen Bürgermeister.« Dann wieherte er vergnügt los: »Wenn er es denn nicht selbst sein wird …«

Er nahm den Jüngeren beim Arm. »Ich habe dafür gesorgt, dass du eingeladen wirst. Komm ruhig! Es wird dir gut tun, andere vier Wände zu sehen und gleichzeitig die wichtigsten Männer von Brühl kennenzulernen.«

Weisweiler lachte gutmütig, bevor er sich von seinem neuen Mitarbeiter verabschiedete und in die Ratsstube eilte.

Gerhard Cadusch liebte Zeremonien, und seine Frau verstand es, den richtigen Rahmen zu setzen. Unterstützt von ihren Töchtern und den Mägden, hatte sie seit Neujahr das Haus in Ordnung gebracht, dafür gesorgt, dass Speisekammer und Keller gefüllt waren, und den Knecht nach Köln geschickt, damit er die neuen Lampen besorgte, die gerade in Mode gekommen waren. Nun strahlten die Treppenflure und das große Wohnzimmer, das an diesem Abend zum Empfangssaal umgewandelt worden war, in hellem Licht, und Anna Maria Marcelli freute sich an dem warmen Glanz, der von den neuen Leuchtern ausging.

Sie hatte nie daran gezweifelt, dass ihr Mann der nächste Brühler Bürgermeister sein würde, auch wenn Gerhard Cadusch sie in ihrer Begeisterung manchmal zu zügeln versuchte. Nüchtern wie er war, behielt er ständig die Möglichkeit im Auge, dass am Ende vielleicht doch noch ein anderer das Rennen machen könnte. Als die Entscheidung im Rat dann nach kurzer Zeit zu seinen Gunsten ausgefallen war, atmete er erst einmal tief durch. Das anschließende mittägliche Gelage fiel kleiner aus, als es für gewöhnlich der Fall war. Die Überschwemmungskatastrophe steckte den Ratsherren noch in allen Gliedern, sodass sich die meisten schon nach zwei Gläsern Wein verabschiedeten, um zu Hause nach dem Rechten zu sehen. Man würde ohnehin am Abend wieder bei Cadusch zusammenkommen, um das bedeutende Ereignis angemessen zu begießen.

Kerpen fühlte sich ein wenig unwohl inmitten der Brühler Honoratioren. Man beachtete ihn kaum, und er wagte es nicht, sich in die Gespräche einzumischen, die sich nach dem üppigen Essen entwickelten. Schließlich kam Weisweiler auf ihn zu und zog ihn zu einer Gruppe von fünf oder sechs Männern, die vor dem Kamin standen.

»… Klütten von St. Margareta!«, bemerkte gerade Pfarrer Mauel und deutete in die zischelnden Flammen.

»Ich weiß nicht«, gab Ernst Salentin Heldt zu bedenken, »ich halte den Handel mit Feuerholz noch immer für lohnenswerter als den Abbau von Brandturff.«

»Heldt ist Kaufmann«, flüsterte Weisweiler dem Schreiber zu. Dann schwieg er, um sich die Diskussion nicht entgehen zu lassen.

»Nein«, widersprach Mauel, »unsere Pfarrei könnte ohne die Einnahmen, die wir durch den Klüttenverkauf erzielen, nicht überleben. Im Übrigen, meine Herren, vergessen Sie nicht, dass etliche Familien, die vorher nichts zum Leben hatten, auf diese Weise zu Geld und Nahrung gekommen sind. Gott sei gedankt dafür!«, setzte er hinzu und rief nach der Magd, die mit einem Tablett Weingläser herumging.

»Aber ob der hohe Arbeitslohn gerechtfertigt ist, wage ich zu bezweifeln«, mischte sich Jakob Stemmeler ein, während er dem Pfarrer zuprostete. »Es geht mir wie Heldt, ich frage mich noch immer, was an der schwarzen Erde so Besonderes ist.«

»Früher hat man Farben damit hergestellt«, erklärte jetzt der Apotheker, »man spricht ja auch von Umbererde, aber inzwischen weiß man, dass sie besser brennt als Holz. Ihr seht's doch hier im Kamin. Cadusch heizt nur mit Klütten, habe ich mir sagen lassen.«

»Aber besser als Holz ist nur Steinkohle«, ließ sich Hertmanni vernehmen. Die Stimme des kurfürstlichen Amtsverwalters bekam immer einen belehrenden Ton, wenn er vor mehr als drei Leuten sprach. »Die herzoglich-bergischen Behörden gehen sogar so weit, dass sie rheinaufwärts fahrende Steinkohleschiffe abfangen und die Ladung einziehen.«

»Das ist ungeheuerlich!« Heldt erregte sich so sehr, dass die anderen ihn beruhigen mussten.

»Ich denke, wir werden nicht darum herumkommen.« Mauel leckte sich genüsslich die Lippen. Er durfte nicht vergessen, Cadusch nach dem Namen seines Weinlieferanten zu fragen. »Steinkohleabbau ist teuer und gefährlich, und Holz, das ohne Zweifel

ein hervorragender Brennstoff ist, wird immer weniger. Schaut euch doch um, wie allein um Brühl die Wälder ausgedünnt sind.«
Die Herren nickten.

»Ich gebe zu, St. Margareta hat investieren müssen.« Da die Magd mit neuen Weingläsern vorbeikam, griff Mauel schnell zu. »Zufahrtswege mussten wir anlegen, Tagelöhner sind zu bezahlen, dazu Eimer, Schubkarren, Klüttenformen. Und dennoch, ich bin mir sicher, der Turff ist die Zukunft.«

Jakob Stemmeler blickte den Pfarrer nachdenklich an. Er wusste, dass der Pfarrer ein besonnener Mann war und sich nur für etwas einsetzte, das seiner Meinung nach Hand und Fuß hatte.

»An der Gabjei hat man auch schwarze Erde gefunden …«, mischte sich nun Weisweiler ein.

»An der Gabjei?« Stemmeler wurde hellhörig. »Dort, wo vor Jahrzehnten dieser seltsame Doktor von … wie hieß er noch? Von Laubersheim oder so? Oder kam er von einem Ort, der so hieß? Auf jeden Fall, nach Steinkohle wollte er graben. Erinnert ihr euch noch?« Er lachte verächtlich.

Weisweiler nickte. »Ob es genau dieselbe Stelle ist, weiß ich nicht. Aber wohl ungefähr dort, wo Henrich Esser sein Grundstück hat. Glücklich ist er nicht darüber. Der Boden ist schon schlecht genug, sagt er, fast das ganze Gelände sumpfig. Im letzten Sommer hat er versucht, Teile davon trockenzulegen, aber bisher ohne großen Erfolg. Meist lässt er seine paar Ziegen dort weiden.«

»Und diese schwarze Erde soll wirklich besser brennen als Holz?« Stemmeler schaute in das flackernde Kaminfeuer. »Vielleicht sollte man wirklich mehr daraus machen.«

Weisweiler beobachtete den Müller, er kannte ihn lange genug und wusste, dass dieser umso stiller wurde, je mehr in ihm vorging. Er ist nicht gerade der Klügste, sagte Weisweiler zu sich, aber immer, wenn er zu einer Sache schwieg, war er hinterher um einen zusätzlichen Mühlenanteil, um ein neues Grundstück oder eine Wiese reicher. Weisweiler lächelte. Ihm war es egal, aber er wusste, dass einige in Brühl dem Stadtmüller sein wirtschaftliches Glück neideten. Dann erinnerte er sich des neuen Schreibers, und er nützte die Gesprächspause, Kerpen am Arm zu nehmen und ihn der Runde vorzustellen.

»Er hat eine vorzügliche Handschrift, und sein Latein, ich versichere es euch, ist besser als meins.«

Jakob Stemmeler verzog sein Gesicht zu einem leichten Grinsen. »Er mag mir meine Grobheit neulich verzeihen. Es ist nur so, dass der Amtmann immer wieder versucht, sich in die Angelegenheiten unserer Stadt einzumischen.«

Kerpen schüttelte den Kopf und verneigte sich leicht, um anzudeuten, dass der andere sich nicht rechtfertigen müsse. Aber in seinem Inneren spürte er doch eine gewisse Befriedigung. Jetzt klopfte ihm Stemmeler auf die Schulter.

»Wenn Er so gut in Seiner Arbeit ist, werden wir beide eine Menge miteinander zu tun bekommen.« Er lachte. »Ich liebe schön geschriebene Pacht- und Kaufverträge auf meinen Namen.«

Kerpen zuckte gequält zusammen, als ihm Stemmeler noch einmal auf die Schulter schlug. Dankbar nahm er das Weinglas entgegen, das Caduschs Tochter Maria ihm mit einem koketten Augenaufschlag reichte, und als ihn Hertmanni in ein Gespräch über die Bonner Ratsverwaltung verwickelte, kehrte er dem stämmigen Stadtmüller mit einer höflichen Entschuldigung, aber erleichtert den Rücken zu.

SECHS

Am 2. Februar, Lichtmess, regnete es aus einem grauen Wolken-
himmel, und das trübe Wetter vergällte Jakob Stemmeler die Laune. Ohnehin hasste er Lichtmess. Nur widerwillig zündete er nach
dem Kirchgang die von Pfarrer Mauel gesegneten Kerzen an und
stellte sie auf den großen Holztisch in der Küche.

»Jakob!« Seine Frau schaute ihn flehend an, aber er drehte ihr
den Rücken zu und verließ den Raum. Elisabeth Kalcker wischte
sich den Teig von den Händen und bekreuzigte sich, wobei sie ein
hastiges Gelobtseijesuschristus murmelte. Sechs Jahre war sie nun
mit diesem Mann verheiratet, und es verging kein Tag, an dem sie
es nicht aus tiefstem Herzen bereute. Sie musste blind gewesen
sein, als sie diesem Mann ihr Jawort gab. Die Liebe, oder zumindest das, was der damals Sechzigjährige darunter verstand, dauerte ein halbes Jahr, danach nickte er immer vor ihr ein und erwach-
te erst wieder, wenn die Frühstückssuppe schon über dem Feuer
köchelte. Es war ein schwacher Trost, dass er jede Nacht neben ihr
lag und nicht zur Nachbarin ging, wie es ihr Vater gemacht hatte.
Manchmal wünschte sie es sich geradezu, damit sie endlich in den
Genuss der Bettdecken kommen würde, die er sich regelmäßig im
Schlaf aneignete.

Sie hätte es eigentlich ahnen können, als er um ihre Hand anhielt, war doch damals seine erste Frau, Gertrud Frühe, gerade mal
drei Monate unter der Erde. Er hatte wahrlich keine Zeit verloren,
sich nach einer guten Arbeitskraft umzuschauen. Und nach einer
Frau, die zu kochen verstand – und weiß Gott, das konnte sie!

Stattdessen hatte sie sich die Sache einfach vorgestellt. Die erwachsenen Kinder waren bereits aus dem Haus und kamen nur
selten nach Brühl zu Besuch. Am ehesten noch Anna, die den Bay-
enhalfen in Hersel geheiratet hatte. Paulus hingegen, der ungefähr
so alt sein musste wie sie, hatte sie erst drei Jahre nach ihrer Ehe-
schließung mit Jakob Stemmeler kennengelernt. Den jungen
Mann, der mit einigem Erfolg in Köln Jura studiert hatte, zog
nichts mehr zurück ins Elternhaus, seit seine Mutter gestorben

war. Als der alte Stemmeler um sie warb, lebten nur noch der siebzehnjährige Peter und sein drei Jahre jüngerer Bruder Johann beim Vater. Die beiden würden dem Vater zur Hand gehen und die Knechte beaufsichtigen, während sie, Elisabeth Kalcker, den Haushalt und die Mägde unter sich hätte. Das klang verlockend, damals, und Jakob Stemmeler wusste ihr zu schmeicheln. Das konnte er, wenn er etwas wollte.

Hatte er dann bekommen, was er sich in den Kopf gesetzt hatte, vergaß er sich meist. Seine Hand war hart, wenn er zuschlug, seine Stimme so scharf und verletzend, dass es manchmal schlimmer war, als wenn er sie verprügelte. Am Schlimmsten aber war es, dass es ihr nicht gelungen war, seine Söhne für sich einzunehmen. Sie spürte, dass Johann sie ablehnte, und manchmal hatte sie das Gefühl, er mache sie für den Tod seiner Mutter verantwortlich. Er bestrafte sie dafür mit bockiger Nichtbeachtung. Peter war zwar freundlich, aber er erschien ihr immer wie ein tapsiger Bär, der wenig sprach, sich keine eigenen Gedanken machte und sich am liebsten aus allem raushielt.

Verbittert nahm Elisabeth Kalcker die größte der brennenden Kerzen und stellte sie neben das Kruzifix, das in der Ecke an der Wand hing. Dann nahm sie eine zweite Kerze und ging damit durchs Haus und in den Stall, um das Vieh zu segnen.

»Ich tue es für mich«, murmelte sie trotzig, tippte mit dem Mittelfinger ihrer rechten Hand in das heiße Wachs und bekreuzigte sich. Dann sah sie Johann auf einem Holzklotz in einer Ecke des Stalls hocken. Es war ihr peinlich, dass er sie bei einer Handlung überrascht hatte, die eigentlich sein Vater hätte tun sollen. Hastig zerdrückte sie die Flamme zwischen Daumen und Zeigefinger und eilte in die Küche zurück. Erst später dachte sie, dass er merkwürdig blass ausgesehen hatte. Und überhaupt: Warum war er nicht nach Godorf gegangen, wie ihm sein Vater am Morgen befohlen hatte?

Als sie noch klein war, hatte sich Elisabeth immer auf das Abendessen zu Lichtmess gefreut. Sie hatte ihrer Mutter geholfen, etwas besonders Leckeres zu kochen, und wenn dann nach der Mahlzeit die ganze Familie mit allen Knechten und Mägden um den Tisch herum versammelt saß, hatte sie mit leuchtenden Augen in die flackernden Kerzen geschaut. Dann begannen die Großen, Geschichten zu erzählen und Pläne für die Zukunft zu schmieden, während ihr Vater die Feldarbeit aufteilte, die nun nach den langen Wintermonaten wieder anstand. War die Nacht hereingebrochen, erhob sich der Vater, nahm seine Kerze, ging um den Tisch herum und erteilte jedem den Segen. Am Ende hielt er immer eine kleine Rede, die ganz feierlich wurde, wenn er sich beim Gesinde für dessen Arbeit bedankte. Hatte einer der Knechte oder eine Magd zuvor den Wunsch geäußert, zu einem anderen Meister zu wechseln, schob er diesen ein paar zusätzliche Heller zu und wünschte ihnen viel Glück.

Ganz anders der Stadtmüller. Nur selten hielt es einen Knecht länger als ein Jahr bei ihm, und es ging wertvolle Zeit verloren, bis er wieder eine neue Arbeitskraft gefunden hatte. »Faules Pack«, herrschte er seine Leute an. »Ihr wisst nicht, was Arbeiten heißt. Ihr werdet es nie zu etwas bringen. Geht doch! Geht doch, wenn ihr glaubt, dass ihr woanders mehr verdient.«

Auch in diesem Jahr hatten wieder zwei seiner Knechte angekündigt, weggehen zu wollen, und es war ihm nichts anderes übrig geblieben, als sich an die Gebräuche zu halten und die Kündigungen anzunehmen. Aber es passte ihm dieses Jahr noch weniger in den Kram als in anderen Jahren. Mauels Bemerkungen über die Turffgräberei gingen ihm nicht mehr aus dem Kopf. Der Turff ist die Zukunft, hatte der Pfarrer gesagt, und seitdem überlegte er, ob er sich nicht an die Herstellung von Klütten wagen sollte. Er könnte versuchen, Essers Grundstück an der Gabjei zu kaufen. Dann aber bräuchte er Leute, die für ihn arbeiteten, viele Leute.

Beim Abendessen sprach niemand ein Wort. Ohne aufzuschauen löffelte der Müller seine Mehlsuppe und stopfte sich widerwillig einen Kanten Brot in den Mund, den er vorher auseinander gerupft und zu kleinen Kugeln geknetet hatte. Nachdem Elisabeth die Schüsseln beiseite geschoben und die Kerzen aufgestellt hatte, schaute sie ihren Mann bittend an.

»Nun sag was«, flüsterte sie.

Er wollte ihr über den Mund fahren, aber dann schob er doch seinen Stuhl zurück und zündete die Kerzen an. Die Knechte würdigte er mit keinem Blick.

»Vater!« Johanns Stimme zitterte. »Ich … ich gehe auch.«

Man hätte einen Strohhalm fallen hören können, so still wurde es um den Tisch.

»Ich glaube, ich habe nicht richtig verstanden. Würdest du bitte noch einmal wiederholen, was du gerade gesagt hast!«

Das Wörtchen »bitte« klang aus dem Mund des Müllers wie ein Peitschenknall. Peter, der seinem Vater gegenübersaß, entfuhr ein tiefer Atmer. Sein Blick wanderte vom Vater zum Bruder, und Elisabeth kam es so vor, als ob seine Augen Bewunderung für den Jüngeren ausdrückten. Sie zuckte zusammen, als die Magd leise aufstand und unter dem Vorwand, Feuerholz holen zu müssen, aus der Küche verschwand.

»Ich gehe nach Falkenlust. Smulders nehmen mich als Famulus.« Johann zögerte, sein Vater schwieg noch immer. Dann holte Johann tief Luft. »Bitte, Vater, Er gebe mir seinen Segen!«

Der Zornesausbruch, der folgte, muss so laut und heftig gewesen sein, dass die Leute, die am Wall wohnten, später behaupteten, sie hätten jedes Wort verstanden. Genauer gesagt, sie hätten eine halbe Stunde lang den Müller bellen und toben gehört. Wörter wie Zuchtlosigkeit, Undankbarkeit, bodenlose Frechheit und Impertinenz seien noch die harmlosesten Ausdrücke gewesen. Zwischendurch vernahm der kleine Will, den seine Mutter mit einer Besorgung zum Kempishof geschickt hatte, das scharfe Klatschen einer Gerte und ein Scheppern, wie wenn Tongeschirr entzweibricht. Plötzlich sei die Türe in der Mühle aufgeflogen, berichtete Will den Mägden im Kempishof ganz aufgeregt, und Johann sei herausgeflogen gekommen, stolpernd, fast stürzend, während der Müller ihm nachfolgte und völlig aufgebracht mit den Händen gestikulierte.

»So hat er gemacht!« Der kleine Will hob die Arme hoch über den Kopf, ballte die Fäuste und fummelte schrill kreischend in der Luft herum, bis die Mägde ihn bestürzt festhielten, weil ihnen das Geschrei in den Ohren wehtat und der Junge in seiner Erregung fast hingefallen wäre.

Hätten Peter und Elisabeth Kalcker den wütenden Müller nicht zurückgehalten, wäre dieser über den buckligen Joseph gestolpert, der, wie immer von niemandem beachtet, um die Mühle herumgeschlichen war und sich nun eiligst hinter der Scheune versteckte.

»Komm mir nie wieder unter die Augen, du bist enterbt«, schrie endlich der Alte dem fliehenden Johann nach, bevor er in der Mühle verschwand und die Haustüre mit einem lauten Knall hinter sich zuschlug.

Der bucklige Joseph blieb noch lange in seinem Versteck und wagte sich nicht hervor. Erst als er die Kälte kaum mehr aushielt, kroch er auf allen vieren aus seinem Unterschlupf und machte sich auf den Rückweg nach Brühl. Doch nach ein paar Schritten blieb er plötzlich stehen. Sein Blick fiel auf einen Stein, dessen eine Seite fast messerscharf abgeschliffen war. Er hob ihn auf und wog ihn abschätzend in der Hand. Dann rieb er sich das Kreuz, er spürte den Fußtritt des wütenden Müllers am eigenen Leib und dachte an Johann. Er mochte ihn, weil et Agnes ihn mochte. Er tat ihm leid. Er wollte es dem alten Müller heimzahlen.

Im Schatten einer Hecke stahl sich Joseph zurück zur Mühle. Vorsichtig drückte er die Tür zum Lagerraum auf. Er hatte Glück, sie gab nach, als er sich mit seinem ganzen Körper dagegenstemmte. Dann schlüpfte er hindurch und hielt kurz inne, damit sich seine Augen an die Dunkelheit gewöhnten. Auf beiden Seiten des Schuppens waren dicke Säcke aneinander gestapelt. Joseph tastete nach dem ersten und schnitt mit dem scharfen Stein einen langen Riss in das grobe Sackleinen. Genüsslich tauchte er seine Arme tief hinein in den Roggen, der zischelnd zu Boden rieselte. Joseph kicherte vergnügt vor sich hin, als er sich eine Handvoll Körner in den Mund schob. Dann setzte er seine Arbeit fort.

Eine Stunde später sah ihn der Apotheker, der von einem Krankenbesuch zurückkam, durch die Kirchgasse zum Schloss humpeln. Josephs Lumpen waren weiß gepudert, das zottelige Haar grau. Auch fielen dem Apotheker die prall gefüllten Taschen des langen Mantels auf, die den Krüppel noch tiefer zur Erde zu ziehen schienen. Der Apotheker schüttelte den Kopf. Wo der Puckel nur immer herumstromerte! Es müsste endlich etwas geschehen, um dessen Treiben ein Ende zu setzen. Zu lange hatten die Stadtväter ein Auge zugedrückt. Gleich am nächsten Morgen wollte er zu Cadusch gehen, um mit dem neuen Bürgermeister über die Angelegenheit zu reden. Als er sich noch einmal nach dem Buckligen umschaute, war dieser wie vom Erdboden verschluckt.

SIEBEN

Donnerstag, den 3tia Februarij
*Ich habe lange nicht mehr geschrieben. Was hätte ich auch
schreiben sollen! Dass ich immer an Johann denke, im Bett das
Kissen nass heule. Immer hoffe, dass er durch die Türe kommt.*
*Einmal hat mich meine Mutter zur Seite genommen. Sie
hatte Lisa zum Krämer geschickt und danach zur Base. Ich
war ihr dankbar dafür, denn Lisa hätte mit ihren großen Ohren alles mitbekommen und herumgetratscht. Sie ist meine
Schwester, und ich sollte sie lieb haben, aber sie macht es mir
schwer.*
*Schau, Agnes, hat Mutter gesagt, lass es dir nicht so anmer-
ken. Man soll sein Inneres nicht auf den Präsentierteller legen.
Der Johann ist ein feiner Kerl, hat sie gesagt, und ich zuckte
zusammen, als sie seinen Namen nannte. Sie weiß es also! Und
dann sagte sie noch etwas, worüber ich lachen musste: Er ist
halt manchmal ein störrischer Mühlenesel, aber er hat treue
Augen. Der kommt schon wieder, ich spür das.*
*Und sie hat Recht gehabt. Er ist wieder gekommen. Ges-
tern Abend. Wir hatten schon geschlossen, aber ich war noch
dabei, die Wirtsstube zu fegen. Da klopfte er ganz heftig ans
Fenster. Natürlich habe ich ihn sofort hereingelassen. Mein
Vater runzelte zwar ein wenig die Stirn, aber ich hab's ihm an
den Augen angesehen, dass er nicht böse war. Nachher ist er
sogar in die Küche gegangen. Macht nicht mehr so lang, hat er
nur gesagt, als er die Tür hinter sich schloss.*
*Mein armer Hennes! Da saß er am Tisch, die Lippen blau
vor Kälte. Ich hab ihm erst mal was zu essen gebracht, das hat
er runtergeschlungen, als ob er drei Tage nichts zu beißen gehabt hätte. Zwei Becher Wein hat er auf einmal hinunterge-
schüttet, dann erst wurde er etwas ruhiger und hat mir erzählt, was passiert ist. Am Ende hat er zu weinen angefangen,
vor lauter Wut und Zorn, sagte er. Ich habe meinen Arm um
ihn gelegt, seinen Kopf gestreichelt, ihm die Augen geküsst, bis*

er endlich aufhörte zu zittern. *Ob ich ihn denn noch immer lieb habe*, fragte er. Wie kann er nur so was fragen! *Und was denn mit der roten Rose von Anton sei?* Ich hab's versucht, ihm noch mal zu erklären. *Auf dem Eis wollte er ja nicht hören*, aber jetzt nickte er und schaute traurig vor sich hin. Ich habe ihm noch mal Wein geholt, und dann saßen wir ganz lang zusammen und haben miteinander geschwiegen. Mein Bauch hat sich ganz wohlig angefühlt, wohlig und warm. Ich glaube, jetzt ist alles wieder gut.

Hennes ist ein lieber Junge, aber er ist so aufbrausend. Und nicht immer klug. Ich hab's ihm gesagt, da hat er mich nur angeschaut und geküsst. *Du musst zu mir halten*, hat er mir ins Ohr geflüstert, *ich hab nur dich*. *Ja*, habe ich gesagt. Dass fast jeden Abend der Anton in der Wirtsstube sitzt und mehr trinkt, als ihm gut tut, erzähle ich Johann lieber nicht. Seit der Sache mit der Stoffblume ist der Anton anders. Vorher haben wir einfach geplaudert, er konnte so gut erzählen, aber jetzt ruft er andauernd nach einem neuen Krug Bier. Wenn ich dann an seinen Tisch komme, hält er meine Hand länger fest als notwendig und schaut mich durchdringend an. Er sieht gut aus, aber ich mag seinen Blick nicht, und ich bin froh, dass er nicht mehr von Köln spricht.

Später habe ich Johann einen Strohsack und Decken geholt und hinter die Theke gelegt. Er musste mir versprechen, dass er am nächsten Tag, also heute Morgen, weg sein würde, bevor mein Vater es merkt. Er nickte, er müsse ohnehin schon früh morgens in Falkenlust sein. Eigentlich bewundere ich ihn. Er hat es tatsächlich geschafft. Gehrich hat es geschickt angefangen und mit Adelheid gesprochen. Sie ist eine Stemmeler, eine Base von Johanns Vater aus Urfeld, die schon seit Jahren bei den Smulders arbeitet und wohl ein gutes Wort für ihn eingelegt hat. Und dennoch – die Verwalterin hätte ihn doch nicht genommen, wenn er sich nicht gut vorgestellt hätte. O, ich bin schon mächtig stolz auf ihn. Pah, ich brauche Anton und seine Rose nicht. Wenn Johann und ich erst mal verheiratet sind, kann ich mir einen ganzen Korb Stoffblumen kaufen!

Gerade wollte ich gehen, als die Kemps den Kopf zur Tür hereinstreckte. Eigentlich lässt sie mich allein, wenn ich zum Schreiben in die Schule komme. Erst wenn ich fertig bin und mich verabschiede, reden wir noch ein wenig. Manchmal stellt sie mir auch einen Teller mit Zuckerbrot hin, und ich genieße die Ruhe in ihrem Zimmer. Aber jetzt war sie ganz aufgeregt. Ob ich schon gehört hätte, was geschehen sei? Sie hätten den Puckel ergriffen und ausgepeitscht, und jetzt stünde er angebunden am Ring an der Uhlpforte und jaule wie ein Wolf.

Ich weiß nicht, was er angestellt hat, aber warum schleicht er auch immer überall herum und schnüffelt hinter den Leuten her?

Agnes war schon am Hospitälchen vorbeigegangen, als sie es sich anders überlegte. Einen kleinen Umweg übers Uhltor würde sie sich erlauben können, bevor sie nach Hause musste. Schon von weitem hörte sie die Leute lachen und johlen. Beim Näherkommen vernahm sie ein Wimmern, das auf- und abschwoll, manchmal auch ganz verebbte, nur um kurz darauf wieder zu höchster Lautstärke anzusteigen. Jetzt sah sie den Puckel zusammengesunken am Ring unterm Tor hängen wie einen schlappen Sack, und für einen Augenblick zögerte sie näher zu gehen. Zugegeben, sie hatte sich über ihn geärgert und ihn verflucht, als er Will den Streich mit ihrem Briefchen an Johann spielte. Aber das Spektakel hier gefiel ihr auch nicht.

Es hatte ihr noch nie gefallen. Während die meisten Kinder mit Geschrei und Gegröle um die festgebundenen Strauchdiebe, Zigeuner oder Landstreicher herumtanzten, sie beschimpften und mit Steinen bewarfen, und selbst Erwachsene, allen voran die alte Kribben, die armen Mannspersonen und Weiber bespuckten und sich nicht schämten, sie mit Unrat zu bewerfen, hatte sie schon als kleines Mädchen das fragwürdige Vergnügen ängstlich und nur von weitem beobachtet. Sie konnte nicht umhin, Mitleid mit den wehrlosen Kreaturen zu empfinden, obwohl diese Unrecht getan hatten und daher rechtmäßig am Pranger standen.

Aber sie würde nie das vor Schmerz verzerrte Gesicht der Frau vergessen, die an den Ring gebunden worden war, weil sie für sich und ihre Kinder Bohnen aus dem Garten des Palmersdorfer Hofs gepflückt hatte. Auf Knien und unter Tränen hatte sie sich an den Gerichtsbüttel geklammert und ihn gebeten, sie laufen zu lassen. Sie habe doch nur um ihrer Kinder willen gestohlen. Sie habe kein Geld und kein Dach über dem Kopf. Agnes hatte nie erfahren, was aus der Frau geworden ist, nachdem man sie am nächsten Tag freigelassen hatte. Niemand fragte, wo die Kinder geblieben waren. Es schien niemanden zu interessieren.

Natürlich war Agnes klar, dass man nicht stehlen durfte, das hatte die Mutter ihr schon als Zweijähriger beigebracht, und Pfarrer Mauel predigte es bei jeder Gelegenheit, aber was würden ihre Eltern machen, wenn sie kein Geld hätten, um ihr und ihren Geschwistern Suppe und Brot zu geben? Wenn sie hungern müssten oder gar betteln und kein Zuhause hätten? Mit diesen Fragen hatte sie sich nächtelang gequält und sich unruhig auf ihrem Strohsack hin und her geworfen, bis sich Maria, die damals noch lebte, an sie kuschelte und sie streichelte. Dann murmelte sie dankbar ein Vaterunser, und noch bevor sie die letzten Worte zu Ende gebetet hatte, war sie eingeschlafen.

Als Agnes langsam auf den Platz vor dem Tor zuging, sah sie Johanns Vater aus der Wachstube herauskommen. Wutschnaubend eilte er auf den Puckel zu und schlug ihn mit einem Stock auf Kopf und Höcker. Ein paar Frauen kreischten erschrocken, andere klatschten Beifall. Ein streunender Hund suchte jaulend das Weite. Nur mit Mühe konnten Matthias und ein zweiter Torwächter den wütenden Stadtmüller von seinem Opfer wegdrängen. Da hob Joseph den schweren Kopf, er atmete tief ein, sammelte sich. Ein dicker Butzen Spucke landete auf der Jacke des alten Stemmeler. Die Kinder grölten und spuckten zurück, Matthias aber packte geistesgegenwärtig den Müller am Arm und stieß ihn zur Seite. »Nu jangk, Stemmeler, dr Joseph hät doch allt jenoch Strof kräje!« Hochrot im Gesicht versuchte Jakob Stemmeler, sich mit dem Ärmel den glitschigen Fleck abzuwischen.

»Lass dich nicht noch mal bei mir blicken«, herrschte er den Krüppel an, bevor er sich von Matthias fortziehen ließ.

Triumphierend drehte Joseph seinen Kopf nach allen Seiten und verzog sein Gesicht zu einer breiten Grimasse. Kaum, dass er bemerkte, wie die Gaffer ihm übel wollten, ihn weiter piesackten und quälten. Sein Blick blieb an Agnes hängen, die sich noch immer im Hintergrund hielt.

»Dat Agnes!«, feixte er, und sein Kopf wackelte wild hin und her. »Alles för et Agnes«, kreischte er wieder und wieder, bis die Leute zurückwichen und einen stummen Kreis um ihn bildeten.

»Was meint er nur?«, fragten sie und schauten Agnes an, die ganz bleich wurde.

»Dat Agnes schriev esu schön«, grölte Joseph, und als daraufhin alle Köpfe sich wieder ihm zuwandten, streckte er sich, so hoch sein verkrüppelter Körper und die Fesseln es ihm erlaubten, hob den Kopf weit nach hinten, bis er fast auf dem Buckel zu ruhen kam, spitzte seinen Mund und warf Agnes Küsse zu, einen, zwei, fünf, zehn. Er schien gar nicht mehr aufhören zu wollen.

»Der ist ja nicht richtig im Kopf!«

Die Leute amüsierten sich und wollten Agnes nach vorn zum Puckel schieben. Doch sie riss sich los, sie zitterte vor Wut und Hilflosigkeit.

»Du bist ja verrückt«, schrie sie, dann raffte sie ihre Röcke und rannte davon, so schnell sie konnte. In das hysterische Kichern des Puckels mischte sich höhnisches Gelächter der Erwachsenen und das Gejohle der Kinder, die alles zu überbrüllen suchten. Als sie weit genug weg war, lehnte sich Agnes schwer atmend an eine Hauswand. Mit einer zornigen Bewegung wischte sie sich die Tränen aus dem Gesicht. Was ging nur im Kopf dieses Schwachsinnigen vor, was wollte er von ihr?

Am Abend brummten die Wirtshäuser. Wer immer konnte, hatte seine Arbeit früh beendet und war ins Lederne Wams, zum Adler, zum Schwarzen Bären oder in den Krahnen geeilt. Mitleid mit Joseph hatte niemand.

»Stimmt es, dass der Puckel dem Müller die Säcke wegen der Agnes aufgeschlitzt hat?«

»Warum wegen der Agnes?«

»Das soll er gerufen haben. ›Alles för et Agnes‹, hat er gerufen, sagt die Kribben.«

»Die Kribben tratscht zu viel.«

»Man sagt, der alte Stemmeler habe den Puckel ins Gesicht getreten, als dieser um Brot bat. Da habe er sich gerächt.«

»Aber der Stadtmüller hat doch gesagt, er habe den Puckel gar nicht gesehen.«

»Wer sagt das?«

»Der Stadtmüller selbst.«

»Vielleicht lügt er.«

»Lass ihn das nur nicht hören, der wird dir beim nächsten Mal Mäuse ins Mehl mahlen.«

Die Männer lachten vergnügt. Manch einer gönnte im Stillen dem prahlerischen Stemmeler sein Pech.

»Zuerst hat der Alte geglaubt, sein Sohn, der Johann, habe das gemacht, das mit den Säcken.«

»Woher weißt du das?«

»Weisweiler hat's nach der Befragung von Jakob Stemmeler seiner Frau erzählt.«

»Und die hat es Caduschs Frau erzählt, und die der Wäscherin und die deiner Tochter … wer's glaubt, wird selig.«

»Doch, das kann schon sein.«

Im Krahnen auf der Uhlstraße meldete sich Gehrich zum ersten Mal zu Wort. Die Männer scharten sich um ihn.

»Erzähl schon, was weißt du?«

Aber der Amtsjäger winkte ab.

»Da gibt es nicht viel zu erzählen. Johann hat heute bei Smulders in Falkenlust angefangen zu arbeiten. Ihr könnt euch denken, dass der Alte nicht begeistert war und es deshalb Ärger zwischen den beiden gegeben hat.«

Auch am anderen Ende der Stadt, im Schwarzen Bären, war die Geschichte um Joseph und den Stadtmüller einziges Gesprächsthema.

»Ich habe Jakob Stemmeler heute Morgen vom großen Schlosstor kommen sehen«, berichtete der alte Hubertus, als Linnich ihm den dritten Krug Bier hinstellte. Niemand achtete auf Kerpen, der ein wenig abseits saß und bei diesen Worten bestätigend nickte.

»Völlig durchgedreht war er, schimpfte auf den Johann, wollte unbedingt nach Falkenlust.«

»Nach Falkenlust? Die haben ihn doch sicher nicht durchgelassen.«

»Eben. Deshalb war er ja so wütend. Weil die Schlosswache ihn nicht einließ.«

»Hört, hört, auch unser Stadtmüller bekommt nicht alles, was er sich in den Kopf setzt«, höhnte einer der Zuhörer, und Kerpen bemerkte, dass die meisten Umstehenden dem Spötter beipflichteten.

»Und dann, was hat er dann gemacht?«

»Er ist dann zum Rat gegangen«, mischte sich jetzt Henrich Weisweiler ein, der Sohn des alten Gerichtsschreibers, der gemeinsam mit Kerpen in die Wirtschaft gekommen war. »Er habe, so sagte er, Johann vor die Türe gesetzt, weil dieser gegen seinen Willen zu den Falknern gegangen ist.«

»Zu den Falknern!« Die Zuhörer wiederholten diese Neuigkeit voller Überraschung.

»Ja, zu Smulders nach Falkenlust«, bestätigte Henrich Weisweiler. »Jakob Stemmeler habe es seinem Sohn verboten, daraufhin sei dieser aus dem Haus gestürzt und verschwunden, eben wahrscheinlich zu Smulders, aber nicht ohne vorher die Mehlsäcke zu zerschneiden, um sich an seinem Vater zu rächen.«

»Nein, so was tut der Johann nicht!« Agnes schlug sich die Hand auf den Mund. Ihr Vater schaute sie vielsagend an und bedeutete ihr zu schweigen.

»Nein, Mädchen, so was tut dein Johann nicht«, schmunzelte der alte Hubertus und nutzte die Gelegenheit, Agnes an sich zu ziehen.

»Ruhe«, rief jemand, »lasst doch Henrich zu Ende reden!«

»Um es kurz zu machen: Noch während Jakob Stemmeler redete, kam der Apotheker herein und erzählte, wie er den buckligen Joseph in der Nacht gesehen und geglaubt habe, der müsse in einen Mehltrog gefallen sein.«

Die Männer schwiegen, und Linnich beeilte sich, jedem Gast einen neuen Becher hinzustellen.

Von seinem Stammplatz am Fenster ließ sich Anton Dominick vernehmen: »Wir wissen alle, dass Jakob Stemmeler bei allen Verdiensten, die ich ihm nicht absprechen möchte, schnell ausfallend werden kann.« Antons Stimme klang ruhig und sachlich. »Ich weiß nicht, warum er sich darüber aufregt, dass sein Sohn zu den Smulders gegangen ist. Er braucht doch nur eine Weile abzuwarten, dann wird Johann schon wieder zurückkommen. Es hat doch noch nie einer von uns am Hof es zu etwas gebracht, Johann wird da keine Ausnahme sein.«

»Richtig! Was bildet der junge Stemmeler sich ein?«
Ein paar der Gäste pflichteten Anton Dominick bei.

»Der alte Stemmeler ist vielleicht manchmal etwas grob«, meinte ein anderer, »aber er weiß wirklich immer, was für ihn und seine Familie richtig ist. Johann ist noch zu jung, um zu verstehen, dass sein Vater Recht hat.«

»Johann ist ebenso hitzig wie sein Vater, ich halte es durchaus für möglich, dass er mit dem Puckel gemeinsame Sache gemacht hat.« Anton sprach so laut, daß er das Stimmengewirr übertönte. Henrich Weisweiler und Kerpen unterbrachen überrascht ihr Gespräch, Agnes blieb wie erstarrt mitten im Raum stehen.

»Es ist doch ganz einfach«, überlegte Anton laut, »Johann will sich an seinem Vater rächen – er bespricht sich mit dem Puckel, gibt ihm irgendeine Belohnung, und der blödhirnige Kerl lässt sich nicht lange bitten. Während Johann dann zu Smulders geht, rennt der Puckel ins Messer.«

»Nein!« Kerpen war aufgestanden. Ruhig musterte er Anton, dann ließ er die Augen durch den Raum wandern und suchte schließlich die Zustimmung von Henrich Weisweiler.

»Man sollte nicht etwas behaupten, was man nicht beweisen kann«, sprach er über die Köpfe der Anwesenden hinweg. »Jakob Stemmeler hat heute Morgen vor dem Rat seine Aussage gemacht. Nachdem der Obrist Joseph festnehmen konnte, wurde auch er befragt, und nichts deutet darauf hin, dass er von Johann angestachelt wurde. Im Übrigen bewundere ich Johann Stemmeler, dass er den Mut hat, sich um eine Arbeit in der Falknerei zu bemühen – gerade weil es so aussichtslos erscheint. Ich bin überzeugt, er wird es schaffen, und eines Tages wird sein Vater sich besinnen und stolz auf ihn sein. Vielleicht wird eines Tages ganz Brühl stolz auf ihn sein.«

Die meisten Gäste starrten Kerpen zunächst sprachlos an, als er sich wieder setzte. Dann begannen ein paar, zögerlich zu applaudieren.

»Gut gesprochen!«
»Er hat Recht.«

Kerpen beobachtete Anton, dessen Gesicht sich rot verfärbte. Er hatte sich mit seinen Worten einen Feind geschaffen, Agnes' Augen aber leuchteten triumphierend.

Draußen am Uhltor löste Matthias den steif gefrorenen Joseph von den Fesseln.

»Warum machst du so was? Was hat der alte Stemmeler dir getan?« Aber er erwartete keine Antwort.

Joseph glitt auf die Erde. Es gab ein dumpfes Geräusch, als der Kopf auf dem Boden aufschlug. Matthias packte den leblosen Körper unter den Achseln und schleppte ihn zu sich nach Hause.

ACHT

Johann lag auf dem Rücken und starrte an die Decke. Im Zimmer war es pechschwarz, selbst wenn der Mond sich nicht hinter einer dichten Wolkenwand versteckt hätte, würden die dunkelblauen Vorhänge im Falkenzimmer kaum einen Lichtstrahl hindurchgelassen haben.

Er hielt die Arme unterm Kopf verschränkt, bei jedem Atemzug raschelte leise das Stroh in der Bettstatt. Er beneidete Ignatius, der ihm gegenüber schlief. Kaum legte dieser sich abends hin, fiel er sofort in einen ruhigen, tiefen Schlaf. Nichts konnte ihn stören. Weder das Flattern der Falken auf der Reck, wenn sie den vergeblichen Versuch unternahmen aufzufliegen, noch das leise Läuten der Bellen an ihren Ständern.

Am zweiten Tag, als sie beide dabei waren, den Raum auszufegen und neuen Sand und Holzspäne unter die Falkenplätze zu streuen, hatte er Ignatius darauf angesprochen. Die Antwort war ein Lachen gewesen.

»Ich könnte wahrscheinlich ohne die Falken nicht mehr einschlafen. Du wirst dich an sie gewöhnen.«

Vorsichtig zog Johann die Arme unter seinem Kopf hervor, die Finger der linken Hand fühlten sich schwer an, und es gelang ihm kaum, sie zu bewegen. Zuerst wollte er sie mit der Rechten kneten, aber die Berührung der tauben Haut war unangenehm. So ballte er die eingeschlafene Hand zu einer Faust, öffnete und schloss sie wieder, erst langsam, dann immer schneller, auf, zu, bis er spürte, wie das Blut zurückkehrte. Die Wärme strömte bis in die Fingerspitzen. Johann streckte den Arm, schüttelte ihn, dann drehte er sich nach rechts, um sich eine neue Schlafstellung zu suchen. Er wickelte sich die Wolldecke fester um den Körper, das Stroh raschelte und kitzelte ihn im Gesicht. Kaum nahm er die Bell wahr, als der Falke auf der Reck über ihm das Schlafbein wechselte.

»Ist ja gut«, murmelte er, »ich werd mich schon noch an euch gewöhnen.«

Doch auch jetzt fand Johann keinen Schlaf. Die Erlebnisse der letzten Tage ließen ihn nicht zur Ruhe kommen. Die Auseinandersetzung mit seinem Vater verfolgte ihn. Mal übermannte ihn maßloser Zorn, dann verfiel er in Selbstmitleid, in das sich Traurigkeit und manchmal sogar Reue mischte. Sein überstürzter Weggang von zu Hause machte ihm mehr zu schaffen, als er vor sich selbst zugab. Trotz aller Streitereien hatte er gehofft, nein, war er sich sogar sicher gewesen, dass sein Vater ihm letztendlich die Zustimmung zu seiner neuen Arbeit erteilen würde. Vielleicht sogar Bewunderung zeigen würde. Wieder überkam ihn Verbitterung, und nur der Gedanke an Agnes, die an jenem Abend trotz der Anwesenheit ihres Vaters zu ihm gestanden hatte, selbstverständlich und ohne falsche Scham, besänftigte ihn. Er lächelte.

Er lächelte auch, als er an seine ersten Tage hier in Falkenlust dachte. Seine kühnsten Vorstellungen schienen sich zu verwirklichen. Da hatte er jahrelang die Vögel nur von der Ferne bewundern können, wenn sie sich in atemberaubendem Flug auf ihre Beute stürzten, und nun war er ihnen plötzlich ganz nahe. Selbstbewusst thronten sie vor ihm auf den hohen Sitzstangen, plusterten stolz die Federn und beäugten ihn herausfordernd. So kam es ihm vor. Er konnte sein Glück kaum fassen, und manchmal zog er unwillkürlich den Kopf zwischen die Schultern, als ob er befürchtete, dass ihm jemand unvermittelt einen Schlag verpasste, der ihn aus seinem Traum reißen und zurück in die nüchterne Wirklichkeit prügeln würde.

Catharina Smulders, geborene Zum Deren, hatte ihn mit offenen Armen empfangen. »Gut, dass du da bist, wir können jede Hand gebrauchen«, hatte sie gesagt, während sie ihm zur Begrüßung eine Tasse dampfenden Kaffees einschenkte. »Noch sind wir unter uns, aber in gut einem Monat kommen die Valkenswaarder, und dann ist hier Betrieb von morgens bis spät in die Nacht.«

Nach der Heirat mit Pieter Smulders, der einer alteingesessenen niederländischen Falknerfamilie entstammte und die Verwaltung von Clemens Augusts Falkenschloss innehatte, bestimmte sie schon bald mit ihrer fröhlichen, aber resoluten Art das Leben in dem abseits gelegenen kleinen Schlösschen. Ihren flinken Augen entging nichts, nicht die kleinste Schmutzecke, kein Sprung im Porzellan, kein Fleck auf den mit zierlichen Falken und Reihervögeln gewebten Damasttischdecken, an denen der Kurfürst mit seinen Gästen zu speisen pflegte. Sie prüfte die Lebensmittellieferungen für die fürstliche Tafel, kümmerte sich um den Kräuter- und Gemüsegarten vor dem Falkenlustbusch, orderte Nachschub von Brennholz und Steinkohle für die Wachstube und besaß einen sechsten Sinn für Tiere. Tatsächlich spürte sie oft früher als andere, wenn es einem der Vögel, einem Hund oder Pferd nicht gut ging. Das anfängliche Misstrauen der Falkner wich schon bald größter Hochschätzung.

Es verstand sich von selbst, dass Catharina nach dem Tod ihres Mannes die Aufsicht über Schloss Falkenlust allein in die Hand nahm. Das Angebot des Kurfürsten, sie mit einem seiner Hofgärtner vom Poppelsdorfer Schloss in Bonn verheiraten zu wollen, lehnte sie dankend, aber entschieden ab. Insgeheim war Clemens August wohl froh über diese Lösung, einen besseren Verwalter als Catharina Smulders würde er ohnehin kaum finden. Hinzu kam, dass die Damen – und insbesondere eine bestimmte, die er in den Sommerwochen gern nach Falkenlust entführte –, sich in Gegenwart der herzlichen Catharina ausgesprochen wohl fühlten. Clemens August zeigte sich denn auch erkenntlich, indem er seiner Verwalterin kleine Geschenke zukommen ließ, mal ein Kaffeeservice, eine Porzellanschale oder blauweiße Kakaotässchen.

Catharinas Sohn Ignatius hatte sich auf Johanns Ankunft in Falkenlust gefreut. Das Leben in dem winterlich verödeten Jagdschlösschen war für den Achtzehnjährigen manchmal recht langweilig. Nicht, dass es keine Arbeit gäbe. Im Gegenteil! Ignatius hatte so viel zu tun, dass er kaum Zeit fand, nach Brühl zu gehen. Er liebte seine Mutter herzlich und mochte die alte Adelheid, die ihm wie eine Tante war, aber ein Ersatz für Gleichaltrige konnten sie nicht sein. Der neue Knecht würde ihm vielleicht ein Freund werden.

Johann lauschte in die ungewohnte Umgebung. Kein Mühlrad, das sich tosend durchs Wasser schaufelte. Keine Mühlsteine, die sich knirschend drehten. Nur Ignatius' leises Atmen war in der Stille zu hören. Die Falken konnte Johann in der Dunkelheit nicht sehen, aber er wusste, wo jeder Einzelne festgebunden war. Auf der Reck gegenüber zwei Norweger Gerfalken und ein Wanderfalke. Neben seinem Bett ein Isländer und ein zweiter Wanderfalke. Zuerst konnte er die Vögel nicht voneinander unterscheiden, nur der Isländer war leicht an seinem grauweißen Gefieder zu erkennen. Ignatius machte ihn dann auf die besonderen Merkmale der Vögel aufmerksam, und Johann lernte schnell, die Tiere auseinander zu halten. Am Ausdruck ihrer schwarzen Augen, an der Art, wie sie den Kopf hielten und sich ihm zuwandten, glaubte er sogar, dass sie ihn wiedererkannten, wenn er mit der Atzung, frischem, zartem Taubenfleisch, kam. Am liebsten war ihm Graf Brabant, der kleinere und dunklere der beiden Wanderfalken, der ihn immer zuerst aus aufmerksamen Augen und den Kopf zur Seite geneigt eine Weile zu mustern schien, bevor er sich über sein Fressen hermachte. Die Augen des Vogels erinnerten ihn an die Augen von Agnes.

»Dieses Jahr haben wir nur wenige Tiere über Winter hier.« Ignatius hatte ihm die leeren Falkenzimmer gezeigt. Ordentlich aufgereiht standen die Falkenrecken an den Wänden, frisch gewaschen das blaue, über die Stangen geworfene Tuch, das den Vögeln Halt gab, wenn sie trotz ihrer ledernen Fußfesseln versuchten, von der Reck herunterzufliegen oder zu springen.

»Die Verluste während der letzten Jagdsaison waren hoch. Sechs sind entflogen, und diese hier, die wir zur Pflege zurückbehalten haben, sind ziemlich schwach. Nicht immer bekommen wir alle durch den Winter. Der Isländer macht mir Sorgen, und auch die beiden Wanderfalken sind noch nicht über den Berg.«

Und als er Johanns fragendes Gesicht sah, fügte er hinzu: »Ende März kommen Herings und Verbrüggen mit ihren Leuten aus dem holländischen Valkenswaard zurück, mit achtundzwanzig Falken, laut Vertrag!«

Johann dachte an die Worte von Agnes und Gehrich. »Du musst geduldiger sein«, hatten sie ihm gesagt. Er wollte es versuchen. Ein ungeahntes Glücksgefühl erfüllte ihn, er gurrte leise und horchte auf eine Antwort. Da schlief er endlich ein.

Bevor Adelheid morgens zum Frühstück rief, hatten Ignatius und Johann bereits Holz für die Herdstelle und den Ofen in der Wachstube gehackt. Wenn sie dann alle gemeinsam an dem langen Tisch in der Küche saßen, wurden die Aufgaben für den Tag verteilt. Es war ein Ritual, an dem Catharina festhielt, ganz gleich, wie viel Leute im Schloss waren und wie sehr der eine oder andere zur Eile drängen mochte. Am Ende sprach sie ein kurzes Gebet, und jeder ging an seine Arbeit. Ausnahmen waren die Sonntage.

Ignatius holte an diesem ersten Sonntag nach Lichtmess, der Kalender zeigte den 6. Februar, das Pferd aus dem Stall, Johann den Viersitzer und Adelheid wollene Tücher. Selbst bei Hagel, Sturm und Schnee würde Catharina sich nicht davon abbringen lassen, dem Gottesdienst in St. Margareta beizuwohnen und ihren verstorbenen Mann, der nun schon seit viereinhalb Jahren in der Brühler Kirche begraben lag, in stiller Zwiesprache zu grüßen.

Johann hatte keine Augen für die nackte, weite Ebene, die sich hinter Falkenlust bis hinunter zu den Rheinauen dehnte. Die Pferdehufe hämmerten eintönig auf dem hart gefrorenen Boden, der Wagen rumpelte über Steine und Wurzeln und schüttelte die Passagiere unsanft, wenn die Wagenräder in ein Loch schlugen. Scharf blies der Wind den Vieren ins Gesicht, die beiden Frauen hatten sich tief in ihre Decken gewickelt. Ignatius, der die Zügel hielt, atmete weiße Wolken. Keiner sprach. Johann fühlte sich unbehaglich. Wie sollte er seinem Vater begegnen, wenn er ihn gleich nachher in der Kirche wiedersehen würde? Er wollte versuchen, mit seinem Bruder zu sprechen und diesen als Vermittler vorzuschicken.

Aber es war der Vater, den er zuerst traf. Für einen Augenblick blieben der Alte und der Junge voreinander stehen, unschlüssig, vielleicht auch hilflos, und die Umstehenden unterbrachen ihre Gespräche, um sich kein Wort von dem zu erwartenden Streit entgehen zu lassen. Schließlich machte Johann einen Schritt auf seinen Vater zu und reichte ihm die Hand zum Gruß, da drehte dieser sich um und verschwand in der Kirche.

Johann wollte schon hinterherstürzen, als Catharina Smulders und Ignatius ihn zurückhielten. Adelheid sagte nichts, sie kannte die Dickköpfigkeit ihres Vetters, seit sie in Urfeld als Kinder gemeinsam Wasser und Feuerholz holen mussten. Sie hatte sich seither von ihm fern gehalten. Aber jetzt nahm sie sich vor, bei nächster Gelegenheit dem Müller einen Besuch abzustatten.

»Es ist gut.« Johann versuchte ein schiefes Grinsen. »Geht ihr mal, ich werde pünktlich zurück in Falkenlust sein. Ihr müsst nicht auf mich warten.«

Von Cornelius erfuhr er, was geschehen war. Zwar verstand er nicht, warum der Puckel die Mehlsäcke aufgeschlitzt hatte, aber die Tatsache selbst erfüllte ihn mit klammheimlicher Freude.

»Und du hast da nicht doch ein wenig nachgeholfen?« Cornelius knuffte ihn verschwörerisch in die Seite.

»Ich wollte, ich wäre auf diese geniale Idee gekommen.«

»Anton Dominick behauptet, du hättest dem Puckel Geld dafür gegeben.«

»Der Burbacher?«

»Ja.«

»Ich weiß nicht, was der sich in meine Angelegenheiten zu mischen hat. Erst schmeichelt er sich bei Agnes ein, jetzt will er mir etwas in die Schuhe schieben, was ich nicht getan habe. Warum fragt man nicht den Puckel?«

»Das hat man auch gemacht, aber du weißt, dass die Leute ihn für einen Irren halten. Womit sie vielleicht ausnahmsweise sogar einmal Recht haben.«

Mit einem Fußtritt verscheuchte Cornelius ein Schwein, das vor ihm im Straßenmüll herumstocherte. Empört quiekend stob es zur Seite.

»Was meinst du damit?« Johann steuerte auf den Schwarzen Bären zu.

»Man sagt, er habe es für Agnes getan.«

»Der Puckel? Für Agnes?«

Johann blieb vor Überraschung stehen. Er verstand überhaupt nichts mehr.

»Keiner versteht es«, nickte Cornelius, »nur Anton verbreitet weiter die Mär, dass du dich an deinem Vater hast rächen wollen …«

»… und ich befürchte, mein Vater glaubt das nur allzu gern.«

Im Schwarzen Bären war es wohlig warm, von der Küche kam der angenehme Duft von Kohl und Speck. Agnes' Vater rollte gerade die Bierfässer aus dem Hof herein, als er die beiden Freunde bemerkte. Er sah Johann prüfend an, dann nickte er.

»Setzt euch, die Welt scheint etwas aus den Fugen geraten zu sein. Ein wenig Besonnenheit würde uns allen gut tun.«

Die Wirtsstube füllte sich schnell nach dem Gottesdienst, und Johann sah sich gezwungen, Fragen zu beantworten, auf die er keine Antworten hatte.

Der alte Hubertus rückte nahe an ihn heran. »Erzähl einmal, wie lebt unser Kurfürst in Falkenlust? Stimmt es, dass sein Pferd goldenes Zaumzeug hat?«

Johann lachte. »Das weiß ich nicht, aber ich kann dir erzählen, dass die Pferdeställe nicht anders aussehen als die hinten am Wall.«

Der alte Hubertus brummelte. »Du willst doch nicht behaupten, dass dort alles so ist, wie bei uns hier. Wenigstens die Frauen sind besser angezogen!«

»Da magst du Recht haben.« Johann amüsierte sich. »Die Weibchen tragen mit Goldfäden verzierte Federbüschel auf ihren Lederhäubchen, die Terzel müssen sich mit Silber begnügen.«

»Du machst dich über mich lustig.« Hubertus drohte Johann mit dem Finger. »Spaß beiseite, Hennes, als ich so alt war wie du, hatte ich auch Flausen im Kopf, und mein Vater versuchte, sie mir auszutreiben. Es ist ihm auch gelungen. Aber er konnte nichts dafür, er wusste es nicht anders.«

Er packte Johann am Arm und zog ihn zu sich heran, sodass sein Mund dicht neben Johanns Ohr kam.

»Lass dich nicht beirren, geh auf dem Weg weiter, den du eingeschlagen hast. Dein Vater wird sich beruhigen. Aber vor Anton Dominick nimm dich in Acht.«

Eine halbe Stunde hatte er noch, eine halbe Stunde, um Agnes' Hände zu halten, ihr in die dunklen Augen zu schauen, durch die roten Haare zu fahren. Agnes' Mutter hatte Lisa, die lauthals protestierte, unter Androhung von Abendessensentzug mit einem Krug Wein zu Tante Lena geschickt und Paulchen und Jakob zum Holzhacken. Dann nahm sie die stumme Trudis bei der Hand, damit sie ihr in der Wirtsstube zur Hand ging.

»Hast du schon eine Falkneruniform? Wie fühlt es sich an, einen Falken auf der Hand zu tragen? Wie sieht es im Schloss aus? Stimmt es, dass es dort einen Raum gibt, der ganz mit Spiegeln getäfelt ist, sodass sich die Kerzen tausendfach widerspiegeln? Und dass es dort drinnen einen Abort gibt?« Bei der Vorstellung eines heimlichen Gemachs im kurfürstlichen Schlafraum schüttelte sich

Agnes vor Lachen, dann wurde sie wieder ernst. »Denkst du auch immer an mich?«

Agnes' Fragen kamen so schnell, dass Johann nur verneinend mit dem Kopf schütteln oder bejahend nicken konnte. Er nahm ihr Gesicht in seine Hände.

»Mit jedem Herzschlag denke ich an dich.«

Wieder dachte er, dass ihre Augen so strahlten wie die des Grafen Brabant. Augen, die über ihn wachten, wenn er dort draußen in Falkenlust schlief. Er erzählte es ihr.

Ignatius musste auf ihn gewartet haben, als er sich auf den Rückweg nach Falkenlust machte. Er traf ihn an der Kölnpforte. Bis zum Palmersdorfer Hof liefen sie schweigend nebeneinander her, dann fing Johann an zu reden. Von Agnes, von seinem Vater, von seinem Traum, Falkner zu werden. Die blauweiße Uniform sei dabei gar nicht wichtig.

Der andere schwieg noch immer. Erst als Brühl hinter ein paar Bäumen verschwunden war, sagte Ignatius: »Ich war noch bei keiner Reiherbeize dabei.«

Da Johann nichts darauf erwiderte, fragte er: »Und wann wirst du Agnes wiedersehen?«

»Zu Fastelovend«, sagte Johann. »Komm doch mit«, fügte er noch hinzu. »Cornelius wird auch dort sein.«

In der Nacht wurde Johann von einem dumpfen Geräusch wach. Zuerst rührte er sich nicht, doch er horchte in die Dunkelheit. Schwarze Stille fiel durch die Fenster, nur seine Ohren rauschten. Er setzte sich auf und gurrte leise, aber der Graf rührte sich nicht. Angestrengt starrte er in die Richtung des Falken, doch er konnte nichts erkennen. Leise kroch er aus dem Bett, schlich zum Fenster, um den Vorhang beiseite zu ziehen. Fahles Licht fiel auf den schlafenden Isländer. Graf Brabant hing, vom Lederriemchen am Fang gehalten, vor dem blauen Recktuch, mit dem Kopf nach unten. Die Augen gebrochen.

NEUN

Schon gegen elf Uhr rollten die ersten Kutschen durchs Uhltor.
Die Kinder, die seit dem frühen Morgen auf dieses Ereignis gewartet hatten, drängten sich an die Wagen, winkten und lärmten, hüpften neben den Pferden durch den Morast, manche trotz der Kälte
mit nackten Füßen, andere in klobigen Holzpantinen. Den Glück-
licheren gelang es, ein Stück Rosinenbrot, getrocknete Feigen oder
gar ein Geldstück aufzufangen, das die noblen Herrschaften durch
einen schmalen Spalt aus ihren Karossen heraus in die Menge warfen.

Der kleine Will umklammerte seinen Groschen wie einen
Goldschatz aus dem Märchen, presste ihn mit beiden Händen an
seine Brust und rannte davon, damit ihm keiner seine Beute abjag-
te. Erst als er das Geld an einem sicheren Ort versteckt hatte, lief er
zum Markt zurück und mischte sich wieder unter die Menge, die
von überall herbeigeströmt kam. Durch die Straßen hallte Trom-
melwirbel, der Klang von Fiedeln und Pfeifen sprang von Haus zu
Haus, und wen nicht Gicht, Rheuma oder sonst ein Zipperlein
plagte, der ließ alles stehen und liegen, um die Auffahrt von Clemens Augusts Gästen vor dem Schloss zu begaffen.

Am Burghof standen Anna Margaretha Cadusch und ihre
Freundin Gertrud Dominick. Sie reckten die Hälse und stellten
sich hoch auf die Zehenspitzen, um einen Blick auf die Toiletten
der Damen zu erhaschen, aber meist waren die Gardinen hinter
den Kutschenfenstern schon wieder zugezogen, sodass sie nur
manchmal behandschuhte Finger an den Vorhängen nesteln sahen,
dahinter ein flüchtiges Gesicht, einen Federhut, eine beringte
Männerhand.

»He, macht Platz da, ihr beiden!«, rief ihnen ein Kutscher zu,
der Mühe hatte, sein Pferd durch die neugierige Menschenmenge
zu lenken. Das Tier wieherte aufgeregt und rutschte mit den Hu-
fen über die schlüpfrigen Steine.

Die beiden Mädchen drückten sich lachend an die Hauswand.

»Der ist wohl das erste Mal hier und weiß noch nicht, dass Fastelovend gerade erst anfängt.«

»Aber fein sah er aus, mit seiner schwarzen Livree«, meinte Gertrud und schaute sich noch einmal nach der Kutsche um. »Sechs Tage lang werden sie nun feiern«, seufzte sie sehnsüchtig. »Sechs Tage lang Maskerade. Mit Musik und Tanz, Naschwerk und Wein. Was würde ich drum geben, einmal mit dabei zu sein.« »Mir würde dein Bruder reichen.« Margaretha klang bitter.

Untergehakt schlenderten sie zum Markt zurück, wo Kastanienjodokus Maronen und rote Winteräpfelchen über einem kleinen Feuer briet. Der süße Duft lockte die beiden jungen Frauen.

Halb Brühl war auf den Beinen, Donnerstag vor Fassnacht hielt es keinen zu Hause. Die Kinder, mit Narrenkappen auf dem Kopf, jagten über den Platz. Erwachsene, fast unkenntlich unter zottigen Strohperücken, tanzten übermütig im Kreis um eine Gruppe von Pfeifenspielern und Schalmeibläsern. Von der Kölnstraße her ertönten jetzt Trommeln und rauer Männergesang, und sofort strömten auch dort die Tänzer zusammen, die sich im Rhythmus der Musik umeinander drehten, in die Hände klatschten und mit den Füßen stampften. Die schreiselige Menge wogte hin und her, klatschte, schunkelte. Und vergaß die Armut, in der sie lebte, das Los, das sie dazu verdammte, als Tagelöhner ihr Brot zu verdienen, das Schicksal, das sie dazu ausersehen hatte, ergebene Untertanen eines verschwendungssüchtigen Kurfürsten zu sein.

Plötzlich hielt Margaretha inne. Sie kniff Gertrud so fest in den Arm, dass diese aufschrie, dann aber dem Blick der Freundin folgte.

An eine Hauswand gelehnt stand Agnes, vor ihr Anton. Mit der rechten Hand stützte er sich an der Mauer ab, mit der linken zupfte er an Agnes' Schultertuch und an ihren roten Haaren, die unter der weißen, nur mit einem dunkelblauen Band geschmückten Haube hervorlugten. Er redete, und Agnes lachte, schüttelte den Kopf, lachte wieder, stieß seine Hand von sich weg, und Anton redete.

»Mit mir spricht er kaum je ein Wort.« Margaretha war blass geworden. Gertrud versuchte, sie abzulenken.

»Komm, Margaretha, ich werde noch mal mit ihm reden. Er wird auf mich hören. Er wird am Ende einsehen, dass du eine bessere Partie bist als Linnichs Agnes.«

Margaretha hörte nicht zu, und Gertrud glaubte selbst nicht, was sie sagte, war sie sich doch sicher, dass Margarethas Vater einer Verbindung seiner Tochter mit ihrem Bruder nie zustimmen würde. Aber Gertrud war es auch nie gelungen, ihrer Freundin die unsinnige Liebe zu Anton auszureden. Margaretha hatte sich verrannt, und auch jetzt konnte sie den Blick nicht von den beiden lassen.

Die Arme vor der Brust gekreuzt, schien Anton auf eine Antwort von Agnes zu warten. Diese schaute zu Boden. Unbeholfen rückte sie sich die Haube zurecht, raffte ihr Tuch über der Brust, dann blickte sie auf, sagte etwas, lächelte scheu. Schließlich entschlüpfte sie ihm mit einer schnellen Drehung, wandte sich dann aber noch einmal nach ihm um, er schaute ihr nach, sie grüßte zurück und hastete durch die vielen Menschen hindurch zur Bäckerei.

Später bereute Margaretha, dass sie hinter Agnes hergegangen war. Aber jetzt zog es sie vorwärts, sie bewegte sich wie eine dieser Spieluhrfiguren, die sich mechanisch um ihre eigene Achse drehten, nur machte sie dabei kein so fröhliches Gesicht wie die kleinen Holzpuppen. Dass Gertrud sie zurückhalten wollte, merkte sie nicht. Genau vor dem Eingang zur Bäckerei, einen Schritt vor Agnes, kam sie zu stehen, hob die Hand und schlug zu. Dann schossen ihr die Tränen aus den Augen, und sie begann zu schreien.

Das Volk, das sich binnen weniger Augenblicke um die beiden Mädchen scharte, wartete begierig auf die Fortsetzung des Streits.

Mit beiden Fäusten ging Margaretha auf Agnes los, die wie gelähmt dastand. Das Gesicht brannte ihr, die linke Wange schmerzte, und Agnes hatte das Gefühl, dass sie anschwoll wie eine Schweinsblase, in die Luft gepustet wird. Von weit her hörte sie jemanden »Wehr-dich-doch« rufen, da wachte sie aus ihrer Starre auf. Sie bekam Margaretha am rechten Handgelenk zu packen, mit der Linken fuhr sie ihr in die langen dunklen Locken und zog daran, bis sie merkte, dass der anderen die Kräfte ausgingen. Dann erst lockerte sie ihren Griff, ließ ganz los und machte einen Schritt zurück.

»He, weitermachen! Für unser Geld haben wir noch nicht genug gesehen«, schrie ein Witzbold, und die Umstehenden klatschten.

Agnes beobachtete ihr Gegenüber, am liebsten hätte sie sich aus dem Staub gemacht, aber die Zuschauer bildeten noch immer eine dicke Mauer um sie. Lauernd blickten sich die beiden Frauen an, aufgebracht die eine, angespannt die andere, als es Gertrud endlich gelang, durch die Menge hindurchzukommen und Margaretha beiseite zu ziehen. Agnes war schneller. Sie schnippte sich eine Haarsträhne aus der Stirn, zog sich das Schultertuch über den Kopf und rauschte an den Freundinnen vorbei. Als sie Gertrud anrempelte, applaudierte die Menge und machte ihr Platz. Aus den Augenwinkeln sah sie Anton stehen. Das Zeichen, das er ihr machte, beachtete sie nicht. Nur weiter. Nicht stehen bleiben.

Erst als die Witwe Kemps die Tür des Schulhauses hinter ihr schloss und ihr einen Stuhl ans offene Herdfeuer schob, erlaubte Agnes sich zu weinen.

Donnerstag, Wieverfastelovend
Wütend bin ich, unsagbar wütend. Ich finde keine Worte für meinen Zorn.

Was fällt der Cadusch ein?
Mich vor allen Leuten zu schlagen!
Was kann ich dafür, dass Anton kein Auge für sie hat? Bin ich's, die hinter ihm herrennt? Er ist doch derjenige, der mich nicht in Ruhe lässt!

Eine Rauferei auf offener Straße! Wie betrunkene Kutscher! Ich schäme mich.

Sie muss verrückt sein! Anna Margaretha Cadusch! Tochter unseres ehrwürdigen Bürgermeisters!

Hat so schöne Locken und noch immer nicht begriffen, dass Anton sie nicht will.

Warum sagt er es ihr nicht ins Gesicht? Ein Feigling ist er, wer weiß, was er ihr für Versprechungen gemacht hat! So wie er mir versucht, schön zu tun. Komm am ersten Fassnachtstag mit nach Köln, sagt er. Das Wetter verspricht gut zu werden, sagt er. Ich kauf dir bunte Bänder und eine Larve, du wirst die schönste Maske am Rhein sein, sagt er.

Nein, hab ich gesagt, nein! Ich gehe nicht mit dir nach Köln, ich will nicht mit dir tanzen. Er will es nicht verstehen. Er schmeichelt mir. Und er hat so eine Art mich anzusehen, dass ich nicht richtig böse sein kann.

Und doch – ich geh nicht mit ihm nach Köln! Wenigstens nicht über Fastelovend. Hennes hat versprochen zu kommen. Montag oder Fassnachtdienstag.

Ich zittere noch immer. Die Leute werden sich das Maul zerreißen und zu meiner Mutter laufen, um ihr alles brühwarm zu erzählen. Ich möchte einfach hier sitzen bleiben und nicht mehr aufstehen müssen. Wenn wenigstens Johann jetzt bei mir wäre, dann wäre alles leichter zu ertragen. Du solltest ihm sagen, was vorgefallen ist, hat die Wittib Kemps mir geraten. Wahrscheinlich hat sie Recht, aber sie weiß nicht, wie schwer es ist, Johann etwas zu erklären, weil der immer sofort aufbraust. Und wenn er den Namen Anton hört, sieht er sowieso rot.

Februarij, d. 23ten, Aschermittwoch
Es ist aus mit Johann!

Die ganze Zeit über habe ich auf ihn gewartet, jede Stunde. Er ist nicht gekommen. Ich habe ihn auch heute früh nicht in der Kirche gesehen, als Pastor Mauel die Aschekreuze ausgeteilt hat.

Ob er krank ist? Aber dann hätte er mir eine Nachricht zukommen lassen.

Oder hat er eine der schönen Damen kennengelernt, die zu den Maskenbällen im Schloss geladen sind? Oder ein Mädchen, das dort arbeitet, eine Küchenmamsell, eine Zuckerbäckerin?

Wie sehr hatte ich mich auf Fastelovend gefreut!

Das war ein Tanzen in den Straßen und auf dem Markt. Ein Jauchzen und Musizieren. Den ganzen Montag war ich mit den Kleinen unterwegs, Lisa war kaum zu bändigen, Trudis' Augen strahlten, während sie an meiner Hand herumhüpfte. Wir hatten uns alle Hüte aus Stroh geflochten, weite, ausladende Teller, an denen bunte Bänder hingen, Federn, in Streifen geschnittene Stofffetzen.

Dienstag dachte ich, dass er jetzt doch endlich kommen müsste. Noch gestern Abend auf dem Markt stand ich da und habe gewartet. Mir war ganz elend zumute, und mit jeder Stunde, die er nicht kam, wurde es schlimmer.

Irgendwann wollte ich gehen. Was sollte ich denn noch dort, wenn Johann nicht kommt? Besser Vater bei der Arbeit helfen, als dort herumstehen und sehen, wie alle lachen und glücklich sind. Dann steht plötzlich dieser Gerichtsschreiber aus Bonn vor mir und bittet mich zum Tanz. Ich wusste nicht, was ich machen sollte. Er war ja immer höflich zu mir, wenn ich ihn bedient habe, aber er ist so steif und auch ziemlich alt. Aber dann dachte ich, besser mit ihm tanzen, als in der Ecke sitzen und mich quälen. Geschieht Johann ganz recht!

Er ist ein seltsamer Kauz, dieser Kerpen. Er hat kaum ein Wort gesagt, und lachen kann er auch nicht. Vielleicht, weil er humpelt? Er gibt eine wunderliche Figur ab, wenn er so mit seinem steifen Bein herumtanzt. Ich musste an einen Storch denken, und die Kinder haben mit den Fingern auf ihn gezeigt. Es war mir peinlich, und ich wusste nicht, wo ich hingucken sollte. Aber seltsamerweise hat er mich gut geführt und aufgepasst, dass ich beim Tanzen mit niemandem anremple. Einmal, als mich ein Betrunkener fast umgerissen hätte, hat er mich aufgefangen, mir den Strohhut wieder aufgesetzt, als ob ich eine vornehme Dame wäre. Ich war ganz verlegen. Fast habe ich vergessen, dass Fastelovend war, so ernst und höflich benahm er sich mir gegenüber. Aber ich hatte keine Ahnung, was ich mit ihm reden sollte. Ohnehin hatte ich einen Kloß im Hals und wollte gar nicht reden. Es schien ihn nicht gestört zu haben, und nach einer Weile merkte ich auch, dass ich ruhiger wurde. An Johann hatte ich kaum noch gedacht. Bis ich Anton sah, der auf mich zukam. Da kam alles wieder in mir hoch.

Was dann geschah, werde ich wahrscheinlich nie mehr im Leben vergessen.

Anton kam auf mich zugeschossen, stieß den Gerichtsschreiber beiseite, packte mich so fest am Arm, dass es mir wehtat, und schon hatte er mich weggezogen zu einem anderen Kreis von Tanzenden und ließ mich nicht mehr los. Als ich versuchte, mich nach Kerpen umzudrehen, konnte ich ihn in der Menge nicht mehr sehen. Ich wollte nicht mit Anton tanzen, ich wollte weg und versuchte, mich aus seiner Umklammerung frei zu machen. Aber es gelang mir nicht. Andere stießen mich an, der stinkende Jöris schubste mich vorwärts, dreh dich, Agnes, dreh dich, kreischte er mir in die Ohren, mir blieb auch nichts anderes übrig. Anton hat immer wieder versucht, mich an sich zu ziehen. Ich fand es nur eklig, er roch nach zu viel Bier und Wein und ranzigem Fett.

Und dann stand Margaretha Cadusch vor uns, mit einem Gesicht, als ob der Teufel in sie gefahren wäre. Sie ging auf Anton zu, wollte ihn festhalten, vielleicht mit ihm reden oder ihn schlagen, wie sie mich geschlagen hat. Doch der lachte sie nur höhnisch aus, riss ihr die Bänder aus den Haaren und trampelte mit seinen dreckigen Stiefeln darauf herum, dann packte er sie bei den Schultern und schrie sie an, sie solle ihn endlich in Ruhe lassen, er wolle sie nicht, ihre Nase sei ihm zu groß und ihre Hüften zu dick, und ich weiß nicht, was für Beleidigungen er ihr noch ins Gesicht gesagt hat. Zuerst tat sie mir leid, aber dann dachte ich, dass es ihr recht geschah, warum begreift sie nicht endlich, und überhaupt hatte sie nun ihre Strafe dafür, dass sie mich vor allen Leuten bloßgestellt hat.

Der Herrgott möge es mir verzeihen, und gebeichtet habe ich es auch schon heute Morgen, aber als ich Margaretha so sah, mit ihrem wutverzerrten Gesicht, da habe ich plötzlich Schadenfreude empfunden.

Und dann, was war dann, hat mich Pastor Mauel gefragt. Seine Frage war mir peinlich, zuerst hab ich rumgestottert. Schadenfreude beichten ist doch schon eine ganze Menge! Aber er hat nicht locker gelassen. Was war dann?

Ich glaube, ich wollte mich einfach rächen. Meinen Sieg auskosten. Meine ganze Enttäuschung über Hennes vergessen. Das war einmal dein Anton, hatte ich Margaretha plötzlich ins Gesicht geschrien, ich wusste selbst nicht, wie es geschah. Aber da waren die Worte schon aus meinem Mund.

Das ist Hochmut, sagte Pastor Mauel, und dass ich zwei Rosenkränze beten solle.

Ich habe ihm nicht gesagt, dass ich es dann war, die Anton an der Hand fasste und wegzog, hin zu den Fiedlern. Als ich Margarethas dummes Gesicht sah, da lachte ich. Ich lachte hart und böse, bis ich zu husten anfing, mich fast dran verschluckte. Anton hat mich an sich gezogen, und ich habe mich küssen lassen. Margaretha hat es gesehen. Es war mir egal.

Dann hat er mich von der Menge weggezogen, irgendwohin in eine dunkle Ecke. Seine Küsse waren hart und taten mir weh, mit seinen Händen hat er Dinge mit mir gemacht, die ich niemandem erzählen kann, nicht mal Maria in ihrem Grab. Das Schlimmste aber war das triumphierende Leuchten in seinen Augen.

Vielleicht verzeiht Gott mir, wenn ich ihn darum bitte. Johann bestimmt nicht.

Und dabei ist er an allem schuld!

Warum ist er nicht gekommen?

Warum hat er mich allein gelassen?

Ich hasse ihn!

Ich hasse Anton!

Was soll ich jetzt tun, Maria? Was soll ich jetzt nur tun?

ZEHN

»Sie schläft, sie ist krank, sie will niemanden sehn.« Lisa wollte ihm schon die Tür vor der Nase zuschlagen, als ihre Mutter hinter ihr erschien.

»Hennes, du bist es!« Sie zog ihn herein und schob ihm einen Stuhl hin. »Ich weiß nicht, was Agnes hat. Seit Aschermittwoch ist sie wie verwandelt.«

Franziska Linnich fuhr sich mit dem Ärmel übers Gesicht und wuchtete den großen Kochtopf, in dem Rotkohl mit Äpfeln und kleinen Birnchen schmorte, von der Feuerstelle.

»Sie isst fast nichts, redet kaum. Habt ihr euch gestritten?«

»Nein, aber ich konnte Fassnachtdienstag nicht kommen, wie ich es ihr versprochen hatte.«

»Jetzt versteh ich.«

»Ich möchte mit ihr reden, es ihr erklären.«

»Trink erst mal was.« Franziska Linnich stellte ihm einen Krug mit Rheinwein hin, dann wischte sie sich die Hände an der Schürze ab und setzte sich zu Johann. »Erzähl!«

»Es ging einfach nicht. Es waren zu viele Gäste da. Keiner hatte damit gerechnet, dass so viele kommen würden. Vielleicht lag es am Wetter, weil es plötzlich so warm geworden ist. Ignatius Smulders musste daher in Augustusburg aushelfen und ich bei den Vögeln bleiben. Frau Catharina wollte mich nicht gehen lassen.« Johann nahm einen Schluck Wein, er war froh, dass Agnes' Mutter ihm zuhörte. »Ich hatte Adelheid gebeten, Agnes Bescheid zu geben, aber dann stürzte sie die Treppe hinunter und verstauchte sich den Fuß, der bald so dick wurde wie ein Elefantenbein.«

»Warte, ich werde ihr sagen, dass du hier bist.« Franziska Linnich erhob sich schwerfällig, mit der Linken hielt sie sich den vorgewölbten Leib und verzog das Gesicht. »Es strampelt heftiger als alle anderen.« Sie schwieg verschämt, und die Wangen färbten sich rot.

Doch Johann tat, als ob er ihre Verlegenheit nicht merkte.

»Dann wird es sicher ein Junge, meint Adelheid«, sagte er lachend.

Als Franziska Linnich aus dem Nebenraum zurückkam, sprang Johann auf. Doch sie schüttelte den Kopf und hielt ihn am Arm fest.

»Ich weiß wirklich nicht, was mit ihr los ist. Als ich ihr sagte, dass du mit ihr reden möchtest, drehte sie sich zur Seite und fing an zu weinen.«

Frau Linnich zögerte, bevor sie weitersprach.

»Ich habe ihr versucht zu erklären, warum du nicht kommen konntest, aber sie wollte nichts hören. Ich will ihn nicht sehen, hat sie immer nur gesagt. Ein ums andere Mal.«

Sie schüttelte wieder den Kopf. »Ich weiß wirklich nicht, was los ist.«

Johann war blass geworden.

»Sagen Sie ihr, ich komm nächsten Sonntag wieder, vorher geht es unmöglich. Sagen Sie ihr, ich muss mit ihr reden. Unbedingt.« Und dann etwas leiser: »Es tut mir leid, ich wäre so gern gekommen.«

Der Wochenanfang verging quälend langsam, obwohl Johann kaum Zeit zum Nachdenken blieb. Die Räume für die Falkner waren herzurichten, die Ställe für die Pferde mussten vorbereitet und die letzten Reparaturen und Ausbesserungsarbeiten erledigt werden. Bis die Valkenswaarder mit fünfundzwanzig Mann zum 25. März erwartet wurden, waren es gerade noch dreieinhalb Wochen, und Catharina Smulders musste sich sputen, noch dazu, wo Adelheid noch immer kaum laufen konnte und nur eine halbe Arbeitskraft war.

Gegen Wochenmitte aber ließ sich Johann dann von der allgemeinen Geschäftigkeit anstecken. Hatte er in den letzten zwei, drei Tagen auf Ignatius' Aufmunterungsversuche meist nur mürrisch reagiert, sodass dieser zum Schluss aufgab, begann er sich nun allmählich wieder für seine Umgebung zu interessieren.

»Meinst du, dass sie mich einmal mitnehmen?« Johann hielt im Holzhacken inne und schaute seinen Freund erwartungsvoll an.

Ignatius antwortete nicht sofort. »Ich war noch nie mit dabei«, sagte er dann.

»Warum nicht?«

»Hat dir das noch keiner gesagt?«

»Amtsjäger Gehrich hat mal etwas angedeutet.«

»Was hat er gesagt?«

»Dass der Kurfürst nur Leute aus Valkenswaard kommen lässt.«

»Und warum glaubst du dann, dass er bei dir eine Ausnahme machen sollte?« Der Spott in Ignatius' Stimme war nicht zu überhören. Johann ärgerte sich.

»Warum sollen andere das nicht auch können? Du zum Beispiel. Du kennst die Tiere schon seit Jahren.«

»Das stimmt.«

»Warum also …?«

»Hör endlich auf!« Ignatius packte sich einen Haufen Holzscheite und begann, sie hinter der Wand zur Kavaliersküche aufzuschichten. »Du wirst dich damit abfinden müssen, dass es unserem durchlauchtigsten Kurfürsten beliebt, keinen Kontrakt mit dir, sondern ausschließlich mit holländischen Falkenmeistern abzuschließen.« Und nach einer kurzen Pause fügte er hinzu: »Die suchen sich ihre Knechte und Falkenjungen nun mal unter den eigenen Verwandten, wir anderen, wir sind … wir sind nur Handlanger.«

Ignatius kam zurück, um neue Scheite zu holen. Er blickte gereizt. Als er sah, dass Johann schon wieder den Mund öffnete, um etwas zu sagen, schmiss er ein Stück Holz nach ihm. Johann wich dem Geschoss lachend aus. »Und ich werde dabei sein, du wirst schon sehen.«

Wie jeden Sonntag stieg Johann zu Smulders auf den Wagen, um mit ihnen nach St. Margareta zu fahren. Er fühlte in seiner Tasche nach der weißen Feder des Grönlandfalken, die er Agnes mitbringen wollte. Er passte auf, dass sie nicht knickte. Gleich nach dem Gottesdienst wollte er in den Schwarzen Bären und dort auf sie warten, bis sie selbst mit ihrer Mutter und den Geschwistern von der Kirche zurückkommen würde.

Johann stellte sich in die Nähe des Ausgangs, um mit den letzten Segensworten sofort gehen zu können. In einer der vorderen Sitzreihen sah er seinen Vater, der sich manchmal zum Eingang umschaute, als ob er jemanden erwartete. Johann zog sich hinter eine der Säulen zurück, die die Orgelempore trugen, so hatte er die Kirche im Blick, ohne selbst gesehen zu werden. Er schluckte, als er Agnes neben ihrer Mutter entdeckte. Sie trug die weiße Haube mit den blauen Bändern, die er so gern um seine Finger wickelte, wenn sie beieinander saßen. Unter dem dunkelblauen Schultertuch kam sie ihm klein und zerbrechlich vor.

»… und dann ist er gestern mit ihr nach Köln gefahren.«

»Mit Agnes Linnich?«

»Mit Agnes Linnich!«

Die Orgel brandete auf und verschlang die letzten Worte der beiden Frauen, die gerade durch die Kirchentür gekommen waren und nun auf ihre Plätze hasteten. Johann spürte, dass ihm das Blut aus dem Gesicht wich, die Beine drohten ihm einzuknicken. Der Gesang der Gemeinde, die Worte des Pfarrers, der Chor der Gläubigen rauschte in seinen Ohren wie Gewitterregen. Er zitterte und merkte es nicht.

Als die Messe zu Ende war, folgte er Gertrud Dominick und Margaretha Cadusch, die Arm in Arm an den Gräbern vorbei zum Wall liefen. Nahe der Holzbrücke über die Bleiche, wo unter der Woche die Frauen ihre Wäsche wuschen und sie zum Trocknen auf der Wiese ausbreiteten, blieben die beiden stehen. Gertrud hatte den linken Arm um die Schulter der Freundin gelegt und redete auf sie ein, während sie mit dem rechten wild gestikulierte. Wahrscheinlich merkte sie nicht einmal, dass sie die Hand immer wieder zur Faust ballte.

Johann wusste nicht, wem er folgen sollte – Gertrud, die sich nach rechts gewandt hatte, wahrscheinlich um nach Hause zum Burbacher Hof zu gehen, oder Margaretha, die zuerst noch zögerte, dann aber langsam in Richtung Uhltor ging. Auch wusste er nicht, wie er das Gespräch beginnen sollte. Plötzlich schämte er sich, dass er hinter Agnes herspionierte, aber seine nagende Eifersucht war stärker als jede Vernunft. Noch während er überlegte, war Gertrud um die Ecke verschwunden, und er verbot es sich, hinter ihr herzurennen.

Margaretha war wieder stehen geblieben. In der blassen Frühlingssonne glänzten ihre Haare wie Kastanien, ein leichter Wind spielte zwischen den Locken. Johann verlangsamte seinen Schritt, er hatte noch nie bemerkt, wie hübsch Margaretha von der Seite aussah. Sie musste geweint haben, um die Augen waren rote Ringe, die Arme hielt sie vor der Brust überkreuzt, sie klammerte sich an ihre eigenen Schultern.

»Kann ich dir helfen, tut dir was weh?« Johann tat, als ob er zufällig vorbeigekommen wäre.

Margaretha schüttelte den Kopf, aber sie drehte sich nicht zu ihm um.

»Aber ich sehe doch, dass es dir nicht gut geht …« Johann überlegte verzweifelt, wie er Margaretha zum Sprechen bekommen könnte, und vor allem, wie er es anstellen sollte, dass sie ihm sagte, was sie über Agnes wusste.

Jetzt schaute Margaretha ihn an.

»Johann Stemmeler?«

»Ja!«

Wieder schwieg Margaretha.

»Du willst nicht sagen, was du hast!« Johann versuchte es erneut. Er wagte nicht, sie anzufassen, obwohl er sie am liebsten geschüttelt hätte.

Langsam ließ Margaretha ihre Arme sinken und drehte sich nach Johann um.

»Du und Agnes …?«, fragte sie lauernd.

Johann wartete.

»Ihr beide kennt euch doch?«

Johann spürte sein Gesicht heiß werden. Er schluckte. »Was ist mit Agnes?«

»Deine Agnes …« Margarethas Augen begannen zu funkeln. »Deine Agnes schert sich einen Dreck um dich.«

Sie kostete ihren Überraschungsangriff aus. Schadenfroh. Man hatte ihr wehgetan, jetzt sollten auch andere leiden.

»Deine Agnes war mit Anton Dominick in Köln. Gestern. Den ganzen Tag, und ich weiß, was sie dort getrieben haben.«

Dienstag, 8tava Martii
Ja, es ist aus zwischen Johann und mir. Er hat mich geschlagen. Gestern am frühen Abend, als ich auf dem Weg zum Godorfer Hof war. Er muss mich abgepasst haben.

Ich war so überrascht, dass ich danach nichts mehr sagen konnte.

Auch er hat kein Wort mehr gesagt, hat sich einfach umgedreht und ist gegangen. Nur einmal ist er stehen geblieben, hat sich noch mal nach mir umgeschaut, hat den Mund aufge-

macht, als ob er doch noch etwas sagen wollte. Gebetet habe ich, dass er sich entschuldigt. Aber er blieb stumm. Er guckte nur, und in diesem Moment zerriss es mir fast das Herz. Ich wollte zu ihm hinlaufen, mich in seine Arme werfen. Ich wollte ihm sagen, wie weh mir tut, was passiert ist. Dass ich das alles nicht gewollt habe. Aber ich war wie gelähmt. Ich stand da und schaute ihn an und spürte den Schlag im Gesicht und hörte noch die harten Worte, die er mir an den Kopf geworfen hat. Ich dachte an das, was die Wittib Kemps mir geraten hat, und wollte ihm alles sagen, aber ich hätte genauso gut gegen eine Wand reden können. Die schreit wenigstens nicht zurück.

Warum kann er nicht ein einziges Mal ruhig zuhören?

Ich hab es ja versucht. Ich habe versucht, ihm zu sagen, wie lange ich auf ihn gewartet habe, wie unruhig und traurig ich war, als ich nichts von ihm hörte, dass ich mir zuerst Sorgen gemacht hatte, es könne ihm etwas passiert sein, dass ich dann immer enttäuschter wurde, ja! Und auch eifersüchtig. Dass ich dachte, er vergnügt sich mit einer anderen – man hört doch so allerlei Geschichten aus dem Schloss, wie es dort zugehen soll, wenn der Kurfürst zu einem Fest lädt.

Er hörte nicht hin, er lachte nur, aber es war ein böses Lachen. Ich merkte, er wollte mir nicht glauben. Ein störrischer Mühlenesel, hat meine Mutter gesagt! Nein, viel schlimmer, er hat ein Herz wie ein Mühlstein, so hart. Wenn man jemanden liebt, muss man doch zuhören! Da bin ich selbst auch wütend geworden. Ja, habe ich gesagt, gebrüllt habe ich, ja, ich habe mit Anton getanzt und auch mit dem neuen Gerichtsschreiber. Und wenn er es genau wissen wolle, habe ich gesagt, der sei ein feiner Mensch, nicht so launisch und grob wie er.

Aber der Gerichtsschreiber hat ihn nicht interessiert, nur der Anton. Ob es stimmt, dass ich mit dem Burbacher in Köln gewesen sei, was wir dort gemacht hätten, ob er, Johann, mir nicht mehr gut genug sei. Und er hat mir Vorwürfe über Vorwürfe gemacht, bis ich mir die Ohren zugehalten habe. Was geht es dich an, mit wem ich nach Köln fahre, habe ich ihn angeschrien. Du bist ja nie da, du amüsierst dich im Schloss mit irgendeiner Küchenmagd, aber mir machst du Vorwürfe. Ich werde wieder mit Anton nach Köln gehen, denn es war schön,

*sehr schön sogar, habe ich geschrien. Der Anton weiß, was ei-
ne Dame sich wünscht, habe ich geschrien, er hat mir heiße
Schokolade bezahlt und eine rote Stoffrose gekauft.*

*Ich wollte ihm wehtun, weil er mir nicht zuhört und nicht
versteht, dass ich ihn lieb habe. Und dass ich so eifersüchtig
war, dass mir alles ganz gleich war. Aber da hat er mich
geschlagen. Mitten ins Gesicht. Und ich habe nichts mehr gesagt.*

Freitag, 11ima Martii, zehn Uhr nachts
*Die Abrechnung von heute ist fertig, jetzt ist alles still um mich
herum. Nur Jaköbchen höre ich husten. Hoffentlich wird es
nicht schlimmer. So hat es auch bei Essers Mechtild angefangen, sagt die alte Kribben, und fünfzehn Tage später hat der
Liebe Gott sie geholt. Mutter hat Hustentee gebraut und Jakob heiße Kartoffeln auf die Brust gelegt, viel mehr könne
man nicht machen, sagt sie.*

*Mein Vater lässt mich jetzt in Ruhe. Ich weiß nicht, ob ihm
die Wittib Kemps etwas gesagt hat, aber er hat irgendwie mitbekommen, dass ich Tagebuch schreibe. Am Anfang hat er die
Stirn gerunzelt und etwas von verlorener Zeit gebrummt und
dass ich mir damit die Augen verderbe und einen Buckel bekäme. Aber jetzt sagt er nur noch, ich solle nicht mehr so lange machen, bevor er selbst schlafen geht.*

*Maria, ich weiß, es war nicht recht, dass ich mich auf Anton
eingelassen habe, vor allem neulich an Fassnachtdienstag. Ich
hätte den Burbacher nicht gewähren lassen dürfen, und ich
schäme mich dafür und bete, dass es nie jemand erfährt. Ich
hätte auch nicht mit ihm nach Köln gehen sollen. Die Stadt ist
so groß, ich kam mir ganz verloren vor. Die Leute hetzen
durch die Straßen, sie scheinen keine Zeit zu haben. Am Anfang dachte ich noch, wie schön die Menschen angezogen sind,
vor allem die Frauen mit Tüchern aus edler Spitze und ihre
Hauben so zierlich bestickt. Einige Männer in feinsten Westen
und glänzenden Spangenschuhen. Ich kam aus dem Staunen
nicht heraus. Aber dann habe ich Kinder auf den Gassen gesehen, so zerlumpt und mager! Mit filzigen Haaren! Du kannst
es dir nicht vorstellen. Die Kinder, die bei uns in den Hütten*

hinterm Fischmarkt leben, laufen auch barfuß herum, aber sie haben doch wenigstens jeden Tag einen Kanten Brot zu essen, und ich weiß, dass die Frau vom Amtsjäger Gehrich, die Maria, ihnen schon mal eine Schale Suppe gibt.

Zwei Kinder lagen in Hauseingängen, ich glaube, sie konnten sich nicht mehr bewegen, so schwach waren sie. Ich bat Anton, ihnen etwas zu essen zu kaufen. Doch er wollte nicht. Ich solle nicht hingucken, sagte er, für so ein Geschmeiß habe er kein Geld übrig. Plötzlich hat mir die Stadt keinen Spaß mehr gemacht. Dann hat Anton mir gesagt, ich solle am Blaubach warten, er wolle mir etwas kaufen, es sollte eine Überraschung sein. Fast zwei Stunden hat er mich warten lassen, dann kam er mit einer Stoffblume zurück, aber es war keine Rose, sondern eine Margerite, lächerlich klein und zerrupft, und sie verlor auch gleich eines der dünnen Blumenblättchen. Ich weiß nicht, warum er zwei Stunden brauchte, um mir eine billige Stoffblume zu kaufen, aber ich habe mich artig bedankt. Auf dem Heimweg haben wir kein Wort miteinander gesprochen.

Nein, noch einmal werde ich nicht mit Anton nach Köln gehen, und wenn er mich noch so sehr darum bittet. Ich hab das Johann nur gesagt, weil ich so aufgebracht war.

Ja, Maria, ich weiß ja, ich habe einen Fehler gemacht. Aber musste Johann mich schlagen? Ich habe nie gesehen, dass unser Vater die Hand gegen unsere Mutter erhob.

ELF

Missmutig trabte Anton hinter dem Pferd über den Acker. Der schwere Pflug riss dünne Furchen in den Boden, ein lauer Frühlingswind erfasste die lose Erde, wirbelte sie auf und blies sie über das Feld. Am oberen Feldrain angekommen, hielt Anton inne. Mit dem Hemdsärmel wischte er sich über die Stirn. Die Frühlingssonne wärmte bereits, obwohl nachts noch immer mit Frost gerechnet werden musste. Er griff nach dem Krug, den er in der Böschung abgestellt hatte, und nahm einen kräftigen Schluck Wasser. Wein wäre ihm lieber gewesen.

Er beobachtete seinen Bruder Georg und Hermann, den Knecht, die vom anderen Ende des Feldes langsam auf ihn zukamen. Der eine säte mit gleichmäßigen Armbewegungen Hafer aus, der andere folgte und eggte das Saatgut unter. Ohne dass er es wollte, wanderten seine Gedanken zu Agnes, und er ärgerte sich. Seit er mit ihr in Köln gewesen war, mied sie ihn. Selbst im Schwarzen Bären kam sie kaum noch an seinen Tisch, sondern schickte meist die stumme Trudis, die seit kurzem in der Wirtschaft mithalf.

Mit seinen verschwitzten Händen fuhr er sich durchs Haar. Statt ihm dankbar zu sein, dass er sie ins großstädtische Köln mitgenommen hatte, hatte sie ihm mit ihrem Gejammer über die dreckigen Rotznasen in den Ohren gelegen! Er hatte sie zum Essen eingeladen, und sie erlaubte ihm nicht einmal, dass er ihr unter den Rock griff! Dabei war sie Fastelovenddienstag doch willig gewesen.

Anton schüttelte unwirsch den Kopf. Wenigstens hatte sich die kleine Blumenverkäuferin Zeit für ihn genommen.

Der Gedanke an das Kölner Mädchen ließ Anton einen Augenblick lang seine schlechte Laune vergessen. Sie hatte ihn sofort wiedererkannt, als er den Laden betrat, hatte ihm bedeutet, kurz zu warten, während sie in einem Hinterzimmer verschwand. Dann hörte er Wortgetuschel, und gleich darauf kam sie wieder zum Vorschein mit einem Umhang über den Schultern. Sie hatte ihn angelacht und untergehakt, und noch ehe er wusste, wie ihm geschah, hatte sie ihn in ein dunkles Zimmer gleich um die Ecke geführt. Zwar hatte er nach dem Reinfall mit Agnes auf so etwas gehofft. Dass die schöne Johanna es ihm aber so leicht machen würde, hätte er nicht geglaubt.

»E Stündche han ich Zick«, hatte sie ihm ins Ohr geflüstert.

Anton schnalzte genussvoll mit der Zunge, während er den Wasserkrug zurück in die Böschung setzte und das Pferd wendete.

Aber dass er sich in Agnes getäuscht hatte, wollte er sich nicht eingestehen. Sie reizte ihn mehr denn je, und sogar ihre Zurückhaltung erregte ihn. Doch hatte er keine Lust, seine Zeit zu vertrödeln.

»Wieverlück!«, sagte er laut.

»Was hast du gesagt?«, rief ihm Georg zu.

»Nichts.«

Entweder sie will, oder sie will nicht, dachte er. Aber dass sie so offensichtlich nicht mehr wollte, wurmte ihn doch. Und es wurmte ihn, dass sie ihm keine Fragen mehr stellte, nach Köln und dem Dom, nach den großen Handelsschiffen, nach den Kaffeehäusern und den Farben, die die Damen in diesem Frühjahr trugen. Früher hatte sie ihm mit leuchtenden Augen und vor Staunen offenem Mund zugehört. Jetzt übersah sie ihn geflissentlich.

Anton wendete das Pferd und schickte sich an weiterzuarbeiten, die Märzsonne schien ihm ins Gesicht. Er kniff die Augen zusammen, um die Spur der Furchen besser erkennen zu können.

Vielleicht war es doch voreilig gewesen, Margaretha fallen zu lassen. Vielleicht hatte er sich zu schnell von der ablehnenden Haltung des alten Cadusch entmutigen lassen.

»Nein!« Er knirschte mit den Zähnen. »Ich habe mich nicht entmutigen lassen, ich wurde gedemütigt. Einen Anton Dominick demütigt man nicht.«

Aber vielleicht hätte ich klüger vorgehen sollen, überlegte er. Hätte versuchen sollen, nicht die Tochter zu gewinnen, sondern den Vater. Anton biss sich auf die Zunge, er hatte das ungute Gefühl, einen Fehler begangen zu haben.

Laut krächzend stob ein Schwarm Krähen vor ihm auf. Ein Reiher zog über ihn hinweg. Der majestätische Flug erinnerte ihn an Johann Stemmeler, und Anton grunzte unwillig. Falkner will der werden! Die Stemmelers sind alle vom gleichen Schlag, dachte er, wenn sie sich was in den Kopf gesetzt haben, müssen sie es haben!

Von Berzdorf kam im Galopp ein Trupp kurfürstlicher Jäger daher geritten. Die Pferdehufe wirbelten gelbgraue Sandfahnen auf.

Anton blieb stehen. »Es wird Zeit, dass es regnet«, rief er seinem Bruder zu und zeigte auf die Uniformierten.

Sie grüßten nicht, sie schauten nicht einmal zu ihm herüber. Anton zog verschnupft die Luft durch die Nase. Dann lachte er bitter auf. Nein! Er wollte sich nicht ärgern lassen. Neidisch? Das hatte er nicht nötig. Johann würde scheitern mit seinem verbissenen Ehrgeiz, das war so sicher wie das Amen in der Kirche.

Als Anton nach der Arbeit auf den Hof zurückkam, hatte ein Bote aus dem Schloss eine Nachricht abgegeben: Madame de Lavalière wünscht Schinken und Würste für eine Einladung am Freitagabend und ersucht um prompte Lieferung.

Schlagartig besserte sich Antons Laune. Sollte doch Johann mit Falkenlust angeben, er, Anton Dominick, zukünftiger Burbacher Halfe, hatte Zugang zu ganz anderen Kreisen.

Am Abend machte er sich auf den Weg. Die bissigen Bemerkungen seiner Schwester, als sie ihn mit sauberem Hemd und frisch gescheitelt vom Hof gehen sah, überhörte er mit stoischer Miene. Er schritt kräftig aus, es war bereits spät, und Madame de Lavalière wartete nicht gern. Seine Gedanken wanderten voraus, er grinste, als er an die kleine Schwarze von der Zuckerbäckerei dachte. Ob sie wohl um diese Zeit noch arbeitete?

Vor ihm löste sich ein Schatten aus dem Gebüsch am Wegrand, eine verkrüppelte Gestalt huschte über den Damm, blieb dann stehen und schien auf ihn zu warten. Anton verspürte ein Unbehagen beim Anblick des Puckels. Wie eine schwarze Katze, die Unheil bringt, dachte er. Vorsichtshalber warf er Joseph einen Heller zu und sah, wie dieser nach dem Geldstück griff, dann hatte ihn die beginnende Dunkelheit verschluckt.

Anton ärgerte sich, dass er sich von dem herumstreunenden Schwachkopf hatte durcheinander bringen lassen. Selbstsicher wollte er am Hof ankommen, gewandt vor Madame auftreten. Er räusperte sich laut, fuhr sich durch seine widerspenstigen Haare und stopfte zum wiederholten Male mit beiden Händen sein weites Hemd in die Hosen.

Da fühlte er sich plötzlich von hinten gepackt und zu Boden gerissen.

Ein Knie bohrte sich in seinen Magen.

Jemand schlug ihm mit voller Wucht eine Faust unters Kinn. Anton japste nach Luft. Der Puckel, dachte er, dann sah er Johanns Gesicht über sich, wie im Nebel. Wieder spürte er einen Schlag am Kopf, warmes Blut rann ihm übers Auge. Er verlor das Bewusstsein.

Als er wieder aufwachte, lag er im Straßengraben. Neben ihm kauerte der Puckel und summte eine leise Melodie.

»Blut«, murmelte er zwischendurch, »böses Blut«, und betupfte mit dem Zipfel seiner speckigen Jacke Antons Stirn.

Nur langsam kam Anton die Erinnerung zurück. Da war der Puckel gewesen, dann Johann. Das war ein abgekartetes Spiel, schoss es ihm durch den Kopf. Wie neulich mit den aufgeschlitzten Kornsäcken. Wenn er es nur beweisen könnte! Aber andererseits, jetzt saß der Puckel hier neben ihm und kicherte und sabberte nicht wie sonst, sondern versuchte, das Blut zu stillen, das noch immer aus einer klaffenden Wunde floss.

Anton stöhnte, alles tat ihm weh. Mit der Hand tastete er sich übers Gesicht, dann seinen Körper entlang, bis er an die schmerzenden Knie kam. Seine Hosen waren zerrissen, er hielt einen Fetzen Stoff zwischen den Fingern.

Der Puckel rückte zur Seite, als Anton versuchte, sich vorsichtig aufzurichten. Dann fiel ihm Madame de Lavalière ein, aber der Fluch, der ihm hochkam, blieb ihm im Hals stecken. Er konnte das Kinn nicht bewegen, er griff sich an den Mund und spürte die dick geschwollene Unterlippe, an der verkrustetes Blut klebte. Zum Teufel, dachte er, aber über seine Lippen kam nur ein unverständliches Zischeln. Zwischen den Zähnen knirschte Sand.

Er ließ sich auf den Boden zurückfallen, aus den Augenwinkeln sah er, wie der Puckel sich aus der Böschung herausarbeitete und verschwand. Seine Hände hielt der Krüppel an den Körper gepresst, als müsse er etwas festhalten. Er summte ein Liedchen vor sich hin. Anton hob mühsam den Kopf und suchte nach dem Beutel mit dem Schinken und den Würsten für Madame. Er konnte ihn nirgendwo entdecken.

»Saukerl, Dreckiger, die Würste sollen dir im Mund stecken bleiben, du falscher Hund!«

Es kam ihm wie eine Ewigkeit vor, bis Georg ihn fand und ihm nach Hause half. Die Mutter fragte nicht, als sie mit einer Schüssel sauberen Wassers kam und die Wunden auszuwaschen begann. Er schloss die Augen, froh, dass sie ihn in Ruhe ließ.

»Das wird er mir büßen«, zischte er und sah wieder Johanns bleiches Gesicht vor sich.

ZWÖLF

Ignatz Clemens Kerpen tauchte die Gänsefeder in das Tintenglas, das vor ihm auf dem Eichenholztisch stand. Sorgfältig wischte er überschüssige Tropfen am Glasrand ab. Dann beugte er sich über das Protokollbuch und begann zu schreiben:

1757
Donnerstag, 17tima Martii
Praesentibus – Schöffe Heldt, Obristmeister Kramer, Kerpen
Anton Dominick, Burbacher Halbwinners Sohn vs Stadtmül-
lers Sohn Johann Stemmeler

Kerpen schaute auf. Der junge Dominick vor ihm wippte von einem Bein aufs andere, dann begann er ungeduldig, mit seinem rechten Fuß auf die Dielen der Schreibstube zu klopfen. Das linke Auge war blutunterlaufen, seine Lippen angeschwollen. Er hatte Schwierigkeiten beim Sprechen, und Kerpen musste genau hinhören, um ihn zu verstehen. Er überlegte, ob er den Kläger sich setzen lassen sollte. Aber dann erinnerte er sich an das Gesicht des jungen Burbachers im Schwarzen Bären, als er sich für Johann Stemmeler eingesetzt hatte, und an den Tanz auf dem Markt und ließ ihn vor dem Schreibtisch stehen.

»Johann Stemmeler hat Euch also überfallen?«

»Ja, das sagte ich ja schon. Nun schreib es schon nieder! Ich habe wenig Zeit.«

Kerpen blieb ruhig. Er wartete, dass der andere weitersprach.

»Gestern Abend, auf dem Weg zum Schloss, zur Augustusburg. Unser Hof sollte Schinken liefern. Ich hatte ihn nicht kommen hören. Plötzlich war er hinter mir, packte mich um den Oberkörper, sodass ich die Arme nicht mehr bewegen konnte, und warf mich zu Boden. Es ging so schnell, dass ich mich nicht wehren konnte.«

Kerpen schrieb etwas auf die rechte Seite des Protokollbuchs, dann musterte er wieder den kräftigen Burbacher.

»Ich bin überrascht, dass Johann Stemmeler dich so leicht überwältigen konnte. Er ist viel kleiner und schmächtiger als du.« Der Obristmeister war von seinem Stuhl aufgestanden und stellte sich neben Anton. »Der geht dir doch höchstens bis hierhin.« Er hielt die Hand in die Höhe von Antons Ohren.

»Seid Ihr sicher, dass Johann Stemmeler der Angreifer war?«, fragte Kerpen nach.

Anton Dominick lachte höhnisch auf. »Wer soll es denn sonst gewesen sein? Er ist eifersüchtig und zu allem fähig. Im Übrigen«, er deutete auf seinen mit einem weißen Verband umwickelten Kopf, »er hat mir mit einem Stein auf den Kopf geschlagen. Sonst wäre es ihm nie gelungen, mich zu überrumpeln.«

»Wer hat Euch die Wunde verbunden?«

»Mein Bruder Georg kam mir zu Hilfe. Er hat mich zum Bader gebracht.«

»Woran habt Ihr Johann Stemmeler erkannt? Ihr sagt doch, es sei alles so schnell gegangen.«

»Was soll die Fragerei? Ihr glaubt mir wohl nicht?« Drohend ging Anton einen Schritt auf den Schreibtisch zu.

»Was für einen Grund hätte Johann Stemmeler gehabt, Euch niederzuschlagen?« Kerpens Stimme klang kühl und sachlich. »Hat er Euch etwas entwendet? Hatte er Grund, eifersüchtig zu sein?«

Er schaute sein Gegenüber prüfend an.

Anton zögerte mit der Antwort, schließlich beugte er sich vor und stützte sich auf dem Tisch ab. Er stöhnte leise, aber seine Stimme war scharf.

»Was spielt Ihr Euch auf? Ihr seid Schreiber, kein Richter.«

»Ich schreibe auf, was Ihr sagt, und frage nach, wo Euer Bericht der Ergänzung bedarf.«

Für einen Augenblick verlor Anton Dominick seine Selbstsicherheit, dann aber richtete er sich auf und wandte sich Ernst Salentin Heldt und dem Obristmeister zu. »Johann Stemmeler muss bestraft werden, er hat mich schwer am Kopf verletzt, und ich kann von Glück sagen, dass ich noch lebe. Johann Stemmeler ist ein Mörder.«

»Wer hat das Geschehen beobachtet?« Kerpen tunkte wieder die Feder in die Tinte, mit den Fingern der anderen Hand trommelte er leise auf ein paar Papierbögen, die neben dem Protokollbuch lagen.

»Nun, könnt Ihr niemanden nennen?«

Wieder wirkte Anton Dominick verunsichert. »Mein Bruder Georg natürlich. Er fand mich.«

»Als alles vorbei war …«

Wieder stöhnte Anton, er musste Schmerzen haben, aber Kerpen ließ ihn weiter stehen.

»Also niemand?«

»Nein … nur …«

»Nur wer?«

»Der Puckel.«

»Wer ist der Puckel?«

»Der Puckel! Der krüppelige Rumtreiber. Der schwachsinnige Joseph mit dem Höcker im Nacken.«

»Ich weiß nicht, ob der Puckel, ich meine, der Joseph, als Zeuge in Frage kommt«, gab Ernst Salentin Heldt zu bedenken, und auch der Obristmeister wiegte zweifelnd den Kopf.

Kerpen gab keine Antwort. Er schrieb aufmerksam, dann trocknete er die frisch beschriebene Seite des Protokollbuchs mit Löschsand und legte die Akte zur Seite.

»Ihr könnt gehen«, sagte er zu Anton. »Das Brühler Gericht wird die Angelegenheit prüfen und über das weitere Vorgehen entscheiden.«

Kerpen schaute dem Burbacher nach, wie dieser den Raum verließ. Seine Schritte schienen ihm weniger fest als beim Betreten der Amtsstube vor einer Stunde. Mit der Linken hielt sich Anton am Türbalken fest, als er noch immer mühsam über die Schwelle auf die Straße trat.

Kerpen hatte Johann nur wenige Male von weitem gesehen, kannte ihn also kaum und verbot sich, ein vorschnelles Urteil zu fällen. Warum hätte Johann Stemmeler Anton Dominick niederschlagen sollen? Der Burbacher hatte seine Frage nicht beantwortet. War es wegen Stemmelers Stelle in Falkenlust, oder gab es noch einen anderen Grund? Die Wirtstochter? Er hatte sie an jenem Fassnachtdienstag lange beobachtet, bevor er sich entschlossen hatte, sie zum Tanz zu bitten. Sie war offensichtlich unruhig gewesen und hatte auf irgendjemanden gewartet. Und dieser jemand war mit Sicherheit nicht der Burbacher gewesen. Als dieser ihn von ihrer Seite drängte, sah sie alles andere als glücklich aus.

»Wenn zwei sich streiten, freut sich der Dritte«, murmelte Kerpen, aber dann schämte er sich seiner Gedanken. Insgeheim jedoch bereitete es ihm eine gewisse Genugtuung, dem großmäuligen Anton Dominick eine Lektion erteilt zu haben.

Gut zwei Monate lebte er nun in Brühl, aber so richtig vertraut war er noch mit niemandem. Mit Ausnahme vielleicht von Weisweiler und dessen Sohn Henrich, die ihn beide, überraschend genug, nicht als Konkurrenten sondern anscheinend als echte Hilfe empfanden. Bei Henrichs Familie konnte er in der ersten Zeit nach seinem Umzug aus Bonn wohnen, bis schräg gegenüber auf dem Markt 15 zwei Zimmer frei wurden und er dort einzog. Dennoch brach die Beziehung zu Henrich nicht ab. Und nicht nur wegen der beruflichen Verflechtungen. Henrichs Frau, Anna Barbara Wollersheim, hatte ihm angeboten, dass er jederzeit zum Essen willkommen sei. Und wie zum Beweis, dass sie seine Gegenwart schätzte, hatte sie ihrem Jüngsten ordentlich ein paar hinter die Ohren gegeben, als dieser sich einmal inmitten der Geschwisterschar über Kerpen lustig gemacht und dessen humpelnden Gang nachgeahmt hatte.

Am Anfang wollte Kerpen die Einladung von Henrichs Frau nicht annehmen, aber dann einigten sie sich darauf, dass er regelmäßig einen gewissen Teil zur Haushaltskasse beitrüge, und seither konnte er die Abendbrotrunde in der großen Familie genießen. Zu dem jungen Johann-Henrich, der ihn verspottet hatte, entwickelte er im Laufe der Zeit sogar so etwas wie väterliche Zuneigung, die überraschenderweise bald vorbehaltlos erwidert wurde.

Nach dem Essen saß er oft noch lange mit dem viel älteren Henrich Weisweiler zusammen. Manchmal setzte sich auch Frau Barbara mit dazu. Dann redeten sie über die Konflikte zwischen dem Brühler Rat und dem kurfürstlichen Amtmann, darüber, dass der Bäcker seine Frau mehr schlug, als es notwendig war, über die Dominicks vom Burbacher Hof, die zum Ärger von Pfarrer Mauel zu keinem Gottesdienst kamen, und über den Stadtmüller, der seit kurzem mit dem alten Esser hartnäckig über den Verkauf des Grundstücks an der Gabjei verhandelte. Auf diese Weise lernte

Kerpen die Brühler kennen, ohne jedoch mit ihnen wirklich vertraut zu werden. Er war noch immer der Fremde, jemand, dem man sich nicht so ohne weiteres offenbarte. Allerdings schätzten die Herren des Rats schon bald die Kenntnisse und den Arbeitsfleiß des neuen Gerichtsschreibers, und mit Befriedigung erkannten sie, dass er nicht zwangsläufig auf der Seite des Bonner Amtmanns stand, auch wenn er von diesem empfohlen worden war. Sie nickten mit den Köpfen und beglückwünschten sich zu ihrer Entscheidung, Kerpen bestallt zu haben. Am meisten freute es den Stadtmüller, der, tief beeindruckt von den Lateinkenntnissen Kerpens, überzeugt war, dass dieser die richtigen Passagen in alten Landverordnungen finden würde, die es ihm, Jakob Stemmeler, erlauben würden, dem Esser seinen zukunftsträchtigen Grundbesitz für möglichst wenig Geld abzuschwatzen.

An diesem Abend ging Kerpen nach der Arbeit nicht sofort nach Hause. Vielmehr zog es ihn zum Schwarzen Bären in der Kirchgasse. Aufgeregter Lärm schlug ihm entgegen, und er spürte, wie sich alle Blicke ihm zuwandten. Er ließ sich nichts anmerken, sondern setzte sich hinten an die Wand zu Hubertus und zwei weiteren Männern, die schon eifrig dem Bier zugesprochen hatten. Der Überfall des jungen Stemmeler auf Anton Dominick hatte sich herumgesprochen.

Mit den Augen suchte er Agnes hinter der Theke, aber das Mädchen drehte ihm den Rücken zu, wahrscheinlich hatte sie sein Kommen nicht einmal bemerkt. Er winkte der stummen Trudis, die ihm kurz darauf ein Glas Wein vorsetzte. Der alte Hubertus stieß ihn verschwörerisch an.

»Glaubst du, dass es der junge Stemmeler war, der den Dominick verprügelt hat?«, fragte er den Gerichtsschreiber und prostete ihm zu.

»So hat es der Burbacher heute Morgen zu Protokoll gegeben.« Kerpen wollte sich nicht aushorchen lassen. Er wog seine Worte ab.

»Jeder weiß doch, dass die beiden sich nicht ausstehen können.«

»Warum eigentlich?«

Hubertus grinste breit und beugte sich dann vertraulich zu Kerpen hinüber.

»Warum, glaubst du, verbringt der Anton jeden freien Abend, den sein Vater ihm gönnt, hier im Schwarzen Bären? Weil en dat Agnes jeck määt!«

Kerpen tat, als ob er diese Nachricht zum ersten Mal hörte, und zog die Augenbrauen erstaunt nach oben.

»Dat Agnes aber«, und Hubertus zeigte bedeutungsvoll mit seinem Daumen in Richtung der Theke hinter sich, »dat Agnes liebt doch jemand ganz anderen.«

Dem Alten gefiel es, Kerpen zappeln zu lassen. Genüsslich hob er seinen Bierkrug an den Mund, nahm einen kräftigen Schluck, wischte sich den Schaum von der Oberlippe und flüsterte dann dem Gerichtsschreiber zu.

»Dat Agnes liebt doch den Johann und der Johann sie. Aber in letzter Zeit«, fügte er nachdenklich hinzu, »ist die immer so schlecht gelaunt und guckt so traurig. Sie nimmt's mir sogar übel, wenn ich mir einen Scherz mit ihr erlaube.« Er schüttelte den Kopf: »Guck sie dir an!«, er drehte sich vorsichtig zur Theke um, »guck sie dir an, was sie für ein Gesicht macht. Das ist nicht gut fürs Geschäft.«

»Agnes!«, rief er dann dem Mädchen zu, »bring mir noch ein Bier und dem Herrn hier einen Roten.«

»Was glaubst du also?« Hubertus ließ nicht locker. »War's der Johann?«

Kerpen dachte nach. Wenn es stimmte, was der Alte ihm erzählte, dann hätte Johann einen Grund, auf Anton Dominick eifersüchtig zu sein. Aber so heftig schlägt man nur zu, wenn die Eifersucht wirklich begründet ist. Wieder sah er Anton Dominick vor sich, wie er das Mädchen Fassnachtdienstag an sich gerissen hatte. Er schaute Hubertus an.

»Und was glaubst du? Hat Agnes dem Stemmeler einen Grund zur Eifersucht gegeben?«

»Ach, ich weiß et nit. Ävver ne Hellijesching hät dat Agnes bestemmp och nit.« Hubertus kicherte vergnügt. »Brühl ist klein, und die Leute reden viel. Es kann schon sein.«

Dann beugte er sich wieder zu Kerpen hinüber und fasste ihn am Arm. »Du und ich, wir sind alte Männer, die das Leben kennen. Ich noch mehr als du. Lass der Jugend ihren Spaß, die Flausen werden ihnen noch früh genug vergehen. So eine ordentliche Prügelei zwischen zwei jungen Männern wegen eines Mädchens, das hat doch nichts zu sagen. Als ich jung war ...«

Hubertus hörte auf zu reden, weil Agnes mit zwei Krügen an den Tisch trat. Der alte Mann versuchte ihre Hand zu tätscheln. »Agnes, Mädchen, ...«, aber sie entzog sich ihm.

»Das Gericht hätte noch ein paar Fragen.« Kerpens Stimme war ruhig und sachlich, als er sich an Agnes wandte. Ihr Gesicht verfärbte sich rot, aber Kerpen tat, als ob er es nicht bemerken würde. »Es wäre gut, wenn du morgen oder übermorgen in die Gerichtsstube kommen könntest. Es wird nicht lange dauern.«

Das Mädchen nickte schnell. Es packte die leeren Gläser zusammen und eilte zur Theke zurück. Während sie die abgeräumten Becher in der Schüssel mit Wasser ausspülte, schaute sie zu Kerpen herüber. Agnes tat ihm leid, und er versuchte, sie mit einem Lächeln zu beruhigen.

Plötzlich fiel ihm Elisabeth ein. Wie hätte sie sich in einer solchen Situation verhalten?

Kerpen zuckte die Achseln. Interessierte ihn das wirklich? Nein, dachte er bei sich, und er stellte erstaunt fest, dass er kaum noch an Bonn zurückdachte. Nur einmal, es war ein Zufall, hatte er von dem Fuhrmann, der ihn bei seinem Umzug gefahren hatte und der weit in der Gegend herumkam, gehört, dass Elisabeth nun den Haushalt des alten Quacksalbers führte, der seine Mutter zur Ader gelassen hatte. Sie solle diesem auch sonst sehr zu Diensten sein. Er war erleichtert gewesen, und seither war sie ihm kein einziges Mal mehr in den Sinn gekommen.

Er hatte es geschafft, das neue Leben!

Brühl war zwar nicht Köln und nicht Antwerpen. Aber der Eifer, mit dem der alte Hubertus Neuigkeiten aus ihm herauskitzeln wollte, machte ihm zum ersten Mal deutlich, dass er über Wissen und Möglichkeiten verfügte, die nicht jeder hier am Ort hatte. In Bonn war er ein kleiner humpelnder Schreiberling gewesen, den niemand beachtete. Hier in Brühl könnte er es vielleicht zu etwas bringen.

Kerpen wagte nicht, den Gedanken weiterzuspinnen.

Der alte Hubertus ließ ihm auch kaum Zeit dazu. »Trink, junger Freund«, rief er ihm zu und verwickelte Kerpen in eine lange Diskussion über Vagabunden und fahrendes Volk, die ehrbare

Leute erschreckten, am hellen Tag in die Häuser eindrangen und alles mitnahmen, was nicht niet- und nagelfest war. »Sogar kleine Kinder, mit denen sie dann auf Jahrmärkten auftreten!«, flüsterte er hinter vorgehaltener Hand.

DREIZEHN

18ten Martius, Freitag
Gerade komme ich von der Ratsstube. Habe nicht viel Zeit,
habe meinem Vater nicht gesagt, wo ich hingehe.
  Natürlich wusste ich sofort, um was es ging, als der neue
Gerichtsschreiber mich zu sich zitierte. Alle reden doch davon.
Hätte mir das einer vor zwei Wochen erzählt, dass Johann den
Anton zusammengeschlagen haben soll – blutrüstig! –, hätte
ich ihn ausgelacht: Mein Johann, hätte ich gesagt, der macht so
was nicht, mein Johann – ach, ich wollte, ich könnte weinen.
Aber ich kann nicht mehr.
  Ich habe alle Tränen ausgeweint, die ich in mir hatte. In
der Nacht, nachdem er mich geschlagen hat. Seitdem bin ich
still und ruhig, ich weine nicht mehr, ich lache nicht mehr.
Mutter hat mich in den Arm genommen und mir einen Kuss
auf die Stirn gedrückt. Trudis wartet auf mich nachts, bis ich
ins Bett komme. Dann kuschelt sie sich an mich, und ich
streichle sie. Ich bin überrascht, wie gut sie mich versteht. Bald
ist sie kein Kind mehr.
  Ja, ich habe Unrecht getan. Ich gebe es zu.
  Habe ich nicht Johann gebeten, geduldiger zu sein? Und
was mache ich? Habe selbst keine Geduld gehabt, auf ihn zu
warten. Habe mich auf den Burbacher eingelassen und wollte
es gar nicht. Ich kann verstehen, dass Johann mich geschlagen
hat, und ich bin mir sicher, dass er es war, der Anton überfal-
len hat.
  Ja, ich kann es verstehen. Und hasse ihn dafür. Fürchte ihn
sogar. Seine beißenden Worte, seine Zornesausbrüche.
  Ich habe Angst vor ihm.
  Obwohl ich ihn noch immer lieb habe.
  Nichts habe ich diesem Kerpen gesagt. Er wollte wissen,
wie gut Johann und ich uns kennen. Er wollte wissen, ob ich
ihm eine solche Tat zutraue. Er wollte wissen, ob Johann mir
von seiner Absicht erzählt hat.

Ich habe geschwiegen. Er wolle mir helfen, hat er gesagt. Wie will er mir helfen? Dass es zwischen mir und Johann wieder so wird, wie es einmal war? Ich habe nichts gesagt, denn wie kann er mir da helfen?

Dass der Burbacher mich nicht mehr belästigt, hat er gesagt. Er hat es ganz leise gesagt, so leise, dass ich hochschaute, um ihn besser zu verstehen. Da war so ein seltsamer Blick in seinen Augen.

Der Burbacher belästigt mich nicht, hab ich gesagt. Nicht mehr.

Ob er mich denn belästigt hätte, fragte er.

Ich bin rot geworden, aber ich habe den Kopf geschüttelt. Ob ich gehen könnte? Ich müsse meinem Vater helfen.

Ja, hat er gesagt, ich könne gehen. Dann ist er aufgestanden von seinem Stuhl hinter dem Schreibtisch und ist zu mir herumgekommen. Er hat mir die Hand gereicht, wie einer Dame. Wenn du Hilfe brauchst, komm zu mir, hat er gesagt, und ich dachte, er wollte meine Hand nicht mehr loslassen. Ich habe mich bedankt und einen Knicks gemacht und bin gegangen.

Aber, Maria, wenn ich jetzt darüber nachdenke, dann war das schon seltsam. Warum hat er meine Hand so fest in seiner gehalten. Warum hat er so ernst geschaut?

Ich muss jetzt wirklich Schluss machen. In meinem Kopf geht alles durcheinander. Maria, am liebsten würde ich mich zu dir legen, dort unten hinein, tief unter der Erde, wo ich niemanden mehr sehen müsste. Nur wir beide würden da liegen, wie früher, und uns aneinander festhalten. Ach, Maria, das Herz tut mir so weh.

Wenn ich den Schmerz doch nur in Worte fassen könnte!

Dritter Teil

Das Klopfen eines Spechts weckte Johann. Er hielt die Augen geschlossen und lauschte auf das gleichmäßige Geräusch vor dem Fenster. Zwischendurch verstummte das Pochen, dann drang umso lauter das bunte Gezwitscher der Sperlinge, der Gesang der Amseln, Zaunkönige und Rotkehlchen in die Falknerstube.

Johann mummelte sich noch einmal in seine Decke. Das Gespräch mit den Freunden am Abend zuvor fiel ihm wieder ein. Er hatte Cornelius und Ignatius erzählt, was vorgefallen war, und die Freunde hatten zugehört, Ignatius zuerst still, ohne dass er ein Wort dazu sagte, Cornelius hingegen hatte ihn immer wieder unterbrochen und Fragen gestellt.

Natürlich mache er sich jetzt Vorwürfe, hatte er zugegeben. Aber als er neulich Anton Dominick gesehen hatte, wie dieser so ganz allein und außerhalb der Stadt unterwegs war, sei es einfach über ihn gekommen, und er wollte es dem Mann heimzahlen, der ihm Agnes weggenommen hatte. Doch kaum war die Sache passiert, wusste er, dass es unklug gewesen war.

»Du hast eine ganze Reihe von Leuten gegen dich aufgebracht.« Cornelius kannte das Brühler Gerede. »Der Burbacher lässt keine Gelegenheit aus, gegen dich zu wettern. Du musst aufpassen, dass er dir nichts anhängt.«

»Was heißt das, dass er mir nichts anhängt?« Johann regte sich schon wieder auf. »Habe ich ihm sein Mädchen weggenommen oder er mir?«

»Du hast Recht, aber du hast ihn fast totgeschlagen.«

Schließlich hatte sich Ignatius eingemischt. »Hört auf zu streiten. An der Sache lässt sich ohnehin nichts mehr ändern. Morgen kommen die Valkenswaarder, da gibt es bestimmt keine Zeit mehr für andere Dinge. Bis im Juni die Beizsaison vorbei ist, wird Gras über die Sache gewachsen sein.«

Ob er etwas von Agnes gehört habe, wollte Johann Cornelius noch fragen, aber er verkniff es sich. Lieber wollte er sich die Zunge abbeißen, als auch nur einen Gedanken an das Mädchen zu verschwenden. Aber es gelang ihm nicht.

Dennoch, das Gespräch hatte ihm gut getan. Ignatius hatte Recht, an der Sache ließ sich nichts mehr ändern, was geschehen war, konnte nicht mehr rückgängig gemacht werden, man würde abwarten müssen. Er war jetzt ruhiger als in den vergangenen Tagen. Wenn die Sache wirklich ein Nachspiel haben sollte, würde er es durchstehen. Er wollte nur noch an seine Arbeit in Falkenlust denken. Er hatte ein Ziel, und dies zu erreichen war ihm wichtiger als alles andere. Auch wenn ihn der Gedanke an Agnes noch immer nicht losließ. Ihre Untreue machte ihm zu schaffen. Obwohl er zugab, dass seine Reaktion darauf ebenso unbeherrscht gewesen war wie die Prügelei mit dem Burbacher. Aber in diesem Moment schob er alles weit von sich. Heute Morgen war nicht die Zeit, sich damit zu befassen.

Er sprang aus dem Bett und zog die Vorhänge beiseite. Helles Licht strömte in den Raum. Ignatius brummte unwirsch und drehte sich noch einmal zur Wand. Johann dehnte und streckte sich, hellwach war er jetzt. In ein paar Stunden würden die Niederländer eintreffen, und er durfte dabei sein.

Eine Schar Kinder, die dem Reitertrupp von Brühl aus erst gefolgt und ihm dann vorausgelaufen war, kündigte die Falkner an. Adelheid hatte gerade die Schüsseln vom Mittagessen gewaschen, jetzt trocknete sie sich schnell die Hände ab und lief hinaus in den Hof, um die ersten Männer willkommen zu heißen. Die Jungen und Mädchen, die vor dem Eingang zurückbleiben mussten, rannten den schmiedeeisernen Zaun entlang, um sich nichts von dem Schauspiel entgehen zu lassen, sie streckten ihre Köpfe zwischen die Gitterstäbe und zeigten aufgeregt auf die Falken, die nun von den Falknern im Innenhof des kleinen Schlösschens aufgestellt wurden.

»Hennes!« Der kleine Will hatte Johann entdeckt, der mit klopfendem Herzen, aber ein wenig abseits stehend, der Ankunft der Holländer zusah. Er konnte dem Jungen gerade noch zuwinken, bevor die Wachmänner kamen und die Kinder fortscheuchten.

Catharina Smulders begrüßte die Falkner freudig, die meisten kannte sie von den vorhergehenden Jahren. Mit jedem wechselte sie ein paar persönliche Worte: Wie war die Reise? Was machen Frau und Kinder? Wie geht es der Familie ihres verstorbenen Mannes? Dann zog sie sich mit den Falkenmeistern zurück, um mit ihnen die wichtigsten Neuigkeiten, Änderungen und Anordnungen des Kurfürsten zu besprechen, während die Falkner und Falkonierjungen die Pferde versorgten und anschließend ihre Schlafräume in den Wirtschaftsgebäuden links und rechts des Schlösschens bezogen. Ignatius winkte Johann zu, feixend und grinsend wuchteten sie die Bettstatt von Krähenmeister Bartholomäus Goossens von einem hohen Leiterwagen und trugen sie in den nördlichen Falknertrakt.

»Ich versteh nicht.« Johann schnaufte heftig, während er mit dem Freund das schwere Holzgestell durch die schmale Eingangstür in das Falkenzimmer hievte.

»Er sagt, er kann nur in seinem eigenen Bett richtig schlafen. In allen anderen Betten schmerzen ihm angeblich beim Aufwachen die Knie und der rechte Oberschenkel.«

Johann musterte neugierig den Bettrahmen, der ihm kaum anders vorkam, als der, in dem er selbst schlief. Der Boden allerdings war aus einem dunklen Holz gezimmert, das besonders hart war, vielleicht war es das, was den Unterschied ausmachte.

»Jedem Tierchen sein Plaisirchen«, lachte Ignatius. »Wir müssen das Ungetüm ja nicht bis nach Valkenswaard tragen.«

Einer von Goossens Jungen kam hinterher und brachte die Strohmatratze. Als er Ignatius erkannte, lachte er auch und ließ die Matratze mit einem dumpfen Knall auf das Bett fallen. Dann zuckte er mit den Schultern und tippte sich an die Stirn, immer die Tür im Auge behaltend, damit Bartholomäus Goossens ihn nicht dabei erwischte, wie er sich über ihn lustig machte.

Noch lag der Schlosshof im Licht der untergehenden Frühlingssonne. Der helle Sand knirschte fein, als Johann langsam an den aufgeblockten Falken entlangschritt. Gelassen hockten die Vögel auf ihren Blöcken und Grassoden, hin und wieder drehten sie die Köpfe nach rechts und links, um mit ihren scharfen Augen die Umgebung zu erspähen. Gelegentlich versuchte der eine oder andere von seinem Block aufzufliegen, landete auf dem Boden, schwang sich wieder hoch, versuchte es noch einmal und kauerte sich dann wieder still auf das Sitzholz. Johann konnte sich nicht satt sehen an dem blaugrau gebänderten, manchmal auch rötlichgrauen Gefieder der fast zwei Dutzend Wanderfalken.

Kein Vogel glich dem anderen, der eine zeigte vielleicht eine hellere Brust, der andere besaß dunklere Flügel. In den Wochen bei Smulders hatte Johann gelernt, die Tiere zu unterscheiden, einen jüngeren Falken von einem älteren, einen weiblichen Vogel von dem wesentlich kleineren Terzel. Die vier Habichte, die die Falkner mitgebracht hatten, erkannte er an der auffallend orangeroten Iris ihrer Augen, wie sie die älteren Vögel aufweisen. Voller Bewunderung blieb er jetzt vor den fast schneeweißen, aus Grönland stammenden Gerfalken stehen. Sechs Stück hatten die Niederländer davon im letzten Herbst über den dänischen Königshof erhalten. Wieder verfiel Johann der Vorstellung, dass die Vögel ihn aus ihren großen schwarzen Augen aufmerksam musterten.

An diesem ersten Abend hatte Catharina Smulders die Valkenswaarder zu sich in die Wohnung gebeten. Die Möbel waren beiseite geschoben worden, Tische und Stühle zusammengerückt, Essen und Trinken aufgeboten, nun saßen alle zusammen, erzählten und erinnerten sich. Das Abtragen der Falken. Die Jagdbegeisterung Seiner Durchlaucht, des Kurfürsten Clemens August. Seine Enttäuschung über den Verlust des Lieblingsfalken im vergangenen Jahr. Die speziellen Wünsche von Obriststallmeister und Oberfalkenmeister Ignatio Felix Freiherr von Roll zu Bernau. Die Launen der Jagdgesellschaften, die von Falkenlust aus dem Schauspiel beiwohnten. Die Frisuren der Damen, die Galanterien der Herren, Demoiselle Luisa von Steinenbach, deren innige Gefühle für Verbrüggens Vorgänger keine Erfüllung fanden.

Verbrüggen, der Milanmeister, lachte so sehr, dass ihm die Tränen aus den Augen liefen.

»Die Dame hätte eben auf mich warten sollen«, rief er in perfektem Deutsch, in dem aber jener vertraute holländische Tonfall mitklang, bei dem es Catharina Smulders immer ganz wehmütig ums Herz wurde und sie an ihre alte Heimat dachte. »Ich hätte sie sicher zufriedengestellt.«

Wieder brüllte Verbrüggen vor Lachen und wischte sich mit dem Ärmel die Augen trocken. Noch immer amüsiert zog er seine Tabakdose aus der Hosentasche, nahm eine Prise von dem braunen Pulver zwischen Daumen, Zeige- und Mittelfinger, lehnte sich entspannt zurück und schnupfte genussvoll. Dann wurde er ernst. »Ich glaube, es wird Zeit. Jeder kümmert sich morgen früh zuerst um seine Uniform. Gnad euch Gott, wenn auch nur ein Knopf fehlt, das Steiftuch schlecht sitzt, die Schuhe nicht gewienert sind. Aufstellung um elf Uhr, Seine Durchlaucht wird um zwölf Uhr erwartet. Freiherr von Roll und zahlreiche Gäste werden ihn begleiten.«

Das Zeichen zum Aufbruch.

Johann zitterte vor Aufregung. Letzte Woche waren die neuen Falkneruniformen geliefert worden, die Adelheid jetzt auszuteilen begann. Auch Ignatius Smulders und die Stalljungen erhielten neue Livreen, und endlich war Johann an der Reihe. Adelheid beobachtete ihn amüsiert, wie er unauffällig über den blauen Stoff strich, scheu den silbrigen Ärmelbesatz berührte, den aufwendig gearbeiteten Gürtel, die weißen Seidenstrümpfe.

»Mach dir dennoch keine Hoffnung!« Ignatius war hinter Johann getreten. »Wir sind für Falkenlust zuständig, nicht für die Jagd.«

Johann lachte und presste die Uniform an sich.

»Ignatius, wenn du mein Freund bist, dann gönn mir doch meinen Traum.«

»Ich gönne ihn dir, aber gerade weil ich dein Freund bin, warne ich dich auch.«

Johann schaute ihn fragend an.

»Es gibt überall Neid und Missgunst.«

Zumindest in einem schien Ignatius Recht zu behalten: Die Falkner nahmen niemanden mit auf die Jagd, der nicht einer der ihren war.

Jeden Vormittag sammelten sich die Männer im Innenhof des Schlosses. Sobald der Kurfürst mit seinen Gästen eintraf, auch diese in blau-silbernen Uniformen aus teuerstem Tuch, wurde ins Horn geblasen, dann brach die Jagdgesellschaft auf. Johann blickte ihnen nach, wie Falkenmeister und Falkner der Sonne entgegen hinaus in die weite Ebene hinter Schloss Falkenlust ritten, ihre Vögel auf dem linken Arm. Noch zügelten die leichten Lederhauben, die ihre Meister ihnen beim Aufbruch über die Köpfe schoben, das

Jagdfieber der Falken. Die zierlichen Federbüschel bewegten sich im Wind. Johann glaubte zu ahnen, wie die Vögel nur darauf warteten, dass ihr Falkner sie abhaubte, damit sie sich aufschwingen konnten, aufsteigen in den Himmel, ihr Opfer suchen, einen stattlichen Reiher, um ihn schließlich nach einer atemlosen Verfolgungsjagd zu Boden zu zwingen. Die Falkonierjungen folgten zu Fuß. Auf rechteckigen Tragen, die ihnen an langen Riemen von der Schulter hingen, hielten sie weitere Vögel bereit.

An manchen Tagen war der Kurfürst einer der Ersten, der aus dem Hof hinausgaloppierte, einen prächtigen Isländer auf der Linken. An seiner Seite fast immer Freiherr von Roll und häufig auch Johannes von Karlsbach, Kammerjunker des Markgrafen von Ansbach, dem der Kurfürst in dieser Saison erlaubt hatte, der gesamten Beizjagd beizuwohnen, um seinem Herrn ausführlich darüber Bericht zu erstatten. Die Falkner folgten ihnen zu Pferd, sie hielten sich bereit, hinter den Jagdvögeln herzujagen, kaum dass diese aufgestiegen sein würden.

Solange er sie noch sehen konnte, blieb Johann vor dem Gitter stehen. Erst wenn die Falken und ihr Opfer, meist Fischreiher, zu winzigen Punkten am Himmel wurden, die sich schließlich in der flirrenden Luft auflösten, machte er sich an seine Arbeit. Ungeduldig wartete er auf die Abende, wenn die Falkner zurückkehren würden, mit erhitzten Gesichtern und verrutschten Halstüchern, die weißen Seidenstrümpfe schlammbespritzt, weil sie über schollenschwere Felder hasten und sich durch sumpfiges Gelände arbeiten mussten, um ihre Falken über dem erbeuteten Reiher aufzuspüren.

Dann beeilte sich Johann, den Männern die Tiere abzunehmen. Fachmännisch blockte er sie auf, wobei er ihnen sanft über die seidigen Brustfedern strich. Komm, murmelte er beruhigend, wenn sie unruhig die Köpfe schüttelten und drehten, die Schnäbel weit aufsperrten, als ob sie gierig Luft in sich hineinschlingen wollten, komm, Mädel, ist ja schon gut.

Die Falkner ließen ihn gewähren, waren sogar froh über seine Hilfe, denn die Truppe war dieses Jahr kleiner als vorgesehen – drei Mann waren krank geworden und hatten in Valkenswaard zurückbleiben müssen.

Wenn dann Strecke gelegt wurde und das Horn das Ende des

Jagdtags verkündete, fühlte Johann sich stolz, als ob er selbst bei der Jagd mit dabei gewesen wäre. An guten Tagen holten die Falken bis zu fünfzehn Reiher vom Himmel. Lebend. Und kaum dass die Falken ihr Opfer zu Boden gezwungen hatten, waren die Knechte zur Stelle, um ihnen geschickt ihre Beute aus den Fängen zu entwinden und ihnen dafür ein Taubenbrüstchen unterzuschieben. Die Reiher ließ der Kurfürst beringen und meist noch am selben oder am nächsten Tag wieder frei.

Johann wusste es immer so einzurichten, dass er morgens einer der Ersten war, der den Falkenmeistern begegnete, und auch am Abend arbeitete er so lange wie möglich in der Nähe der Niederländer. Neid und Missgunst, wie Ignatius es ihm prophezeit hatte, spürte er nirgends. Im Gegenteil, den Falknern gefiel es, Zuhörer zu haben, denen sie am Ende des Tages ihre Geschichten zum Besten geben konnten. Und Johann war ein begieriger Zuhörer.

»Habt ihr gesehen, wie meine Eliana heute aufgestiegen ist? Es blieb ihr nur eine Möglichkeit, und die hat sie wahrgenommen.« Willems Augen leuchteten, als er an den Sturzflug seines Falken auf den Reiher dachte. »Und ich sag dir, Jakob, es macht doch was aus, wie ich mit meinem Vogel umgehe.« Er wandte sich an Jakob Herings, der bei diesen Worten die Stirn runzelte.

»Nein, Willem, das bildest du dir ein. Es kommt einzig und allein darauf an, dass er gut abgetragen ist.«

»Sicher«, pflichtete Willem bei, »von mir, seinem Falkner, mit dem er von Anfang an vertraut ist.«

»Ach ja, das hätten wir gern, dass der Falke eine Beziehung zu uns eingeht«, mokierte sich Jakob Herings. »Aber auf uns kommt es nicht an. Der Falke ist kein Papagei, der seinem Herrn nachplappert. Er muss einzig und allein den Beutevogel im Sinn haben, den Reiher oder die Krähe. Und der Falkner ist sein Gehilfe.«

Johann hörte der Auseinandersetzung gebannt zu. Insgeheim gab er Willem Recht, andererseits wusste er, dass Falkenmeister Herings über eine jahrzehntelange Erfahrung mit Falken verfügte.

»Aber Eliana kennt mich, Jakob. Sie hört auf mein Rufen, wenn sie sich verstößt.«

»Das ist Unsinn, der Vogel kommt zurück, weil er durch dein Federspiel wieder zurückgelockt wird, nicht, weil du ihn rufst. Der Mensch will menschenähnliche Regungen im Blick des Falken erkennen, in seinem Verhalten, in der Kopfhaltung, aber wir irren uns.«

Während sich nun auch andere Falkner in das Gespräch mischten, dachte Johann an Graf Brabant, und wie er sich gewünscht hatte, dass der Terzel ihn erkannte, wenn er morgens die Vorhänge zurückzog.

Er schrak zusammen, als Herings ihm auf die Schulter tippte.

»Hennes, zwei meiner Männer haben sich heute verletzt. Ich musste sogar nach dem Chirurgus schicken lassen. Es sieht nicht gut aus. Für morgen muss ich zwei Falkonierjungen abziehen und bei den Knechten einsetzen. Dafür werden mir aber Cageträger fehlen, du weißt, wir sind ohnehin zu wenig dieses Jahr.«

Herings machte eine Pause, er freute sich über die Wirkung seiner Worte. Dann fuhr er fort: »Ich habe mit Catharina Smulders gesprochen. Sie gibt dir für morgen frei. Wir werden sehen, wie du zurechtkommst. Je nachdem müsstest du dann bis zum Ende der Saison bei uns arbeiten.«

Johann saß ganz still, er starrte Herings ins Gesicht, dann nickte er. Außer einem heiseren »Ja« brachte er kein Wort über die Lippen. Aber seine Augen leuchteten.

ZWEI

Anton Dominick hatte kein gutes Gefühl, als eine neue Order von Madame de Lavalière eintraf und er sich auf ihr Geheiß am Tag nach Ostern auf den Weg zum Schloss machte.

Es war das erste Mal seit jenem verfluchten Überfall vor über drei Wochen, dass er sie wieder sehen sollte. Denn, obwohl er am Tag danach sofort mit neuer Ware zu ihr geeilt war, hatte sie ihn nicht empfangen – oder nicht empfangen wollen. Gewiss, er hatte arg zugerichtet ausgesehen, das Kinn geschwollen, ein Auge blutunterlaufen. Seine Tante Martha hatte bei seinem Anblick die Hände überm Kopf zusammengeschlagen, und die Zofe von Madame war drei Schritte zurückgewichen, als sie ihm öffnete. Und hatte ihn dann, wie es ihm schien, unendlich lange warten lassen. Wer weiß, was sie Madame erzählt hatte! Als sie endlich zurückgekommen war, hatte sie erklärt, Madame sei unpässlich, hatte ihm den Schinken, die Würste und die Nüsse abgenommen, die er zur bestellten Ware noch hinzugepackt hatte, die Rechnung beglichen und ihm die Tür gewiesen. Nicht einen einzigen Stüber extra hatte sie ihm fürs Kommen bezahlt! Wo er doch dringend Geld brauchte! Das Säckchen, das sie ihm bei seinem letzten Besuch vor Fastelovend in die Hand gedrückt hatte, war schon lange leer.

Noch heute überkam ihn der Zorn, wenn er an diese herabwürdigende Behandlung dachte. Er hatte sein Ausbleiben erklären, hatte sich entschuldigen wollen, aber sie hatte ihn nicht einmal eingelassen! War es etwa seine Schuld, dass dieser Hund von Stemmeler ihn zusammengeschlagen hatte?

Anton versuchte sich zu beruhigen. Was ihm schwer fiel, wenn er daran dachte, dass das Brühler Gericht sich in Stillschweigen übte und die Angelegenheit zu versanden drohte. »Sie stecken alle unter einer Decke«, schimpfte er laut vor sich hin. Er hätte es sich denken können.

Der neue Gerichtsschreiber nahm sich ohnehin zu viel heraus. Und Schöffe Heldt? Anton lachte bitter auf. Schöffe Heldt hielt es mit dem alten Stemmeler. Seit einer Woche pfiffen es die Spatzen von den Brühler Dächern, dass die beiden gemeinsame Sache machten, um Esser sein Grundstück abzuschwatzen, das auf der Gabjei. Anton ärgerte sich, dass sein Vater kein Interesse zeigte und sich neuen wissenschaftlichen Erkenntnissen verschloss. »Erde statt Brennholz? Davon verstehe ich nichts«, pflegte er seinem Sohn zu sagen, wenn dieser mit Argumenten kam, »so wie ich arbeite, habe ich's von meinem Vater gelernt und der wieder von seinem Vater. Warum soll ich jetzt alles anders machen? Wir sind Halbwinner des Klosters Burbach und haben keinen Grund, uns zu beklagen. Wenn ich irgendwann mal nicht mehr sein werde, kannst du machen, was du willst, aber jetzt habe ich noch das Sagen.«

Anton hatte resigniert mit der Schulter gezuckt. Er kannte diese Diskussion. Auch wenn der Alte ihn sonst in allem gewähren ließ, in diesem Punkt verstand er keinen Spaß.

Und in der Zwischenzeit handelten die Brühler Honoratioren alles Wichtige untereinander aus! Bei dem Gedanken an die Honoratioren spuckte Anton verächtlich aus. Woran lag es, dass sie, die Dominicks, stets außen vor blieben? Weil der Burbacher Hof außerhalb der Stadttore lag? Oder sein Vater aus unerfindlichen Gründen Pfarrer Mauel die angemessene religiöse Ehrfurcht verweigerte? Anton hatte sich bisher nie Gedanken darüber gemacht, aber jetzt fragte er sich, ob es seinem Vater vielleicht am nötigen Geschick im Umgang mit den ersten Familien am Platz mangelte.

Und er, was machte er selbst?

Zähneknirschend gestand Anton sich ein, dass er bei der Sache mit Margaretha Cadusch unklug gewesen war. Er würde sich etwas ausdenken müssen, um Baumeister Cadusch zu beeindrucken. Wenn er es weiterbringen wollte als sein Vater, musste er lernen, besser zu taktieren.

Dann hellte sich seine Stimmung etwas auf. Ein paar Besuche bei Madame de Lavalière, dachte er, und er würde genügend Geld zusammen haben, um standesgemäß vor den Baumeister hinzutreten. Letztendlich dürfte dieser froh sein, seine sitzengebliebene Tochter unter die Haube zu bekommen. Und dann hätte er, Anton Dominick, mitzureden! Dann wäre Schluss mit der Klüngelwirtschaft! Dann würde er die Herrschaften in ihre Schranken weisen, allen voran den alten Stemmeler!

Anton atmete tief durch, die laue Frühlingsluft war ihm süß und köstlich, wie das Parfum, das Madame für gewöhnlich umgab.

Vor Johann würde er sich in Acht nehmen müssen, vor allem jetzt nach der dumm gelaufenen Geschichte mit Agnes Linnich. Der Junge war genauso unberechenbar und jähzornig wie der Alte.

Da durchzuckte ihn ein Gedanke, und er blieb stehen. Was, wenn Johann in der Falknerei bliebe? Wenn seinem Bruder allein die Mühlen zufielen? Den dümmlichen Peter fürchtete er nicht. Hä wor ene Kappeskopp, e domme Döppe. Er würde ihn zu übertölpeln wissen, wenn der Alte erst einmal das Zeitliche gesegnet hätte.

Die Vorstellung überrumpelte ihn, er hielt die Luft an und blinzelte in die Sonne. Doch dann kochte schon wieder die Wut in ihm hoch. Johann schien es tatsächlich zu den Falknern zu schaffen! Anton hörte es, wenn die Leute auf dem Markt oder im Schwarzen Bären von ihm redeten. Mit zunehmender Hochachtung, wie er missmutig feststellte. Und den Spöttern hatte es die Sprache verschlagen. Amtsjäger Gehrich berichtete, dass Falkenmeister Herings den Müllerssohn hochschätze und ihm verantwortungsvolle Arbeiten übertragen habe. Mütter mit heiratsfähigen Töchtern grüßten seither den alten Stadtmüller besonders zuvorkommend, und Frau Cadusch hatte es sich neulich nicht nehmen lassen, beim Mehlholen ihre Magd zur Stadtmühle zu begleiten. Man habe den bissigen Müller selten so liebenswürdig gesehen, erzählten die anderen Frauen.

Was bahnte sich da an? Nachdenklich ging Anton weiter. Wie er die Sache auch drehte und wendete, sie gefiel ihm nicht. Im Übrigen konnte er ein Gerichtsverfahren gegen Johann unter diesen Umständen wohl vergessen. Bei so viel Klüngelei würde er nichts ausrichten.

Über ihm jagten sich zwei Krähen. Eine dritte und vierte stießen hinzu, torkelten zu Boden, schwangen sich wieder hinauf in den Himmel, nur um gleich darauf wieder mit heiserem »Krag, Krag« über die Felder hinwegzuschießen.

»Eine Krähe hackt der anderen kein Auge aus«, spöttelte er. Nein, er müsste anders vorgehen. Sich bei Cadusch bemerkbar machen, bei Heldt und Hertmanni und vor allem bei Pfarrer

Mauel. Vielleicht eine Kerze spenden oder eine Messe für dessen Vorgänger.

Anton konnte sich im Augenblick nicht vorstellen, was er tun sollte, damit sich ihm die Brühler Häuser öffneten. Aber ihm würde schon etwas einfallen. Zuerst wollte er sich voll und ganz Madame widmen. Sie besänftigen, denn seine Einkommensquelle durfte nicht versiegen. Dann wollte er mit seiner Schwester reden, dass sie ein gutes Wort für ihn bei Margaretha Cadusch einlegte. Er schnitt ein Gesicht, als er an das Mädchen dachte, aber einen Tod muss man sterben, grinste er.

Als die Zofe ihm die Tür zu Madame de Lavalières Gemächern öffnete, hatte sie ihren hässlichen Mund wieder zu diesem spöttischen Grinsen verzogen, mit dem sie ihn das allererste Mal begrüßt hatte. Erneut beschlich ihn eine ungute Vorahnung. Aber Madame empfing ihn außergewöhnlich liebenswürdig. Seinen Versuch, sich noch einmal für das Malheur zu entschuldigen, das ihn gehindert hatte, ihr das letzte Mal persönlich seine Aufwartung zu machen, wischte sie mit einer Handbewegung beiseite. Es war offensichtlich, Madame war bester Laune. Und doch auf eine kokette Art unnahbar. Die Liebesdienste, die sie bisher von ihm erwartet hatte, wehrte sie heute belustigt ab, nicht ohne die Neckereien zu genießen, mit denen der Enttäuschte ihr zu schmeicheln suchte. Sie spielte ihr Spiel, und mit jeder Geste, mit jedem Wort fiel es Anton schwerer, gute Miene dazu zu machen.

»Die Sonne scheint, warum so verdrießlich, junger Freund?«, schimpfte sie und befahl ihm, ihren Sessel näher ans Fenster zu rücken. »Wenn ich dich rufen lasse, erwarte ich ein lachendes Gesicht. Ich sehe den ganzen Tag genügend widerliche Griesgrame um mich herum.«

Sie lehnte sich zurück und wedelte sich mit einem filigranen Fächer Luft zu. »Es wird Frühling, die Vergnügen der Jagd haben begonnen.« Sie schwieg und lächelte vor sich hin, während ihr Blick sich in den Baumwipfeln des Parks verlor. »Sie sind hübsch, diese Falkner, in ihren schönen Uniformen«, bemerkte sie und lächelte noch immer, »aber auch unter den Gästen Seiner Durchlaucht gibt es sehr charmante Männer.«

Sie gestattete Anton einen flüchtigen Handkuss. Als er sich

wieder aufrichtete, amüsierte sie sich über sein Gesicht, das sich zu einer gequälten Grimasse verzerrt hatte. Sie streichelte seine Wange.

»Komm, setz dich zu mir, lass uns eine Runde spielen«, sagte sie versöhnlich, und Anton konnte sich des Gefühls nicht erwehren, dass ihre schnelle Geste die einer Mutter war, die glaubte, ihr Kind trösten zu müssen, dem ein Spielzeug weggenommen worden war.

Eine Zeitlang vertiefte Madame sich in ihre Karten, aber plötzlich hob sie den Kopf und betrachtete Anton belustigt. Wieder gefiel es ihr, ihn zu reizen.

»Vor allem ein Blonder mit langen Locken zeigt sich sehr liebenswürdig, möglich, dass ich deine Dienste bald nicht mehr brauche.« Sie lachte glockenhell. »Eigentlich geht es dich nichts an, aber ich verrate dir, wie er heißt. Johannes, Johannes von den blonden Locken.«

Sie legte die Karten gelangweilt nieder, stand auf, zog einen kleinen Stoffbeutel aus der obersten Schublade ihrer Kommode und schob ihn Anton über den Spieltisch hinweg zu. Die Münzen darin klirrten leise.

»Du wirst von mir hören.«

Dann läutete sie nach der Zofe.

»Bring ihm seinen Mantel.« Und zu Anton gewandt: »Ich danke für deine Dienste.«

Unbändige Wut nagte an ihm. Verbiss sich. Machte ihn blind. Er stieß gegen eine Karrendeichsel und heulte auf. Rempelte einen alten Mann an, der um die Ecke bog. Hörte nicht das Geschrei der Frauen, deren Wassereimer er umwarf. Die Wut trieb ihn durch die Stadt, fahrig, fiebrig, rücksichtslos. In allem kam er ihm in die Quere, dieser Schnapphahn! Dieser Hundsfott! Dreckskerl! Johann Stemmeler, Jakob Stemmelers Sohn, sechs Jahre jünger als er, hatte ihm das Abenteuer mit Agnes verdorben! Hatte ihm gedroht, ihn niedergeschlagen, liegen gelassen. Und erdreistete sich jetzt, ihm die Gunst seiner Hofdame und seine lukrative Einnahmequelle streitig zu machen! Eine Canaille, ein Lump und Totschläger. Anton jappte nach Worten. Dass er seinem Zorn keinen Namen geben konnte, machte ihn noch rasender. Er hatte das Gefühl, der andere rutsche ihm durch die Hände wie ein Stück glitschige Kernseife, hohnlachend, selbstzufrieden.

DREI

Kerpen saß hinter seinem breiten Schreibtisch in der Ratsstube und sah Anton Dominick vorübergehen. Wie eine Marionette, die Schritte unstet. Manchmal blieb der Burbacher stehen, die Hände in den Taschen vergraben. Einmal spuckte er auf den Boden. Etwas an Anton Dominicks Verhalten gefiel dem Gerichtsschreiber nicht, aber er hätte nicht sagen können, was es war. Er legte die Feder aus der Hand, schob die Papiere zur Seite, an denen er gearbeitet hatte, ging um den Schreibtisch herum und trat unter die offene Tür. Anton schien nicht zu wissen, wohin er wollte. Auf den Gruß von Salomon Levi, der auf seinem Schemel vor der Ladentür saß und in die letzten Sonnenstrahlen des Tages blinzelte, antwortete er nicht. Er trat nach einem Kind, das ihm über den Weg lief. Kerpen sah, wie der Junge sich in sicherer Entfernung nach Anton umdrehte und ihm eine lange Nase zeigte.

Lautlos zog Kerpen die Tür zur Ratsstube zu, drehte den Schlüssel im Loch und folgte dem Burbacher. An der Ecke Kirchgasse zögerte dieser, zog einen kleinen Beutel aus der Hosentasche, wog ihn in der Hand und schleuderte ihn dann wütend auf den Boden. Als ein streunender Hund an dem Säckchen schnupperte, besann sich der Burbacher eines Besseren. Er bückte sich und griff nach dem Beutel, kickte dem Hund in die Flanken und verschwand schließlich im Schwarzen Bären. Kerpen wartete eine Weile, dann trat auch er in die Wirtschaft.

Zuerst konnte er nichts erkennen. Nach der blendenden Helligkeit draußen war die Gaststube wie ein schwarzes Loch. Mit tastenden Schritten suchte er sich einen Platz in der Fensternische und wartete, bis sich seine Augen an das schummrige Licht im Raum gewöhnt hatten. Dann entdeckte er Anton, der teilnahmslos über einem Bierkrug brütete.

»Noch eins!« Er winkte dem Bärenwirt zu und leerte den neuen Becher sofort, ohne abzusetzen. Erst das nächste Bier trank er langsamer, zwischendurch starrte er zur Theke, wo Agnes hantierte. Sonst schien er niemanden wahrzunehmen. Auch Jöris nicht, der vergeblich versuchte, ihn in ein Gespräch zu verwickeln.

Nach einer Stunde saß Kerpen noch immer über seinem ersten Glas Wein und fragte sich, was ihn veranlasst hatte, dem anderen zu folgen. Hatte nicht jeder das Recht, einmal mürrisch zu sein, unlustig, auch schweigsam? Das war doch noch lange kein Grund, einem Menschen zu misstrauen. Und doch misstraute er Anton Dominick. Grundlos, warf er sich vor. Oder vielleicht aus Eifersucht?, überlegte er widerstrebend. Agnes Linnichs Schweigen, als er sie vorgeladen hatte – nicht ganz uneigennützig, wie er zugeben musste, aber Schöffe Heldt und der alte Weisweiler hatten sein Vorgehen gebilligt –, Agnes Linnichs Schweigen war beredt gewesen. Wieder erinnerte er sich an den Moment, an dem er mit dem jungen Mädchen getanzt und der Burbacher sie offensichtlich gegen ihren Willen von ihm fortgezerrt hatte. Er hatte damals den beiden folgen wollen, sich dann aber für diesen Gedanken geschämt. Er war doch kein Heißsporn, kein Draufgänger, sie hatte ihn gedauert, wie sie so traurig an der Hauswand gestanden und auf jemanden gewartet hatte – offensichtlich vergeblich. Ja, sie hatte ihm gefallen in dem breiten Strohhut mit den fröhlichen Bändern, an denen der Wind zauste, aber er hatte wohl gespürt, wie verhalten sie gewesen war, und konnte es ihr nicht verdenken – kannte sie ihn doch kaum.

Er ärgerte sich, dass er immer noch hier herumsaß. Er würde etwas essen und dann nach Hause gehen und den Burbacher vergessen. So wie es Bürgermeister Cadusch empfohlen hatte.

»Lasst Gras über die Sache wachsen«, hatte dieser gesagt, als neulich der Überfall zur Verhandlung anstand. Kerpen hatte das Protokoll verlesen müssen, einige Stellen auch zweimal, weil Cadusch und die anderen Mitglieder des Gerichts nicht alle juristischen Fachausdrücke verstanden, die ihm inzwischen so geläufig waren. Schon nach kurzer Zeit hatte Cadusch die Debatte beendet, er habe keine Lust, sich mit dem Stadtmüller anzulegen, vor allem jetzt nicht, wo dieser selbst plötzlich seinen Sohn in den höchsten Tönen lobte.

»Daran, dass er ihn vor zwei Monaten noch am liebsten in Stücke gerissen hätte, will er nun nicht mehr erinnert werden«, hatte Heldt gespöttelt.

Johann Weisweiler hatte sein liebenswürdiges Lächeln aufgesetzt. »Der Junge soll sich ja auch gut machen, sagt die Adelheid, sie lässt nichts auf ihn kommen und hat neulich ihrem starrköpfigen Vetter den Kopf gewaschen.«

»Lasst Gras drüber wachsen«, hatte Cadusch wiederholt, »der alte Jakob würde toben, wenn wir seinen Sohn einer Straftat beschuldigten, und – seid doch ehrlich – so eine Prügelei kommt ja nicht von ungefähr. Der Johann wird seine Gründe gehabt haben.« Dabei hatte er vielsagend mit dem Kopf genickt.

Agnes, die mit einem Teller Erbsensuppe an seinen Tisch trat, schreckte Kerpen aus seinen Gedanken. Höflich wünschte das Mädchen ihm guten Appetit, während sie ihm den Löffel und einen Kanten Schwarzbrot reichte. Er bedankte sich und blickte ihr nach, wie sie durch die hintere Tür nach draußen auf den Hof ging. Auch Anton hatte hochgeschaut, als Agnes an seinem Tisch vorbeikam. Kerpen bemerkte den glasigen Blick in Antons Augen und wunderte sich, dass der Burbacher noch gerade sitzen konnte. Da erhob dieser sich, schwankte, kurvte dann überraschend sicher um den Tisch, durchquerte den tabakgeschwängerten Raum bis zur Theke und war gleich darauf ebenfalls durch die Tür nach draußen verschwunden.

Kerpen blickte ihm nach. Er vergaß, den Suppenlöffel zum Mund zu führen, er hielt die Luft an, schaute sich um, doch niemand hatte anscheinend von Anton Dominick Notiz genommen, auch nicht Vater Linnich, der gerade mit einem neuen Topf Erbsensuppe aus der Küche kam. Jöris nahm seinen Krug und setzte sich zu Kerpen.

»Dem Herrn zum Wohl!«

Er prostete ihm zu, unsicher, ob es sich mit Kerpen so leicht unterhalten ließ wie mit dem alten Hubertus. Ob der Bonner wohl Witz hatte und auch mal einen derben Spaß vertrug. Kerpen hob sein Glas, trank auf Jöris und schaute zur Hoftür, die verschlossen blieb. Er hörte seinem neuen Tischnachbarn nur mit halbem Ohr zu. Antons Verschwinden beunruhigte ihn.

Aber vielleicht täuschte er sich auch. Vielleicht hatte die Wirtstochter dem Burbacher ein Zeichen gegeben, dass sie ihn im Hof hinter dem Haus sehen wollte. Ob Anton Dominick das Mädchen gar nicht belästigt hatte, damals am Fassnachtdienstag, wie er vermutete, sondern alles seine Richtigkeit gehabt hatte?

Aber Kerpen wollte sich nicht getäuscht haben.

»He, du, hörst du mir überhaupt zu?« Jöris rüttelte ihn so fest am Arm, dass Kerpen seinen Wein verschüttete.

»Ja, ja doch.«

»Was denkst du also darüber …?«

»Worüber?«

»Du hörst mir nicht zu«, empörte sich Jöris.

»Doch, ich hör dir zu, nur … warte, ich komm gleich wieder, ich bin sofort zurück.«

Kerpen hielt es nicht mehr auf seinem Stuhl, er sprang so plötzlich auf, dass Jöris erschrocken zurückwich, durchquerte die Gaststube und riss die Tür zum Hof auf.

Draußen war es dunkel geworden. Kerpen stand unter der Tür und lauschte. Ein Hund kläffte in der Ferne, ein anderer antwortete. Dann wieder Stille.

Kerpen blickte in den Garten, der Halbmond erlaubte ihm kaum, etwas zu erkennen, am Himmel blinkten Sterne. Seine Schulzeit fiel ihm ein, aber er hätte die Sternbilder über sich nicht benennen können. Dann vernahm er rechts ein Rascheln. Eine Maus, dachte er. Er horchte angestrengt in den Abend. Wieder ein Rascheln. Eine Stimme. Die von Agnes? Ein unterdrücktes Brummen. Jetzt ein Aufschrei, abgewürgt, das Rascheln lauter, hektischer.

So schnell es sein steifes Bein erlaubte, hinkte er in die Richtung, aus der die Geräusche kamen. Er bemühte sich, leise aufzutreten, aber er konnte nicht verhindern, dass er über eine Wurzel stolperte. Sofort verstummten die Geräusche. Auch Kerpen hielt die Luft an, tastete sich dann aber weiter vorwärts, lautlos, vorsichtig, wieder drang eine Stimme zu ihm, ein heftiges Atmen, er erkannte die Umrisse eines überdachten Verschlags ohne Vorderwand, der gerade Platz für zwei Weinfässer bot. An der Außenwand blieb er stehen und wartete. Das Atmen drinnen wurde lauter, er erkannte jetzt ganz deutlich Agnes' Stimme, die zu schreien versuchte, aber daran gehindert wurde. Dazwischen Antons Stimme, eher ein Brummen, ein Lallen, Schnaufen, Keuchen. Kerpen versuchte, um die Ecke ins Innere der Scheune zu gucken, aber noch immer konnte er nichts sehen. Doch jetzt blitzte etwas Weißes auf. Agnes schrie laut, Angst in ihrer Stimme. Kerpen quetschte sich durch die beiden Weinfässer hindurch, bemerkte Anton, der Agnes am Boden hielt, die eine Hand auf ihrem Mund, um sie am Schreien zu hindern, die andere zwischen ihren Beinen, ihre Röcke, auch der weiße Unterrock, hochgeschoben bis zu den Schultern, seinen Unterleib presste er gegen ihre Schenkel, versuchte sie unter sich zu bezwingen, so sehr sie sich auch wehrte, mit den Zähnen hatte er ihre Bluse aufgerissen, verbiss sich in den Stoff, in ihre Haut.

Mit einer Kraft, die ihn selbst überraschte, trat Kerpen Anton mit seinem gesunden Bein in die Rippen. Er bückte sich nach einem Stock, den er auf dem Boden liegen sah. Er war jetzt ganz ruhig, der Knüppel gab ihm eine Stärke, wie er sie noch nie gekannt hatte. Dennoch war er froh, dass der andere keinen Versuch unternahm zurückzuschlagen. Schmerzverkrümmt lag dieser in der Ecke, hielt sich seinen Arm, der blutete. Er musste auf einen spitzen Gegenstand gestürzt sein, vielleicht ein Nagel, der aus der Bretterwand herausragte. Kerpen blieb ungerührt.

Jetzt erst schaute er sich nach Agnes um. Sie hatte sich auf einen Holzklotz neben einem der beiden Weinfässer zurückgezogen und bemühte sich, ihre zerrissene Kleidung zu ordnen. Sie zitterte am ganzen Körper.

Er schaute sie prüfend an. Die Farbe war ihr aus dem Gesicht gewichen, Schweiß perlte von der Stirn, mit ihren Händen hielt sie ihre Knie umklammert, die Knöchel schneeweiß. Die Finger zupften an ihren Rockfalten, vor und zurück wiegte ihr Oberkörper.

»Ich werde ihn einsperren lassen.« Kerpen deutete auf Anton, der noch immer am Boden lag und leise wimmerte.

Zuerst nickte sie, dann plötzlich schaute sie hoch, die Augen ängstlich aufgerissen. »Nein, nicht.«

Er verstand nicht. Warum, wollte er sie fragen, aber sie schüttelte nur den Kopf, schaute ihn nicht an, wiegte immer noch ihren Oberkörper, schüttelte den Kopf heftiger. »Niemand darf es wissen. Bitte!«

Jetzt schaute sie ihn flehend an, löste ihre Hände von den Knien, hob sie empor, als ob sie die seinen ergreifen wollte, aber sie ließ sie wieder fallen, in den Schoß, wo sie liegen blieben, gefaltet, leblos, wie abgestreift von ihrem Körper.

Ein schabendes Geräusch ließ Kerpen herumfahren. Anton

hatte sich hochgezogen, lehnte nun mit dem Rücken an der Bretterwand und hielt sich mit der rechten Hand die blutende Wunde zu. Er stierte Kerpen an, in seinem Gesicht lag eher Überraschung als Wut. »Was geht dich das an, was ich mit ihr mache? Fastelovend hat sie sich doch auch nicht geziert.« Seine Stimme war schleppend, aber deutlich. Dann verzog er seinen Mund zu einem bösen Lachen.

»Du hebst dich umsonst für deinen Johann auf. Du bist ihm nicht mehr fein genug.«

Anton zog laut die Luft durch die Zähne und presste beide Hände auf Rippen und Magen.

»Er hat eine einträglichere Liebschaft ... bei Hof ...« Die Schmerzen und seine Trunkenheit hinderten ihn am Weiterreden.

Kerpen versuchte Agnes' Gedanken zu lesen, aber sie schaute wieder zu Boden, er konnte nichts erkennen.

»Verschwinde und lass dich hier nicht mehr blicken!«, herrschte er Anton an, packte ihn hart an seinem verletzten Arm, riss ihn hoch und stieß ihn aus dem Verschlag hinaus. »Wenn du noch einmal im Schwarzen Bären auftauchst, kommst du nicht mehr ungeschoren davon, das schwöre ich dir. Und glaub nicht, dass du mit deiner Klage gegen Johann Stemmeler vor Gericht Erfolg haben wirst«, rief er dem Burbacher hinterher, als dieser durch den Garten in die Dunkelheit flüchtete.

»Ich habe Euch zu danken«, murmelte Agnes. Kerpen drehte sich nach dem Mädchen um.

»Wasch dich«, antwortete er, »dein Vater wird sich über deine Abwesenheit wundern.« Er zog ein großes Tuch aus seiner Tasche und reichte es ihr. »Er hat dich Fassnachtdienstag also doch belästigt?«

Sie schüttelte den Kopf. »Ich habe es zugelassen.« Ihre Stimme war so leise, dass er sich bücken musste, um sie zu verstehen.

Kerpen nickte, den einen hatte sie gewollt, der andere hatte sich ihre Enttäuschung zunutze gemacht.

»Beruhig dich, was passiert ist, ist vorbei, und was war, wird niemand erfahren, der Burbacher wird nicht wagen, es an die große Glocke zu hängen, dafür werde ich sorgen.«

Er hätte gern den Arm um sie gelegt, aber er erlaubte es sich nicht. Sie hatte zu weinen angefangen, lautlos. Mit dem Tuch wischte sie sich die Tränen weg.

»Johann Stemmeler …?« In seiner Stimme schwang eine Frage, aber er wusste nicht, wie er sie formulieren sollte.

»Ich habe ihn verloren.« Dann schwieg sie.

1757, Montag, den 11ten Aprilis
Maria! Ich möchte schlafen, aber ich kann nicht, dabei bin ich so müde, kaum, dass ich die Feder halten kann.

Ich möchte weg von hier, weit weg. Ich kann hier nicht mehr bleiben.

Etwas Unaussprechliches ist passiert.

Ich schäme mich so sehr.

Wie kann ich vor Vater hintreten, vor Mutter? Die mir vertrauten!

Nur weil ich mich einließ auf ihn, an diesem unseligen Fassnachtstag. Nur weil ich seine Küsse zugelassen habe, seine Hand unter meinen Röcken, seine Lippen …

Ich hasse ihn, ich hasse ihn mehr, als ich jemals einen Menschen gehasst habe. Und er weiß es. Deshalb hat er mich mit Gewalt nehmen wollen. Weil ich einmal, ein einziges Mal schwach gewesen bin, und weil er siegen wollte.

Es ist ihm nicht gelungen. Aber, Maria, nicht, weil ich stark war, nein, ich hatte kaum noch die Kraft, mich zu wehren. Am Anfang ja, ich habe gekratzt, gebissen. Ich habe versucht zu schreien, er hat mir den Mund zugehalten. Ich habe ihm meine Beine in den Leib gestoßen, ich habe Gott angefleht, dass mein Vater kommt, aber die Fastenzeit ist vorbei, die Wirtsstube war voll. Vater hatte alle Hände voll zu tun, vielleicht hat er nicht einmal gemerkt, dass ich frischen Wein vom Fass holen ging. Irgendwann konnte ich nicht mehr, er lag auf mir, schwer wie ein Pferd. Ich sah seine Grimasse, seinen geifernden Mund, sein Gegrinse, seinen Triumph, und ich ekelte mich. Mir wurde schlecht, so schlecht, dass ich glaubte, ich müsste mich übergeben. Ich wollte mich übergeben, ihm ins Gesicht speien, vielleicht hätte er dann von mir abgelassen, aber da kam nichts. Ich würgte, ich wollte meinen Finger in den Mund stecken, aber seine dreckige, schwitzende, stinkende Hand hielt meinen Mund umschlossen. Und dann fiel er plötzlich von mir ab, ich konnte es nicht glauben. Ich hielt die

Augen geschlossen, ich dachte, Gott sei's gedankt, mein Vater,
und ich schämte mich, dass unser Vater mich so sehen würde,
aber dann hörte ich eine andere Stimme, und ich öffnete die
Augen, und da stand dieser Kerpen, dieser Gerichtsschreiber.
Und mein erster Gedanke war, wieso der?

Maria, wieso der?

Wieso stand dieser hinkende Gerichtsschreiber plötzlich im
Weinlager? Aber er hat mich gerettet, Maria. Ich schäme mich
vor ihm und muss ihm gleichzeitig unendlich dankbar sein.
Wenn ich an Johann denke, krampft sich mir alles zusammen.
Ich kann ihm nie mehr in die Augen schauen.

Jetzt bin ich müde, ich kann nicht mehr, ich schlafe im Sit-
zen ein. Ich will versuchen, wenigstens ein paar Stunden zu
schlafen.

Ob Gott mich erhört, wenn ich ihn um Gnade für meine
Seele bitte?

VIER

Gedankenverloren öffnete Kerpen am nächsten Morgen die Tür zur Schreibstube. Kaum, dass er die Aktenberge wahrnahm, die sich auf seinem Schreibtisch stapelten. Er setzte sich, griff nach einem Bündel Schreibfedern in der Schublade und begann, sie mit einem kleinen Messer anzuspitzen. Die mechanische Bewegung half ihm, sich zu konzentrieren. Jeder, der das Amt an diesem frühen Morgen betreten würde, müsste glauben, Ignatz Clemens Kerpen bereite sich gewissenhaft auf einen neuen Arbeitstag vor; und würde geduldig warten, bis dieser seine Arbeit beendete und ihn schließlich ersuchte, sein Anliegen vorzubringen.

Aber niemand kam, und Kerpen erlaubte sich, den Gedanken nachzuhängen, die er sich die Nacht zuvor noch verboten hatte. Er dachte an das Mädchen, an ihre roten Haare und die flinken Bewegungen, an ihre Freundlichkeit, mit der sie die Gäste im Schwarzen Bären bediente, an ihre schmalen Hände, die den schweren Suppentopf vor ihm absetzten, an ihr Gesicht, das ihn dabei ernst und immer ein wenig erstaunt ansah. Er verstand ihre Zurückhaltung ihm gegenüber, war er doch noch immer der Fremde, der aus Bonn, dem man nicht zutraute, dass er die Brühler Seele verstand. Überdies musste er in ihren Augen wie ein alter Mann wirken, obwohl er nur unwesentlich älter sein dürfte als dieser Anton Dominick. Aber Kerpen wusste, dass sein steifes Bein und seine verschlossene Art ihn älter erscheinen ließen, als er war.

Noch einmal kam ihm Elisabeth in den Sinn und die Nacht nach dem Tod seiner Mutter. Er hatte nicht gewollt, was damals geschehen war. Es war ihm geschehen. Dass ihm das Ungewollte am Ende zum Vorteil geraten war, begriff er erst jetzt. Die Stunden, von denen Elisabeth glaubte, dass sie ihn ihr näher brachten, bestärkten ihn in seinem Entschluss auszubrechen, ein anderes Leben zu wagen. Würde auch Agnes einen Nutzen ziehen können aus dem, was sie nicht gewollt hatte? Aber eine Frau konnte nicht so einfach das Haus verlassen und woanders neu beginnen. Auch nicht ein junges Mädchen wie Agnes, die des Schreibens und Lesens kundig war.

Mit einem scharfen Schnitt spitzte er den Federkiel, den er gerade in der Hand hielt, als wollte er die Vergangenheit ein für alle Mal aus seinem Gedächtnis ausmerzen. Prüfend musterte er die Feder, seine erfahrenen Finger ertasteten die Spitze. Zufrieden mit dem Ergebnis legte er den Schreibkiel zur Seite und griff nach dem nächsten.

Er hatte Agnes nach dem gestrigen Geschehen in der Weinscheune allein gelassen. Um kein Aufsehen zu erregen, war er um das Grundstück außen herum gelaufen und hatte das Wirtshaus durch den vorderen Eingang wieder betreten. Mit bemüht gleichgültigem Gesichtsausdruck hatte er sich an seinen alten Platz gesetzt. Die Erbsensuppe war kalt geworden, auf der Oberfläche schwamm ein gräulicher Film, der wie eine Eisschicht im Winter aufbrach, als er mit dem Löffel hineinstach. Angewidert hatte er den Teller beiseite geschoben und der stummen Trudis ein Zeichen zum Abräumen gegeben. Jöris war inzwischen zwei Tische weitergezogen und schien ihn vergessen zu haben, von Anton keine Spur. Kerpen hatte das schal gewordene Bier ausgetrunken, ein paar Münzen auf dem Tisch zurückgelassen und war gegangen.

Wie es Agnes jetzt wohl ging?

Kerpen hielt in seiner Arbeit inne. Er legte die Kiele zur Seite und schaute zum Fenster hinaus, wo die Frühlingssonne eben hinterm Franziskanerkloster hochstieg und die staubige Amtsstube in helles Licht tauchte. Er konnte an nichts anderes mehr denken als an das Mädchen. Es bereitete ihm Glück und Unbehagen zugleich, vor allem aber fühlte er sich von seinen Gefühlen überrumpelt.

Er begann, die Papiere vor sich zu sortieren. Kurfürstliche Verordnungen und Gemeindeangelegenheiten in zwei getrennten Stapeln nach rechts, Kauf- und Pachtverträge nach links, daneben die Kriminalakten. Und er versuchte, seine Gedanken zu ordnen.

Der überhastete Umzug vom kurfürstlichen Bonn ins kleine Brühl war, auch wenn es zunächst nicht so aussah, ein Aufstieg. War er doch der Einzige im Ort, der neben den beiden Weisweilers über nennenswerte Lateinkenntnisse verfügte. Der alte Gerichtsschreiber übertrug ihm inzwischen immer verantwortungsvollere Aufgaben und überließ ihm die Vorbereitungen für die Gerichtsverhandlungen, Bürgermeister Cadusch und die Schöffen vertrauten ihm, und die Mägde knicksten vor dem Juristen aus Bonn, wie sie ihn nannten, wenn sie ihm auf dem Weg zur Ratsstube begegneten. Er konnte also zufrieden sein. In Brühl zu den Ersten zu gehören war allemal besser als in Bonn in der Menge der Beamten unterzugehen.

Seit der Flucht vor Elisabeth hatte er nicht mehr über sein Leben nachgedacht. Auch jetzt verbot er sich weiterzudenken. Doch immer wieder sah er das Mädchen vor sich, das auf den einen gewartet und sich doch auf den anderen eingelassen hatte. Und sich dafür schämte. Unnötigerweise, wie er befand. Dass sie das Gerede der Brühler fürchtete, konnte er ihr nachfühlen.

Kerpen suchte das Papier mit der Aussage Anton Dominicks gegen Johann Stemmeler und las es noch einmal aufmerksam. Ja, er war voreingenommen, aber er ließ es zu. Er würde Anton Dominick nahe legen, sich in Zukunft von Agnes Linnich fern zu halten und Brühl für eine gewisse Zeit zu verlassen. Widersetzte sich der Burbacher seinen Anordnungen, würde er ihn auf der Stelle festnehmen lassen und des Mundraubs bezichtigen. In der Scheune standen Linnichs Weinfässer, die der junge Mann angezapft habe. Er sollte es erst einmal wagen, das Gegenteil zu behaupten …

Kerpen rief den Büttel, gab ihm entsprechende Anweisungen und lehnte sich dann auf seinem Stuhl zurück. Er wollte lächeln, aber es gelang ihm nicht.

FÜNF

Früh am Morgen des ersten Maisonntags hatte sich die Jagdgesellschaft auf der Falkenluster Ebene zusammengefunden. Der Tau hing in silbernen Tropfen an den Grashalmen und im Ginster, der die Wege säumte. Die Sonne schickte zarte Strahlen, es versprach ein warmer Tag zu werden.

Auf dem Sandplatz vor dem Schlossgitter standen die Damen in kleinen Gruppen zusammen. Man unterhielt sich über das Diner des Vorabends, zu dem Charlotte von der Wiesen ein Kleid in einem wahrlich unmöglichen Rosa getragen hatte, mit dem sie wohl den unschicklichen und natürlich vergeblichen Versuch unternommen hatte, jünger auszusehen, als sie war. Man wedelte aufgeregt mit den Fächern und zog empört die Luft durch die Nase.

Zwei junge Desmoiselles kicherten hinter vorgehaltener Hand und taten, als hielten sie Ausschau nach ihr, während sie in Wirklichkeit den schmucken Reitern hinterherblickten und tiefe Seufzer ausstießen.

»Ach«, sagte die eine, »dieser Johannes von Karlsbach würde mir auch gefallen. Ich hätte keine Einwände, wenn Durchlaucht noch mehr Gäste seiner Statur einladen würde.«

Dann schaute sie in der Runde herum, und während sie mit einer ausholenden Kreisbewegung auf die Gruppen der Hofdamen zeigte, fügte sie kichernd hinzu: »Der Arme muss doch völlig überfordert sein.«

»Lass das nur nicht Madame de Lavalière hören«, warnte die andere. »Sie ist überzeugt, dass der galante Johannes nur sie allein jeden Abend beglückt. Schau dir nur an, wie sie ihn anhimmelt.« Mit dem Kinn zeigte sie auf das Paar, das etwas abseits unter einer Buche stand und sich unterhielt. »Ich habe ihn neulich hinter einer Hecke im Park mit Demoiselle Luisa von Ferensbach tuscheln sehen, was ich verstehen kann. Sie ist wirklich eine Schönheit und mindestens zwanzig Jahre jünger als die gute Lavalière.«

Als das Horn ertönte, gruppierten sich die Falkner mit ihren Vögeln auf dem Arm zu einem offenen Rechteck. Dahinter in zweiter Reihe stellten sich die Cagejungen auf, wie selbstverständlich gehörte Johann Stemmeler nun zu ihnen. Im Hintergrund die Stallburschen, die die unruhig scharrenden Pferde bereithielten. Während die Falkenmeister mit ein paar Worten die Gäste begrüßten und dann die Jagd eröffneten, traten die Damen und älteren Kavaliere heran, um die schönen Tiere näher in Augenschein zu nehmen und den Falknern Glück zu wünschen. Falkenmeister Jakob Herings beobachtete aus den Augenwinkeln heraus, wie Madame de Lavalière ihrem Favoriten, dem Kammerjunker von Karlsbach, der einen der wertvollsten Gerfalken des Kurfürsten trug, eine kleine Falkenhaube aus dunkelbraunem Leder mit weißem Federbüschel überreichte. Sie sagte etwas, was Herings nicht verstehen konnte. Johannes von Karlsbach neigte ergeben den Kopf. Herings seufzte. Er zweifelte nicht an den männlichen Fähigkeiten des Junkers, aber er hielt wenig von dessen falknerischem Können. Doch der Kurfürst hatte die Teilnahme seines Gastes am heutigen Jagdtag anbefohlen, und Herings blieb nichts anderes übrig, als zu gehorchen. Er schritt schnell die Reihe seiner Männer ab und blieb dann etwas länger als nötig vor dem Karlsbacher stehen. Das weiße Gefieder des Falken glänzte seidig, wie gemalt schimmerten die dunklen Flecken auf den Federn seiner Flügel. Herings liebte die Gerfalken und diesen hier, die Prinzessin von Eisland, hatte er selbst mit besonderer Liebe und Sorgfalt ausgewählt und abgetragen. Er nahm sich vor, ein Auge auf die Prinzessin und den Gast zu haben.

»Verhauben!«, rief Herings und gab das Zeichen zum Aufbruch.

Eingeteilt in Gruppen trabten die Reiter davon, mit den Tragegestellen über den Schultern folgten ihnen die Falkenjungen zu Fuß. Auch einige Zuschauer liefen, soweit ihr Schuhwerk es erlaubte, über weite Strecken mit den Falknern mit, andere zogen sich unter schattige Bäume zurück, wieder andere erklommen das Belvedere von Schloss Falkenlust und verfolgten, die Hand schützend übers Auge gelegt, die Jagd von oben. Als die Sonne hoch am Himmel stand und die ersten Jagdgäste verschwitzt und mit verrutschten

Perücken, aber hochzufrieden nach Falkenlust zurückkehrten, bat Catharina Smulders die Herrschaften zum Jagdpicknick. Im Innenhof waren gebratene Fasanenbrüstchen in Orangensauce aufgetragen, dazu Räucherforellen, Hirschmedaillons im Blätterteig, weiße Spargelspitzen und Rübchen.

Gerade als Madame de Lavalière ihr Weinglas hob und dem alten Baron von und zu Roersveld von der herrlichen Rebgegend der Loire, die sie in ihrer Jugend besucht hatte, erzählen wollte, wurde die Gesellschaft von dem Ruf: »Ein Medicus, ein Medicus, holt den Chirurgus« aufgeschreckt. Madame de Lavalière wurde kreidebleich, als sie Johannes von Karlsbach erblickte, der von Johann Stemmeler und drei weiteren Männern in einer Decke herbeigetragen und in der Mitte des Hofes auf den Boden gelegt wurde. Einen Augenblick überlegte sie, ob sie ohnmächtig werden sollte, aber sie spürte die Blicke des alten Barons in ihrem Ausschnitt und die der anderen Hofdamen in ihrem Rücken und beschloss, Haltung zu wahren. Ja, sie untersagte es sich sogar, zu dem Verletzten – oder war er gar tot? – hinzutreten, um dem Gerede über sie und ihren jungen Liebhaber nicht noch mehr Nahrung zu geben. Sie trank ihr Weinglas aus, das sie noch immer in der Hand hielt, und neigte sich wieder ihrem Gesprächspartner zu.

»Haben Sie auch einmal einen Jagdunfall gehabt?«

Dann lauschte sie geflissentlich seinen temperamentvoll vorgetragenen Schilderungen aus Jugendzeiten und wedelte sich mit heftigen Handbewegungen Kühlung zu, um ihr Gesicht zu beruhigen, dessen Farbe von totenblass zu hochrot gewechselt war.

Mit hochrotem Gesicht galoppierte auch Jakob Herings herbei, kaum, dass er von dem Unfall erfahren hatte. Er hatte es doch gewusst! Dieser Johannes von Karlsbach würde nur Ärger machen! Wie sollte er nun vor Seine kurfürstliche Durchlaucht treten, wenn diese morgen von Staatsgeschäften nach Brühl zurückkehrte? Nur einen Augenblick war er nicht an der Seite des Gastes gewesen, und ausgerechnet da musste es zu dem Unglück kommen. Und wo war die Prinzessin von Eisland? Ihm wurde heiß und kalt, als er an den Gerfalken dachte.

Die drei Falkner, die mit Stemmeler den gestürzten Kammerjunker ins Schloss zurückgetragen hatten, konnten nicht sagen, was geschehen war. Sie waren dem Gast vorausgeritten und hatten nicht mitbekommen, was hinter ihnen vorging. Erst auf das Rufen von Hennes hin waren sie umgekehrt und hatten den Junker leblos auf dem Boden liegen sehen. Hennes kniete neben ihm, seine Falkentrage war gebrochen. Ein Glück, dass die Falken, für die der Junge verantwortlich war, sich nicht von ihrer Fessel befreien konnten.

Herings ging hinüber zu Johann, der in einer Ecke des Hofes hockte. Ignatius stand neben ihm mit einem Krug Wasser in der Hand und schüttelte hilflos den Kopf, als der Falkenmeister mit fragender Miene auf die beiden zukam.

»Was war los, Hennes?«

Johann schaute nicht auf.

»Sag doch was!«, drängte Ignatius, aber Johann blieb stumm.

»Könntest du mir wenigstens den Gefallen tun und sagen, was mit der Prinzessin von Eisland ist?« Der scharfe Klang in Herings Stimme verfehlte nicht seine Wirkung. Johann blickte hoch, dem Meister in die Augen.

»Ich weiß nicht genau, wie es passieren konnte, Meister, aber es war meine Schuld. Ich will es auch wieder gutmachen, bitte, glauben Sie mir.«

»Was ist passiert, und wo ist die Prinzessin?« Herings wurde ungeduldiger. Wertvolle Zeit verging, und der Gerfalke konnte inzwischen schon so weit geflogen sein, dass die Hoffnung, ihn wieder zurückzubekommen, immer geringer wurde.

»Hennes, so rede doch endlich!«

»Von Karlsbach hatte sie gerade abgehaubt, weil über uns ein einzelner Reiher flog. In diesem Moment scheute sein Pferd, er stürzte, und die Prinzessin flog auf. Der Junker schrie so laut vor Schmerz, dass wir uns in unserem ersten Schrecken um ihn kümmerten und zu spät an den Falken dachten. Als wir hochschauten, war er nirgendwo zu sehen.«

Johann schwieg, Herings wartete, dass Johann weiterredete.

»Es war meine Schuld. Ich gehe der Prinzessin nach.« Johann war aufgestanden und schaute den Falkenmeister jetzt flehend an. »Ich werde sie finden, und wenn ich tagelang nach ihr suchen muss. Bitte«, setzte er leise hinzu.

»Warum willst du die Schuld auf dich nehmen, wenn dieser Affe von Kammerjunker nicht reiten kann?« Herings runzelte die Stirn. Er versuchte sich zu beruhigen, aber es gelang ihm nicht.

»Weil ich gestolpert bin. Mit meinem Sturz habe ich wohl das Pferd des Junkers erschreckt, sodass es scheute, hochstieg und schließlich durchging. Er konnte sich unmöglich im Sattel halten.«

»Wieso bist du gestolpert? Und habe ich euch nicht immer wieder gepredigt, ihr sollt Abstand zu den Pferden halten?« Herings verschluckte sich vor Zorn und rang nach Atem. Er wollte weiterreden, aber Johann fiel ihm ins Wort.

»Ich weiß, ich war unvorsichtig, ich war zu nahe am Junker. Die Prinzessin, ich wollte genau sehen, wie er sie abhaubt und wie sie geflogen wird, ich …« Johann verstummte.

»Gut!« Herings schaute seinen Falkenjungen streng an. »Du hast gerade noch Zeit, dir etwas zu trinken zu holen. Dann wirst du mit Willem Goossens und Maarten Danckers aufbrechen, und wenn ihr die Prinzessin nicht zurückbringt, dann gnade dir Gott.«

Er drehte sich um, um Johann nicht zu zeigen, dass er ihm leid tat. Er mochte den jungen Brühler und war beeindruckt von dessen rascher Auffassungsgabe. Auch hatte er genügend Erfahrung, um zu wissen, was bei einer Beizjagd alles geschehen konnte. Stürze vom Pferd waren zwar nicht die Regel, aber sie kamen vor. Und natürlich verstießen sich Falken in jeder Saison und ließen sich oft nicht mehr auffinden. Andere verletzten sich gegenseitig mit ihren scharfen Fängen, wenn sie zu zweit oder dritt im Kompanieflug einen Reiher angriffen und im Eifer des Gefechts aneinander gerieten. Manchmal waren sie danach für die Jagd unbrauchbar. Mit Ausfällen hatten die Falkner also immer zu rechnen. Aber musste es ausgerechnet die Prinzessin von Eisland sein? Es würde für ihn kein Vergnügen werden, vor Clemens August zu treten und ihm den Verlust seines Lieblings melden zu müssen. Aber er würde die Schuld nicht auf den jungen Stemmeler abwälzen, sondern den Vorfall als eine Verkettung unglücklicher Umstände darstellen. Er würde sogar noch einen Schritt weitergehen. Nur dem schnellen Handeln des Jungen, würde er sagen, habe man es zu verdanken, dass dem kurfürstlichen Gast sofort Hilfe zuteil wurde, ja, vielleicht habe dieser dem Kammerjunker sogar das Leben gerettet.

Als Herings außer Hörweite war, packte Ignatius seinen Freund an der Schulter.

»Wieso bist du gestolpert?«

»Ich weiß es nicht, Ignatius, irgendwas kam mir zwischen die Beine.«

»Kam dir zwischen die Beine?« Der andere zog erstaunt die Brauen hoch.

»Ja, ich hatte den Eindruck, da kam etwas geflogen, dicht über dem Boden. Ein Stock oder ein Stein. Ich weiß es nicht, es ging alles so schnell. Dann dachte ich, ich muss über eine Wurzel gestolpert sein, aber da war keine. Ein Stock lag da, ja. Und was ich noch seltsam finde – Adrian war mit mir der andere Falkenjunge in dieser Gruppe. Er war etwas zurückgeblieben, doch kurz bevor mir dieses Etwas zwischen die Beine flog, ich meine, bevor ich stolperte, glaube ich, ihn seitlich neben mir gesehen zu haben.«

Johann schaute Ignatius fragend an. »Kannst du dir vorstellen, dass Adrian so etwas machen würde? Ignatius, du bist doch befreundet mit ihm, glaubst du, dass er mir schaden will?«

Ignatius antwortete nicht, er schien nachzudenken. Dann räusperte er sich. »Ich habe dir schon einmal gesagt, dass unter Falknern Neid und Eifersucht herrscht.«

»Ich kann Herings doch nichts davon erzählen. Adrian ist doch sein Sohn, er würde mir doch nie glauben. Und doch … ich bin mir ganz sicher … Adrian hat mir das Stück Holz zwischen die Beine geworfen. Damit genau das passiert, was passiert ist, damit ich falle und den Kammerjunker mitreiße.«

»Du bist sehr ehrgeizig, Johann.« Ignatius' Stimme kam gepresst. »Ich kann mir gut vorstellen, dass du Recht hast mit deiner Vermutung. Pass auf und überleg dir gut, was du tust!«

SECHS

Als Anton Dominick nach drei Wochen Aufenthalt im Bergischen Land nach Brühl zurückkehrte, war seine Schwester die Erste, die mit der Neuigkeit herausplatzte.

»Stemmelers Johann ist vom Kurfürsten belobigt worden. Er soll einen Gast Seiner Durchlaucht vor dem Tod gerettet haben. Ich glaube, es war ein Neffe oder ein Vetter, auf jeden Fall ein hochrangiger Baron. Und er soll den teuersten Falken des Kurfürsten wieder eingefangen haben. Man sagt, es sei der Falke, der beim Kurfürsten im Schlafgemach nächtigt. Bis hinter Godorf war er geflogen, dort hat der Stemmeler ihn gefunden, zwei Tage nach dem Sturz des Grafen, und der alte Hubertus sagt, der Vogel sei freiwillig zurückgekommen, als er Johann sah.«

Gertrud verhaspelte sich. Aber sie ließ Anton keine Zeit, etwas zu erwidern, sondern redete sofort weiter.

»Viel Geld soll er vom Kurfürsten bekommen haben dafür, dass er den Falken wieder zurückgebracht hat, sehr viel Geld sogar. Und eine Tabatiere, nein, nicht so einen speckigen, stinkenden Beutel, wie du einen hast, sondern eine wunderschöne Dose aus Silber mit dem Konterfei unseres Kurfürsten.«

Gertrud schwieg andächtig.

Auch Anton schwieg. Dieser Empfang schmeckte ihm nicht. Dabei war er mit großen Ideen zurückgekommen.

Es hatte ihn anfänglich viel Mühe gekostet, seinen Vater zu überzeugen, dass er verreisen müsse. Aber die zwei alten Gäule, mit denen sie arbeiteten, hatte er argumentiert, seien kaum noch zu gebrauchen. Sie müssten dringend neue Pferde anschaffen. Und vielleicht könne man ja sogar eine Zucht aufbauen und auf diese Weise eine neue Einkommensquelle erschließen. Er wolle sich umschauen und Erfahrung sammeln. Schließlich hatte sein Vater nachgegeben, und nun kam er nach, wie er meinte, erfolgreichen Verhandlungen und mit einem Hengst und zwei Stuten wieder zurück und musste erfahren, dass dieser Hundsfott von Stemmeler sich mehr und mehr bei Hof einschmeichelte.

»Gestern Abend hat der alte Stadtmüller im Krahnen einen aus-
gegeben, er hat seinen Sohn in den höchsten Tönen gelobt«, berichtete Gertrud weiter. »Alle sollen dort gewesen sein, der Amtsjäger und der alte Hubertus, der Chirurgus, der den Verletzten
versorgt hat, und …«

»Woher willst du das wissen?«, fuhr Anton seine Schwester an.
»Warst du dabei? Das ist doch nur Getratsche. Ein hochrangiger Baron, sagst du, und im nächsten Satz ist er schon Graf, was denn nun?«

»Du kannst ja selbst hingehen und dich erkundigen!« Gertrud
war beleidigt. »Auch Vater und Georg können es dir bestätigen.
Alle reden davon. Alle.«

»Ist schon gut.« Anton versuchte, seine Schwester versöhnlich
zu stimmen.

»Könntest du mir einen Gefallen tun?«

»Ich?«

»Ja, schau, du hast vielleicht Recht gehabt mit Margaretha Cadusch. Ich hatte Zeit nachzudenken, sie ist vielleicht wirklich die
richtige Frau für mich. Könntest du ein gutes Wort für mich bei ihr
einlegen?«

»Ich? Bei Margaretha?«

»Ihr seid doch Freundinnen …«

»Du hast lange Zeit nichts von ihr wissen wollen.«

»Ja, aber manchmal ändert man seine Meinung.«

»Und was ist mit Linnichs Agnes? Da war doch was?«

»Nein! Nie war da etwas. Wenn sie das behauptet, lügt sie.«

»Ich hätte gedacht …«

»Ihr Frauen redet zu viel, wenn ihr den lieben langen Tag zu-
sammenhockt. Nein, da war nichts mit Agnes Linnich.«

Gertruds spöttisch verzogener Mund ärgerte ihn, aber er riss
sich zusammen.

»Also, wirst du mit Margaretha sprechen?«

»Gut, ich werde mit ihr reden, aber ich kann dir nichts versprechen. Ich weiß nicht, ob sie dich noch will.« Gertrud lachte kurz
auf. »Die Leute sagen, Margaretha Cadusch und Johann Stemmeler gäben ein schönes Paar!«

Dann drehte sie ihrem Bruder den Rücken zu und verschwand
in der Küche. Das Rascheln ihrer Röcke klang wie Hohnlachen.

*Heute Früh ist unsere Maria auf die Welt gekommen. Ein
Sonntagskind. Und ein Maienkind. Als sie ihren ersten Schrei
tat, krähte draußen der Hahn. Das ist bestimmt ein gutes Zeichen. Auch die Geburt verlief besser, als Mutter am Anfang
befürchtet hatte.*

*Wir haben wieder eine kleine Maria! Ob sie so aussehen
wird wie du, Maria? Ich werde sie behüten wie meinen Aug-
apfel. Ich werde ihr all die Geschichten erzählen, die wir uns
erzählt haben, als du noch bei uns warst. Ich werde ihr Lesen
und Schreiben beibringen, und sie soll lachen, wie du immer
gelacht hast, bevor du krank wurdest und von uns gegangen
bist. Maria, halt deine Hand über unsere kleine Maria, damit
ihr nichts zustößt.*

*Ich glaube, ich bin seit langem wieder glücklich. Wie viel
Zeit ist vergangen seit jenem Abend, als der Burbacher ...!
Nein, ich kann nicht darüber schreiben, ich will es vergessen,
ungeschehen machen. Da war nie etwas. Nie!*

*Heute ist der Achte im Mai, und ich bin glücklich. Nur das
zählt, das und die kleine Maria.*

*Gerade fängt sie an zu weinen, sie hat schon richtig Hun-
ger, gesunden Hunger. Selbst Mutter lacht, obwohl sie noch
erschöpft ist. Ich habe ihr eine kräftige Brühe gekocht und einen Brennnesselabsud, wie die Hebamme es mir aufgetragen
hat.*

*Maria, stell dir vor, Johann, mein Hennes, hat es geschafft.
Ganz Brühl redet davon. Er hat es zum Falkner geschafft, er
ist von unserem Kurfürsten empfangen worden, er soll jemandem das Leben gerettet haben. Mein Hennes! Nur, es ist so
viel passiert in den letzten Monaten, und ich kann ihm nicht
mehr in die Augen schauen. Aber mein Herz sehnt sich nach
ihm. Ob er wohl auch noch an mich denkt?*

*Oder stimmt es, was der, dessen Namen ich nie mehr in den
Mund nehmen möchte, behauptet? Dass Johann eine Buhlschaft bei Hof hat? Ob er es vielleicht nur deshalb zum Falkner geschafft hat?*

*Ich darf nicht darüber nachdenken, dann tut mir wieder
alles weh. Er wollte ja unbedingt in die Falknerei, vielleicht
glaubte er, das wäre der einzige Weg.*

Vater ruft. Ich muss aufhören. Nur eins noch, Maria, der Jurist aus Bonn hat sein Versprechen gehalten. Niemand scheint von der Sache an Fastelovend und in der Scheune etwas erfahren zu haben, und der Burbacher hat sich seither nicht mehr blicken lassen. Ich müsste diesem Kerpen dankbar sein, aber immer, wenn ich ihn sehe, muss ich daran denken, was vorgefallen ist, und dann möchte ich am liebsten weglaufen. Doch ich möchte nicht mehr daran erinnert werden. Ich möchte nur wieder glücklich sein!

SIEBEN

Die Maitage waren warm und sonnig, und Gastwirt Linnich konnte sich nicht beklagen. Wenn die Bauern vom Feld zurückkamen und die Handwerker von ihrer Tagesarbeit, waren sie durstig. Linnichs Bier war frisch und kühl, das Brot noch warm von der Backstube. Die stumme Trudis eilte von Tisch zu Tisch, wischte die Holzplanken sauber, hob umgestürzte Hocker auf, trug benutztes Geschirr zurück in die Küche, alles mit einem so strahlenden Leuchten in den Augen, dass es dem alten Hubertus noch einmal ganz wehmütig ums Herz wurde. Manchmal, wenn die Arbeit ihr Zeit zum Verschnaufen ließ, suchte sie nach Agnes, drückte sich an sie, und die Schwester nahm sie in die Arme, strich ihr übers Haar und ließ sich endlich von Trudis' Fröhlichkeit anstecken.

Nicht nur der alte Hubertus nahm es mit Genugtuung zur Kenntnis. Auch Kerpen, obwohl dieser es sich nicht anmerken ließ. Oft kamen er und Henrich Weisweiler gegen Abend in den Schwarzen Bären, sie setzten sich an einen der schmalen Tische im hinteren Teil der Gaststube, mit dem Rücken zur Wand, von wo sie den ganzen Raum überblicken konnten. Den ersten Schluck Wein genossen sie schweigend. Ihre Blicke wanderten durch den Raum, gespannt, welche politischen Ereignisse die Gemüter erregten und welches Gerücht die Runde machte. Nach dem zweiten Schluck begannen sie über juristische Fragen zu fachsimpeln, und meist gesellte sich nach einer Weile der alte Hubertus zu ihnen. Manchmal auch der Apotheker und, zu vorgerückter Stunde, der Obrist, der darüber die Sperrstunde vergaß. Kerpen bewunderte Henrich, der die schwierigsten Sachverhalte messerscharf analysieren konnte und dabei die Gabe besaß, seine Argumente mit ironischen Randbemerkungen und humorvollen Seitenhieben auf die kurfürstliche Verwaltung zu spicken. Der Obrist quittierte Spötteleien mit schallendem Gelächter.

Hatte er in Bonn vor Achtung und Ehrfurcht noch den Atem

angehalten, wenn das Gericht ein Dekret Seiner Durchlaucht verkündete, ertappte sich Kerpen nun immer häufiger dabei, dass er bei Henrichs bissigen Reden ins Nachdenken kam. Und den Worten des Älteren schließlich beipflichten musste. Er hatte ja Recht. Clemens August molk die Stadt wie eine Kuh, und die Stadtväter hatten kaum Möglichkeiten, sich zu wehren. Kerpen erinnerte sich an die heftige Auseinandersetzung im Brühler Rat, als die kurfürstliche Hofkammer zum ersten Mal mit dem Ansinnen kam, der Stadt ihre Einkünfte aus Akzise und Wegegeld zu entziehen, um beides der Staatskasse Seiner Durchlaucht zukommen zu lassen. Die Bestürzung der Brühler Ratsherren war so groß gewesen, dass nach Abreise des Bonner Beamten alles empört durcheinander schrie und Kerpen in der Schreibstube nebenan befürchten musste, Bürgermeister Cadusch überlebe den Tag nicht.

Caduschs diplomatischem Geschick gelang es zwar, den Griff nach den städtischen Einnahmen zunächst noch abzuwehren, aber Kerpen war klar, dass die Gefahr damit noch lange nicht gebannt war. Seine Durchlaucht benötigte immer neue Gelder, um den großzügigen Hofstaat zu finanzieren und die Hofschranzen bei Laune zu halten. Auf die Stadt Brühl dürften schwere Jahre zukommen.

Kerpen blickte hoch, als Henrich Weisweiler mitten im Satz abbrach und zum Eingang schaute. Auch das Reden und Lachen im Schankraum war plötzlich verstummt. Doch dann brach ein fröhliches Geschrei los, ein paar sprangen auf, Stühle fielen um. Der spillerige Jöris war mit einem Satz zur Tür gehechtet, riss sich den Hut vom Kopf und deutete eine schlangenhafte Verbeugung an.

»Stemmeler! Johann Stemmeler!«, schrie er begeistert und schlug dem ersten der eben hereingekommenen Gäste die Hand auf die Schulter.

»Ich han et allt emmer jewoss, dat do et maache wees. Kumm, jev eine us, do küss nit dröm eröm.«

»Eine Runde für alle!«

»Linnich, mach ein neues Fass auf!«

»Aber nur vom Feinsten …«

Alles redete durcheinander, die Tische wurden zusammengerückt, Johann musste sich in die Mitte setzen. Für Ignatius, Cornelius und zwei weitere Männer, die niemand kannte, von denen man aber bald erfuhr, dass sie Holländer waren und zu den Falkonieren gehörten, wurden Schemel herangebracht. Die stumme Trudis kam mit Bechern, und Vater Linnich beeilte sich, sie zu füllen. Der Abend versprach, der beste des ganzen Monats zu werden.

Kerpen und Henrich Weisweiler waren auf ihren Plätzen sitzen geblieben. Vor allem Henrich Weisweiler amüsierte es, wie sich die Männer neugierig um Johann und seine Freunde scharten und sie mit Fragen löcherten. Kerpen suchte nach Agnes, doch das Mädchen, das eben noch hinter der Theke gestanden hatte, war verschwunden. Trudis dagegen hatte sich zu Johann vorgedrängt und wich erst wieder von seiner Seite, als der Vater sie energisch zu sich rief. Sie zog eine Grimasse, aber als Johann ihr einen Kuss ins Haar drückte und ihr ein paar Worte ins Ohr flüsterte, die sie nicht verstand, aber deren Sinn sie erahnte, gehorchte sie seufzend.

Kerpen sah, wie die silberne Tabakdose, das Geschenk Clemens Augusts, von Hand zu Hand ging, Jöris öffnete sie und schnupperte genussvoll, der alte Hubertus strich vorsichtig über das reliefartig herausgearbeitete Konterfei des Kurfürsten, auch die anderen betasteten sie, rochen, und einer ließ sie grölend in seiner Jackentasche verschwinden. Doch sein Nachbar zog sie wieder heraus, und die Tabatiere wanderte zurück zu ihrem Besitzer, der sie stolz in seinen Kleidern verstaute.

Es dauerte Stunden, bis sich die Aufregung gelegt hatte, endlich verließen die ersten Gäste den Schwarzen Bären, die Gespräche wurden ruhiger. Johannes und seine Freunde saßen nun allein um den Tisch herum, und auch Kerpen und Henrich Weisweiler nahmen ihre Diskussion wieder da auf, wo sie unterbrochen worden waren.

Gesprächsfetzen drangen an Kerpens Ohr, und es fiel ihm schwer, sich auf seinen Tischnachbarn zu konzentrieren. Mehrere Male fiel der Name Agnes, leise zwar, aber Kerpen besaß ein gutes Gehör. Einmal glaubte er, das Mädchen an der Tür zur Küche gesehen zu haben, einen Augenblick nur, dann kam Franziska Linnich und begann, die Theke zu schrubben.

Aus den Augenwinkeln heraus sah Kerpen, wie Cornelius und Ignatius auf Johann einredeten. Sie schienen ihn von irgendetwas überzeugen zu wollen. Einmal knuffte Cornelius ihn in den Arm, dann hob er seinen Becher, prostete Johann zu und die anderen fielen ein. Johanns Gesicht war gerötet von Bier und Schnaps und der Aufregung, immer wieder blickte er hinüber zur Theke, nickte mit dem Kopf, wenn einer der Freunde etwas sagte, nickte wieder.

»Ja«, hörte Kerpen ihn sagen, »ich werd's machen, ich verspreche es.« Dann zog er einen dunkelblauen samtenen Geldbeutel aus der Hosentasche und bezahlte für alle.

Es war spät geworden, und auch Kerpen und Henrich Weisweiler brachen auf. Als sie auf die dunkle Kirchgasse traten, huschte der Puckel an ihnen vorbei. Er hob abwehrend die Hände vor seinen Kopf, als er die beiden Männer bemerkte.

»Du hast wohl wieder gelauscht«, rief Henrich hinter ihm her. »Irgendwann werden dir die Ohren abfallen!«

Joseph lachte höhnisch auf, dann war er ihren Blicken entschwunden.

In dieser Nacht schlief Kerpen unruhig. Immer wieder wachte er auf, dachte an Agnes und Johann Stemmeler, Anton Dominick fiel ihm ein, er hatte gehört, dass dieser wieder zurück sei in Brühl, gesehen hatte er ihn aber noch nicht. Er warf sich auf die andere Seite und versuchte zu schlafen, zwischen Nebelwänden und blind treibenden Rheinnachen tauchten Gesichter auf, eine Fratzen schneidende Elisabeth zwang ihm ihr Weihwasserfläschchen auf, die Putten seiner Kindheit packten ihn an den Armen und trugen ihn in die Höhe, immer höher und höher, bis die Welt unter ihm nicht mehr zu sehen war. Und dann stürzte er, fiel ins Bodenlose, schneller, immer schneller, der Luftzug raubte ihm den Atem. In seiner Angst wollte er schreien, aber so sehr er sich auch anstrengte, kein Ton kam aus seiner Kehle. Er presste sich die Stimmbänder aus dem Hals, aber alles blieb stumm, und er fiel. Bis er mit einem Ruck hochschreckte.

Vom Markt drangen Geräusche ins Zimmer, leise stand er auf und trat an die hölzernen Fensterläden. Vorsichtig öffnete er sie einen Spalt und starrte nach draußen.

Mitten auf dem Platz stand der Puckel mit ausgebreiteten Armen und wiegte sich sanft hin und her. In kleinen, hüpfenden Schritten drehte er sich im Kreis oder sprang vorwärts, als ob er fliegen wollte. Dabei stieß er dünne Schreie aus, die klagend abfielen wie der Schrei des Bussards. Der Mond goss weiches Licht über den Tänzer. Als die Glocken von St. Margareta die zweite Stunde schlugen, bewegte sich Joseph wie ein Schlafwanderer auf die Kölnstraße zu. Er ließ seinen Kopf tief nach unten hängen, befreit von jeder Anstrengung, die Arme schwangen auf und ab wie Vogelschwingen im Flug. Tatsächlich sah Kerpen, dass der Bucklige Federn in den Händen hielt, aber Farbe und Zeichnung konnte er nicht erkennen.

Es stimmt schon, was die Leute reden, dachte er, während er das Fenster wieder schloss, der Puckel ist nicht ganz richtig im Kopf. Zumindest ein sonderbarer Kauz, korrigierte er sich. Aber wie er sich da wiegte und tanzte, war da ein Gefühl von Freiheit. Eigentlich, überlegte sich Kerpen, eigentlich ist der Puckel stärker als sie alle zusammen, die da ihr Einkommen haben, ihr Dach über dem Kopf und den jährlichen Gehrock. Sind wir doch alle Zwängen unterworfen: Cadusch in seinem Amt als Bürgermeister, Pfarrer Mauel, den seine Gemeinde im Auge behält, und umgekehrt! Keiner würde es wagen, aus den Konventionen auszubrechen. Er schon gar nicht. Und da kommt einer und kümmert sich nicht um Vorschriften, Dekrete und Erlasse, trotzt der Welt, tanzt aus der Reihe, zu ungebührlicher Stunde nachts auf dem Markt, mit sich und der Welt zufrieden, wie's scheint. Obwohl er nichts ist und nichts hat. Vielleicht gerade deswegen.

Auf seine Art ist auch der Johann Stemmeler so einer. Bricht aus aus dem Weg, der ihm vorgegeben war. Dafür bewunderte ihn Kerpen, obwohl er ihn kaum kannte. Vielleicht war das der Grund für Agnes' Liebe zu ihm. Dass es da jemand wagte, aus seiner Rolle auszubrechen, etwas zu riskieren. Und sie auf diesem Weg vielleicht sogar mitnehmen würde. Denn wollen wir nicht alle irgendwann jemand ganz anderer sein?

Auch der bucklige Joseph schien seinen Traum zu haben, ihn zu leben, nachts, wenn die Stadt schlief und der Nachtwächter nicht hinschaute. So schwerelos mutete sein ungelenker, derber Körper an, wie er da im Mondlicht flog. Wie ein Vogel, getragen vom Wind. Leicht. Federleicht.

ACHT

Maius, d. 29ten, Pfingsten.
Die Mutter hat ein Auge zugedrückt. Geh nur, hat sie mir in
der Kirche gesagt, die Orgel war noch nicht verstummt. Ich
seh's dir doch an der Nasenspitze an, dass du ein wenig allein
sein möchtest. Geh. Aber sei pünktlich zurück.
 Ich hab ihr die Hand geküsst, so glücklich war ich. Schnell
noch der kleinen Maria übers Köpfchen gestrichen, Lisa er-
mahnt, brav zu sein, meine stumme Trudis gedrückt, dann bin
ich zu Maria ans Grab. Ob die Rose noch dort in der Erde
liegt? So leuchtend rot, wie sie auf den Dielen gelegen hat, als
ich sie gefunden habe? Ich habe nicht gewagt, die Erde aufzu-
graben und nachzusehen. Zu viele Leute sind noch herumge-
standen, die alte Kribben immer um den Pfarrer herum mit
ihrem heiligen Gesicht.
 Die Wittib Kemps hat sich gefreut, dass ich gekommen bin.
Du bist schon lang nicht mehr da gewesen, hat sie gesagt,
komm rein, dann hat sie mich in ihr Zimmer gelassen, mir ih-
ren besten Stuhl hingeschoben, die Kinder verscheucht und
mich allein gelassen.
 Wie still es hier ist! Ich habe die Fensterläden geöffnet, von
draußen dringen Stimmen herein. Mir scheint, dass das Leben
am Sonntag stiller ist. Friedlicher.
 Die Wittib Kemps ist gekommen und hat mir ein Glas Wein
gebracht. Sie hat mich ganz verlegen gemacht damit. Als ob
ich ein feines Fräulein wäre.
 Draußen singt eine Amsel. Die anderen Vögel kenne ich
nicht, doch, die Lerche noch, wenn sie sich hoch in den Him-
mel schraubt und trällert und jubiliert, dass es eine Lust ist, ihr
zuzuhören.
 Der Wein schmeckt so fein, mir wird ganz warm davon.
 Ich hab ihn gesehen.
 Ganz warm wird mir vom Wein und ein wenig schwindlig
im Kopf.

Ich glaub, ich hab ihn noch immer lieb. Und will's doch gar nicht.

Hennes!

Beim Hochamt war er, zusammen mit seinen Leuten von Falkenlust. So stolz in seiner schmucken Uniform. Silberne Litzen am Ärmelaufschlag. Die Haare vornehm zum Zopf gebunden.

Wie ein feiner Herr!

Und alle Weibsleute in der Kirche haben die Köpfe nach ihm verdreht.

Sind um ihn herumscharwenzelt, nachher, vor der Kirche, als er dort stand mit den Smulders. Sein Vater dabei und hielt große Reden und ihn am Arm.

Plötzlich ist es wieder sein Sohn!

Die Adelheid, die die Base des Alten ist, hielt sich abseits, aber ich hab genau gesehen, wie sie gelacht hat. Und dann kamen all die anderen, Bürgermeister Cadusch, der Apotheker, Kaufmann Heldt und wer da Rang und Namen hat. Sogar der alte Weisweiler und sein Sohn mit dem Bonner Gerichtsschreiber.

Aber der hielt sich zurück. Wie die Adelheid.

Eigentlich beobachtet der immer nur.

Am Anfang hab ich gedacht, er meldet alles nach Bonn, was er hier hört und sieht. Aber heute glaube ich das nicht mehr.

Ob er sich schämt wegen seines Hinkebeins? Ich merke es nicht einmal mehr, wenn ich nicht darauf achte.

Ach, Maria, ja, ich hab ihn noch immer lieb, meinen Hennes. Obwohl ich Angst habe, ihm zu begegnen. Was sollte ich denn sagen? Ihm die Sache mit dem Burbacher beichten? Nie! Sie ihm nicht erzählen? Das ist genauso schlimm. Als ob ich ihn dann immerfort belüge.

Maria, ich muss dir etwas erzählen. Als ich am Donnerstag in der Frühe die Gaststube geöffnet habe, Tür und Fenster, um frische Luft reinzulassen, da klemmte ein Bündelchen Federn am Fenstergriff. Reiherfedern. Wunderschöne, lange Reiherfedern. Für einen Hut. Stell dir vor, einen weißen Hut mit silbergrauen Federn und rosa Bändern. Oder vielleicht doch lie-

ber dunkelblaue? Passt dunkelblau besser zu grau? Ach, ich
weiß nicht. Wann sollte ich so einen Hut auch schon aufsetzen?

Eigentlich kann es nur Johann gewesen sein, der mir die Federn ans Fenster steckte. Wer sonst könnte an Reiherfedern
kommen? Aber seit der Geschichte mit der Rose glaube ich
nichts mehr. Obwohl er ja Mittwochabend mit seinen Freunden bei uns gewesen ist.

Ich habe mich nicht blicken lassen, bin in der Küche geblieben, saß die ganze Zeit über am Herd und hab mir beim
Zwiebelschneiden fast in die Finger geschnitten. Mutter und
Vater haben gelacht. Nein, nicht böse, nur so ein bisschen, und
haben mich gelassen. Siehst du, hat meine Mutter mir ins Ohr
geflüstert, er mag dich noch immer. Aber meine Mutter weiß
ja nicht, was mit dem Burbacher war.

Ob ich es Hennes doch sagen soll?

Vielleicht wird dann wieder alles gut?

Der Wein macht mich fröhlich. Vielleicht schreibe ich ihm
ein Billet. Ein ganz kleines. Und wenn er dann antwortet …

Mittwoch, erster Junius.
Ich habe es getan. Mir ist flau im Magen, aber ich habe geschrieben. Dass ich mich freue für ihn, und dass ihm die Falk-
nerlivree gut steht. Mehr nicht, vor lauter Angst, etwas Fal-
sches zu sagen. Ich weiß doch nicht, wie er das Briefchen
aufnehmen wird. Von den Federn habe ich nichts gesagt. Aber
wenn ich nachts ins Bett gehe, streiche ich sacht darüber, spüre
die einzelnen Federchen, den Flaum am Kiel. Es kitzelt so lustig in den Fingerspitzen. Das Briefchen hab ich gleich heute
Morgen dem kleinen Will gegeben, bevor ich es mir wieder
anders überlege.

Oh, Gott, verzeih, ich will auch ein Vaterunser beten, aber
ich glaube, so ein Glas hellen Rheinweins würde mir jetzt gut
tun, er soll die Nerven stärken, sagt man.

NEUN

Einen Rock nach dem anderen riss Margaretha Cadusch aus dem Schrank, hielt ihn an sich, verwarf ihn wieder und fing schließlich noch einmal von vorn an. Der schwarze mache sie alt, fand sie, der lachsrote war zu aufreizend. Grün? Nein! Der blaue vielleicht, dezent aber doch leuchtend. Sie zögerte, ärgerte sich über sich selbst. Sie würde den blauen anziehen, obwohl er schon längst nicht mehr der neuesten Mode entsprach. Ob es Anton auffallen würde?

Als ihr der Name durch die Lippen schlüpfte, hockte sie sich erschöpft auf die Bettkante. In den Schläfen pochte es, sie würde Kopfschmerzen bekommen, den Tag nicht überstehen.

»Griesgram küsst graue Haare«, höhnte ihre Schwester. Mit einem dicken Ballen Tuch im Arm kam sie ins Zimmer gestürmt.

»Schau dir diesen Damast an, dieses Gelb! Vater hat endlich nachgegeben und sich von Levi von der Qualität des Stoffes überzeugen lassen. Es wird das schönste Verlobungskleid, das Brühl je gesehen hat.«

Übermütig tanzte Anna Maria im Zimmer herum, ihre Haare lösten sich, das bunte Brusttuch flog auf den Boden, endlich warf sie sich neben ihrer Schwester aufs Bett.

»Vater hat versprochen, dass du dir auch einen neuen Stoff aussuchen kannst. Levi hat wundervolles Tuch aus grünem Linnen liegen. Es steht dir sicher gut. Geh es dir anschauen, er hält es für dich zurück, hat er gesagt.«

»Grün! Du weißt, dass ich grün nicht mag.« Wenn Margaretha gekränkt war, begann ihr linkes Bein zu zittern; mit Mühe versuchte sie, es unter Kontrolle zu bekommen.

Anna Maria lachte auf, sie suchte jede Gelegenheit, ihre ältere Schwester zu provozieren. »Was bist du so empfindlich in letzter Zeit? Kann ich etwas dazu, dass ich vor dir heiraten werde? Hast du nicht selbst bisher jeden Bewerber abgelehnt? Der eine hatte eine schiefe Nase, der andere Läuse im Haar. Wer hat die nicht?«

Wieder lachte Anna Maria spöttisch. »Ich bin froh, wenn ich erst in Bonn sein werde und dein mürrisches Gesicht nicht mehr

ertragen muss. Conrad Noisten hat sich schon nach einer ange-
messenen Wohnung umgesehen, und Vater wird sie in den nächsten Tagen inspizieren. Sobald Noisten sein Examen abgelegt hat,
werden wir heiraten.«

Selbstgefällig streckte sie ihre Hände aus, prüfte sie, bewegte
zuerst den linken, dann den rechten Ringfinger, an dem sie einen
schmalen Silberring trug.

»Noisten hat versprochen, Ringe für uns auszusuchen, was
meinst du, ob er sie mit Diamanten besetzen lässt?«, reizte sie Margaretha.

Dann beugte sie sich zu ihrer Schwester hinüber und strich ihr
wie einem kleinen Kind über die Wange. »Vielleicht solltest du
deine Launen endlich ablegen, damit du in diesem Leben noch unter die Haube kommst. Und noch etwas rate ich dir: Lass Vater
nicht merken, dass du schon wieder hinter Anton her bist. Glaubst
du, ich hab keine Augen im Kopf und merke nicht, dass du und
Gertrud ständig die Köpfe zusammenstecken? Du kannst mir
nichts verheimlichen, sei mir lieber dankbar, wenn ich dich nicht
verrate.«

Schon bei der Berührung durch ihre Schwester war Margaretha
wutentbrannt hochgefahren.

»Lass mich in Ruhe«, fauchte sie, »du …«

Caffé-Menscher, wollte sie sagen, aber sie beherrschte sich.

»Manntöricht bist du, hast dich ihm an den Hals geworfen, ihn
so bedrängt, dass er um seiner Ehre willen nicht anders konnte, als
bei Vater vorstellig zu werden. Ich habe das nicht nötig«, zischte
sie.

»Und wenn schon!« Anna Maria zeigte sich unbeeindruckt.
»Besser ohne Jungfernschaft in die Ehe als gar keine Ehe!« Wieder
lachte sie. »Man sollte sich allerdings den Kandidaten für ein sol-
ches Vorhaben gut anschauen. Ein Jurist in Bonn ist dafür allemal
besser geeignet als ein Bäuerlein.«

Dann wurde sie plötzlich ernst.

»Was erhoffst du dir von dem Burbacher? Du weißt, dass Vater
einer solchen Verbindung nie zustimmen wird. Und auch nicht
kann. Der Alte geht nicht zur Kirche, er hat nicht das kleinste Amt
inne. Und vergiss nicht, er hat damals die Preise für Hammel so gedrückt, dass er den Lieferauftrag für den kurfürstlichen Hof be-

kam und nicht Vaters Pate auf Langenacker. Und Anton hat sich damit gebrüstet, er sei derjenige gewesen, der seinen Vater zu diesem Geschäft überredet habe. Was also erwartest du?«

Margaretha starrte aus dem Fenster hinunter auf den Markt. Im Haus schräg gegenüber ordnete Salomon Levi Litzen und Knöpfe auf dem Stand vor der Eingangstür. Marktfrauen priesen ihre Waren. Frische Eier. Frühzwiebeln. Feine Korbwaren. Vor der Krämerei hockte ein altes Weib am Boden. Es hatte Kräuterbündel, Blätter und Wurzeln vor sich ausgebreitet, kichernde junge Mädchen standen um sie herum. Eben verließen, in ein angeregtes Gespräch vertieft, der Stadtmüller und Henrich Esser die Ratsstube, Jakob Stemmelers Gesicht verriet höchste Zufriedenheit.

Anna Maria war neben die Schwester getreten.

»Was hast du gegen den jungen Stemmeler?«, fragte sie Margaretha, und sie deutete mit dem Kinn auf die beiden Männer unten auf dem Markt, die sich jetzt mit einem freundschaftlichen Händeschütteln voneinander verabschiedeten. Ihre Stimme klang jetzt versöhnlich, aber Margaretha zog empört die Luft durch die Nase.

»Der Windmüller«, grollte sie, »ein Kind ist der …«

»Sag das nicht so verächtlich, aus dem kleinen Windmüller kann etwas werden. Ich habe gehört, wie Vater neulich mit dem alten Stemmeler und Kaufmann Heldt über Klütten sprach. Pfarrer Mauel war auch dabei. Der setzt viel Hoffnung in den neuen Brennstoff. Dann könnte dein kleiner Windmüller ein wohlhabender Geschäftsmann werden. Die Ausbeute auf dem Esser'schen Grundstück lohnt sich, sagt Mauel, und der muss es wissen.«

»Im Übrigen«, setzte sie nach einer kleinen Pause hinzu, »wenn man Johann Stemmeler gestattet, bei den Falknern zu bleiben, hättest du noch weniger Grund, dich zu beklagen. Also, Schwesterherz, so schlimm sind Vaters Überlegungen nicht.«

Dann lachte Anna Maria wieder. Sie packte den blauen Rock, den Margaretha die ganze Zeit über an sich gepresst hatte. »Mach dich hübsch für deinen Anton, tanz ihm auf der Nase herum, lass es ihn büßen, dass er dich lange genug hat warten lassen. Aber danach sei vernünftig. Denk daran, was du Vater schuldig bist.«

Margaretha schwieg. Die Schwester hatte Recht, aber musste sie, die kleinere, ihr so deutlich vor Augen führen, wie klug und überlegen sie war. Wieder spürte sie Zorn in sich aufsteigen.

Sie schluckte und begann, sich zurechtzumachen. Anna Maria half ihr dabei.

Gertrud Dominick hatte es unbändiges Vergnügen bereitet, ihren Bruder ein wenig zappeln zu lassen. Natürlich hatte sie der Freundin, die vor Aufregung im ganzen Gesicht rote Flecken bekam, noch am selben Tag von Antons Gesinnungswandel berichtet. Es hatte sie dann aber etliche Mühe gekostet, Margaretha davon zu überzeugen, den Bitten des Bruders, und seien sie noch so inständig, auf keinen Fall sofort nachzugeben.

Immer neue Ausreden hatte sie sich in den letzten Wochen einfallen lassen, um Anton hinzuhalten. Margaretha habe kein Interesse mehr, ein anderer Werber stünde vor der Tür. Sie sei verletzt, was immerhin der Wahrheit entsprach. Dann, sie zeige erstes Entgegenkommen, aber brauche noch Zeit, die Mutter ließe sie nicht aus dem Haus, sie müsse bei den Vorbereitungen zu den Verlöbnisfeierlichkeiten von Anna Maria mithelfen, sie habe Bauchschmerzen, Kopfweh, ein Rückenleiden. Später, endlich, die Bereitschaft, ihn zu treffen, nicht gleich, in einer Woche, dann erneut ein Rückzieher, schließlich das Einverständnis.

Gertrud hatte den Tag geschickt ausgesucht, die Mutter war zur Niederkunft ihrer Nichte nach Kendenich gegangen, Vater unterwegs mit Waren nach Köln, und Georg hatte er mitgenommen.

Obwohl Anton das Spiel der Schwester zu durchschauen glaubte, gab es Zeiten, in denen er zweifelte, ob Margaretha ihm noch immer ergeben war. Das Gerücht, wonach Stadtmüller Stemmeler und Bürgermeister Cadusch eine Verbindung ihrer beider Kinder in Erwägung zögen, hielt sich hartnäckig, und er gestand sich ein, dass er Margaretha tatsächlich keine Veranlassung gegeben hatte, sich irgendwelche Hoffnung auf ihn zu machen.

Dann wieder überkam ihn Trotz. Seinen Misserfolg bei der Wirtstochter konnte er verschmerzen, er zog es vor, die unerfreuliche Episode mit ihr zu vergessen, wie er auch die Geschichte mit der Kirberger Magd längst aus seinem Gedächtnis getilgt hatte. Schwer wog hingegen der Verlust seiner Finanzquelle. Und es war noch nicht einmal so sehr das fehlende Geld, das ihm zu schaffen machte. Es war die Schmähung, die ihm Madame angetan hatte, und ihre offenkundige Verliebtheit in Johann. Wie hatte sie ihn genannt? Johannes von den blonden Locken! Johannes! Anton spuckte aus. Und jetzt also die geplante Einheirat in die Familie des Baumeisters!

Das musste verhindert werden. Mit allen Mitteln.

Und dann stand Margaretha vor ihm in der guten Stube des Burbacher Hofs, mit bleichem Gesicht, den Mund dümmlich geöffnet wie ein nach Luft schnappender Fisch. Ihre Hände nestelten am Beutel, den sie um die Taille trug. Die Schwester daneben lachte ununterbrochen, es sollte Heiterkeit bedeuten, Verlegenheit überwinden helfen, aber es störte ihn, und er schickte sie hinaus, Brot und Wein zu holen.

Anton schob Margaretha einen Stuhl hin und starrte ihre Haare an. Es waren wirklich schöne Haare, aber der offene Mund ließ eine Reihe krummer Zähne erkennen, und er wusste nicht, wo er hinschauen sollte.

Gertrud kam mit Weinbechern, aber sie zog sich sogleich wieder zurück. »Ich komm gleich wieder«, flüsterte sie Margaretha ins Ohr und zog geräuschvoll die Tür hinter sich zu.

Erleichtert griff Anton nach dem Becher und prostete Margaretha zu. Er trank langsam, goss sich nach und trank wieder. Was sollte er sagen? Wie sollte er anfangen? Er hatte es sich genau überlegt und bekam doch kein Wort heraus. Plötzlich fand er sein Ziel nicht mehr erstrebenswert.

Er räusperte sich, er musste etwas sagen, wollte er nicht vor Margaretha wie ein Narr dastehen.

»Du warst lange weg.« Margarethas Bein zitterte, aber ihre Stimme war ruhig. Es klang wie eine Feststellung.

Anton war erleichtert, dass sie ihm die ersten Worte abgenommen hatte, gleichzeitig ärgerte er sich, dass er nicht Herr der Situation war.

»Wir werden einen völlig neuen Weg einschlagen«, erwiderte er und rückte seinen Stuhl etwas näher an den von Margaretha. »Der Burbacher Hof wird es weit bringen. Ich habe erste Maßnahmen ergriffen und das Kloster in Burbach unterrichtet. Wir gehen guten Zeiten entgegen.«

Gespannt beobachtete er Margaretha, um die Wirkung seiner Worte zu prüfen.

Sie wirkte unbeeindruckt, und er versuchte es aufs Neue.

»Margaretha, ich habe einen Fehler gemacht.« Anton hustete und nahm einen Schluck aus seinem Becher. »Es fällt mir nicht leicht, dir das zu sagen.«

Sein Eingeständnis ließ Margaretha aufhorchen. Erwartungsvoll schaute sie ihn an. Vom Erfolg beflügelt, begann er zu erzählen. Von seiner Reise ins Bergische, von der Pferdezucht, von jugendlichen Torheiten, die er zutiefst bereue. Er knirschte hörbar mit den Zähnen.

»Bitte, Margaretha, glaube mir. Ich bin ein anderer geworden.«

Er nahm ihre Hand, die sie ihm drei Herzschläge lang überließ, dann aber sacht entzog, nicht ohne dafür ihren Knöchel unter dem blauen Rock hervorzuschieben. Anton sah es und holte tief Luft. Geschafft, dachte er. Er setzte sich aufrecht auf seinen Stuhl, griff wieder nach ihrer Hand, und dieses Mal hielt sie still. Die Hand war schwammig und feucht, aber er tat, als ob er es nicht bemerkte. Mit dem Daumen fuhr er über ihren Daumen, spürte, wie sie den Atem anhielt, triumphierte, strich ihr wie beiläufig über den Handrücken bis dorthin, wo ein nachtblaues Samtband mit Silberschlaufe das Handgelenk schmückte und ließ sie dann los. Hob seinen Becher und nickte ihr zu, sie griff nach ihrem, und er hörte sie laut atmen. Zufrieden mit sich lehnte er sich zurück.

Als Gertrud den Raum betrat, sah sie die beiden im Gespräch. Das heißt, Anton sprach, und Margaretha nickte mit dem Kopf. Gertrud hätte es lieber gesehen, wenn die Freundin weniger oft mit dem Kopf genickt hätte. Zwar freute sie sich für Margaretha, aber ihrem Bruder hätte sie gewünscht, dass er sich mehr bemühen müsste.

»Margaretha hat mir versprochen, bei ihrem Vater ein gutes Wort für mich einzulegen«, erklärte Anton. Dabei schaute er Margaretha eindringlich an. Sie lief rot an. Gertrud seufzte. Jeder machte es ihm leicht, dachte sie, aber dann setzte sie sich und beglückwünschte die beiden.

»Aber es wird nicht leicht sein, Vater scheint andere Pläne für mich zu haben.« Margaretha ließ ihre Hände in den Schoß fallen. Hilfesuchend schaute sie Gertrud an, dann betrachtete sie angelegentlich die Maserung der Holzdielen.

»Wenn du damit eine Heirat mit Johann Stemmeler meinst«, ließ sich Anton nach einer Weile vernehmen, »dann kann ich dir versichern, dass dein Vater sich eines Besseren belehren lassen wird, wenn er erfährt, was Johann am Hof so treibt.«

Er genoss die Wirkung seiner Worte.

»Johann hat Protektion von oben. Von ganz oben. Und warum wohl? Weil er so schöne Haare hat? Jawohl, weil er so schöne Haare hat! Und sich ergeben zeigt! Sehr ergeben! Den Damen des Hofes gegenüber. Nur – wenn er nicht mehr der Liebling der Götter ist …«, Anton lachte auf, »der Göttinnen, sollte ich sagen, wird es auch mit seinem Glück vorbei sein.«

Margaretha und Gertrud schwiegen betreten.

»Woher weißt du das?« Gertrud erholte sich zuerst von ihrer Überraschung.

»Na, hör mal«, herrschte ihr Bruder sie an und rutschte unruhig auf seinem Stuhl hin und her. »Ganz Brühl redet davon.«

Gertrud runzelte die Stirn. »Ich habe noch nichts davon gehört. Komm, Margaretha«, sagte sie und zog die Freundin vom Stuhl hoch, »ich begleite dich nach Hause.«

Auch Anton war aufgestanden. Schnell griff er nach Margarethas Hand.

»Morgen Abend, hinter der zerfallenen Schäferhütte am Donnerbach«, raunte er ihr zu. Es steht ihr nicht schlecht, wenn sie errötet, grinste er in sich hinein. Ein Schäferstündchen in lauer Sommernacht! Sie sollte es nicht bereuen.

ZEHN

Das große Falknerfest fand am Tag der Sommersonnenwende statt. So hatte der Kurfürst es angeordnet. Bis in die Nacht hinein würde gegessen und getrunken werden, hatte Ignatius Johann verraten, und am nächsten Tag machten sich die Valkenswaarder dann auf zur Heimkehr nach Holland.

Johann klopfte das Herz bis zum Hals, dieser Tag würde, er spürte es, auch entscheidend für sein weiteres Leben sein. Als er am Morgen in die Küche trat, war noch niemand zum Frühstück erschienen. Nur Adelheid lief schon geschäftig hin und her, holte Brot, stellte Teller bereit.

»Sei so gut und nimm den Haferbrei vom Feuer«, bat sie Hennes, während sie dicke Laibe aus einem Korb holte und auf den Tisch legte.

»Was ist mit dir?«, fragte sie ihn und schenkte ihm heißen Kaffee in die Tasse, die er zwischen beiden Händen hielt.

»Ob Herings mich mitnimmt nach Valkenswaard?« Johann sprach so leise, dass Adelheid einen Moment glaubte, nicht richtig verstanden zu haben.

»Nach Valkenswaard?«

»Mmh!«

»Johann! Also, alles, was Recht ist! Du hast mehr erreicht als jeder andere hier, und jetzt träumst du schon wieder. Nein, das schlag dir aus dem Kopf! Wirklich!«

Adelheid schüttelte den Kopf und brummte unwirsch vor sich hin.

Bisher war alles gut gegangen. Catharina Smulders mochte den Jungen, Falkenmeister Herings lobte ihn über den grünen Klee, sein Vater hatte sich endlich beruhigt. Nicht zuletzt auch auf Grund ihrer mahnenden Worte, wie sie mit einer gewissen Selbstzufriedenheit vermerkte.

Aber Adelheid hatte auch Ignatius beobachtet, der von Woche zu Woche schweigsamer wurde. Sie hatte Catharina darauf angesprochen, aber diese hatte sie beschwichtigt.

»Du weißt doch, er redet ohnehin nicht viel. Denk an die Zeit nach dem Tod seines Vaters. Wie er sich damals zurückgezogen hat. Du machst dir umsonst Sorgen, die Anwesenheit von Johann tut ihm gut. Schau, er ist für ihn wie ein großer Bruder, und manchmal muss man sich an seinen größeren Brüdern eben reiben.«

Adelheid hatte genickt, aber Ignatius' Augen wurden immer dunkler und schmaler, und im Unterschied zu früher sah sie die beiden Burschen nur noch selten zusammenhocken.

»Johann«, sagte sie jetzt und setzte sich neben ihren Neffen an den Tisch. »Lass dir von einer alten Frau wie mir einen guten Rat geben. Wir mögen dich alle, du bist ein guter Falkenjunge, wie Herings sagt, aber maße dir keinen Platz an, der dir nicht zusteht. Sage nichts, frage nichts, halte dich in Gottes Namen zurück. Herings und Frau Smulders werden dir schon sagen, wie es weitergeht. Und nimm ein wenig Rücksicht auf Ignatius.«

»Ignatius?« Erstaunt schaute Johann sie an. »Was meinst du damit? Ignatius ist mein Freund. Er weiß doch, was ich mir wünsche, was soll er dagegen haben?«

Adelheid klopfte beschwichtigend Johanns Hand.

»Is' gut, Hennes, aber ich bitte dich, denke daran, was ich dir gesagt habe!«

Gegen Mittag trafen die Stadtmusikanten ein, acht Trompeter und Pauker, und schon bald schallte es über die weite Flur.

»Endlich!«, knurrten die Bauern, »endlich ist der Spuk vorbei. Die Felder haben sie uns zertrampelt, wenn sie hinter ihren Vögeln hergejagt sind, das Gras zertreten, rücksichtslos. Und wer bezahlt uns den Schaden?«

Die Kinder aber pirschten sich so nah wie möglich ans Schloss heran und versuchten, einen Blick von den Damen und Herren zu erhaschen, die nun nach und nach eintrafen.

»Schau, die schönen Kleider«, wisperte ein Mädchen.

»Und dort, die langen Tische, die vielen Schüsseln, und siehst du den Springbrunnen?«, tuschelten die anderen aufgeregt, bevor sie vor den herangaloppierenden Wächtern davonrannten.

Catharina Smulders schritt noch einmal die Tafeln entlang, rückte hier ein Messer zurecht, dort einen Löffel, einmal befahl sie der

Magd, die ihr folgte, ein Glas mit einem sauberen Tuch nachzureiben. Sonst aber war sie zufrieden. Das Küchenpersonal hatte sein Bestes gegeben, die Weine standen kühl, die Diener warteten in Reih und Glied und mit blank geputzten Livreeknöpfen auf die Gäste. Und immer wieder aufs Neue bewunderte Catharina die Künste der Konditoren.

Entzückt blieb sie vor der zierlichen weißen Zuckerfigur eines Falkoniers stehen, der gerade seinen kristallinen Falken abhaubte. Zu seinen Füßen lag ein Jagdhund, den grazilen Kopf seinem Herrn zugewandt. Ein ganzes Heer von Jägerfiguren in den Farben des Wittelsbacher Herrscherhauses hatten die Zuckerbäcker in den letzten Wochen als süßes Naschwerk geschaffen. Auf den langen Tischen war eine künstliche Auenlandschaft aufgebaut mit Bäumen aus grün eingefärbtem Zucker und bunten Blumenbeeten. In der Mitte des längsten Tisches prangte ein Springbrunnen, aus dem echtes Wasser in einen winzigen Bachlauf sprudelte, der am Tischende über ein blitzendes Rohr in eine eigens für diesen Zweck angelegte Blumenrabatte floss. Wilde Jagdszenen, aus Zucker geformt wie edles Porzellan, spielten sich unter den süßen Bäumen und zwischen den Lichtungen ab. Hier hatten zwei Falken einen Reiher zu Boden gezwungen, dort war ein Reiter vom Pferd gefallen. Die Beine streckte der Mann hilflos in die Luft, das Pferd schien davongaloppieren zu wollen. Catharina konnte ein Lachen nicht unterdrücken, es war eindeutig, dass die Zuckerbäcker den Kammerjunker Johannes von Karlsbach im Sinn hatten, als sie die Figur schufen. Wer den Schaden hat, braucht für den Spott nicht zu sorgen, dachte die Schlossverwalterin. Auch in den zuckrigen Liebespaaren, die sich zwischen Tellern und Gläsern verlustierten, war der eine oder andere Gast zu erkennen.

Sie schaute prüfend in den Himmel. Dicke Wolken hielten die Sonne bedeckt, aber nach Regen sah es nicht aus. Sie nickte beruhigt. Die großen Sonnenschirme konnten ungenutzt in der Scheune bleiben.

Der Klang des Horns verkündete das Ende der Beizsaison. Stolz machten die Falkenmeister Strecke. Mit insgesamt einhundertzweiunddreißig gefangenen Reihern und neun Milanen war die diesjährige Jagd nach einem schlechten Beginn doch noch überraschend erfolgreich verlaufen. Erfreut hieß der Kurfürst seinen Hofgürtler herantreten, der die Ringe mit den Initialen Seiner Durchlaucht gefertigt hatte. Eigenhändig beringte Clemens August den zuletzt gegriffenen Reiher, nahm vom Scheitel des Kopfes eine lange, dunkle Feder und entließ den Vogel in Freiheit. Unter den bewundernden Blicken der Ehrengäste, begleitet von Rufen des Entzückens und der Begeisterung, wurden danach die letzten Tiere, die sich bis zu diesem Tag noch in den Volieren befanden, beringt und dann eines nach dem anderen freigelassen. Mit majestätischem Flügelschlag gewannen sie rasch an Höhe, waren bald nur noch als graue Pfeile, dann als winzige Punkte im weißen Himmel zu erkennen. Bis sie vom menschlichen Auge nicht mehr wahrgenommen werden konnten. Da erst eröffnete der Kurfürst die Tafel.

»Dann können wir ja nun auch.« Übermütig stieß Johann Ignatius an, doch dieser reagierte nicht.

»He, was ist los? Hast du keinen Durst?«

Unwillig zuckte Ignatius mit dem Kopf und entwand sich Johann, der ihn mit zu den Falkenknechten ziehen wollte. Erst als auch Adrian Herings ihn am Arm packte, trottete er mit. Das Bier war kühl, er schüttete es die Kehle hinunter, ohne einmal den Becher abzusetzen. Sein Blick wurde stumpf, an die Stallwand gelehnt, hockte er auf der Erde und beteiligte sich nicht an der immer lauter werdenden Unterhaltung der Männer.

Den ganzen Abend über hielt Johann Ausschau nach Jakob Herings, aber der Falkenmeister war nirgends zu erblicken. Einmal drehte er sich um, er dachte, er hätte ihn in der Menge der Leute auftauchen sehen, aber es war Adrian, der ihn beobachtete. Mit finsterem Blick, wie es Johann vorkam. Er hatte den Zwischenfall damals bei der Jagd, sein Stolpern, den Sturz des Kammerjunkers von Karlsbach und die mühselige, wenn auch letztendlich erfolgreiche Suche nach der Prinzessin von Eisland nicht vergessen. Immer wieder hatte er danach versucht herauszufinden, ob Adrian wirklich plötzlich neben ihm aufgetaucht war und ihm etwas zwischen die Beine geworfen hatte, sodass er straucheln und fallen musste. Aber der Holländer schwieg sich aus, und Johann verspürte seitdem ein gewisses Unbehagen in seiner Gegenwart. Andererseits, Johann wusste, dass Adrians Vater ihm wohlgesinnt war. Gab es dann einen Grund, den Sohn zu fürchten?

Oder vielleicht gerade deswegen?

Was hatte Ignatius ihm immer wieder gesagt? Neid und Eifersucht herrsche unter den Falknern …

»Ignatius, es ist schon spät, meinst du, Herings kommt noch herüber, und ich kann ihn fragen, ob er mich morgen mitnimmt?« Johann hatte sich neben den Freund auf den Boden gesetzt und verfolgte das Treiben im Hof. Die Männer, die zum Rhythmus der Pauken und Trompeten zu stampfen anfingen, Adelheid in die Mitte schoben, die Mägde, ja sogar die Silberspülerinnen aus der Küche herbeiriefen. Sie wirbelten die Frauen im Kreise herum, lachten und sangen und immer wieder riefen sie sich gegenseitig zu, was sie alles machen würden, wenn sie nach so langer Zeit – *zaterdag avond* –endlich wieder zu Hause in Valkenswaard ihre Frau, ihr Liebchen im Arm hielten.

Da richtete Ignatius sich auf, schwankend postierte er sich vor Johann, der erstaunt an ihm hochsah. Aber noch bevor er begriff, wie ihm geschah, stürzte sich Ignatius auf ihn und trommelte mit beiden Fäusten auf seinen Kopf ein, auf die Schultern, landete einen Hieb vor die Brust, in den Bauch, schlug zu, wohin er gerade traf, hart, blindwütend, ziellos. Wie gelähmt verharrte Johann in seiner Stellung, zusammengekauert, nur die Arme hatte er instinktiv über den Kopf geworfen. In ihm arbeitete es fieberhaft: Was habe ich ihm getan, er ist doch mein Freund, was um Himmels willen ist passiert? Wieder glaubte er, kurz Adrian zu sehen, Adrian, dem ein hämisches Grinsen um die Lippen spielte. Aber vielleicht täuschte er sich auch.

Und dann fing Ignatius an zu schreien.

»Bekommst du nie genug? Musst du alles haben wollen? Wer, glaubst du, bist du eigentlich?«

Ein heftiger Schlag traf Johann zwischen die Rippen, er krümmte sich zusammen, ließ sich ganz auf den Boden fallen, drängte sich näher an die Stallwand, um dem anderen so wenig Angriffsfläche wie möglich zu bieten. Entkommen konnte er ihm nicht, denn Ignatius stand dicht über ihm mit gespreizten Beinen, wie der Schlachter es tut mit dem Vieh.

»Kommst hierher, ohne auch nur die geringste Ahnung von Falken zu haben, glaubst, in drei Monaten erreichen zu können, worauf andere seit Jahren warten.«

Und wieder ein Hieb, der die Niere traf.

»Alles, was du weißt, hast du von mir. Dabei bist du nichts. Ein Nichts bist du. Ein Nichts.«

»Was ist hier los?« Wie ein Donnerschlag fuhr Jakob Herings zwischen die Streithähne. Er riss Ignatius zur Seite, der das Gleichgewicht verlor und hart auf den Boden aufschlug. Johann rührte sich nicht, nur langsam zog er die Arme vom Kopf, blinzelte. Sah gerade noch, wie Adrian um die Ecke verschwand. Ein scharfer Schmerz durchzuckte ihn, er stöhnte.

Auch Adelheid war herangeeilt, ein paar Männer halfen ihr, die beiden angeschlagenen Jungen in die Küche zu bringen. Sie hieß eine der Mägde, Wasser warm zu machen, und schickte eine andere nach Spitzwegerichblättern. Noch war es hochsommerlich hell, das Mädchen würde genügend am Wegrand finden.

»Was habt ihr euch nur dabei gedacht?« Kopfschüttelnd wandte sie sich an Ignatius, der aber war auf der Bank zusammengesackt, der Kopf lag zwischen Tellern, Gläsern und Essensresten auf der Tischplatte. Hinter dem Ohr klaffte eine Wunde, aus der Blut tropfte. Sie war nur oberflächlich, wie Adelheid erleichtert feststellte.

Behutsam schob sie ihm ein sauberes Tuch unter den Kopf, dann machte sie sich daran, die Wunde auszuwaschen. Als das Mädchen mit dem Spitzwegerich zurückkam, schob sie sich zwei Blätter in den Mund, zerkaute sie etwas und drückte das frische Kraut in die offene Wunde. Mit einem kühlen Lappen deckte sie die Verletzung ab. Dann ließ sie Ignatius seinen Rausch ausschlafen und kümmerte sich um Johann. Ihn zu versorgen dauerte beträchtlich länger, aber er war ein geduldiger Patient und zog nur manchmal scharf die Luft durch die Zähne, wenn das Wasser in den Wunden brannte oder Adelheid eine blutunterlaufene Stelle unsanft berührte.

»Morgen wirst du am ganzen Körper blau und schwarz sein«, stellte sie nüchtern fest. Johann nickte nur.

»Aber du scheinst nichts gebrochen zu haben.« Vorsichtig betastete sie die Arme, das Schultergelenk, die Rippenbögen. Sie überlegte sich, ob sie etwas sagen sollte, aber Johann kam ihr zuvor.

»Nein, sag nichts, ich weiß, was du denkst.«

Als Jakob Herings seinen Kopf durch die Küchentür hereinstreckte, versuchte er zu lachen, aber das Gesicht tat ihm weh, so-dass es nur zu einem schiefen Grienen reichte.

»Worüber habt ihr euch nur gestritten, ausgerechnet ihr beide, die ihr doch sonst dicke Freunde seid? Ein Mädchen?«, neckte der Falkenmeister.

Johann schüttelte den Kopf.

»Nein.« Die Kinnladen taten ihm weh beim Sprechen. »Ich wollte mit euch mit nach Valkenswaard.« Das Reden bereitete ihm Mühe, er musste eine Pause machen. »Ich wollte das Falknerhandwerk richtig erlernen, ich dachte, ihr würdet mich vielleicht mitnehmen.«

Herings wartete, auch Catharina Smulders, die eben hereinkam, sagte nichts. Sie fuhr ihrem schlafenden Sohn einmal kurz durchs verschwitzte Haar, fast zärtlich, und erneuerte den Verband. Die Wunde blutete nicht mehr.

»Aber ich glaube, es ist noch zu früh«, ließ sich Johann wieder vernehmen. »Andere haben vielleicht größere Vorrechte als ich.«

Er schluckte und drehte seinen Kopf zur Wand, er wollte nicht, dass Jakob Herings sah, wie ihm Tränen in die Augen schossen.

Catharina Smulders zog sich einen Hocker heran. Der lange Tag hatte seinen Tribut gefordert, die Beine taten ihr weh, der Rücken schmerzte und vor allem die Hüfte machte sich bemerkbar. Es wurde von Woche zu Woche schlimmer, und die Arbeit ging ihr schwerer von der Hand, als sie es sich eingestehen wollte.

»Hennes«, sagte sie zu dem Jungen, den sie, wie sie sich überrascht eingestand, in den vergangenen Wochen lieb gewonnen hatte, »du musst den Tatsachen ins Auge schauen. Du bist erst seit kurzem in Jakob Herings Truppe, und du weißt selbst, dass er noch Männer daheim in Valkenswaard hat, die zu ihm gehören. Kontrakte zwischen Seiner Durchlaucht und der niederländischen Falknerei sind langfristig. Sie können nicht einfach von heute auf morgen auf den Kopf gestellt werden. Das musst du einsehen.«

Catharina Smulders sah Jakob Herings fragend an. Dieser nickte mit dem Kopf.

»Jakob Herings hat mir zugesagt, deinen Fall zu prüfen. In diesem Jahr kann er nichts für dich machen. Aber im kommenden Jahr sieht es gut aus, dann könnten du und Ignatius nach der Saison für einen Winter mit ihm mitziehen.«

Johann drehte sich um, ungläubig starrte er zuerst Frau Smulders an, dann Jakob Herings. Er versuchte, sich aufzusetzen, die Knochen taten ihm weh, aber er achtete nicht darauf.

»Und Ignatius könnte auch mitkommen? Wirklich?«

»Freu dich nicht zu früh!«, mahnte Herings. »Aber ich verspreche dir, dass ich tun werde, was in meiner Macht steht. Catharina Smulders möchte, dass du auch weiterhin für sie arbeitest. Vertrag dich also mit Ignatius wieder.«

Johann nickte, er suchte den Blick von Adelheid, die am Herd hantierte und ihm jetzt aufmunternd zublinzelte.

»Mach ich«, versprach er.

ELF

Am liebsten wäre er einfach liegen geblieben, aber die Abreise der Falkner ließ ihm keine Wahl. Ächzend kroch er aus dem Bett, alle Knochen taten ihm weh, sein ganzer Körper war übersät von blaugrünen Flecken. Mit Mühe schlüpfte er in Hemd und Hose und schlurfte hinüber in die Küche.

Ignatius saß bleich und übernächtigt am Tisch, teilnahmslos rührte er in einer Schüssel mit dampfender Haferschleimsuppe. Er schaute nicht auf, als Johann hereinkam. Für einen Augenblick blieb dieser stehen, unsicher, wie er sich verhalten sollte. Er schaute sich um, niemand sonst war zu sehen. Alles war wohl schon bei der Arbeit, obwohl es noch sehr früh war.

Johann ging zum Herd, um sich auch einen Teller Suppe zu holen, und setzte sich dann ans andere Ende des Tisches. Er aß schweigend, von Zeit zu Zeit linste er hinüber zu Ignatius, doch der andere hielt den Kopf gesenkt.

Als sein Teller leer war, schob er ihn zur Seite, das schabende Geräusch tat ihm in den Ohren weh. Er atmete tief.

Ignatius regte sich nicht.

Eine Fliege umkreiste laut summend die Haferbreireste und landete brummend auf dem Tellerrand. Johann ließ sie gewähren.

Er räusperte sich.

»Du hast mir eine Lehre erteilt, gestern Abend.«

Die Fliege stieg brummend auf, schoss auf Johann zu, der sie mit einer Handbewegung verscheuchte.

»Ich hab verstanden.«

Ignatius blieb stumm.

»Ich hab nicht gewusst, wie's in dir aussah.« Johann stand auf und trat ans Fenster. Fuhrwerke waren vorgefahren, Knechte und Mägde liefen hin und her, brachten Kisten und Kasten herbei, packten auf und wieder um. Adelheid kam mit Essenskörben angelaufen, die ersten Zugpferde wurden eingespannt.

»Ich wollte dir nicht wehtun, verzeih!«

Als er ein Geräusch hinter sich hörte, drehte er sich um. Ignatius war mit dem Arm gegen seinen Frühstücksteller gestoßen.

»Ich war so wütend auf dich«, murmelte er. Noch immer schaute er nicht auf. Sein Gesicht war von den herunterhängenden Haaren bedeckt.

»Ja«, Johann ging einen Schritt auf Ignatius zu. »Ich kann dich verstehen.«

»Ich wollte so sein wie du.« Jetzt hob Ignatius den Kopf, aber er vermied es, Johann anzuschauen.

Im Zickzackflug schnurrte die Fliege über den Tisch.

»Jakob Herings möchte uns beide nächstes Jahr nach Holland mitnehmen.« Johann setzte sich Ignatius gegenüber. »Dich und mich.«

»Mich auch?«

»Dich auch!«

Gemächlich wanderte die Fliege über ein Stück Brot.

Ignatius sah es, er fegte sie weg, riss sich vom Laib einen Kanten ab und steckte ihn in den Mund. Dann blickte er Johann an.

»Ich muss dich ganz schön verprügelt haben.«

Johann grinste schräg. Ignatius verzog das Gesicht.

Ein Poltern schreckte die beiden auf. Adelheid, einen Stoß Holz in beiden Armen, stieß die Tür auf und schlug sie mit dem Fuß hinter sich wieder zu. Neben der Feuerstelle ließ sie die Scheite in einen Korb fallen.

»Draußen werden noch ein paar Hände gebraucht«, sagte sie dann und wischte sich die Finger an ihrer Schürze ab.

»Wir gehn schon«, brummte Ignatius. Er stand auf, dann schaute er sich nach Johann um. »Sollen wir?« Johann nickte zustimmend.

Adelheid schaute den beiden durchs Fenster nach, wie sie nebeneinander über den Hof gingen und im gegenüberliegenden Falknergebäude verschwanden. Nach einer Weile kamen sie zurück, gemeinsam schleppten sie das Bett von Krähenmeister Goossens heraus und verluden es auf einem der Wagen. Sie lächelte. Dann zog sie sich einen Schemel an den Tisch und begann Zwiebeln zu schälen. Der scharfe Saft trieb ihr die Tränen in die Augen.

Dann war es so weit. Alles stand zur Abreise bereit. Man verabschiedete sich, tauschte letzte Grüße an die Familien aus. Kommt gut zurück! Hoffentlich kein Achsbruch! Das gute Wetter scheint sich zu halten! Jakob Herings schlug Ignatius und Johann auf die Schultern.

»Wir sehen uns nächstes Jahr wieder. Versprochen! Und streitet euch nicht wieder um kleine Mädchen!« Er lachte und knuffte die beiden vergnügt in den Arm. Johann und Ignatius lachten zurück, Johann mit zusammengebissenen Zähnen, denn der Schlag auf die Schulter brachte ihm alle seine blauen Flecken in schmerzhafte Erinnerung. Dann stieß er Ignatius an.

»Wo ist Adrian?«

Ignatius zuckte mit der Schulter. »Keine Ahnung.«

»Du und Adrian …?« Johann beendete den Satz nicht.

Ignatius antwortete nicht. Schweigend deutete er mit dem Kinn auf die Wagen, die jetzt aus dem Hof hinausfuhren. In einem sahen sie Adrian sitzen. Er starrte die beiden an, wie sie den anderen nachwinkten. Sein Gesicht war kalt und ausdruckslos.

»Einen Freund hast du nicht in Adrian«, bemerkte Ignatius.

»Du dürftest Recht haben«, erwiderte Johann. »Und du, bist du noch ein Freund?«

Ignatius zögerte mit der Antwort.

»Doch«, sagte er dann, »ich glaube, doch.«

Als nur noch eine Staubwolke über dem Weg lag, den Reiter und Wagen eingeschlagen hatten, schlossen Johann und Ignatius das schwere Eisengitter. Still lag der Hof in der Junisonne, die Falken, die zurückgelassen und Smulders zur Pflege anvertraut worden waren, hockten still auf den Reckstangen, nur manchmal klingelten leise die Bellen.

Jetzt ist alles vorbei, dachte Johann, ihm wurde es schwer ums Herz. Langsam schritt er an den Vögeln vorbei, vor einem Terzel blieb er stehen. Die Augen des Falken erinnerten ihn an den Grafen Brabant. Und an das Briefchen, das der kleine Will ihm fast zwei Wochen zuvor während der Fronleichnamsprozession zugesteckt hatte. Von Agnes, hatte er geflüstert und ihn mit verschwörerischen Augen angeschaut.

Er tastete in seiner Jackentasche, wo er das Billet aufgehoben hatte, und fühlte das harte Papier. Agnes.

»Findest du immer noch, ich sollte mich mit Agnes versöhnen?«, fragte er Ignatius. Sie hatten sich in den Schatten gesetzt, auf die Holzklötze am Hackplatz. Seine Stimme zitterte.

»Ich denke ja. Auch Cornelius hat dir neulich dazu geraten. Erinnerst du dich …?«

»Sie hat mir geschrieben.«

»Worauf wartest du dann?«

»Ignatius?«

»Was?«

»Denk ich wirklich nur an mich?«

»Hm, manchmal schon.«

»Ich befürchte, ich bin meinem Vater ähnlicher, als es mir lieb ist.«

Ignatius grinste. »Das kann schon sein, aber wenn du's selbst merkst, gibt's ja noch Hoffnung für dich.« Er schlug dem Freund so heftig auf die Schultern, dass dieser mit einem Schrei vom Baumstumpf fiel. Und dann stürzten sie übereinander her, boxten aufeinander ein, rauften, schrien und lachten, bis sie erschöpft nebeneinander auf dem Boden liegen blieben. Adelheid hörten sie erst, als sie ihnen einen Schwall Wasser über die erhitzten Köpfe schüttete.

»Rein mit euch, Mittagessen ist fertig. Zur Feier des Tages für jeden von euch ein fettes Stück Restebraten.«

ZWÖLF

Freitag, 24ta Junii
Es ist schon spät! Gerade haben die Glocken von St. Margare-
ta elf geschlagen.
Mir zittern die Hände, kaum, dass ich die Feder halten
kann. Johann war heute Abend hier!
War es sieben oder acht Uhr? Ich weiß es nicht, es war ja
noch hell draußen. Plötzlich kam Trudis zu mir, sie hatte ein so
schelmisches Gesicht, dass ich mich schon wunderte. Sie legte
ihren Finger auf den Mund, ganz still sollte ich sein, dann
packte sie meine Hand und zog mich mit, hinaus in den Hof,
durch unseren Garten hindurch, den Trampelpfad an der
Brombeerhecke entlang … und dort stand er! In einer Ecke.
Wusste nicht, wie er mich anschauen sollte. Und ich wusste
auch nicht, wohin mit meinen Augen. Trudis aber gab mir ei-
nen Schmatz auf die Backe und verschwand. Ließ mich ganz
allein mit ihm!
Zuerst sagte keiner ein Wort. Ich schaute auf den Boden,
die Sache mit dem Burbacher, an die ich nie mehr denken
wollte, kam mir hoch wie saure Milch. Mein Gesicht muss ge-
glüht haben, ich weiß nicht, ob er es gemerkt hat.
Gott sei Dank fing er dann zu reden an. Agnes, hat er ge-
sagt, ich möcht dich wieder sehn. Bitte, hat er gesagt. Ich habe
keinen Ton herausgekriegt, mir war die Kehle wie zuge-
schnürt. Alles ging mir durch den Kopf, der unglückselige
Fassnachtdienstag, seine Wutausbrüche, aber ich hab genickt.
Kann ich was dazu, dass ich ihn noch immer lieb habe?
Ich glaube, er hat auch gar nicht erwartet, dass ich was sa-
ge, und ich habe ihn einfach reden lassen. Es war so schön,
endlich seine Stimme wieder zu hören.
Maria, wenn du mir nur sagen könntest, ob das gut geht!
Ich kann heute nicht mehr weiterschreiben, es geht auf Mit-
ternacht zu. Ich bibbere vor Aufregung, mir ist so kalt, als ob
der Herbst schon da wäre. Nur eines noch, ganz schnell. Unse-

rer kleinen Maria geht es gut. Sie ist ein so liebes Ding. So wie du eines warst.

Sonntag in der Nacht
Maria, wenn du doch nur noch bei uns wärst! Dann könnte ich dir nun alles erzählen, ganz genau, wie es gewesen ist. Heute Nachmittag in der Senke, wo wir uns am Anfang immer getroffen haben. Ich könnte dir sagen, was er gesagt hat, was ich erwidert habe. Alles wollt ich dir erzählen. Und hören, was du dazu sagst. Ob ich ihm vertrauen kann oder nicht. Manchmal wird mein Herz ganz groß, und ich denke, er und kein anderer ist der Richtige. Dann wieder zieht sich alles in mir zusammen, der Mund wird trocken, die Kehle schnürt sich zu, und ich wünsche mich hinauf zu den Sternen, die dort droben stehen. Weit weg von ihm.

Wenn ich doch nur jemanden hätte, der mir raten könnte. Du hättest es getan, ich weiß. Trudis? Manchmal denke ich daran, aber ist sie nicht noch zu klein? Und wirklich antworten könnte sie mir ja auch nicht. Mutter? Nein, sie versteht mich sicher nicht. Nicht richtig. Obwohl sie in der letzten Zeit lange nicht mehr so streng ist wie früher. Und trotzdem – lieber nicht. Auch die Wittib Kemps ist schon alt, sie kann sich sicher nicht vorstellen, was in mir vorgeht.

Wenn ich eine Freundin hätte! Eine richtige, meine ich. Keine, die alles weitertratscht.

Da sitze ich und vergeude meine Zeit mit Lamentieren. Die Feder ist stumpf geworden und macht es nicht mehr lange. Und dabei habe ich dir noch kein Wort von heute Nachmittag erzählt.

Du kannst dir nicht vorstellen, wie lange ich vor der Truhe saß und überlegte, was ich anziehen soll. Dort im Schloss sind sie sicher alle wunderschön. Lisa musste mich natürlich stören, das kannst du dir ja denken. Hat sich Tücher umgehängt, ist mit meinen Stiefeln durchs Zimmer gewackelt, bis sie über die Schnürsenkel gestolpert ist. Stell dir vor, sie würde sich das Bein brechen, das fehlte noch! Ich wollte sie schon rausschmeißen, da kam Trudis und hat mit ihr Große Dame gespielt. Hat sie ganz fein gemacht, und Lisa hat ausnahmsweise ganz still gehalten und alles mit sich machen lassen. Ich weiß nicht, von woher die Trudis das hat, sie ist eine so gute Seele und verzaubert jeden.

Zuerst wollte ich den Sonntagshut aufsetzen und eine Reiherfeder ins Band stecken. Die allerkleinste, und die ist noch lang. Du hättest die Mädchen sehen sollen, wie sie die Augen aufgerissen haben vor lauter Staunen, als sie das Federbündel sahen. Sie haben mir versprechen müssen, dass sie mich nicht verraten. Auf Trudis kann ich mich verlassen. Aber Lisa? Ich weiß nicht. Eigentlich habe ich mir gut gefallen, die hellgraue Feder am dunkelblauen Hut. Ganz wie ein Fräulein aus Köln. Aber dann dachte ich, es ist zu auffallend. Das ziemt sich nicht. Ist vielleicht doch zu sehr herausgeputzt. Die alte Kribben würde sich das Maul zerreißen, wenn ich damit über den Markt laufe. Aber es sah wirklich fein aus!

Den Hut habe ich aufgesetzt, aber die Feder am Beutel am Gürtel befestigt. Dort sah man sie nicht so sehr, aber Hennes würde sie doch bemerken, und ich wüsste dann endlich, dass sie von ihm waren, die Federn. Ach, Maria, es kam mal wieder ganz anders, aber ich will der Reihe nach erzählen.

Denn stell dir vor, was dann passiert ist.

Ich war gerade in die Kölnstraße eingebogen, als der aufdringliche Puckel hinter mir auftauchte. Meinen Namen hat er gebrüllt, als ob sein Leben davon abhängen würde. Dann fing er an, um mich herumzuhopsen wie ein Tanzbär auf dem Jahrmarkt. Was ich für eine schöne Feder hätte! Eine Reiherfeder, eine Reiherfeder, hat er krakeelt. Dann grapschte er sogar danach. In Grund und Boden habe ich mich geschämt. Die Leute kamen aus den Häusern gerannt. Gelacht haben sie und mit den Fingern auf mich gezeigt. Und plötzlich war er mit einem Satz genau vor mir, sodass ich stehen bleiben musste. Gefallen dir meine Reiherfederchen, gefällt dir mein Geschenk, haspelte er. Ich glaubte, dass ich mich verhört habe. Aber nein! Genau so hat er es gesagt, immer wieder, immer wieder.

Ich hab ihn zur Seite geschubst, dass er fast hingefallen wäre. Gleich tat es mir wieder leid, dass ich ihn so derb angefasst habe. Aber warum tut er das? Maria, warum macht er mich

vor allen Leuten lächerlich? Ich hab ihm doch nie etwas ge-
tan! Und wieso behauptet er, dass die Reiherfedern ein Ge-
schenk von ihm seien?
Woher weiß er überhaupt, dass ich mehrere habe?

Das fällt mir jetzt erst auf: Gefallen dir meine Reiherfeder-
chen, hat er gesagt.
Sollte er wirklich …? Aber warum? Das Schlimme ist näm-
lich, Maria, die Reiherfedern waren tatsächlich nicht von Jo-
hann, aber das erzähle ich dir später. Es ist so viel geschehen,
dass ich nicht alles auf einmal schreiben kann. Ich sollte auch
längstens schlafen. Vater hat schon vor einer ganzen Weile den
Kopf zur Küchentür hereingesteckt und geschimpft, warum
ich noch so lange den Leuchter brennen lasse.
Aber eins musst du doch noch wissen.
Als der unselige Krüppel da vor mir stand und ich nirgend-
wohin ausweichen konnte, kam der Bonner Gerichtsschreiber
auf mich zu. Der Himmel muss mich erhört haben. Er sagte
irgendwas zum Puckel, was ich in der Aufregung nicht ver-
stand, dann machte der so einen Kratzfuß vor mir, dass ich
schon fast wieder lachen musste. Ja, und dann, ich kann es
nicht anders sagen, nahm mich der Schreiber am Arm, grüßte
hier, grüßte da, alle machten ihm Platz, und er geleitete mich
bis zum Kölntor. Ob es mir jetzt wieder besser ginge? Ich sei ja
wohl sehr erschrocken gewesen, als der Joseph da vor mir
stand. Joseph sagt er zu dem Puckel!
Doch, doch, es geht schon wieder, hab ich gesagt, und dass
ich gar nicht verstünde, was in den schwachköpfigen Kerl ge-
fahren sei. Aber der Schreiber hat gar nichts dazu gesagt, als
wenn es ihn nicht interessierte. Ob er mich noch weiter beglei-
ten solle, zu meiner Sicherheit, fragte er. Da bin ich natürlich
wieder rot geworden, du kannst es dir vorstellen, Maria. War-
um werde ich immer nur rot bei jeder dummen Gelegenheit!
Ich hab ihm höflich gedankt, ich hätte eine Verabredung. Es
ist mir einfach so rausgerutscht, und kaum hatte ich das gesagt,
habe ich mich schon geärgert. Was geht es ihn an, was ich
mache?
Aber er hat gar nichts darauf erwidert, nur: Wenn du etwas

brauchst, kannst du zu mir kommen. Das hat er schon einmal gesagt. Ob es ihm ernst damit ist? Er soll eine schöne Schrift haben, sagt der Apotheker. Und Bücher in einem Regal an der Wand, hat seine Wirtin erzählt. Sie muss es wissen, denn sie macht bei ihm sauber. Obwohl es nicht viel sauber zu machen gebe, sagt sie. Er sei sehr ordentlich. Ein seltsamer Mensch, sagt sie.

Jetzt ist die Feder gänzlich abgenutzt, es geht nicht mehr. Ich bin auch zu müde, um weiterzuschreiben, dabei ist mein Kopf voll mit tausend Gedanken.

DREIZEHN

Kerpen sah dem Mädchen nach, wie es eilig unterm Kölntor hindurchging und gleich darauf seinen Blicken entschwand.

Sie hatte eine Verabredung! Der zurückweisende Ton ihrer Stimme verletzte ihn, dann schalt er sich. Was hatte er denn erwartet? Er schüttelte den Kopf, als wollte er Fliegen fortjagen, und wandte sich zum Gehen. Der kleine Will hockte im Rinnstein und ließ Steinchen springen. Der Junge schien ihn beobachtet zu haben, Kerpen kam sich ertappt vor.

Woher hatte Agnes die Reiherfeder, die den Joseph derart in Erregung brachte, dass er das Mädchen belästigte? Eine Ungezogenheit, die sich der Bucklige bisher noch nie hatte zu Schulden kommen lassen. Kerpen fiel die Dienstanweisung des Kurfürsten ein, die jeder Untertan vom Obristhofmeister bis zum Tagelöhner im Kopf hatte: »Das Betreten und Durchfahren des Reihergeständs wird ohne Ausnahmen verboten.« Der Schutz der Vögel und ihrer Brutplätze war Clemens August eine Herzensangelegenheit, denn seine Falken sollten ausreichend Beute machen. Es konnte nicht angehen, dass hergelaufene Arbeiter und Bauern, alte Weiber und Kinder die Wälder nach Kräutern, Beeren und Brennholz durchforsteten und dabei die Vögel störten. Wer der Anordnung des Kurfürsten zuwiderhandelte, musste mit schwerer Strafe rechnen. Würde Joseph sich über diesen Befehl hinwegsetzen? Möglich, wahrscheinlicher aber war, dass die Reiherfeder aus Falkenlust stammte. Sie sahen sich also wieder, Agnes und der junge Stemmeler.

Wie in seiner Kindheit, wenn die Nachbarsburschen ihn zuerst neckten und dann lachend und lärmend davonliefen, fühlte er sich zurückgelassen und allein. Sein steifes Bein schmerzte, mühsam hinkte er über die holprige Straße zum Markt.

Aber wieso wusste Joseph von der Feder, wieso hatte er so siegessicher danach gegriffen, obwohl Agnes sie versteckt zwischen den Rockfalten trug? Ihm selbst wäre sie wahrscheinlich kaum aufgefallen.

Kerpen blieb stehen und überlegte. Immer, wenn es um diesen Johann Stemmeler ging, war auch der Puckel in der Nähe. Kerpen schämte sich, dass ihm der Schimpfname herausgerutscht war, den die Brühler dem armen Kerl hinterherriefen. Plötzlich verstand er sie. Joseph war überall, tauchte auf wie der leibhaftige Gottseibeiuns und verschwand wie ein Gespenst. Murmelte unverständliches Zeug und hatte ein Lachen, dass einem das Blut in den Adern gefror. Das Bild einer Kakerlake fiel ihm ein, erschrocken presste er die Lippen aufeinander. Was für ein Leben hätte ihn erwartet, wenn er statt eines steifen Beins einen Buckel gehabt hätte? Ihm wurde übel im Magen, er beeilte sich, zum Haus Zum Schwan zu kommen, wo ihn die sonntägliche Herrenrunde erwartete.

Als das Dienstmädchen ihn eintreten ließ und seinen Hut entgegennahm, fiel es ihm wieder ein. Die Nacht Ende Mai, als er Joseph auf dem Markt im Mondlicht hatte tanzen sehen. Mit Federn in den Händen. Was ging nur in dem Krüppel vor? War er harmlos, oder führte er etwas im Schilde?

Wie immer, wenn die Männer sich sonntags bei Cadusch trafen, drehte sich das Gespräch zunächst um Brühler Angelegenheiten.

»Und wie stellst du dir das vor, wenn kein Geld da ist?«, hörte Kerpen gerade den Bürgermeister zu Thenhoven sagen. Der Schulmeister hatte wieder sein Lieblingsthema vorgebracht. Kerpen unterstützte dessen Wunsch nach einem neuen Dach für die Schule, mussten doch seit einiger Zeit die Schüler sogar nach Hause geschickt werden, wenn es regnete. Hier und da ein paar Schüsseln oder einen Zuber aufstellen, wie Thenhoven es den letzten Winter über gemacht hatte, reichte nicht mehr aus. Auch die beiden Weisweilers pflichteten dem Lehrer bei. Aber die anderen sahen das undichte Schuldach nicht als die vordringlichste Aufgabe der Stadt.

»Wozu ein neues Dach für die Schule?«, polterte Jakob Stemmeler. »Haben unsere Bauern ein Dach überm Kopf, wenn sie auf dem Feld sind? Nein! Wohin kämen wir mit einer derartigen Verzärtelung der Jugend? Unnütze Esser, die nicht arbeiten können, hätten wir an unserer Brust genährt.«

Der Stadtmüller redete sich in Rage, bis Pfarrer Mauel ihn unterbrach.

»Dem Herrgott würde es wohl gefallen, wenn das linke Kirchenfenster erneuert würde. Der Wind bläst unangenehm herein während der Predigt. Ein Nachlass der Sündenstrafe wäre dem edlen Stifter gewiss.«

Cadusch, Kaufmann Heldt und der Apotheker nickten zustimmend. Kerpen seufzte und bedankte sich bei der Magd, die ihm einen Schoppen Rheinwein vorsetzte. Henrich Weisweiler prostete ihm zu, er zog dabei die Augenbrauen hoch, seine Augen blitzten verdächtig. Kerpen nickte, sie verstanden sich, doch selbst gemeinsam mit dem alten Weisweiler waren sie in der Minderheit und konnten der verschworenen Altherrengemeinschaft kein Paroli bieten.

»He, Bürgermeister, stimmt es, was die Weibsleute erzählen? Du willst deine Margaretha Johann Stemmeler zur Frau geben?« Heldt hatte genug von politischen Auseinandersetzungen, er fand es an der Zeit, zum gemütlichen Teil des Nachmittags überzugehen. Genussvoll ließ er sich das Glas nachschenken und griff zu den Schweinerippchen, die sich knusprig gebraten vor ihm auf einer großen Platte häuften.

Die Augen aller Anwesenden wanderten neugierig von Cadusch zum alten Stemmeler und wieder zurück. Beide schwiegen, aber ein verstohlenes Lächeln kräuselte ihre Lippen.

»Glückselige Jugendzeit«, murmelte der Pfarrer andächtig. Dann beugte er sich vor, um Jakob Stemmeler besser im Blick zu haben. Sein Ziel, ein neues Fenster für St. Margareta zu bekommen, rückte in greifbare Nähe. Eine solche Gelegenheit würde sich ihm nicht mehr so schnell bieten. Es würde ihm ein diebisches Vergnügen bereiten, den knauserigen Stadtmüller endlich einmal dranzukriegen.

»Wir sind im Gespräch«, verriet Cadusch endlich, und Kerpen, der bis dahin den Atem angehalten hatte, holte tief Luft. Wenn Johann Stemmeler und Margaretha …, überlegte er. Aber im gleichen Augenblick wusste er, dass er nichts damit gewonnen hätte. Im Gegenteil! Agnes dürfte nur noch verschlossener werden, wenn sie Johann ein zweites Mal und dann sicher für immer verlieren würde. Er dachte an das lustige Mädchen, das ihm damals, als er den Schwarzen Bären zum ersten Mal betreten hatte, aufgefallen war. Aber Agnes hatte ihre Fröhlichkeit verloren.

Ihre Seele hinkt, kam ihm in den Sinn. Er wollte, er könnte etwas tun, damit sie wieder glücklich würde. Ob er ihr etwas schenken sollte? Ein Bündelchen Schreibfedern, feines Papier, ein Band mit Gedichten? Erst neulich war sie ihm auf der Straße begegnet mit Schreibsachen in der Hand. Als er sie fragte, ob er sie begleiten dürfe, hatte sie abgewehrt. Das sei nicht nötig, sie wolle nicht weit, nur zur Wittib Kemps, mit der sie zusammen lese. Die Heilige Schrift, hatte sie schnell hinzugefügt und zu Boden geschaut. Er hatte genickt und ihr einen schönen Tag gewünscht. Ja, dachte er, er sollte ihr etwas schenken.

»Ich weiß, ich weiß …«, ließ sich in diesem Moment Hertmanni, der kurfürstliche Amtsverwalter, vernehmen, der sich bisher hauptsächlich der Schüssel mit dem gesottenen Hammel gewidmet hatte.

»… die Verbindung scheint von Vorteil zu sein, vor allem jetzt, wo dein Johann …« Hertmanni zeigte mit dem fetttriefenden Fleischstück auf den Stadtmüller. Seine Hand zitterte, trübe Tropfen von Soße drisselten in das Weinglas des Apothekers neben ihm.

»Dein Johann«, setzte er von neuem an, »widersetzt sich der Ordnung der Stände. Von mir aus. Wenn ihm Klugheit behilflich ist und das Glück hold, soll er den gesellschaftlichen Aufstieg verdienen. Wenn ihm der Weg nach oben aber nur geebnet wird durch eine gewisse Dame, in deren Gunst er angeblich steht, kann ich nur warnen: Das ist ein dünner Boden, auf den er sich begibt, und der Fall tief und schmerzlich.«

Als der Stadtmüller aufbrauste und auch die anderen Herren anfingen, erregt durcheinander zu reden, hob Hertmanni beschwichtigend die Hände.

»Meine Herren, ich bitte Sie, Sie kennen mich, es liegt mir fern, Johanns Verhalten zu missbilligen. Wenn sich uns in jungen Jahren eine solche Gelegenheit geboten hätte, hätten wir sie sicher auch ergriffen.« Hertmanni meckerte wie eine Ziege. Dann schlug er sich auf den Mund, strich sich durch seinen spärlichen Bart und fuhr in seinem Vortrag fort:

»Ein Jüngling in Johanns Alter muss das Leben kennenlernen. Ohne Zweifel. Auch ich bin dafür. Nur eines, Bürgermeister, möchte ich zu Bedenken geben. Einem Herrn aus der Stadt mag man kleine Ausrutscher verzeihen und ihn weiterempfehlen, um ihn loszuwerden. Einen Müllerssohn, und ich bitte dich um Verzeihung, Jakob Stemmeler, lässt man fallen, wenn man seiner überdrüssig ist. Ihr solltet das bei der Verbindung eurer Kinder berücksichtigen.«

Hertmanni räusperte sich und beäugte die Schüssel mit dem Hammelfleisch. Aber noch bevor er erneut zugreifen konnte, stand Jakob Stemmeler neben ihm und zerrte ihn von seinem Stuhl hoch.

»Was unterstehst du dich, so von meinem Sohn zu reden! Wer hat dir eine solche Lüge aufgetischt … hat er es dir etwa selbst erzählt … wer …?«

Der Apotheker hielt den wütenden Stadtmüller am Arm fest. Laut japsend blickte er in der Runde herum, bis Kerpen und Henrich Weisweiler dem schmächtigen Mann zu Hilfe geeilt kamen. Cadusch war bleich geworden, auch den anderen Herren hatte es den Atem verschlagen. Dann aber brach wie auf ein Zeichen ein Gebrüll los, dass das Dienstmädchen, das draußen vor der Tür gelauscht hatte, erschrocken den Kopf einzog und in die Küche rannte.

Jeder wollte den anderen übertönen, hatte ganz anders über die Sache reden gehört, glaubte es besser zu wissen. Nur Kerpen blieb schweigsam.

»Wir werden die Sache prüfen.« Cadusch sprach ein Machtwort. Es gefiel ihm nicht, welche Wendung das Gespräch genommen hatte. Er beugte sich zu dem Müller hinüber. »Wir werden uns handelseinig werden, nicht wahr, Stemmeler? Aber natürlich hast du Recht, Hertmanni, einen Heuchler und Schmeichler als Schwiegersohn, einen, der sich seinen Posten durch Antichambrieren ergaunert hat, will ich nicht hinnehmen. Für meine Tochter muss es ein Mann sein, der etwas leisten kann, der es mir gleich tut im Leben. Aber ich geb's zu, einen künftigen Falkenmeister sähe ich gern in meiner Familie.«

Von Caduschs Sonntagsstammtisch war Kerpen sofort nach Hause gegangen. Henrich Weisweilers Einladung, wie gewöhnlich zum Abendessen vorbeizuschauen, hatte er dankend abgelehnt.

»Ist alles in Ordnung?«

Kerpen nickte. »Ich habe heute keinen Hunger. Grüß deine Frau, sie soll es mir nicht verübeln.«

Dann saß er noch lange am Tisch in der Stube, und selbst als es dunkel wurde, stand er nicht auf, um eine Kerze anzuzünden. In seinem Kopf jagten sich die Gedanken.

Sollte er in den Chor derer einstimmen, die Johann Stemmeler für einen hemmungslosen Emporkömmling hielten, ganz abgesehen davon, dass er sich fragte, ob die Gerüchte stimmten? Was hätte er davon? Die Ehe mit Caduschs Margaretha würde in diesem Fall wahrscheinlich nicht zustande kommen, aber auch Agnes würde sich, zutiefst verletzt, zurückziehen. Von Johann, aber auch von ihm, weil er sich gegen Johann gestellt hätte.

Setzte er sich hingegen für Johanns guten Ruf ein, könnte er vielleicht Agnes' Vertrauen gewinnen. Aber dann käme es auch zur geplanten Verbindung der Familien Cadusch und Stemmeler. Und Agnes hätte wieder das Nachsehen.

Kerpen war nüchtern genug, sich nichts vorzumachen. Auf welche Seite er sich auch stellte, er würde immer der Verlierer sein. Es gab kein einziges Anzeichen dafür, dass Agnes auch nur die geringste Zuneigung zu ihm hegte.

Warum er dennoch ein paar Schreibfedern aus der Schublade zog und einen Stapel Papier, begriff er selbst nicht. Im Dunkeln suchte er nach einer Kordel, band Federn und Papier zusammen und schob das Päckchen zu den Kleidern, die er sich für morgen herausgelegt hatte.

VIERZEHN

Dienstag, Junius, den 28ten
Ein wunderschöner Tag, nicht die kleinste Wolke am Himmel.
Wie die Vögel zwitschern! Ich wollte, ich könnte sie alle beim
Namen nennen. Ja, vielleicht, wenn ich länger zur Schule hät-
te gehen können. Wenn Vater nicht Gastwirt in Brühl wäre,
sondern ein vornehmer Notar in Köln ...! Dort gehen viel
mehr Mädchen zur Schule, sagt die Wittib Kemps. Sie kennt
die Namen der Vögel auch nicht.
Mutter hat mir ein paar Stunden frei gegeben. Trudis sollte
ich mitnehmen. Vor allen Blicken versteckt, sitzen wir nun in
der Senke der Schwarzen Frau, wo Johann und ich uns am
Sonntag getroffen haben. Ich habe schon lange keine Angst
mehr vor der Hexe, Johann hat Recht, nicht alle Geschichten,
die die Alten erzählen, stimmen.
Trudis hat große Augen gemacht, als ich ihr den Platz im
Gebüsch gezeigt habe. Dann hat sie die Strümpfe ausgezogen
und sich ins warme Gras geworfen, ganz still liegt sie jetzt da,
das Gesicht zur Sonne, ihre Lippen bewegen sich. Keine Wor-
te kommen, aber ich weiß, sie singt.
Zuerst habe ich mich geschämt, vor Trudis' Augen das
Schreibzeug unter meinem Rock hervorzukramen. Habe ich
doch immer nur geschrieben, wenn ich ganz alleine war. Aber
Trudis ist nicht Lisa, sie versteht.
Ich wollte, ich könnte so schnell schreiben, wie mir die Ge-
danken in den Kopf kommen. Wie seltsam – ich denke tausend
Dinge gleichzeitig. Ich sehe sie alle vor mir, springe von einem
zum anderen, nein, das stimmt nicht – ich denke wirklich alles
gleichzeitig – zur selben Zeit. Und die Gedanken verheddern
sich nicht! Aber wenn ich den Gedankenknäuel niederschrei-
ben möchte, kann ich nur einen einzigen Gedanken wiederge-
ben. Alle anderen müssen warten. Doch ich will sie nicht war-
ten lassen, vielleicht verfliegen sie dann, vielleicht kann ich sie
dann nicht mehr in Worten ausdrücken, wenn ich sie in den

Hintergrund dränge. Ob mein Kopf so viele Gedanken fassen kann, weil er schneller ist als meine Hand? Weil er nicht einzelne Wörter formen muss mit unzähligen Buchstaben? Liegen Gedanken wie Bilder im Kopf, die man alle auf einmal sehen kann, wie die Bilder, die die herumziehenden Bänkelsänger hochziehen, wenn sie ihre schaurigen Lieder singen? Wir sehen sie alle auf einmal, nur wenn ich möchte, kann ich mir eins nach dem anderen anschauen.

Es wäre lustig, wenn jeder Finger meiner Hand gleichzeitig einen anderen Gedanken aufschreiben könnte. In fünf verschiedenen Reihen. Dann müsste ich nicht Angst haben, dass mir die Gedanken davonlaufen wie scheues Wild.

Am Sonntag war das Wetter genau so schön wie heute. Johann war schon hier, als ich kam. Er hat mich in den Arm genommen, als ob nie etwas Böses zwischen uns gewesen wäre. Ich kann es noch immer nicht glauben, wie einfach es war. Wir haben geredet und geredet. Er hat mir alles erzählt von den Falken, und wie er bei den Jagden dabei war. Und von Ignatius. Und ich wollte meinen ganzen Mut zusammennehmen und ihm auch alles erzählen, was geschehen ist seit damals, wo ich vor Kummer und Scham im Bett lag und ihn nicht sehen wollte. Dann wäre mein Herz endlich leicht, dann könnte ich wieder lachen mit ihm, ihm durchs Haar fahren, meinen Kopf auf seine Schultern legen. Ich wollte ihm erzählen, wie es wirklich in Köln war mit dem Burbacher, und er würde mir verzeihen. Denn er liebt mich noch immer, hat er gesagt.

Maria, glaub mir, ich hatte die Reiherfeder schon ganz vergessen, als er sie plötzlich zwischen den Rockfalten blitzen sah. Aber wenn du nun denkst, er hätte sich darüber gefreut, dass mir sein Geschenk so gut gefallen hat, dann täuschst du dich. Aufgebraust ist er wie damals mit der Rose. Wer mir die Feder gegeben hat, wollte er wissen, und er begann ein hochnotpeinliches Verhör, als stünde ich vor einem Richter. Aber dieses Mal war ich klüger als damals auf dem Eis. Niemand hat sie mir geschenkt, habe ich behauptet, es war mir ja nun klar, dass er es nicht gewesen war. Ich habe sie neulich einem fahrenden Händler abgekauft, habe ich gesagt, und die Lüge ist mir so leicht über die Lippen gekommen, dass es mich doch erschreckt. Ich hätte mir gedacht, er würde sich darüber freuen, denn die Feder erinnere mich jeden Tag an ihn. Habe ich gesagt und bin nur ein ganz klein bisschen rot geworden. Tante Lena würde vielleicht sagen, dass man Männer belügen muss, damit sie lieb sind.

Und tatsächlich, ganz lieb war er danach. Hat mich auf die Augen geküsst, hat gesagt, er meint es nicht so. Hat gesagt, dass er eben so eifersüchtig ist, weil er mich so gern hat. Und dass mir kein anderer schöne Äuglein machen darf.

Aber ich bin nicht glücklich darüber. Ich bin traurig. Er hat sich nicht geändert. Nie werde ich ihm erzählen können, was mir auf der Seele lastet. Immer werde ich mit dieser Schuld vor ihm stehen und kann nicht ehrlich sein. Er ist lieb, wenn ich ihn anlüge. Wenn ich die Wahrheit sage, versteht er mich nicht. Ist das der Grund, warum sich die Schmittens von gegenüber ständig streiten und der Bäcker seit langem schon kein Wort mehr mit seiner Frau spricht? Warum sie nicht noch einmal geheiratet hat, habe ich die Wittib Kemps einmal gefragt. Mein Mann, Gott hab ihn selig, hat sie gesagt, war ein wundervoller Mannskerl, und unser Herr im Himmel hat ihn zur rechten Zeit zu sich gerufen. Gerade, als ich anfing, seine schlechten Seiten zu bemerken. Einmal habe ich die süße Frucht der Liebe gekostet, ein zweites Mal wollte ich es nicht wagen, Äpfel können innen faul sein. So hat die Wittib Kemps gesagt. Damals habe ich nur ungläubig gelacht. Heute weiß ich, was sie meint.

Und dann sagte er mir, was überall erzählt wird und ich nicht glauben wollte. Er soll Caduschs Margaretha heiraten! So will es sein Vater.

Was habe ich getan, Maria, dass Gott mir kein Glück gewährt? Verzeih, ich weiß, man darf so nicht reden. Aber was hat Er vor, dass Er mir solche Prüfungen auferlegt? Wofür will Er mich strafen? Ehre ich nicht Vater und Mutter, liebe ich nicht meine Geschwister? Ich verspreche auch, in Zukunft geduldiger mit Lisa zu sein. Bestimmt.

Trudis hat sich neben mich gesetzt, ich zeige ihr, wie ihr Name geschrieben wird. Sie will es auch probieren. Zuerst zögere ich, die Federn sind kostbar, und das Papier, auf dem ich schreibe, fein und glatt wie polierter Stein. Ich hab's dir ja gesagt, Maria, die Gedanken sind alle gleichzeitig im Kopf, aber ich kann sie dir nicht gleichzeitig erzählen. Noch bin ich mit Johann nicht fertig, da muss ich dir von Kerpen erzählen, von dem Gerichtsschreiber, der mir dieses Papier und die Federn geschenkt hat. Ja, wirklich. Und Trudis solltest du sehen, wie sie jetzt neben mir im Gras kniet, das Blatt Papier auf einem Baumstumpf, und ein T nach dem anderen kritzelt. Vor lauter Anstrengung beißt sie sich fast die Zunge ab, aber sie will gar nicht mehr aufhören.

Kerpen hat mich gestern Morgen auf dem Markt angesprochen, ob ich Zeit habe und ihn in die Amtsstube begleiten könne, er wolle mir etwas geben. Ich blieb unter der Türe stehen, wollte nicht eintreten, nach der hellen Sonne draußen wirkte der Raum so bedrohlich düster. Kurz darauf kam er wieder heraus mit einem Packen Papier und Federn in der Hand. Ich dachte, du kannst sie vielleicht gebrauchen, sagte er. Ich war so überrascht, dass ich keine Worte fand. Ich spürte sofort, wie fein das Papier war, nicht wie die dicken Bögen bei Kaufmann Heldt, wo es Löcher gibt, wenn man die Holzstückchen herauspult. Die Federn habe ich dir schon gespitzt, sagte er noch, und ich bin sicher, er wartete auf eine Antwort. Aber ich bekam kein Wort heraus, knickste nur. Er muss mir hinterhergeschaut haben, wie ich davonging. Ich hab seine Augen im Rücken gespürt, wie Feuer hat es gebrannt. Und natürlich hat die alte Kribben alles gesehen! Das neugierige Weib. Wenn sie sich doch nur einmal den Mund verbrennen würde! Ich hab mich aber doch gefreut über das Geschenk von Kerpen. Ich werde mich bei ihm bedanken müssen. Es war unhöflich, einfach so davonzulaufen.

Noch immer verstehe ich nicht, wer mir die Reiherfedern ans Fenster gesteckt hat. Etwa doch der Schwachkopf von Puckel? Das darf nicht wahr sein! Mir wird unheimlich bei dem Gedanken. Wenn ich nur mit jemandem darüber reden könnte, der mir rät, was ich tun soll. Mit Johann? Der würde mir nicht glauben. Würde mich nur auslachen oder mich sofort wieder verdächtigen, mit einem anderen Mann schön zu tun.

Vielleicht ist die Senke hier doch verhext. Ich habe das Gefühl, der Boden schwankt unter meinen Füßen. Nur Trudis schreibt aufmerksam Buchstaben für Buchstaben. Zweimal hat sie schon ihren ganzen Namen geschafft. Vor Aufregung muss ihr ganz warm geworden sein. Die Bluse hat sie sich ausgezogen, nur mit dem Hemdchen bekleidet sitzt sie in der prallen Sonne, die Stirn fast auf dem Papier. Mir aber ist kalt. Alle meine Träume zerplatzt. Johann hat mir das Versprechen abgenommen, ihn nächsten Sonntag nach der Messe wieder hier zu treffen. Doch wozu soll es gut sein, wenn er Caduschs Margaretha zur Frau nehmen muss? Er will sie nicht, sagt er, aber was heißt das schon? Cadusch ist nicht irgendwer, und den Zorn seines Vaters hat Hennes kennengelernt. Ob er es ein zweites Mal wagen wird, sich ihm zu widersetzen?

FÜNFZEHN

Seit Wochen ging das nun schon so. Kaum hatte die Magd die Schüsseln und Teller vom Abendbrottisch abgedeckt und in die Küche gebracht, erhob sich Margaretha.

»Das Kopfweh will und will nicht vergehen«, murmelte sie. »Es muss an der Hitze liegen. Auch Eleonore Kribben sagt es.« Margaretha hielt sich mit beiden Mittelfingern die Schläfen. »Die staubige Luft in der Stadt ist nicht gut, sagt sie. Kühle Tücher in den Nacken und feuchte Bachluft am Abend sollen helfen.«

Leise stöhnend verließ sie das Esszimmer und stieg langsam die Treppe ins obere Stockwerk hinauf. Anna Maria Marcelli schaute ihr besorgt nach. »Geh und hilf ihr«, bat sie ihre jüngere Tochter und schickte diese Margaretha hinterher.

»Das gefällt mir nicht«, sie wandte sich an ihren Mann, der sich in einen tiefen Ledersessel in der Fensternische zurückgezogen hatte und genussvoll an seiner Pfeife zog. »Margaretha hat noch nie über so heftige Kopfschmerzen geklagt.«

»Wiever …«, knurrte Cadusch. Er stieß den Rauch aus dem Mund, der in dicken Kringeln langsam zur Decke aufstieg.

»Margaretha hat Bedenken gegen die Verbindung mit Johann Stemmeler.«

»Bedenken? Margaretha hat Bedenken gegen Stemmelers Johann?« Cadusch lachte höhnisch auf. »Ich glaube nicht, dass sie sich Bedenken erlauben kann in ihrem Alter.« Er schaute seine Frau um Zustimmung heischend an.

»Du hast Recht. Aber das Gerede über Johann nimmt zu. Hertmannis Frau grüßt mich kaum noch, und die Palmersdorferin hat sich neulich in der Messe zwei Bänke hinter mich gesetzt, wo sie doch sonst keine Gelegenheit auslässt, mit mir vertraut zu tun. Cadusch, du solltest das Verlöbnis voranbringen. Dann wird der Junge schon zur Raison kommen und aufhören, Kapriolen zu schneiden. Wenn erst mal Fakten geschaffen sind, werden die Leute den Mund halten. Und auch Margaretha wird sich dreinfinden.«

»Ich würde gerne, aber du kennst den alten Stemmeler, er ist ein

Dickschädel, und mit ihm zu verhandeln ist nicht einfach. Die Morgengabe ist ihm nicht üppig genug. Wenn Johann erst einmal Falkenmeister ist, und heute zweifelt der Alte nicht mehr daran, dass sein Sohn es einmal dazu bringen wird …«, Cadusch lachte höhnisch auf, aber Anna Maria Marcelli hörte sehr wohl den bitteren Unterton, den ihr Mann im Spott zu verbergen suchte. Cadusch biss heftig auf das Mundstück seiner Pfeife, dann nahm er den Faden wieder auf.

»Was ich sagen wollte: Der Alte glaubt, sein Sohn habe als Falkner einen größeren Wert als das Erbe, das wir Margaretha mitgeben. Was er tatsächlich will, ist mehr Geld für sich, um seine eigenen Pläne durchsetzen zu können.«

Als Cadusch den fragenden Blick seiner Frau sah, schüttelte er unwirsch den Kopf. »Das verstehst du nicht. Stemmeler und ich, wir werden beide in Essers Grundstück und in den Abbau von Brandturff investieren. Salentin Heldt kümmert sich um den Verkauf. Wir haben lange mit Mauel über das Ganze gesprochen. Er rät uns dazu, und ich setze auf seine Erfahrung.«

Cadusch tätschelte seiner Frau beruhigend die Hand. »Mach dir keine Sorgen. Stemmeler ist zwar ein harter Brocken und darauf erpicht, sich die saftigsten Rosinen aus dem Kuchen zu picken. Aber ich bin noch immer mit dem Müller fertig geworden, im Grunde verstehen wir uns gut. Vergiss nicht, Stemmeler will noch einmal Bürgermeister werden, zum fünften Mal dann schon. Aber ohne meine Unterstützung wird ihm das nicht gelingen. Also …« Wieder tätschelte der Baumeister die Hand seiner Frau, sein Blick verlor sich gedankenvoll in der Ferne.

»Ein bisschen Zeit musst du uns noch lassen, aber wir werden uns einigen. Ich dachte, der erste Advent wäre ein guter Tag für ein Verlöbnis. Was meinst du?« Cadusch kannte die Freude seiner Frau an großen Festen, und tatsächlich blitzten ihre Augen bei diesen Worten auf. »Vielleicht könnten wir Anna Marias Verlobung mit Conrad Noisten nach hinten verschieben und so für beide Mädchen zusammen ein großes Fest zu Beginn der Weihnachtszeit geben.«

»Ich werde Margaretha ein wenig begleiten.« Anna Maria steckte den Kopf zur Türe herein, wartete die Antwort der Eltern aber nicht ab, sondern zog eiligst die Türe wieder zu. Gleich darauf sah Anna Maria Marcelli die beiden Mädchen auf die Straße treten, die jüngere hatte sich ein hellblaues Tuch um die Schultern geworfen, Margaretha trug ein dunkles Linnen und hielt es mit beiden Händen fest am Hals. Einen Augenblick zögerten die beiden, es sah aus, als ob sie sich beratschlagten, dann wandten sie sich nach rechts, bekreuzigten sich vor der Statue des heiligen Franziskus gegenüber an der Klostermauer, in der Uhlstraße entschwanden sie ihrem Blick.

»Meinst du nicht, dass du etwas übertreibst mit deinen Kopfschmerzen?«

Anna Maria bemühte sich, mit ihrer Schwester Schritt zu halten, die jetzt eilig einen schmalen Fußweg einschlug. Er schlängelte sich an niedrigen Häusern und Gemüsegärten vorbei und traf kurz vor dem Steinweg auf den Wall. Margaretha ging nicht auf die Frage ein.

»Warte auf mich in der Kirche!«, versetzte sie, als sie hinter ein paar baufälligen Schuppen angelangt waren. Sie spähte nach allen Seiten, um sicher zu sein, dass sie nicht beobachtet wurde, dann rutschte sie die Böschung hinunter und huschte durchs Gebüsch, am Donnerbach entlang. Atemlos erreichte sie die alte Schäferhütte und sank ins hohe Gras. Ihr Herz klopfte ihr bis zum Hals. Seit Wochen ging das nun schon so.

Dann hörte sie ein leises Knacken, sie hielt den Atem an und duckte sich tiefer in den Schatten der Hüttenwand.

»Mein Täubchen«, gurrte Anton und ließ sich neben sie zu Boden fallen. Geschickt glitten seine beiden Hände unter ihre Röcke, sein Gesicht näherte sich dem ihren, ihre Brust hob sich. Er entsann sich des Lavendeldufts von Madame de Lavalières weißem Hals, doch da streckte sich Caduschs Tochter schon mit einem leisen Seufzer aus, das Schultertuch fiel zur Seite, und während er noch an ihren Knöpfen und Kleiderschnüren nestelte, dachte er bei sich, dass sie so schlecht nicht war. Gierig vergrub er sich in sie, wühlte sich in ihre Haare, überließ sich ihren Küssen, bis er endlich von ihr lassen konnte und mit einem Rülpser zur Seite rollte. Er schloss die Augen und vermied sie anzuschauen. Er mochte sie nie anschauen, wenn sie danach neben ihm im Gras lag, mit verrutschtem Mieder, aufgelösten Locken, dem Unterkleid, das um die Knöchel hing. Wie eine gerupfte Gans, dachte er, aber ich darf nicht wählerisch sein. Du willst etwas, und das Bett, in das du hoffentlich endlich fällst, ist so hart nicht. Dann schlief er für gewöhnlich ein und schreckte erst wieder hoch, wenn sie ihn anstupste und »es ist spät, ich muss gehen …« flüsterte.

Doch an diesem Abend verkniff er sich den kurzen Schlaf.

»Hast du endlich mit deinem Vater gesprochen?«

Er blickte den Schwalben nach, die unermüdlich über die Wiese schossen. Es war Zeit, dass es endlich regnete. Die Gerüchte um Margarethas Heirat mit Johann verdichteten sich.

»Margaretha«, Anton setzte sich auf und lehnte sich an die morsche Wand der Hütte. »Hast du mit deinem Vater gesprochen?«

»Ja, doch.«

Margaretha stand auf und schüttelte die Kleidung aus.

»Und, was hat er gesagt?«

»Klopf mir das Gras vom Rücken und schau, dass nichts in den Haaren steckt!«

»Wie lange muss ich noch warten, bis ich bei deinem Vater vorsprechen kann?«

Das Mädchen zog sich die Strümpfe hoch und fuhr sich mit einem groben Kamm durch die Locken.

»Geht es so?«, fragte sie Anton

»Herrgott noch mal, hörst du nicht, was ich dich frage, wie lange soll das noch so gehen?«

»Anton«, die Stimme von Margaretha wurde sanft. »Glaub mir, ich versuche es jeden Tag. Aber er ist nicht immer gleich gelaunt. An manchen Tagen ist gar nicht gut Kirschen essen mit ihm. Es gilt, den richtigen Zeitpunkt abzuwarten.«

Margaretha griff nach Antons Hand, aber er entzog sie ihr.

»Das sind doch alles die Machenschaften des alten Stemmeler! Gib doch zu, dass du dich jetzt auch schon von seinem Gerede blenden lässt, von der Aussicht, der junge Stemmeler würde Falkenmeister werden. Ich glaube gar, du nimmst den Kerl noch in Schutz.«

Margaretha empörte sich. »Ich bin die Erste, die möchte, dass wir uns endlich verloben können, du und ich. Anton, bitte, glaube mir, dass ich alles versucht habe, aber mein Vater hat sich den Stemmeler in den Kopf gesetzt, und meine Mutter steht hinter ihm.«

»Warum begreift dein Vater nicht endlich, dass sich der Kerl bei Hof nur eingeschmeichelt hat, dass eines Tages das ganze Spiel aus sein wird! Dann wird das Kartenhaus zusammenbrechen, dein Vater und du, ihr habt dann gar nichts mehr. Deine Aussteuer wird in die heruntergekommenen Mühlen gesteckt. Stemmeler ist am Ende, wusstest du das nicht? Stemmeler läuft wie ein aufgeplusterter Hahn herum, aber er hat kein Geld mehr. Das musst du deinem Vater sagen!«

Margaretha starrte Anton mit aufgerissenen Augen an.

»Woher weißt du das?«, flüsterte sie.

»Woher ich das weiß? Woher ich das weiß? Das ist jetzt unwichtig. Entscheidend ist, dass es so ist!« Anton packte Margaretha bei der Schulter.

»Dein Erbe, ich weiß nicht, auf wie viel es sich beläuft ...«, Anton senkte lauernd die Stimme, »dein Erbe wird in dieser Ehe verschwinden wie in einem Fass ohne Boden.«

Margaretha war bleich geworden.

»Anton, bitte, gib mir noch etwas Zeit. Erst gestern hat Vater beim Essen seinen Unmut über Johanns Verhalten geäußert. Das Gerede in der Stadt missfällt auch ihm. Warte noch ein Weilchen, wenn der richtige Zeitpunkt gekommen ist, werde ich mit ihm reden. Vater ist zwar kein Kaufmann, aber er hat Sinn für Geld, ich weiß es. Er wird schon merken, dass deine Pläne mit der Pferdezucht auf Dauer gewinnbringender sein werden.«

Sie schaute Anton bittend an.

»Komm, setz dich noch einmal zu mir!«

Widerwillig ließ er sich neben ihr nieder und erlaubte ihr, ihren Arm unter seinen zu schieben.

»Ist ja gut, verzeih, wenn ich ungeduldig war. Ich liebe dich eben, und ich kann diese Heimlichkeiten nicht länger ertragen. Je eher wir heiraten, desto besser wird es sein für uns.«

Margaretha errötete. Sie küsste Anton aufs Ohr.

»Sobald Marias Verlobung mit Conrad Noisten vorüber ist, wird er besserer Laune sein. Dann hat er eine Sorge weniger, und ich kann mit ihm reden. Lass uns bis dahin noch warten.«

Wieder wollte sie Antons Ohr küssen, aber er sprang auf.

»Gut, so lange werde ich noch warten, aber dann …«

Anton sagte nicht, was er dann machen würde. Er wusste es selbst nicht. Er spürte nur, dass sein Plan nicht aufging. Und das machte ihn rasend.

SECHZEHN

Julius, d. 25ten, spät in der Nacht
Zehn Jahre ist es her, dass Maria von uns gegangen ist. Mutter
hat eine Messe für sie lesen lassen. Ich habe wenig Zeit zum
Schreiben, obwohl es mich jeden Tag danach drängt. Aber
Mutter ist seit der Geburt unserer kleinen Maria sehr schwach,
und ich habe die Sorge für alles. Die Hebamme ist schon
mehrere Male gekommen, auch die Frau des Amtsjägers. Ich
sehe an Vaters Augen, wie bekümmert er ist, aber er sagt
nichts.

Manchmal geht es Mutter ein paar Tage lang besser, dann
glauben wir, sie kommt wieder zu Kräften, aber schon am
nächsten Tag ist ihr wieder schwindlig, sodass sie sich nicht auf
den Beinen halten kann, sie ist blass wie der Tod, in ihren Oh-
ren rauscht es, sagt sie. Ich habe große Angst. Viel Milch soll sie
zu sich nehmen, hat ihr die Gehrichs geraten, auch Fleisch und
Rotwein, und dabei hat sie meinen Vater mahnend ange-
schaut. Er hat versprochen, alles zu machen, nur dass Mutter
wieder gesund wird.

Manchmal treffe ich mich mit Hennes, aber es ist nicht
mehr wie früher. Ich bin bedrückt, wenn ich ihn sehe. Er
merkt es. Aber was soll ich tun? Es ist ja nicht nur die Heirat
mit Caduschs Margaretha, die mich bedrückt. Auch das Gere-
de der Leute. Überall höre ich es. Auf dem Markt, beim
Schuhmacher, beim Bäcker. Dass Johann dieser Dame von
Hof zu Diensten ist. Die Männer lachen darüber, für sie ist er
ein Tausendsassa, ein paar neiden ihm sogar das Abenteuer,
wie sie es nennen.

Stimmt es denn, was die Leute reden, habe ich ihn gefragt.
Da hat er den Kopf geschüttelt, ich sei doch sein Liebchen, hat
er gesagt. Aber als er mir die Bluse aufknöpfen wollte, da hab
ich ihn von mir gestoßen. Woher weiß ich, ob es stimmt, was er
sagt?

Da ist er wieder! Der krätzige Puckel! Wie er mich anstarrt!
Ich kann sein Gesicht hinter der Scheibe sehen, seine wirren
Haare. Ich lasse es mir nicht anmerken. Tue, als ob ich schrei-
be. Er steht noch immer da, wie festgeleimt. Besser, ich blase
die Kerze aus.

Es ist stockdunkel … Ich warte … Ich atme nicht … Ich hoffe,
er ist jetzt weg …

Das Krähen des Hahns unter dem Fenster weckte Kerpen aus dem
Schlaf. Er stieß die verschwitzten Laken von sich. Obwohl in den
vergangenen Tagen ein paar kurze Gewitter etwas Regen gebracht
hatten, hielt sich beharrlich das heiße Wetter, dessen Ende niemand vorherzusagen vermochte. Wenn es so weiter geht, versiegen die Brunnen, dachte er, während er sich anzog. Er kleidete sich
sorgfältig, behauchte die silbernen Knöpfe und polierte sie mit einem Tuch, legte die Weste an, zupfte akkurat die Spitzenmanschet-
ten unter dem Ärmelaufschlag des Rocks hervor und schlüpfte zuletzt in die noblen Spangenschuhe, die er sich von seinem ersten
Brühler Gehalt geleistet hatte. Mit schlechtem Gewissen.

Seine Wirtin ließ es sich nicht nehmen, ihm jeden Morgen eine
Tasse dampfende Milch vor seine Tür zu stellen, die er nach be-
endeter Morgentoilette hereinholte und in kleinen Schlückchen
trank.

Viel Arbeit wartete auf ihn. Am Nachmittag wollte der Stadtmüller aufs Amt kommen und mit ihm nun bereits zum dritten
Mal die Konditionen für den Kauf des Esser'schen Grundstücks
besprechen. Aus unerfindlichen Gründen weigerte sich der alte
Stemmeler, den Notar aufzusuchen, obwohl dieser nach Kerpens
Meinung kompetenter in diesen Fragen war als er. Doch der Stadtmüller schien ihn in sein polterndes Herz geschlossen zu haben
und ihm vorbehaltlos zu vertrauen. Kerpen runzelte die Stirn. Er
hatte Stemmeler versprochen, sich der Sache anzunehmen, und der
Notar, mit dem er sich von Zeit zu Zeit besprach, hatte ihm gegen
einen geringfügigen Obolus den Fall nur allzu gern überlassen.
Denn den ständig lärmenden Stadtmüller sah er lieber gehen als
kommen.

Kerpen erhob sich. Nachdem er gehofft hatte, dass die Verhandlungen zwischen Stemmeler und Esser neulich glücklich abgeschlossen worden waren, hatte sich mit der Beteiligung von Gerhard Cadusch wieder eine neue Konstellation ergeben. Solange die Grundstücksfrage und die Modalitäten hinsichtlich des Abbaus des schwarzen Turffs zwischen dem Bürgermeister und dem Müller nicht geregelt waren, würde es zu keinem offiziellen Verlöbnis von Caduschs Tochter mit Stemmelers Sohn kommen. Wenn er also die Verhandlungen geschickt lenkte, könnte er möglicherweise die ganzen Hochzeitsüberlegungen zum Scheitern bringen. Dann stünde einer Verbindung von Johann und Agnes Linnich mit aller Wahrscheinlichkeit nichts mehr im Wege. Und er hätte das Mädchen glücklich gemacht.

Kerpen betrachtete sich im Spiegel. Ein anderer Kerpen blickte ihn an, einer, der ob seiner selbstlosen Gedanken hohnlachte. Liebst du dieses Mädchen wirklich so sehr, dass du nichts anderes willst, als sie glücklich zu sehen?, spottete der Mann im Spiegel. Und was ist mit dir? Was bekommst du für deine großmütige Opferbereitschaft? Nicht einmal ein Wort des Dankes! Bedrückt wandte Kerpen sich ab und verließ das Zimmer.

Er hatte es nicht eilig, zur Arbeit zu kommen. Gemessenen Schritts wanderte er über den Markt. Der allmorgendliche Handel erinnerte ihn an das emsige Treiben der Fischer in Bonn, wenn sie zu früher Stunde ihren Fang ans Ufer hievten und die Ware unter großem Geschrei feilhielten. Hier wie dort waren aus den umliegenden Dörfern die Bauern gekommen, priesen ihr Fleisch und Gemüse, boten die Händler Spezereien an, Spitzen, Garn und Bänder, Geschirr, Löffel, Kerzenwachs. Kerpen liebte das geschäftige Hin und Her. Jeden Morgen wechselte er ein paar Worte mit dem alten Brennholzsammler, hörte sich Kaufmann Heldts Klagen über die steigenden Abgaben an den Kurfürsten an und blieb dann regelmäßig vor Levis Auslagen stehen. Er bewunderte den ausgesuchten Geschmack des Stoffhändlers. Verstohlen fuhr er über einen Ballen dunkelblauer Atlasseide.

»Ein guter Preis, ein guter«, bemerkte der Händler. Obwohl er schon seit Jahren in Kurköln zu Hause war, konnte er seine badische Herkunft nicht verleugnen. »E Stöffle g'macht wie für e Demoiselle.« Er lächelte.

Kerpen nickte und lächelte zurück. »Ja, wie gemacht für eine

Demoiselle. Ich habe gehört, die Jüngere der Caduschstöchter wird sich verloben?«

Levi nickte. »Net nur die Jüngere, auch die Ältere soll nun endlich einen abbekomme habe. Sie isch ja schon lang über der Zeit.«

»Stemmelers Johann soll der Glückliche sein?«

»Ob er glücklich isch, weiß ich net.« Levi lachte. »Der hat nur die kleine Linnich im Sinn und isch über die Absicht seines Vaters alles andere als begeischtert. Aber was vermögen die Söhne auszurichten gegen die Väter? Das wäre ja auch gegen Gottes Wille.«

Kerpen pflichtete dem Juden bei.

»Und noch einer isch im höchschte Maß unzufriede mit der Entwicklung der Dinge ...« Levi machte eine Pause und freute sich über das fragende Gesicht seines Gegenübers.

»Der Sohn vom Burbacher Halfen, der Anton, der immer so große Pförz' im Kopf hat.«

Kerpen wartete gespannt, was der andere ihm verraten würde. Doch statt zu reden, zog ihn der Händler ins dunkle Innere des Ladens. Ein Geruch von Kampfer und Mottenkraut empfing den Gerichtsschreiber. Levi drückte ihn auf einen Stuhl, holte sich selbst einen zweiten herbei und setzte sich so, dass er seinen Stand vor dem Geschäft im Auge hatte.

»Man munkelt ja so allerhand in der letzten Zeit.« Levi bemühte sich um eine hochdeutsche Aussprache. »Dominicks Anton streut Gerüchte über des Müllers Sohn, weil er selbst in Caduschs Haus einheiraten möchte. Aus Geldgründen? Nei, des glaub ich net. Der Burbacher Hof läuft gut, und die Plän' des Jungen, e Pferdezucht aufzuziehe, sind vielversprechend. Warum dann also?«

Das Kinn vorgestreckt schaute Levi Kerpen herausfordernd an, dann kicherte er, schlug sich aber sofort mit der flachen Hand auf den Mund. »Ich hab da mei' eigene Meinung. Wer wie wir Juden außerhalb der Gesellschaft steht, hat manchmal de bessere Überblick, de bessere.«

Wieder gab Kerpen dem Stoffhändler Recht. Ging es ihm nicht ähnlich? Auch er war immer der Außenseiter, aber dieser Standort erlaubte ihm, seine Mitmenschen unbemerkt zu beobachten.

»Ich denke, der junge Dominick strebt politische Ämter an.«

»Sie meinen ...?«

»Ja!«

»Und was ist dran an dem verleumderischen Gerede über den Müllerssohn?«

»Nix, gar nix.«

»Sind Sie sicher?«

»Völlig sicher. Ich liefer oft genug Ware nach Augustusburg. Ich hör und seh viel, auch wenn ich net drüber red.«

Kerpen fragte sich, ob er nach dem Preis des blauen Stoffs fragen sollte, aber noch bevor er den Mund öffnen konnte, fuhr der Händler fort:

»Ich hab de Anton im Schloss g'sehe. Net in de Wirtschaftsräum'! Zwei Stock drüber! Aus dem Boudoir einer Dame kommend! Net nur einmal, mehrere Male. Mit zufriedenem G'sicht, sehr zufriedenem G'sicht. Aber seit Mitte April isch er beim Einkäufer und in de übrige Wirtschaftsräum' nimmer g'sehe worde. Die Gunscht der Dame isch offensichtlich auf en andere Herr' g'falle, womit ich nicht sagen möchte, dass der Burbacher ein Herr ist.«

Levi lachte leise. »Sie wolle sicher wisse, wer dieser Herr isch. Wie g'sagt, ich sprech vonnem Herrn, nicht von einem Bauern. Oder von einem Müllersbursch. Mit so einem schmucken Bauerskerl aus Fleisch und Blut mag Madame sich eine Weile vorgekommen sein wie die rosige, kleine Porzellanschäferin, die jeden fürstlichen Kaminsims ziert. Aber als ein hübscher Kammerjunker aus Ansbach auftauchte, hat sie die ländliche Idylle sehr schnell gegen edlere Gefilde getauscht.«

»Und der Burbacher glaubt, der junge Stemmeler wäre an seine Stelle getreten?«

»Entweder er glaubt es wirklich, oder er behauptet es einfach, um sich bei Bürgermeister Cadusch einzuschmeicheln. Wissen Sie, Kerpen, bei uns sagt man: Sowohl die Liebe als auch der Hass führen vom rechten Wege ab. Ich denke, wir haben es hier mit Hass zu tun.«

Kerpen schob seinen Stuhl zurück. »Ich danke Ihnen.«

Levi hob abwehrend die Hände. »Bedanken Sie sich nicht. Es ist mir eine Freude, Sie näher kennenzulernen. Ich werde Ihnen von der Seide etwas zurücklegen. Genug, um ein Kleid für eine Demoiselle nähen zu lassen.«

Kerpen verbeugte sich. Bei Gelegenheit sollte ich mehr Zeit

mitbringen, überlegte er, um mit Levi über die Gemeinsamkeiten unserer beiden Religionen zu reden. Der Gedanke beflügelte ihn.

Er saß noch nicht richtig an seinem Schreibtisch, als er ein vorsichtiges Klopfen am Türrahmen hörte.

»Treten Sie ein, die Tür ist nur angelehnt«, rief er und beendete den Satz, an dem er gerade schrieb. Dann schaute er hoch.

Agnes stand, die Hände ineinander verknotet, im Eingang, den Blick zu Boden gerichtet.

Kerpen sprang auf, der Stuhl auf dem er gesessen hatte, fiel krachend um.

»Darf ich mich setzen?« Agnes deutete auf den Stuhl, der vor dem Arbeitstisch stand. Kerpen nickte zerstreut, er hob seinen eigenen Stuhl wieder auf und blieb unschlüssig stehen. Schließlich ging er hinaus in den Hof, um Wasser zu holen. Er tauchte seine Hände in den Brunnentrog, trocknete sie an dem Tuch ab, das an einem Haken an der Wand hing, und fuhr damit über sein Gesicht. Dann atmete er tief durch, nahm den Wasserkrug, holte zwei Gläser und ging wieder hinein in die Schreibstube. Agnes hatte sich nicht von ihrem Platz gerührt.

»Ich glaube, ich habe mich nicht bedankt für die Federn und das Papier. Bitte, verzeihen Sie mir. Es war sehr liebenswürdig von Ihnen.« Agnes stotterte, und eine feine Röte zog vom Hals hoch. Verlegen nippte sie am Wasserglas, das Kerpen vor sie hingestellt hatte.

»Du brauchst dich nicht zu bedanken, ich freue mich, wenn du die Sachen gebrauchen kannst.«

Agnes nickte.

»Du schreibst viel?«

Wieder errötete Agnes. »Wenn ich Zeit habe …«

»Und du liest auch?«

Zum ersten Mal schaute Agnes auf. »Ich … mit Wittib Kemps … Manchmal. Aber sie hat nicht so viele Bücher.«

»Ich gebe dir gern Bücher von mir, wenn du möchtest.«

»Ich kenne mich nicht aus mit Büchern.«

»Das macht nichts.« Kerpen wurde eifrig. »Ich bringe dir ein paar, und du suchst dir aus, was dir gefällt.«

»Aber …«

»Du musst dir keine Gedanken machen, es macht mir Freude, sie dir zu leihen.«

»Ich komme nicht oft zum Lesen. Nur manchmal bei Wittib Kemps in der Schule oder in der Nacht, wenn die Gäste gegangen sind.« Sie stockte.

»Du meinst, wenn es ruhig geworden ist im Schwarzen Bären?«
Sie nickte.

»Ich werde etwas finden, das dir gefallen wird.«

»Mir ist manchmal bänglich, wenn ich so spät noch dort sitze, in der Gaststube.« Es kostete Agnes Mühe, die richtigen Worte zu finden.

»Was meinst du damit? Du schließt doch die Tür zur Straße ab, oder nicht?«

»Doch schon, aber manchmal … Ich habe manchmal das Gefühl, dass ich beobachtet werde.«

»Wer beobachtet dich? Doch nicht schon wieder der Burbacher?«

»Nein«, Agnes schüttelte heftig den Kopf. »Nein, der nicht. Der Puckel.« Sie hielt sich beide Hände vor den Mund, dann blickte sie Kerpen direkt an.

»Bitte, ich weiß nicht, was ich machen soll. Ich weiß nicht, was er von mir will. Er ist doch nicht ganz richtig im Kopf. Ich weiß nicht, mit wem ich darüber reden kann.«

Kerpen überlegte, bevor er antwortete.

»Und dein … Bräutigam, kann dein Bräutigam dich nicht beschützen?«

Er sah, wie sich ihr Gesicht purpurrot überzog, und er schämte sich, dass er sie so bloßgestellt hatte.

»Ich meine …«, er suchte nach einer Entschuldigung.

»Es ist schon gut.« Agnes schien sich gefangen zu haben. »Sie sprechen von Stemmelers Johann? Er ist nicht mein Bräutigam. Nicht mehr«, setzte sie leise hinzu. Sie räusperte sich, bevor sie weitersprach.

»Johann könnte das mit dem Puckel nicht verstehen, er ist so jähzornig, er würde mir die Schuld geben. Aber ich habe nichts getan, das den Puckel veranlasst haben könnte, mich zu verfolgen. Bestimmt nicht. Sie glauben mir doch?«, fragte sie Kerpen und zog angespannt die Schultern hoch.

»Ich glaube dir. Rede ruhig weiter!«

»Aber es kommt noch etwas anderes hinzu. Das Gerede der

Leute. Sie haben sicher davon gehört, selbst im Schwarzen Bären erzählen sie sich jeden Abend neue Geschichten über Johann. Ich weiß nicht mehr, wem ich glauben soll. Johann lacht darüber, aber ich ... ich weiß nicht, ob ich ihm vertrauen kann.«

Sie ließ die Hände in den Schoß fallen, plötzlich war sie ganz ruhig, ihr Gesicht glättete sich. Sie griff nach dem Wasserglas und trank in großen Schlucken.

Als ob ihr eine Zentnerlast vom Herzen gefallen wäre, dachte Kerpen und verspürte Mitleid mit dem Mädchen. Was sollte er ihr antworten? Er dachte an das, was Levi ihm gesagt hatte, und an die dunkelblaue Atlasseide. Sie würde wunderschön darin aussehen.

»Agnes«, er beugte sich vor und streckte seine Hand aus, aber sie übersah sie. »Das ganze Gerede über Johann ist reine Verleumdung. Nichts anderes als haltlose Lügen.«

Sie schaute ihn ungläubig an.

»Wirklich? Woher wissen Sie das?«

»Glaube mir, ich habe Informationen aus erster Hand. Kein einziges dieser Gerüchte ist wahr.«

Wehmütig bemerkte er, wie ihre Augen zu leuchten begannen. Es gab ihm einen Stich.

»Du kannst Johann vertrauen, gib kein Wort auf den Burbacher, denke nicht mehr an diesen Menschen. Aber sag Johann, er soll sich vor ihm in Acht nehmen.«

Agnes schaute ihn dankbar an. In ihren Augen glitzerte es, aber sie wischte sich energisch mit dem Blusenärmel übers Gesicht.

»Ich bin froh, dass ich mit jemandem darüber reden konnte. Bitte, verraten Sie mich nicht. Hennes ist ein guter Mensch, aber als nun alle Welt schlecht über ihn geredet hat, hat es mich ganz durcheinander gebracht. Nur der alte Hubertus hat immer zu ihm gehalten ...!«

»Es gibt noch andere, die nicht an das Gerede glauben«, versicherte Kerpen, aber er war sich nicht sicher, ob sie ihn gehört hatte. Denn ihr Gesicht hatte sich schon wieder verdüstert.

»Wenn es stimmt, das mit Johann, dann ... dann wird er wohl bald heiraten.«

»Ich habe davon gehört.« Kerpen stand auf, aus dem Vorraum schallten Stimmen herein, gleich würde jemand ungeduldig die Türe aufreißen und nach ihm verlangen.

Auch Agnes hatte sich erhoben. »Und was ist mit dem Puckel?«

»Ich werde mich um Joseph kümmern, ich verspreche es dir. Mach dir keine Sorgen. Und schau in den nächsten Tagen wieder vorbei, ich werde dann eine Auswahl von Büchern hier haben. Und wenn du neue Federn brauchst oder Papier, gib mir Bescheid, ich habe immer einen kleinen Vorrat.«

Agnes streckte ihm ihre Hand entgegen, bevor sie sich zum Gehen anschickte.

»Ich komme gern wieder«, murmelte sie.

Kerpen begleitete sie zur Tür und schaute ihr nach. Sie hatte sich zum ersten Mal nicht mit einem Knicks verabschiedet.

SIEBZEHN

Den ganzen August über hielt sich das heiße, trockene Wetter. Das Vieh hatte sich auf der Suche nach Schatten in die dünnen Wälder zurückgezogen, auf den Äckern verdorrte das Getreide, selbst die Vögel hatten zu singen aufgehört. Wer konnte, blieb tagsüber zu Hause, schloss Türen und Fenster und kam erst gegen Abend heraus, um die wichtigsten Arbeiten zu erledigen. Nur die Wirte hatten keinen Grund zu klagen, das Bier floss in Strömen in diesen Wochen, und der Obrist überhörte geflissentlich die Kirchenglocken, die den Beginn der nächtlichen Sperrstunde verkündeten. Erst wenn die lärmenden Trinklieder in wüstes Gegröle ausarteten, wenn Kneipengänger hitzköpfig aufeinander eindroschen und Frauen, die Nachthaube fest unterm Kinn gebunden, empört unter Hauseingängen auftauchten und ein herrisches »Ruhe dort drüben« brüllten, besann er sich auf sein Amt und griff unerbittlich durch.

Allein der unstete Joseph trug seinen mächtigen Buckel unermüdlich durch die Gassen. Schwitzend und stöhnend kroch er an den Hauswänden entlang, erschreckte mit seinem Gibbeln und Glucksen Kinder und alte Weiber und versorgte sich beim Uhltor-Matthias mit Wasser und Mehlsuppe. Nachts riskierte er nur noch kurze Blicke in den Schwarzen Bären. Entdeckte er Agnes hinterm Tresen oder mit ihrem Tablett inmitten der Gäste, nickte er zufrieden, trottete ein Stück weiter, kehrte wieder um und linste noch einmal durch die matten Scheiben des Wirtshauses. Er hatte dem Gerichtsschreiber versprochen, nicht mehr am Fenster der Bärenwirtschaft stehen zu bleiben, obwohl er nicht begriff, was der Mann alles auf ihn eingeredet hatte. Aber er hatte gespürt, dass der andere ihm nichts Böses wollte, ihn sogar eindringlich vor dem erdigen Gefängnisloch im Uhltor warnte. Das hatte er verstanden. Also blieb er nirgends mehr stehen, beim Schwarzen Bären nicht und auch nicht mehr hinterm Kölntor, wo er oft, verborgen im Gebüsch, auf Agnes gewartet hatte, wenn sie eiligen Schritts den Ort in Richtung Godorfer Hof verließ. Manchmal war er ihr gefolgt und hatte gesehen, wie sie mit Johann, der von Falkenlust kam, zusammentraf.

In der Erinnerung daran kicherte er jetzt vergnügt, summte und brummte und wanderte weiter durch die aufgeheizten nachtdunklen Straßen. Bis ihn unvermutet Stimmen aufhorchen ließen und er sein Gelöbnis vergaß. Leise, fast auf allen vieren kriechend, schlich er bis zur nächsten Ecke und schob seinen Kopf vorsichtig vor. Zuerst konnte er die Männer nicht erkennen, die in der schmalen Gasse zusammenstanden und miteinander stritten. Joseph robbte näher, er erkannte Johann mit Cornelius und einem dritten Mann, ihnen gegenüber Dominicks Anton in einer Gruppe von drei oder vier Mannskerlen. Joseph unterdrückte ein heiseres Lachen und kauerte sich mucksmäuschenstill hinter einen Brunnentrog.

»... und wenn du dein dreckiges Maul nicht halten kannst und weiter Dinge über mich verbreitest, die nicht stimmen, dann, ich schwöre es dir ...«, Johanns Stimme kippte vor Erregung.

Begierig wartete Joseph auf die ersten Faustschläge, aber da schoss, mit dem Knüppel in der Hand, der Obrist um die Ecke. Schneller als Joseph schauen konnte, waren Johann und seine Freunde geflohen. Anton musste die Schimpfkanonade des Obristen über sich ergehen lassen.

Joseph blieb hinter dem Wassertrog hocken, bis niemand mehr zu sehen war. Ein Hund jaulte in der Ferne, ein zweiter fiel ein, dann herrschte völlige Stille. Jetzt erst begann er zu blubbern und kichern, er redete und verhaspelte sich, während er sich mühsam aus seinem Versteck herausarbeitete. Er massierte seine Knie und Knöchel und schlug sich dann durch enge Gassen und Trampelpfade zu seiner Schlafstelle durch. Ein leichter Wind war aufgekommen. Joseph hob den Kopf und schnupperte in die Luft. Jetzt roch er es ganz deutlich, und auch sein Höcker meldete es. Sachte nur, aber mit einem unverkennbaren schmerzhaften Ziehen. Das Wetter änderte sich, zwei, drei Tage noch, dann dürften schwere Wolken überm Vorgebirge aufziehen. Zufrieden brümmelte Joseph vor sich hin und rollte sich im Gras zusammen.

Sonntag, 4ta 7bris
Endlich hat es geregnet.
Die Kribben hat eine zusätzliche Messe lesen lassen. Nur

*ihr habe man es zu verdanken, dass die Brunnen nicht ausge-
trocknet sind, hat sie sich gerühmt. Weil sie jeden Abend dem
heiligen Donatus eine Kerze angezündet hat. Ein paar Bauern
haben ihr zugestimmt, andere haben sie ausgelacht. Aber sie
dauert mich nicht, sie will immer alles besser wissen und from-
mer sein als die anderen. Pastor Mauel lächelt huldvoll, wenn
sie auf ihn zueilt und ihm den Ring küsst. Für jede Messe, die
die alte Kribben lesen lässt, bekommt er wieder ein paar Stüber mehr in den Geldbeutel, sagt mein Vater. Da wundert's
nicht, dass der Pastor sich freut. Verzeih, ich darf so nicht reden. Das ist lästerlich. Aber ich mag das alte Tratschweib nun
mal nicht, und ich wollte, ich könnte Gott fragen, ob vor ihm
alle Messen gleich sind. Wenn Maria Gehrich, die Frau des
Amtsjägers, sie ist eine herzensgute Frau, die nie klagt, jedem
hilft, wenn die eine Messe lesen lässt, müsste dies Gott nicht
gefälliger sein? Oder darf man so etwas nicht fragen? Pastor
Mauel bestimmt nicht. Ob ich mit Kerpen darüber reden
kann? Er ist so belesen! Vielleicht, wenn ich ihm das Buch
zurückbringe, das er mir neulich geliehen hat.*

*Maria, da sitze ich und schreibe dumme Sachen, die eine
Frau doch gar nicht denken darf. Viel wichtiger ist, dass es
Mutter wieder besser geht. Jeden Tag hat sie einen Apfel gegessen, in den wir eiserne Nägel stecken mussten. So hat die
Hebamme es befohlen. Zuerst guckte Vater ungläubig, aber
auch die Nachbarin hat dazu geraten. Tatsächlich ist Mutter
nicht mehr so blass, sie muss sich auch nicht mehr so oft hinle-
gen. Abends, wenn es kühler ist, sitzt sie im Garten, die kleine
Maria im Körbchen neben ihr. Ich bin so froh darüber, dass ich
Gott auch eine Kerze angezündet habe. Für Mutter, und weil
er es hat regnen lassen.*

*Johann und ich haben uns oft getroffen, wir streiten kaum
noch. Ich schweige zu allem, was er sagt, denn was soll ich ihm
antworten? Wenn er von Valkenswaard erzählt, wo er im
nächsten Jahr hin möchte, höre ich zu, wenn er sich über seinen Vater beschwert, besänftige ich ihn. Wenn er auf den Burbacher schimpft, der ihm übel will, warne ich ihn. Er versteht
nicht, wieso andere ihm sein Glück neiden, sieht die Gefahr
nicht. Er versteht auch nicht, warum ich nicht mehr so lustig*

bin wie früher. Dass ich traurig bin wegen seiner Hochzeit mit der Caduschs. Ich bleibe doch für immer und ewig sein Augenstern, hat er gesagt, auch wenn er Margaretha heiratet. Ich solle ihm einfach nur vertrauen und ihn genau so lieb haben, wie er mich lieb hat. Sagt er. Aber, Maria, wie soll das gehen?

Zwei Tage später, Dienstag, 6ta
Wenn ich noch einen Funken Hoffnung gehabt habe, so ist der jetzt endgültig zunichte.

Zu Maria Caduschs Verlobung mit diesem Noisten aus Bonn Ende September ist Hennes bereits eingeladen. Als ob er schon zur Familie gehörte. Und seine eigene mit Margaretha steht auch schon fest. Am letzten Sonntag im November. Cadusch wollte zuerst nur ein Fest geben, hat Johann erzählt, aber Maria hat sich geweigert, ihre Verlöbnisfeier zu verschieben. Sie habe sie lange vor Margaretha geplant. Die beiden lassen keine Gelegenheit aus, sich gegenseitig die Augen auszukratzen, und der Bürgermeister hat schließlich nachgegeben.

Maria, ich habe zum ersten Mal geweint, vor Johann. Ich wollte es nie. Aber ich konnte die Tränen nicht mehr zurückhalten. Er hat mich beschworen, ihm zu glauben, dass er Margaretha nicht liebt, dass er nur mich liebt. Er will, dass ich ihn lieb habe auf immer und ewig. Aber ich habe nur geweint und geweint und konnte nicht reden, und er hat mich immer fester in den Arm genommen, das war so schön, so warm. Er war so lieb zu mir wie nie zuvor. Er hat mich mit Küssen bedeckt, über und über. Es war so ganz anders als damals mit dem Burbacher, es war … ich finde keine Worte … so stelle ich mir den Himmel vor, das Paradies. Ich habe geweint und gelacht und wieder geweint.

Wenn Gott es möglich macht, dass zwei Menschen sich lieben, ist es dann Sünde, wenn sie sich ganz nah kommen? Wie Mann und Frau, die Gott vor dem Altar zusammengeführt hat?

Ich hab ihn lieb, wie eine Frau ihren Mann lieb haben soll. Aber eine andere wird seine Frau sein.

Ob er das Gleiche schon mal mit Margaretha oder mit ei-

ner anderen Frau gemacht hat, habe ich ihn gefragt, und ich habe mich geschämt ob meiner Eifersucht. Aber er hat mich gestreichelt, nein, noch nie, hat er gesagt, und er hat mir so offen ins Gesicht geschaut, dass ich ihm glauben will. Ich hab in den Himmel geschaut und gewollt, dass die Erde stillsteht. Nie und nimmer will ich diesen Augenblick vergessen, und doch, es tut so weh! Ich glaube, Maria, er hat zum ersten Mal verstanden, denn er ist am Ende auch ganz still geworden. Er will mich sehen, so oft es geht, aber ich weiß nicht, ob ich es ertragen kann.

ACHTZEHN

Es war schon dunkel, als sich Kerpen nach dem Abendessen bei Weisweilers verabschiedete. Henrich und er standen noch eine Weile unter der Haustür und schauten dem Regen zu, der wie ein Schleier über den menschenleeren Markt fegte. Kerpen hatte den Kragen seiner Jacke hochgeschlagen, aber noch zögerte er hinauszutreten. Von drinnen tönte das Klappern von Schüsseln, eine Schublade quietschte, zwischendurch hörten sie Barbara Wollersheim ein Wiegenlied singen. Sie hatte eine tiefe, warme Stimme, die Kerpen immer wieder aufs Neue rührte.

»Wie geht es ihr?«, fragte er den Freund.

»Der Husten will nicht aufhören, ich mache mir Sorgen«, antwortete Henrich.

Kerpen legte Henrich eine Hand auf die Schulter.

»Es liegt alles in Gottes Hand«, sagte Weisweiler. Er wandte sein Gesicht ab. Kerpen schluckte und nickte, dann trat er hinaus in die klamme Nacht. Ihn fror allein beim Gedanken an die wenigen Schritte bis hinüber zu seiner Wohnung auf der anderen Seite des Platzes. Binnen kurzem war er bis auf die Knochen durchnässt.

Kurz vor der Haustür strauchelte er. Dass er nicht zu Boden stürzte, verdankte er dem nackten Marktstand, an dem er sich festhalten und wieder hochrappeln konnte. »Das kommt davon, wenn man mit dem Kopf woanders ist«, brummte er und rieb sich das schmerzende Handgelenk. Dann versuchte er in der Dunkelheit zu erkennen, über was er gefallen war. Doch da war nichts. Bis sich eine gekrümmte Figur hinter dem Holzgestell hervorarbeitete und durch den Regen davonhuschte. Die Gestalt, wenn es denn kein Hund oder ein Gespenst war, an das Kerpen aber nicht glauben wollte, schleifte einen dicken Ast hinter sich her, das Laub schabte ruckend durch die Pfützen. Halt, wollte Kerpen rufen, aber ein heftiger Windstoß und ein neuer sturzflutartiger Wolkenguss hinderten ihn daran. Noch einmal schaute er auf den Boden, das Wasser riss Zweige und vielfingrige, braun verfärbte Kastanienblätter mit sich, vermengte sie mit den Marktabfällen, Lauchstängeln, Möhrenkraut, einem durchgeweichten Brotlaib. Er zuckte mit den Achseln und beeilte sich, nach Hause zu kommen. Er würde sich den Tod holen, wollte er hinter dem Kerl herlaufen und ihn zur Rede stellen.

Auch in der Nacht beruhigte sich das Wetter nicht. Kerpen fand kaum Schlaf. Der Regen prasselte gegen die Fenster. Ein dumpfer Schlag aufs Dach ließ ihn hochfahren. Seine Wirtin klopfte ängstlich, und es gelang ihm nur mit Mühe, sie zu beruhigen. »Alle Teufel sind los«, flüsterte sie mit weit aufgerissenen Augen. Erst gegen Morgen ließ der Sturm nach, und die Menschen machten sich auf, die Schäden zu begutachten, die er angerichtet hatte. Dächer waren abgedeckt, eine morsche Kastanie hatte eine Scheune durchschlagen, die alte Kribben lief aufgebracht durch die Gärten und suchte unter dem schadenfrohen Gelächter ihrer Nachbarn die Wäschestücke zusammen, die sie am Abend zuvor versäumt hatte, von der Leine zu nehmen. »Sie hat wohl zu lang gebetet«, hustete der alte Hubertus und spuckte im hohen Bogen den Priem aus, den er genüsslich gekaut hatte. Dann hob er einen grauen Wollstrumpf auf, der sich im Gebüsch verfangen hatte, stopfte ihn in seine Hosentasche und stapfte grinsend zurück ins Haus.

»Den Dominicks hat es die Umzäunung um die neue Pferdekoppel eingedrückt«, berichtete der Apotheker am Abend im Schwarzen Bären. »Der Hengst ist auf und davon.«

»Das ist ein Unglück für den Hof«, bemerkte Linnich, der den Männern die erste Runde Bier am Abend austeilte. »Es war ein schönes Tier. Ich habe es mir neulich angeschaut, kräftig und gut gebaut war es.«

»Anton und Georg sind noch in der Nacht raus auf die Weide gelaufen, um nach den Tieren zu sehen, aber sie kamen zu spät, hat mir die alte Burbacherin heute Morgen erzählt, als sie ihre Beinsalbe abholen kam. Hat ja offene Beine, die Arme. Aber was soll man machen, früher oder später erwischt es jeden von uns.«

Die anderen nickten ungeduldig. Die offenen Beine der Dominicks interessierten niemanden. Das mit der Pferdekoppel schon.

»Es war ja nicht der ganze Zaun, es war nur ein Teil, der heruntergerissen ist.« Der Apotheker winkte die anderen näher zu sich heran. »Die Alte sagt, das war nicht der Sturm, das hat jemand mit Absicht gemacht. Steine hätten dort gelegen, die angeblich nie dort lagen, ein Pfahl war fast aus der Erde gerissen, der Kerl muss unbändige Kräfte gehabt haben, und das alles bei dem Unwetter.«

»Vielleicht war's ein Wildschwein«, warf Kerpen ein, der hinzugetreten war.

»Ein seltsames Wildschwein«, widersprach der Apotheker, »das Steine herumschleppt und einen dicken Kastanienprügel, wo dort im ganzen Umkreis keine Kastanien wachsen.«

Die Männer lachten.

Kerpen fiel der Ast ein, über den er in der Nacht gestolpert, und der Schatten, der vor ihm geflohen war. Der Puckel! Warum schleppte der zu nachtschlafender Zeit und bei strömendem Regen einen Kastanienast durch Brühl?

»Und Anton Dominick hat niemanden entdecken können?«

»Niemanden, aber er ist überzeugt, dass es der junge Stemmeler war, der ihm eins auswischen wollte. Neulich soll es doch schon wieder Krach zwischen den beiden gegeben haben.«

»Ich weiß nicht.« Der alte Hubertus schüttelte den Kopf und fixierte Agnes, die am Tisch stehen geblieben war. Beruhigt, dass sie scheinbar teilnahmslos dem Gespräch folgte, überlegte er weiter. »Es ist wahr, dass die beiden sich nicht grün sind, aber der Johann hat doch erreicht, was er wollte. Bei den Smulders ist er angesehen, mit seinem Vater herrscht wieder Übereinstimmung, und er steht kurz vor einer lukrativen Verbindung. Warum sollte er das alles durch solche Kindereien aufs Spiel setzen?«

»Du hast Recht«, pflichtete Linnich ihm bei, »aber wer soll es sonst gewesen sein?«

»Und wenn es der Burbacher selbst gemacht hat und die ganze Geschichte um den Stemmeler nur erfunden ist?« Kerpens Frage überraschte die Tischrunde.

»Der Anton ist sicher kein Engel, aber im Grunde hat er sich nie etwas zu Schulden kommen lassen«, argumentierte der Apotheker. »Wenn es Ärger gegeben hat, war es sogar immer der junge Stemmeler, der ihn angegriffen hat. Könnt ihr euch noch an den Zwischenfall im Frühjahr erinnern? War es nicht März?«, wollte er von Kerpen wissen.

»Ja, das war im März«, musste dieser wider Willen zugeben.

»Aber ich glaube, es lässt sich leicht feststellen, wo Johann Stemmeler in der letzten Nacht war.« Kerpen hoffte, dass der Müllerssohn die ganze Zeit über mit den Smulders in Falkenlust gewesen war.

Der Sturm zeitigte einen frühen Herbst. Zwar wurden die grauen Regenwolken immer wieder von der Sonne durchbrochen und über Mittag konnte es noch recht warm sein, doch kaum ging der Tag zur Neige, kühlte die Luft rasch ab. Die Tage wurden kürzer, Feuchtigkeit kroch aus den Wänden der alten Häuser, die Frauen lagerten Äpfel und Birnen ein, holten Decken und Tücher aus den Truhen, schüttelten die Winterkleider auf. Über die abgeernteten Felder legte sich feuchter Dunst. Agnes und Johanns Versteck wurde dünnblättrig.

8bris, den 3ten
Es soll wohl so sein.
Bald kann uns jeder, der vorüberkommt, in der Senke sehen. Auch wird es kalt. Aber einen neuen Frühling wird es für Johann und mich nicht mehr geben. Ich ertrage es nicht länger. Er drängt, er möchte mir noch einmal so nahe sein wie neulich, aber ich möchte es nicht. Das Verlöbnis von Anna Maria Cadusch mit Conrad Noisten ist vorbei. Er hat mir in allen Einzelheiten davon erzählt, bis ich mir die Ohren zugehalten habe. Da hat er mich auf die Augen geküsst und Verzeihung gemurmelt. Und dann saßen wir da und schwiegen. Bis ich aufstand und ging. Agnes, hat er gerufen, Agnes, geh nicht. Aber ich bin gegangen. Der Weg verschwamm mir vor den Augen.

8bris, den 7ten
Ich habe dem Gerichtsschreiber sein Buch zurückgebracht. Die sonderbare Geschichte von einem namens Simplicius. Kerpen will mir ein neues Bändchen mitbringen. Ich weiß nicht, ob ich mich darauf freue oder nicht. Ich lese sehr langsam, und vieles verstehe ich nicht. Ich habe es ihm gesagt. Das sei nicht schlimm, meint er, ich könne immer kommen und ihn fragen, wenn ich etwas wissen möchte. Aber ich habe mich

nicht getraut, ihn zu fragen, was Sünde ist. Zwischen Mann und Frau, meine ich. Vielleicht ist es auch nicht mehr wichtig. Ich werde es machen wie die Wittib Kemps, die nach dem Tod ihres Mannes keinen neuen Hochzeiter mehr genommen hat. Sie hilft jetzt ihrem Bruder in der Schule und auch im Hospitälchen und ist zufrieden damit. Ich werde weiter in der Wirtschaft arbeiten, es ist nicht das Schlechteste, und sobald Lisa richtig mitarbeiten kann, werde ich Vater bitten, mir mehr Zeit zum Schreiben zu geben. Es tut mir gut, meine Gedanken zu Papier zu bringen. Der Gerichtsschreiber hat mir von einer Frau erzählt, die wie ich Tochter eines Gastwirtes ist und Gedichte schreibt. Sie soll einige sogar veröffentlicht haben. Ich kenne ihre Gedichte nicht, aber ich bewundere diese Frau für ihren Mut. Ob ich so etwas könnte?

Kerpen hat mir auch erzählt, dass er nachgeforscht hat, wo Hennes in der großen Sturmnacht gewesen ist. Er ist wirklich die ganze Nacht über im Schloss gewesen. Der Blitz hatte in den nördlichen Stalltrakt eingeschlagen und das Dach in Brand gesetzt. Alle mussten mithelfen, die Tiere in Sicherheit bringen und Wasser schleppen. Sie hatten wohl großes Glück gehabt, auch weil es so sehr geregnet hatte, und der Kurfürst hat, als er davon erfuhr, alle hoch belobigt. Ich bin froh darüber, denn ich möchte nicht, dass die Leute schlecht über Johann denken. Er ist ein guter Mensch, und tief in meinem Herzen wird er immer einen Platz haben. Aber treffen kann ich ihn nicht mehr.

Vierter Sonntag im Octobris
Geschneit hat es letzte Nacht. Wie früh kommt der Winter dieses Jahr!

Jaköbchen hat uns alle mit seinem Geschrei geweckt. Schnee, Schnee, hat er gebrüllt und ist hinausgestürmt. Mit nackten Füßen! Lisa hinterher, sie kann es nicht lassen. Aber sogar Mutter hat gelacht und der kleinen Maria ein bisschen Schnee in den Mund geschoben. Wie hat sie das Gesicht verzogen, unsere Maria! Und dann doch den Mund aufgesperrt, weil sie mehr wollte. Sie ist ein so liebes Kind. Und Mutter ist endlich wieder gesund. Sie neckt mich, wenn sie mich mit einem Buch dasitzen sieht. So, so, sagt sie, vom Gerichtsschreiber … Ach, was sie sich nur wieder denkt! So ist das doch gar nicht. Aber ich freu mich doch, dass er so gar keine Angst hat um seine Bücher. Wenn Lisa sie findet, habe ich ihm gesagt, reißt sie sie mir bestimmt aus der Hand, und dann gibt es Flecken und Eselsohren. Bücher müssen gelesen werden, hat er geantwortet, und nicht im Regal vergilben. Da wusste ich nicht mehr, was ich sagen sollte. Ich werde gut auf sie aufpassen. Wenn er Zeit hat, reden wir über das, was ich gelesen habe. Besonders gut gefallen mir die Fabeln des Fürchtegott Gellert. Ich habe den Namen zuvor noch nie gehört, aber Kerpen sagt, alle würden ihn jetzt lesen, und er erzählt mir, was er weiß. Aber er spielt sich nicht auf damit wie der Burbacher, an den ich, Gott sei's gelobt, fast gar nicht mehr denke. Und so steif, wie er am Anfang war, ist der Gerichtsschreiber auch nicht mehr. Manchmal lachen wir zusammen über einen Vers oder Satz in einem Buch. Und immer begleitet er mich hinterher zur Tür. Am Anfang war es mir peinlich, wie er da mit seinem lahmen Bein hinterm Schreibtisch vorkam, ich konnte gar nicht hinschauen. Aber jetzt habe ich mich daran gewöhnt.

Die Wittib Kemps hat mich neulich beim Krämer getroffen. Warum ich denn gar nicht mehr zu ihr komme, hat sie gefragt. Ich schreibe nicht mehr viel, habe ich gesagt. Und dass es zu Hause viel Arbeit gebe. Ich soll trotzdem wieder mal vorbeikommen, auch wenn ich nicht schreiben möchte. Ja, habe ich ihr versprochen, bald. Gewiss.

Der Schnee ist nicht mal bis Mittag liegen geblieben, und der Wind hat die Wolken vertrieben.

Vor ein paar Tagen habe ich Caduschs Margaretha bei Levi gesehen. Zusammen mit ihrer Mutter und ihrer Schwester. Wahrscheinlich suchen sie nach einem Kleiderstoff für das Verlöbnis. Seltsam, wie gleichmütig es mich lässt. Margaretha guckte blass drein, gar nicht wie eine glückliche Braut. Beim Bäcker haben die Frauen erzählt, Johann käme Margaretha nie besuchen. Der alte Stadtmüller heiratet den Bürgermeister, kicherte die Bäckersfrau, und alles prustete vor Lachen.

Manchmal wollt ich schon wissen, ob es stimmt, dass Hennes Falkenlust kaum noch verlässt. Cornelius hat es mir gesagt. Grüß ihn, hab ich ihn gebeten. Sag ihm, dass er auf sich aufpassen soll.

NEUNZEHN

Dunkel und regnerisch war der November. Die Hände in den Taschen, die Jackenkragen hochgeschlagen, hasteten die Brühler durch die Straßen, hielten sich nicht länger als notwendig vor den Krämerläden auf oder an den wenigen verbliebenen Marktständen, wo unverwüstliche Bauersfrauen unter schweren Umhängen kauerten und nur noch ihre Augen und Nasenspitzen zwischen Tüchern und Schals hervorlugten. Selbst die Buben vom Fischmarkt, die sonst keine Gelegenheit ausließen, ihre Handlangerdienste anzubieten, ein paar Groschen zu erbetteln oder einen Apfel zu stibitzen, hielten sich in dunklen Scheunen verkrochen, schliefen oder stritten aus Langeweile. Auch Joseph war nirgends zu sehen.

Jeden Abend ging Kerpen zu Henrich Weisweiler, aber die lebhaften Gespräche mit dem Freund und Frau Barbara waren Vergangenheit. Kerpen vergingen die Stunden quälend langsam. In bedrückter Stimmung löffelten die Männer gemeinsam die Suppe, die die Magd ihnen servierte. Die Kinder schlichen mit hängenden Köpfen durchs Haus. Kaum jemand redete. Kerpen hätte alles gegeben, um noch einmal Barbaras Stimme zu hören, wenn sie sang oder den jüngeren Kindern Geschichten erzählte, wie sie sie von ihrer Großmutter erzählt bekommen hatte. Jetzt lauschten sie besorgt auf die Geräusche, die aus dem Schlafraum drangen, und mit jedem Husten, den Barbara Wollersheim unter Keuchen herauspresste, schnürte es ihnen die Kehle zu. Kerpen umklammerte das Weinglas, das Henrich ihm hingestellt hatte. Später saßen sie abwechselnd am Bett der Kranken, die fieberte und Blut spuckte, flößten ihr die vom Medicus verschriebene Medizin ein, aber sie wollte nicht anschlagen.

Barbara starb am sechsundzwanzigsten November, es war der Samstag vor dem ersten Advent. Drei Tage danach wurde sie in St. Margareta beerdigt. Pfarrer Mauel fand rührende Worte, die die Frauen mit lautem Schluchzen und bitterem Wehklagen begleiteten. Selbst die Männer wischten sich verstohlen die Tränen aus den

Augen. Es sei eine schöne Beerdigung gewesen, beglückwünschte die alte Kribben den Pastor nach dem Gottesdienst.

Cadusch kam das Ableben der Wollersheim ungelegen. Das Haus war gerichtet für das für den ersten Advent angesetzte Verlöbnis von Margaretha mit Johann Stemmeler, die Weine und das Fleisch waren geliefert, der Geruch von frischem Brot und Zuckerwerk durchzog alle Räume. Der Bürgermeister hatte sich nicht lumpen lassen. Nach wochenlangem Rechnen und Gegenrechnen war der alte Stemmeler ihm ausnahmsweise einmal entgegengekommen und hatte ihm großzügige Abbaurechte an der schwarzen Erde auf dem Esser'schen Grundstück zugestanden. Im kommenden Frühjahr nach der Geburt der neuen Zicklein sollte das Land an der Gabjei nun endgültig auf den Stadtmüller übertragen werden. Alle Parteien zeigten sich mit dem ausgehandelten Kontrakt zufrieden.

Der Respekt vor den Weisweilers gebot, die Feier zu verschieben. Cadusch grollte und verteilte auf Anraten des Pfarrers die Lebensmittel, die er und seine Familie nicht selbst essen konnten, unter den Armen des Residenzstädtchens. Es war das erste Mal, dass der bucklige Joseph in Speck gewickelte Datteln mit Mandelkern kostete. Sie schmeckten ihm vortrefflich.

»Barbara hätte sich gefreut«, stellte Kerpen fest und entlockte Henrich Weisweiler damit ein winziges Lächeln.

Noch am Tag der Beerdigung eilte Margaretha zum Burbacher Hof. Misstrauisch schaute Anna Maria Marcelli ihrer Tochter nach. Die Versicherung, nur ihre Freundin Gertrud könne ihr über den Schmerz des verschobenen Verlöbnisses hinweghelfen, klang wenig glaubhaft. Sie dachte an das leere Gesicht des jungen Stemmeler, der zusammen mit den Falkenlustern zur Messe gekommen war. Mehr als einen höflichen Gruß hatten die jungen Leute nicht ausgetauscht. Immer häufiger hegte Frau Marcelli die Befürchtung, dass die Verbindung der beiden Familien keine allzu gute Entscheidung gewesen war. Doch dann erinnerte sie sich an ihre eigene Verlobungszeit. Auch ihre Ehe hatten die Eltern arrangiert, sie hatte Gerhard Cadusch kaum gekannt und die erste Nacht nach der Hochzeit gefürchtet. Doch sie hatte sich an das Leben mit dem Baumeister gewöhnt, hatte ihm mehrere Kinder geschenkt, Söhne, die es zu etwas gebracht hatten, Töchter, die zugegebenermaßen manchmal etwas schwierig waren, »… das haben sie von deiner Großmutter«, lachte ihr Mann dann gequält und tätschelte ihr versöhnlich die Hand. Aber Liebe war aus ihrer Beziehung nie geworden. Sie war nicht traurig darüber, hatte es ihr doch manch Leid und Kummer erspart, damals zum Beispiel, als Gerhard sich eine Liebschaft in Köln leistete und mit ihr monatelang nur das Notwendigste gesprochen hatte. Was das Verhältnis damals beendete, wusste sie nicht, sie fragte auch nicht. Und sie zeigte Cadusch vor allem nicht ihren Triumph, als sie merkte, dass er sich ihr danach stärker zuwandte, als es vor dieser Liebeständelei der Fall gewesen war.

Der Gedanke daran tröstete sie. Auch Margaretha würde sich mit der von den Eltern beschlossenen Verbindung abfinden. Wenn die beiden jungen Leute lernten, respektvoll miteinander umzugehen, würde sich alles andere von allein entwickeln.

Immer häufiger wurden Margarethas Besuche bei Gertrud Dominick. Kam sie zu später Stunde endlich nach Hause, war sie blass und um die Augen lagen dunkle Schatten. Anna Maria Marcelli hörte ihre beiden Töchter miteinander tuscheln, trotzig Margarethas Stimme, beschwichtigend, manchmal auch aufgebracht die der jüngeren Schwester. Versuchte sie herauszufinden, was die Mädchen bedrückte, schwiegen die beiden verlegen.

»Geht es um Johann?«, fragte sie wieder. Sie hatte gehört, dass der alte Stemmeler einen Herzanfall erlitten habe, als er von dem aufgeschobenen Verlöbnis erfuhr. Catharina Smulders hatte Johann daraufhin freigestellt, damit dieser dem Bruder in der Stadtmühle helfen konnte, bis der Alte wiederhergestellt sein würde.

Maria grinste schräg. Ganz gelogen war es nicht. Beruhigt schloss Frau Marcelli die Tür und setzte sich mit einer Stickarbeit zu ihrem Mann.

»Margaretha muss auf eine Verlöbnisfeier verzichten«, knurrte dieser, als er seine Frau kommen sah. »Es wird sofort geheiratet. Und zwar beide zusammen, Maria und Margaretha, am selben Tag. Ich bin doch kein Kurfürst! Margaretha hat ein schönes Kleid bekommen, das muss reichen.«

ZWANZIG

»Du musst etwas tun!«

Margaretha hatte sich das dicke Wolltuch fest um Schultern und Kopf gewickelt, aber sie konnte nicht verhindern, dass sie am ganzen Körper zitterte. Ein scharfer Januarwind blies durch die Ritzen der alten Scheune, ihre Lippen waren blau gefroren. »Was soll ich tun? Dein Vater will mich nicht sehen. Ich bin ihm nicht fein genug! Und überhaupt, mir ist es langsam leid! Leid! Hörst du! Was haben mir deine Versprechungen gebracht? Nichts! Hingehalten hast du mich. Die ganze Zeit über!«

Anton hatte endgültig die Geduld verloren. Die Sache mit dem Deckhengst machte ihm schwer zu schaffen. Das Geld war verloren. Sie hatten das Tier zwar wiedergefunden, aber es war verletzt gewesen, und sie hatten es schlachten müssen. Nichts genützt hatten auch die Wochen, in denen er Margaretha schön getan hatte, der Grundstücksvertrag zwischen Esser und dem alten Stemmeler war unter Dach und Fach, und ganz Brühl redete über die neue, schöne Zukunft mit Brandturff.

»Lass mich in Ruhe«, herrschte er sie an, »und sei deinem Vater dankbar, dass er dir so eine gute Partie wie Johann Stemmeler ermöglicht hat.« Böse blitzten Antons Augen, aber Margaretha sah es nicht.

»Ich bekomme ein Kind«, flüsterte sie.

»Ein Kind?« Anton schnappte nach Luft. »Von wem bekommst du ein Kind?«

Margaretha fuhr auf. »Von wem, fragst du? Von wem soll es denn sein außer von dir?«

»Von Johann zum Beispiel.« Antons Stimme war beißend.

»Wie bitte? Ich glaub, ich hör nicht recht! Von Johann? Kein einziges Mal war ich mit ihm zusammen, hörst du: kein einziges Mal. Nur dir war ich treu. Das Kind ist von dir. Du musst mir helfen!«

»Das wird ja immer schöner! Jeder weiß, dass du mit Johann verlobt bist, seit kurzem wohnt er wieder zu Hause in der Stadtmühle, und da willst du mir weismachen, du wärst nie mit ihm zusammen gewesen! Kein Wort glaube ich dir.«

Anton war wie vor den Kopf gestoßen. Plötzlich verstand er die Blicke der Schwester, die sie ihm in den letzten Tagen zugeworfen hatte, diese lauernden Blicke aus spöttischen Augen. Er musste nicht bei Sinnen gewesen sein, als er sich auf dieses Frauenzimmer eingelassen hatte. Und jetzt erwartete sie ein Kind von ihm, ausgerechnet in dem Augenblick, als er einen Schlusspunkt unter dieses unselige Verhältnis setzen wollte. Mit Georg hatte er schon überlegt, ob es nicht besser wäre, in die Neue Welt auszuwandern. Nach Amerika, alle Welt sprach darüber.

Eine letzte winzige Hoffnung keimte in ihm auf. Ob Margarethas Schwangerschaft den alten Cadusch noch umstimmen könnte? Doch Margaretha erteilte ihm einen Dämpfer.

»Mein Vater verzeiht mir nie, wenn er erfährt, dass das Kind von dir ist. Keinen Pfennig wird er mir von meinem Erbe auszahlen …«

»Dann musst du Johann dazu bringen, dass er das Kind als seines ausgibt.« Antons Stimme war eisig, er erhob sich, aber Margaretha krallte sich an ihm fest.

»Du hast mich in diese Lage gebracht. Hast du nicht immer gesagt, es kann nichts passieren, du passt auf, hast du gesagt. Und wie du aufgepasst hast! Nein, Anton, du kannst jetzt nicht einfach davonlaufen, du musst mir helfen!«

»Und wie, bitte, soll ich dir helfen?«

Margaretha schwieg. Sie wusste selbst keinen Ausweg.

Anno 1758, Donnerstag, 2da Februarij, kurz vor Mitternacht
Ich weiß nicht, wie ich anfangen soll, in meinem Kopf schwirrt es. Lichtmess war heute, und Vater hat eine Magd genommen, damit Mutter entlastet wird. Und Fastelovend hat angefangen, die Kinder sind außer Rand und Band und mit Rasseln und Tröten durch die Straßen gezogen, Lisa und Jaköbchen allen voran. Am Nachmittag bin ich bei Kerpen auf der Amtsstube gewesen, um ein Buch zurückzugeben. Ich hätte gerne länger mit ihm gesprochen, aber es waren zu viele Leute da. Denen fielen die Augen aus dem Kopf, nur weil er mir die Türe aufgehalten hat. Sie sollen sich um ihre eigenen Angelegenheiten kümmern!

*Und dann stand am Abend plötzlich Cornelius unter der
Tür und machte mir ein Zeichen. Ich kann jetzt nicht, gab ich
ihm zu verstehen. Er musste doch gesehen haben, dass ich die
Hände voll mit Bierkrügen hatte, aber er gab keine Ruhe,
winkte mir wieder und wieder. Nur Trudis hab ich's dann gesagt, und dass ich gleich wiederkäme.*

*Cornelius wartete schon ungeduldig und zog mich zur Kir-
che. Und dort am Eingang stand Johann. Er blutete am Kopf,
und ich schrie, so erschrocken war ich. Es sei nichts, nur ein
Kratzer, sagte er und zog mich an sich. Ich wollte nicht, ich
wehrte mich, er ist doch verlobt. Aber, Maria, kann man gegen sein eigenes Herz ankämpfen? Und doch, ich bin es müde.
Wenn etwas vorbei ist, soll man nicht noch einmal von vorn
anfangen.*

*Und dann erzählte er mir, was passiert ist. Er war mit Cor-
nelius unterwegs, nach Falkenlust, glaube ich, denn seinem
Vater geht es wieder besser. Als sie in der Nähe vom Palmersdorfer Hof waren, tauchte plötzlich Anton Dominick auf. Mit
seinem Bruder. Ganz ruhig soll er gewesen sein, der Anton,
soll Johann um ein Gespräch gebeten haben. Von Mann zu
Mann, wie Johann höhnte. Aber dann kam's: Johann solle zugeben, dass er der Vater von Margarethas Kind sei.*

Maria!

*Mein Herz fing zu rasen an, wie wild. Hat Johann mir
nicht gesagt, dass er Margaretha nicht liebt, dass er noch nie
mit ihr …? Gewiss, nach der Hochzeit habe ich kein Recht
mehr auf ihn, aber bis jetzt … war ich doch die Einzige! Oder
nicht?*

*Er muss meine Gedanken gelesen haben, denn er packte
mich an den Schultern. Agnes, beschwor er mich, kein Wort
davon ist wahr. Merkst du nicht, was der Burbacher da spielt.
Er hat sich mit der Caduschstochter vergnügt, und nun drückt
er sich vor der Verantwortung. Johann hat mich geschüttelt
und gerüttelt, hör mir doch zu, hat er gesagt, und endlich hab
ich ihm zugehört. Aber nur Gott im Himmel weiß, ob es die
Wahrheit ist, die er sagt.*

*Er soll die Vaterschaft für das Kind von Margaretha über-
nehmen. Für ein Kind, das gar nicht meins ist, hat er mir ins*

Ohr geschrien, so empört war er, und Cornelius musste ihn beruhigen, damit er leiser spricht. *Bist du sicher, dass es nicht von dir ist?* Die Frage bohrte in mir, und gleichzeitig hätte ich mir am liebsten die Zunge abgebissen, dass ich meinen Mund nicht halten konnte. Aber da wurde er auf einmal ganz ernst. *Agnes, hat er gesagt, ich schwöre es dir, und ich kann es dir beweisen. Dafür, dass ich dieses Kind als meins ausgebe und damit der Caduschs ihre Ehre rette, hat Anton mir Geld geboten. Cornelius ist mein Zeuge.* Und Cornelius nickte. *Ziemlich viel Geld sogar,* hat Cornelius noch gesagt.

Natürlich ist es dann zum Streit gekommen, ich kenn ja meinen Hennes! *Ich lass mich doch nicht von dir einschüchtern,* hat er den Anton angefaucht. Von daher auch die Schramme auf der Stirn, aber das sei wirklich nicht der Rede wert.

Niemand kann mich zwingen, ein Kind als meines auszugeben, das nicht meins ist, hat er mir versichert. *Und dass er das Verlöbnis mit Margaretha Cadusch lösen wird.*

Maria, das hat er gesagt! Und: *Ich hab dich noch immer lieb, vertrau mir,* hat er mir ins Ohr geflüstert.

Verstehst du jetzt, warum ich so aufgeregt bin?

Und doch … irgendetwas macht mir Angst. Ich weiß nicht, was es ist. Ob Anton diese Abfuhr auf sich sitzen lassen wird? Und was wird Margaretha tun?

Ach, alles war so ruhig in den letzten Wochen, und jetzt dreht sich mir wieder der Magen um. Ist das Liebe? Warum muss Liebe so wehtun?

Fastelovend wird Johann in Falkenlust sein. Wegen der vielen Feierlichkeiten, die am Samstag beginnen. Catharina Smulders hat nach ihm rufen lassen, sogar nach Cornelius. Aber dann, was kommt danach?

EINUNDZWANZIG

Johann war ausgelassener Stimmung, als er am Freitagnachmittag mit Ignatius die lange Allee von Schloss Falkenlust nach Augustusburg hinunterging. Kälte und die früh einsetzende Dunkelheit konnten ihm nichts anhaben. Er redete ohne Unterlass, blieb zwischendurch stehen, nötigte auch den Freund anzuhalten, lachte, spielte ihm vor, wie er nach Fastelovend in der nächsten Woche vor seinen Vater hintreten würde und vor Baumeister Cadusch. Eine ungeheure Last war ihm von der Seele gefallen, frei fühlte er sich, trunken vor Glück.

»Dieses Jahr werde ich Fassnacht feiern, wie schon lange nicht mehr. Das kannst du mir glauben. Komm mit, Ignatius, lass uns zusammen singen, tanzen, trinken … Das muss begossen werden!«

Ignatius lachte. »Und du glaubst, dass Mutter uns gehen lässt, wo nachher der ganze Hofstaat aus Bonn herüberkommt? Schlag dir das aus dem Kopf!«

»Ach was, Ignatius. Letztes Jahr hat es schon nicht geklappt, und ich habe Agnes enttäuschen müssen. Noch mal soll mir das nicht passieren. Cornelius kommt doch und hilft uns. Dann können wir Montagabend feiern. Ich werde gehen, komme, was da wolle. Und du musst mitkommen, du und Cornelius, ich rede mit Frau Catharina, du wirst sehen, sie wird uns gehen lassen.«

Ignatius wollte Johann nicht die vergnügte Stimmung verderben und sagte nichts. Er würde ja selbst gar zu gerne mit dabei sein, wenn am Montag und Fassnachtdienstag die Musikanten auf den Straßen von Brühl aufspielten, wenn die Mädchen mit aufgelösten Haaren und rot gemalten Wangen hinter den Mannskerlen her jagten und sie zum Tanz lockten.

Sie kamen gerade rechtzeitig nach Schloss Augustusburg, als die ersten kurfürstlichen Wagen aus Bonn eintrafen. Gemeinsam mit der Dienerschaft luden sie Körbe von Lebensmitteln ab, Leinenzeug für Tisch und Bett, Kleidung und Galauniformen für die Herrschaften, Musikinstrumente für die abendlichen Maskenbälle. Gewissenhaft sortierten sie aus, was nach Falkenlust geschafft werden sollte, Weine vor allem und Zuckerwaren, aber auch Brot, Fleisch, Geflügel. Catharina Smulders hatte ihnen eine lange Liste mitgegeben, denn der Kurfürst wollte die diesjährige Maskensaison im kleinen Kreis in Falkenlust einläuten.

Johann schleppte schwer an den Livreen, an Bauernkostümen aus edelsten Stoffen, Jacken, Westen, Miedern, Federn und Hüten. Der Kämmerer nahm die Kleidungsstücke in Empfang und verstaute sie in der Garderobe. Jedes Stück wurde registriert und bekam seinen Platz in Truhen und Schränken.

»Schau dir diese Säbel an!« Johann war voller Bewunderung und warf Ignatius eine Waffe zu, der sie geschickt auffing.

»Wunderschön, aber weißt du, was das für uns bedeutet?«

Johann schüttelte den Kopf. Er öffnete eine Truhe, in der mehrere Hirschfänger lagen, einer prächtiger als der andere. Er griff nach der obersten Waffe, die mit einem silberverzierten Horngriff versehen war. Johann zog die Klinge aus der Lederscheide. Sie zeigte eine Jagdszene, einen Hund, der einen flüchtenden Hirsch hetzte, und endete in einer scharfen, zweischneidigen Spitze. Er hielt sich das fast säbellange Messer an die Seite, dann hob er stolz den Kopf und salutierte vor Ignatius. »Graf Johann von und zu Stemmeler!« Er lachte schallend, als Ignatius sich an die Stirn tippte.

»Du bist närrisch, leg die Waffe zurück. Du wirst noch genügend Zeit haben, sie zu bewundern, denn wir werden das Vergnügen haben, sie alle zu putzen. Und glänzen müssen sie, mein Lieber, glänzen, dass sich die Damen drin spiegeln können.«

»Ignatius!«

»Was?«

»Wann fährt der Wagen nach Falkenlust ab?«

»Jetzt sofort, Simon sitzt schon auf dem Bock. Warum?«

»Gib mir eins von den Tüchern dort drüben. Nun mach schon!«

»Sag mir um Himmels willen, was du vorhast?«

Johann riss Ignatius fast die Decke aus der Hand, und noch bevor dieser richtig gucken konnte, hatte Johann den Hirschfänger in das Tuch eingeschlagen.

»Du bist verrückt!«, schrie Ignatius ihn an, aber Johann hielt ihm den Mund zu.

»Sei still, es ist doch nur für Fastelovend. Stell dir vor, was die Leute für Augen machen werden, wenn ich damit ankomme! ›Graf Johann von und zu …‹! Ignatius, tu nicht so, das wird ein riesiger Spaß, und noch bevor die Sachen nach Bonn zurückgehen, liegt das gute Stück wieder in der Truhe.«

»Hennes, das kannst du nicht machen, die Waffen sind gezählt.«

»Komm, sei kein Spielverderber, ich bring sie doch wieder zurück, und im Übrigen kann sich jeder mal verzählen, dann haben die Bonner eben einen Fehler gemacht. Wenn du mich nicht verrätst, merkt das kein Mensch. Schwör mir, dass du mich nicht verrätst!«

»Ich verrate dich nicht, aber verrückt bist du trotzdem.«

Johann rannte schon hinter Simon her, das Tuch mit dem Hirschfänger an sich gepresst.

Ignatius sah ihm nach, wie er geschickt auf den Bock aufsprang und auf den Kutscher einredete. Gleich darauf kam Johann in den Hof zurück, triumphierend. Aufgekratzt begann er auf Ignatius einzuboxen, bis dieser zu Boden ging und »Gnade, Gnade« wimmerte. Ignatius war es flau im Magen, als sie den Holzkasten mit den Hirschfängern in den Garderobenraum brachten. Sie pressten die Lippen zusammen und vergaßen das Atmen, doch der Kämmerer, der zwischen Kleidern, Papieren und Dienern hin und her hastete, öffnete den Deckel nicht, sondern schob achtlos die Truhe in eine Ecke. »Zehn Hirschfänger« hakte er auf seiner Liste ab.

»Du bist wirklich ein Freund, Ignatius.« Gerührt puffte Johann den Jüngeren in die Seite, als sie spät am Abend auf dem Rückweg nach Falkenlust waren.

Ignatius schaute ihn von der Seite an.

»Manchmal weiß ich nicht, ob ich auf dich wütend sein soll, oder ob ich dich bewundere.«

»Genau das ist es, was mir an dir gefällt.« Johann blieb stehen und nickte Ignatius zu. »Du bist ehrlich, du sagst, was du denkst. Du sagst mir auch, wenn ich Grillen im Kopf habe, wenn ich verrückte Sachen mache, die ich deiner Meinung nach nicht machen sollte. Und vielleicht hast du sogar Recht damit. Aber du bist ein Freund, weil du trotzdem zu mir hältst.«

Das Lob machte Ignatius verlegen.

»Ist schon gut«, murmelte er, »du hörst ja trotzdem nie auf mich.«

»Doch, Ignatius, ich hab dazugelernt. Zum Beispiel das mit den Falknern, ich habe begriffen, dass man das nicht überstürzen kann. Dass man die Dinge langsam angehen muss, um keinen Neid heraufzubeschwören. Wir beide werden in Valkenswaard ganz von unten anfangen müssen, um uns dann langsam hochzuarbeiten, aber wir werden es schaffen. Und ich habe gelernt, mit meinem Vater zu reden. Das war nicht einfach, der Alte ist schon manchmal zum Aus-der-Haut-fahren.«

Johann lachte vergnügt, wenn er an die letzten Wochen zu Hause dachte. Der Vater hatte keine großen Worte gemacht, ihn vielmehr wie früher hart rangenommen. Aber von überall her hörte er, wie stolz sein Vater auf ihn sei, wie er einen Abend lang alle Wirtshausbesucher ausgehalten und mit Johanns Empfang bei Seiner Durchlaucht, dem Kurfürsten, geprahlt hatte. Gerührt holte Johann die silberne Tabaksdose aus der Tasche, fuhr zärtlich über den glänzenden Deckel, öffnete ihn und nahm eine Prise.

»Irgendwie hast du ja Recht mit deinen Vernunftpredigten.« Er hielt Ignatius den Tabak hin. »Plötzlich scheint mir das Glück hold zu sein, und ich bin wieder frei für Agnes. Aber ein klein bisschen Unvernunft muss doch manchmal sein. Fastelovend zum Beispiel. Wenn ohnehin jeder ausgelassen ist. Ignatius …«, er packte den Freund bei der Schulter, »… wir feiern ganz groß, und hinterher bring ich den Hirschfänger zurück und beichte dem Pfarrer alles. Wort für Wort.«

Auch Ignatius musste jetzt lachen, er ließ sich von Johanns guter Laune mitreißen und fing zu pfeifen an. Den Rest des Heimwegs übten sie Paradeschritt.

Erst lange nach dem Abendessen tauchte Cornelius am Sonntagabend in Falkenlust auf. Er war früher erwartet worden, doch Frau Smulders winkte ab, als Cornelius Erklärungen vorbrachte, sondern scheuchte die drei jungen Männer sofort in die kurfürstlichen Räume des kleinen Schlosses, um die Tische und Aufbauten für den nächsten Tag aufzustellen. Sie sprachen nicht viel miteinander, sondern arbeiteten zügig. Adelheid und ein paar Mägde kamen bereits mit neuen Tischdecken und frischem Porzellan, und erst als

Frau Smulders ihnen nach einem prüfenden Blick zunickte, zogen sie sich in ihren Schlafraum zurück, in dem wie schon im letzten Jahr auch die Falken untergebracht waren.

Sachte strich Johann einem jungen Norweger über die Brustfedern. Der Vogel zuckte ein wenig und atmete dann ruhig weiter. Cornelius war neugierig herangetreten, er wollte etwas fragen, doch er besann sich anders und ließ sich auf eines der Betten fallen.

»Dominicks Anton war heute Nachmittag schon betrunken«, begann er unvermittelt.

Auch Ignatius und Johann setzten sich auf die Bettkante und zogen ihre schweren Stiefel aus. Johann zuckte gleichgültig mit den Schultern.

»Lass ihn doch. Es ist schließlich nicht das erste Mal und geht uns nichts an.«

»Doch, das geht uns schon was an. Dich vor allem.«

»Warum mich?«

»Weil er mit einem dicken Knüppel zum Schwarzen Bären gekommen ist, und nachdem er eine Stunde lang Wein und Bier durcheinander gesoffen hat und sich kaum mehr auf den Beinen halten konnte, fing er an rumzupöbeln und mit dem Prügel zu drohen, der sei für dich bestimmt. Er würde sich deine Frechheiten von jetzt an nicht mehr gefallen lassen, er würde die Sache jetzt selber in die Hand nehmen, wenn das Brühler Gericht dazu nicht in der Lage sei. Und so weiter, und so weiter.«

»Der Burbacher hat sich mit seiner Buhlschaft in Schwierigkeiten gebracht, und nun weiß er nicht, wie er da wieder rauskommen soll. Aber ich habe keine Angst vor ihm.« Johann spuckte den Priem aus, auf dem er herumgekaut hatte.

»Nimm das nicht auf die leichte Schulter. Ich hab sein Gesicht gesehen, es war ihm bitter ernst, obwohl er so besoffen war. Die Geschichte mit Margarethas Balg ist ihm ganz schön auf den Magen geschlagen. Linnich ist dann auf ihn zu, du weißt, das ist ein Schrank von Mann, aber ganz gelassen dabei. Er hat auf Anton eingeredet wie auf einen lahmen Gaul, bis der ihm tatsächlich den Knüppel ausgehändigt hat. Freiwillig.«

»Na, siehst du, es ist alles nur halb so schlimm. Lasst uns schlafen. Ich bin müde, und morgen wird ein langer Tag.« Johann gähnte, Agnes kam ihm in den Sinn.

»Was hat Agnes zu der ganzen Sache gesagt?«

»Stocksteif stand sie hinter der Theke und hielt sich die Hände vor den Mund. Ich glaub, sie war ganz schön erschrocken. Johann, geh morgen nicht nach Brühl. Wart erst mal ab, bis der Burbacher sich wieder beruhigt hat.«

»Das kommt überhaupt nicht in Frage, ich werde gehen. Du hast doch Agnes hoffentlich nicht gesagt, dass ich kommen will? Es soll doch eine Überraschung für sie sein.«

»Nein, habe ich nicht. Trotzdem, Johann, überleg es dir noch mal. Noch hast du Zeit. Du hast sein Gesicht nicht gesehen, bleib hier!«

»Cornelius, hör auf! Der Burbacher wird ja nicht immer mit einem Prügel herumlaufen, außerdem weiß doch niemand, dass ich komme. Was soll also geschehen? Im Übrigen …«, Johann langte unter seinen Strohsack und zog den Hirschfänger hervor.

»Damit kann mir gar nichts zustoßen.« Mit Wucht schlug er die Waffe auf seine Bettdecke, dass Staub aufwirbelte.

Ignatius schüttelte den Kopf. »Hör auf, Johann, ich bitte dich.«

Aber Johann lachte und ließ sich auf sein Bett fallen.

»Ich will Agnes wiedersehn, versteht doch!«

ZWEIUNDZWANZIG

Wenn es nach Joseph ginge, könnte jeden Tag Fastelovend sein. Inmitten der Lumpen und Larven, die sich singend und walzend durch die Gassen schoben, fiel er nicht auf. Einmal im Jahr war er kein Außenseiter, sondern gehörte dazu. Lustig waren die Leute zu ihm an diesen Tagen. »Komm, Puckelchen, tanz«, riefen sie und steckten ihm Nüsse und Rosinen in Mund und Taschen. »Sing uns was!«, forderten sie ihn auf, und Joseph sang und tanzte, und die Leute lachten und klatschten, und Joseph war glücklich.

Am Nachmittag gesellte er sich zu den Spielleuten, sie gaben ihm eine Trommel und Stöcke, und zur großen Verwunderung aller hatte er nach wenigen Minuten den Rhythmus erfasst. Er trieb die Fiedler und Dudelsackspieler an, wilder und wilder schlug er die Trommel. Und schneller und schneller drehten sich die Tänzer. Jauchzend, mit heißen Gesichtern. Die Strümpfe der Mädchen rutschten, die Mützen der Männer packte der Wind. Auch Joseph hüpfte und sprang auf und nieder. Die Haare flogen um den Kopf. Ein filziger Hund, könnte man meinen, er hatte die Welt vergessen.

Bis er mit einem Mal die Trommelstöcke sinken ließ. Er stieß einen lauten Triller aus, hob den Kopf, so hoch er konnte, sein Gesicht glühte, und dann begann er zu summen, sanft und leise, die Melodie eines Wiegenlieds. Sachte schunkelte er hin und her. Sein pockennarbiges Gesicht wurde weich, und die Leute hielten erstaunt inne. »Psst«, murmelten sie und lauschten verwundert dem Puckel, »hört doch mal, dass der so was kann!«

Auch Agnes wollte das Wunder sehen und schob sich durch die Menge, Trudis und Lisa im Schlepptau. Als Joseph das Mädchen sah, stieß er wieder einen Triller aus, aber leiser als das erste Mal, er schaute sie unverwandt an. Sie war so schön, wie eine Heilige, er nahm die Melodie des Schlaflieds wieder auf, summte und sang Worte, die keiner verstand, bewegte sich in weichen Schritten hin und her, wie ein großer Vogel im Wind, drehte sich und begann erneut zu trommeln. Zuerst kaum hörbar, dann lauter begleitete der gleichmäßige Trommelschlag seinen Gesang. Die Leute waren still geworden. »Sing dat noch ens«, baten sie ihn, wenn die letzte Note verklungen war. Und er sang wieder und trommelte im Rhythmus der Melodie, und seine Augen leuchteten. Als er das Lied dreimal wiederholt hatte, schüttelte er den Kopf, tappte mit schweren Schritten auf Agnes zu, die Leute machten ihm, noch immer verwundert, Platz, dann stand er vor ihr und sagte: »Alles för et Agnes.« Sagte es ganz leise, schritt durch die Menge hindurch und verschwand in der Kirchgasse.

Erst da begannen die Brühler zu jubeln, sie klatschten begeistert in die Hände, die Musikanten trompeteten einen Tusch nach dem anderen in die frische Montagabendluft. »Dr Puckel, dr Puckel!«, riefen sie dazwischen, und hier und da wurde sogar der Name »Joseph« laut. Wer hätte das gedacht, dass der arme Krüppel so gut singen konnte. Der könnte ja sogar in der Kirche singen, meinten manche. Agnes stand reglos inmitten der gaffenden Menschenschar, die sie anstierte, sie merkte es wohl, aber sie tat, als ob sie es nicht sah. Trudis hatte Tränen in den Augen und drückte sich fest an die große Schwester. Allein Lisa hopste herum und trällerte das Lied des Puckels laut vor sich hin.

»Ich werde ihm was zu essen bringen«, flüsterte Agnes Trudis ins Ohr und bedeutete ihr mit einer Geste, sie solle bei Lisa bleiben.

Es dauerte eine Weile, bis sie Joseph fand. Zuerst hatte sie hinter der Kirche gesucht, dann auf dem Friedhof. Sie ging den Wall entlang und spähte in Scheunen und Hausflure. Endlich fand sie ihn unterm Uhltor bei Matthias sitzen. Der Wind wehte das Gelächter der Narren, den Klang der Fiedeln und Trommeln vom Marktplatz herüber. Verschüchtert blieb sie stehen.

»Da, ich … ich hab dir was zu essen gebracht.«
Sie hielt Joseph ein Tuch hin, in das sie eine Tonschüssel eingeschlagen hatte.

»Setz dich zu uns.« Matthias zeigte auf ein Strohbündel, über das er jetzt eine warme Decke warf.

»Ich hab nicht viel Zeit«, murmelte sie, aber sie setzte sich dennoch und strich verlegen ihre Röcke über die Knie.

Joseph hielt die Schüssel zwischen den Beinen und schaute nicht auf. Er wippte zwei-, dreimal vor und zurück, dann begann er gierig zu essen.

»Gut!«, sagte er. Als die Schüssel leer war, wischte er sie sorgfältig mit den Fingern aus, strich sich die Haare aus dem Gesicht und reichte ihr das Geschirr.

»Gut!«, sagte er wieder. Ganz leise begann er zu pfeifen. Das Wiegenlied zog Agnes in ihren Bann, der Klang schwebte über sie hinweg, ihre Lippen bewegten sich, sie sang die Melodie mit und merkte es nicht. Mit einem Triller brach Joseph ab, fuhr sich über den Mund und verschwand ohne ein Wort des Grußes.

Joseph trieb es durch die Gassen. Er strich sich über den wohlgefüllten Bauch, erbettelte sich vom Wirt des Ledernen Wams einen Becher Wein und trabte weiter. Sein Kopf wackelte vor dem unförmigen Höcker, seine Füße tänzelten. Manchmal, wenn das närrische Treiben an sein Ohr drang, wenn Kinder kreischten, betrunkene Masken grölten, Liebespaare in dunklen Ecken flüsterten, blieb er stehen und lauschte aufmerksam. Dann stimmte er wieder sein kleines Wiegenlied an, das er Agnes geschenkt hatte, und zog weiter. Irgendwann ließ er sich im Schutz einer Mauer nieder und schlief ein.

Eine Stunde mochte vergangen sein, als er wieder aufwachte. Er rappelte sich auf und schlug sich Arme und Beine warm. Von ferne hörte er das Gegröle der Narren, Fetzen von Musik. Dann ein Flüstern, Rascheln, das Tappen von Stiefeln im Gras. Es klang, als wenn jemand keinen Lärm machen wollte. Er hielt den Atem an und kroch um die Hauswand herum zum Weg hoch. Sein krankes Auge zuckte, als er in die mondlose Nacht starrte. Vor ihm im Straßengraben gewahrte er zwei Schatten, dann bemerkte er einen Mann, der eiligen Schritts näher kam, an der Seite ein langes Jagdmesser. Ein Herr, kicherte er, ein Herr mit Geld, aber sofort presste er die Lippen zusammen, um sich nicht zu verraten.

Er wusste nicht, ob er den Herankommenden warnen sollte. Sein Kopf arbeitete langsam. Da schossen die Wegelagerer hoch und versperrten dem Wanderer den Weg. Joseph schüttelte den Kopf, einer hätte von hinten angreifen müssen.

»Teufelsmasken«, zischelte er und robbte näher heran, um besser sehen zu können.

Der lautstarken Auseinandersetzung der drei konnte er nicht folgen. Von einem Kind war da die Rede, aber die Stimmen unter den Masken waren dumpf, und der Streit machte ihm keinen Sinn. Dann zog der Herr die Waffe, Joseph hörte das Geräusch, als sie aus der Scheide fuhr, er wünschte sich, einmal auch so eine Klinge zu besitzen.

Während der größere der beiden Vermummten einen Schritt zurückwich, sprang der kleinere hinter den Edelmann, fiel ihm in den Rücken, versuchte ihm das lange Messer zu entreißen, heftig rangen die drei miteinander, verbissen und stumm. Bis einer zu Boden sackte.

Fassungslos starrten die beiden anderen auf den leblosen Körper. Der, der zugestoßen hatte, ließ die Waffe erschrocken fallen.

»Was hast du gemacht?«, schrie der Kleine und riss sich die Maske vom Kopf.

»Verflucht!«

»Weg von hier, los!«

Als er die Schritte der beiden Männer nicht mehr hörte, kroch Joseph zu der reglosen Gestalt.

»Johann!«, murmelte er, als er den Körper umdrehte und dem Toten die Haare aus der Stirn strich. »Dem Agnes singe Johann.« Leise begann er sein Wiegenlied zu summen, er wischte Johann das Blut aus dem Gesicht, er schloss ihm die Augen, die ihn kraftlos und leer anstarrten. Die Hand des Müllerssohns rutschte zur Seite, streifte Josephs Knie, wie um sich ein letztes Mal festzukrallen, und klatschte dann doch mit einem dumpfen Schlag auf die Erde.

»Böses Blut«, murmelte Joseph und tastete die Wunden im Bauchbereich ab. »Böses Blut.«

Seine Hand stieß an einen harten Beutel in Johanns Hosentasche, er zog das Geld heraus, suchte weiter, fand die silberne Tabatiere mit dem Konterfei des Kurfürsten, ein leinenes Tuch, ein Pfeifchen, Pfeifenbesteck. Noch einmal fuhr er dem Toten über die Haare, streichelte seine Schultern, die weiche Jacke, löste die Lederscheide vom Gürtel.

»Dem Agnes singe Johann.«

Dann stand er auf, hob die heruntergefallene Waffe auf und humpelte davon. Gerade rechtzeitig, denn kaum kauerte er wieder im Schatten der Hauswand, wo er zuvor geschlafen hatte, als er Pferdehufe hörte.

»Verdammt, lag der nicht vorhin noch anders da?« Der erste Reiter sprang ab und beugte sich über den reglosen Johann.

»Ich weiß nicht, ich habe nicht darauf geachtet. Vielleicht hat er noch gelebt und sich umgedreht.«

»Los, komm, hilf mir, der Kerl ist schwer.«

Joseph sah, wie die beiden Masken den Toten auf das eine der beiden Pferde packten und festbanden.

»Wo ist der verfluchte Hirschfänger?« Fieberhaft suchte der Größere den Weg ab. »Ich kann ihn nicht finden. Der kann doch nicht weg sein. Der muss hier irgendwo liegen!«

»Sei still, da kommt jemand. Wir müssen weg.«

»Da muss jemand da gewesen sein! Die Scheide vom Hirschfänger ist verschwunden.«

Joseph sah den Reitern nach, wie sie mit dem Leichnam an den letzten Häusern Brühls vorbei ins freie Feld hinausgaloppierten. Bald war kein Hufschlag mehr zu hören. Nachdem auch der Palmersdorfer Knecht mit seinem Liebchen an seinem Versteck vorübergegangen war, streckte Joseph sich und kicherte. Zärtlich fuhr er mit den Fingerspitzen über die Waffe. Seine Zunge streichelte die ziselierte Klinge, prüfte die scharfe Schneide, die doppelseitig geschliffene Spitze.

»Blut«, flüsterte er und versuchte im Licht des Mondes die Gravur auf der Klinge zu erkennen. Ein Hund, der einen flüchtenden Hirsch jagte.

Joseph packte seine Schätze zusammen und machte sich auf, einen warmen Platz für die Nacht zu suchen. Im Schwarzen Bären flackerte noch Licht, doch der Lärm und Tumult des Fassnachtstreibens war einer friedlichen Stille gewichen. Längst waren die Bierfässer leer, die Jecken nach Hause gegangen. Auf dem Holzboden lag zertrampelt ein Hut, zwei weiße Papiermasken hingen verlassen über einem Stuhl. Linnich wischte sich die Hände an seiner großen Schürze ab, er sagte etwas zu Agnes, strich ihr übers Haar und verschwand hinter der Küchentür. Joseph stimmte sein Wiegenlied an. »För et Agnes vun singem Johann«, summte er. Begehrlich strich er über den Hirschfänger, dann tastete er nach der Silberdose, wickelte sie in das Tuch, das er in Johanns Tasche gefunden hatte und legte sie vor die Wirtshaustür. Er klopfte zweimal und wartete. Als er Agnes' Schritte hörte, zog er sich in die Dunkelheit zurück.

»… so warn diesem
seine Kleider, gelt, silber tabackier, und was er sonst
am leib gehabt entnohmen worden, worauß ver-
nünftig zu schließen, das er von straßenräubern
ermordet worden, umb ein zeitlichen gewin
zu erhaschen, wan sonst jemand einen ex ira et fu-
rore umbs leben bringt, der ist nicht bedacht umb
die kleider, und sonst, was er hat, …«

Als Johann Aschermittwoch noch immer nicht nach Falkenlust zurückgekehrt war, erboste Frau Smulders sich zum ersten Mal über ihn. Er mache gerade, was ihm beliebt, schimpfte sie. Aber Ignatius und Cornelius schauten sich besorgt an. Ignatius kreidebleich, weil er an die Truhe mit den Hirschfängern dachte, die am Nachmittag nach Bonn zurückgegangen war.

Als dann herauskam, dass Johann sich weder bei seinem Vater noch bei Agnes hatte blicken lassen und auch sonst nirgendwo gesehen worden war, machten sich zehn Mann auf, ihn zu suchen. Vergeblich.

Dann erinnerten sich ein paar an den Auftritt des knüppelschwingenden Anton im Schwarzen Bären drei Tage zuvor, und so erteilte das Brühler Gericht den Befehl, die Söhne des Burbacher Halfen, Anton und Georg Dominick, festzunehmen und den Schöffen vorzuführen. Doch als der Obristmeister und seine Schützen am Donnerstagabend den Burbacher Hof umstellten, fanden sie die Gesuchten nicht vor. Er habe die beiden ins Bergische Land geschickt, um ein neues Pferd zu kaufen, begründete der Vater deren Abwesenheit und widersprach empört den Verdächtigungen des Obristmeisters, dass die beiden wohl geflohen seien. »Fassnachtdienstag und auch gestern sind sie doch wie immer ins Feld gegangen, jeder hat sie dort arbeiten sehen.« Der Burbacher Knecht pflichtete dem Halfen bei. Wenn die beiden wirklich etwas mit Johanns Verschwinden zu tun hätten, wären sie sofort nach der Tat auf und davon gegangen, wandte er ein. »Aber lieber auf Reisen als in Eisen«, murmelte er respektlos, doch niemand hörte es.

Der Obristmeister ließ nicht locker. »Zeugen sagen, sie hätten die beiden in der Nacht von Montag auf Dienstag in Godorf beobachtet, wie sie sich am Rheinufer zu schaffen machten. Zwei von euren Pferden sollen sie dabeigehabt haben, man hat auch noch eine dritte Person gesehen.«

Und da er nicht unverrichteter Dinge ins Gericht zurückkommen wollte und ohnehin überzeugt war, der Vater decke seine Söhne, ließ er Henrich Dominick und den Knecht festnehmen und ins erdige Loch des Brühler Gefängnisturms werfen.

Zur gleichen Zeit saß Agnes in einer Ecke der fast leeren Wirtsstube vor einem Bogen Papier. In einem Beutel unter ihrem Rock beulte sich die Tabaksdose. Dann begann sie zu schreiben, zuerst stockend mit langen Pausen, später immer fiebriger. Während die Buchstaben ihr aus der Feder flossen, überlegte sie verzweifelt, was geschehen war, und ob sie ihren Fund melden müsste. Aber Ignatius und Cornelius, die ihr von dem Diebstahl des Hirschfängers berichteten, hatten sie beschworen, niemandem etwas zu sagen. Wenn Johann wieder zurückkäme, könne er sein Vergehen vielleicht wieder gutmachen, ohne dass es jemand merkte oder gar Schuld auf Ignatius fiele. Sie hatte es Ignatius, dem die Angst im Gesicht stand, versprochen.

Sie hielt inne, es war ihr kalt geworden. Nur zwei Gäste saßen am Fenster und unterhielten sich leise. Und wenn Johann nicht wieder zurückkäme? Wenn es stimmte, was die Leute über die Burbacher sagten? Wenn Johann … sie wagte den Gedanken nicht zu Ende zu denken. Sie schrieb weiter, sie schrieb alles auf, was ihr einfiel, sie schrieb von ihrer Liebe und ihrer Angst, von ihrer Trauer und Verbitterung wegen Caduschs Margaretha und dass sie glaubte, Josephs Liedchen gehört zu haben in jener Nacht von Montag auf Fassnachtdienstag, kurz bevor es an die Tür vom Schwarzen Bären geklopft und sie die Tabatiere gefunden hatte. Als die Gäste gegangen waren, schloss sie die Tür ab, holte die Dose unter dem Rock hervor, öffnete den Deckel und roch an dem braunen Kraut. Johanns Geruch. Sie saß noch zwei Stunden über den Tisch gebeugt, füllte Bogen um Bogen, es half ihr, nicht zu weinen. Als sie fertig war, rollte sie die Seiten zusammen und umwickelte sie mit einem hellblauen Band.

Am Morgen nach seiner Festnahme erbat sich auch der Burbacher Halfe Papier und Schreibgerät und richtete ein Gesuch an den kurfürstlichen Hofrat zu Bonn mit der untertänigsten Bitte, ihn zu begnadigen, da er gerade in dieser Jahreszeit in Haus und Hof gebraucht würde. Ob es nun die wohlformulierten Worte des Anschreibens waren oder die Tatsache, dass das Brühler Gericht keinen Toten und somit auch keine Tat vorzuweisen hatte: Die Bitte wurde dem Halbwinner gewährt. Gegen Stellung einer Kaution verließ Henrich Dominick fünf Tage später das Gefängnis. Die alte Kribben schaute hinter ihm her, wie er sich gebückt den Wall hinunterschleppte.

»Mit Schwert und Feuer wird der Herr kommen und dich und deine Sippschaft strafen!«, frömmelte sie.

Im Rat nickten sich die Herren Heldt und Hertmanni besserwisserisch zu. Man habe es ja schon immer gewusst, den Dominicks sei noch nie zu trauen gewesen. Bürgermeister Cadusch sagte nichts, er fragte sich nur, wofür Gott ihn strafe, dass er seine Tochter Margaretha nicht unter die Haube bekam. Nun würde die Jüngere am 14. März allein heiraten müssen. Cadusch seufzte, er befürchtete, dass Margaretha als alte Jungfer endete. Aber Johann Weisweiler wies die Ratsmitglieder zurecht.

»Nun wartet doch erst einmal ab. Er wird schon wieder auftauchen, der Johann ist jung und ungestüm, vielleicht hat ihn plötzlich der Floh gebissen, und er will jetzt zu den Soldaten.«

Doch Jakob Stemmeler fuhr auf. »Nie! Sie haben ihn umgebracht, diese vermaledeiten Burbacher«, schrie er und ballte die Faust. »Das sollen sie mir büßen.«

Die anderen zuckten mit den Schultern. Solange man der flüchtigen *inquisiti* nicht habhaft werde, könne man nichts machen.

Wer sich in diesen Tagen kaum in den Straßen und auf dem Markt sehen ließ, war Caduschs Margaretha. Als sie sich mehrere Male morgens übergeben musste, hatte ihre Mutter ein langes Gespräch mit ihr, aus dem das Mädchen mit geröteten Augen herauskam.

Man müsse Mitleid mit ihr haben, versuchte Anna Maria Marcelli ihren Mann zu beruhigen und sah von ihrer Stickarbeit nicht auf.

»Du musst sie verstehen! Da sollte sie nun endlich heiraten, und dann wird dieser Mann, der Vater ihres Kindes, vermisst. Bitte, sei freundlich zu ihr.«

»So, so«, brummte der Bürgermeister und fragte sich, ob seine Frau nun erwartete, dass er ein glückliches Gesicht machte. »So, so, der alte Stemmeler wird also Großvater?«

Am ersten Märzsonntag, nach dem Mittagsläuten, erwischte die alte Kribben eine schäbige Kreatur beim Rock, wie diese gerade versuchte, die Messgroschen aus dem Opferstock von St. Margareta herauszuangeln. Verzweifelt hieb die alte Frau mit ihrem Stock auf den Dieb ein und schrie lauthals um Hilfe. Man brachte den Jungen, denn älter als vierzehn oder fünfzehn Jahre konnte der Bursche nicht sein, auf die Ratsstube, wo Kerpen ihn nach Namen und Herkunft befragte. Dann ließ er den Federkiel sinken und musterte das finstere pickelige Gesicht des Burschen. Über der linken Augenbraue fiel eine Narbe auf, die ihn hässlich entstellte.

»Von irgendwoher kenne ich dich«, sagte er, aber er erwartete keine Antwort. Und dann fiel es ihm wieder ein. Wie lange war das her, damals, als er den Kerl in der Kirche auf dem Bonner Kreuzberg beim Stehlen erwischt hatte! Eine Ewigkeit! Was war nicht alles in der Zwischenzeit geschehen! Damals war er ein kleiner, schlecht bezahlter Schreiberling und heute Gerichtsschreiber zu Brühl, oder fast wenigstens! Und er hatte etwas zu sagen! Eine Woge des Triumphs überfiel Kerpen. Er schluckte.

»Durchsuch ihn!«, befahl er dem Schützen, der an der Tür stand. Neben Schnur, Vogelleim, einem kleinen Messer mit abgebrochener Klinge und einem Kanten Brot fanden sie einen Beutel aus teurem dunkelblauem Samt. Darin mehrere Stüber und vier Ein-Albus-Stücke. Viel Geld für einen Opferstockdieb, dachte Kerpen. Er ließ herumfragen, und der eigentliche Besitzer des Samtbeutels war schnell ausgemacht. Cornelius, Agnes, aber auch Amtsjäger Gehrich, der alte Hubertus und der Stadtmüller bestätigten, dass der Geldsack Johann gehörte.

Die Schaulustigen traten sich gegenseitig auf die Füße, als der pickelige Junge zu dem geschlossenen Wagen gebracht wurde, der ihn zum Bonner Hofgericht fahren sollte.

»Also waren es doch nicht die Dominicksbrüder, sondern ein Straßenräuber, der Johann auf dem Gewissen hat«, hieß es.

Kerpen folgte dem Jungen und den begleitenden Schutzmännern über die Straße. Er entdeckte Agnes, die mit ungläubigem Ausdruck in den Augen dem Schauspiel zusah. Sie machte ihm ein Zeichen und schüttelte den Kopf. In diesem Augenblick brach prustend und schnaubend Joseph durch die Menge. Er zeigte auf den Gefesselten, gurgelte unverständliche Worte und verfiel zwischendurch in schrilles Gelächter.

»Ein Irrer ist das«, murrten die Leute, »das wird ja immer schlimmer mit ihm, schafft ihn gleich mit weg!«

»Du bist ja verrückt«, schrie der Gefangene den Buckligen an, »du hast mir das eingebrockt! Gefundenes Geld, hast du gesagt! Angeschmiert hast du mich, zur Hölle mit dir. Wenn ich dich krieg, zerreiß ich dich in Stücke.«

Kerpen schubste ihn in den Wagen. »Du wirst ihn nicht kriegen. Man wird dir nicht glauben. Wer Kirchengelder klaut, schreckt auch vor anderen Verbrechen nicht zurück. Der Galgen ist dir sicher.«

Er schlug die Wagentür zu und gab dem Kutscher das Zeichen zur Abfahrt. Josephs Gekreische mischte sich unter das Rollen der Räder auf der holprigen Uhlstraße. Sein Kopf wackelte so heftig hin und her, dass Kerpen um das Leben des Krüppels bangte.

Wir haben den Falschen festgenommen, dachte er. Doch er fegte seine Bedenken zur Seite, der Junge hatte Strafe verdient, das war so sicher wie das Amen in der Kirche. Im Übrigen war man froh, einen Schuldigen gefunden zu haben. Aber, fragte sich Kerpen, was hatte es mit Joseph auf sich, und warum kamen die Dominicks nicht von ihrem Pferdekauf aus dem Bergischen zurück?

Am 18. März, vier Tage nach Anna Maria Caduschs Hochzeit mit dem Bonner Conrad Ignatius Noisten, entdeckten Kinder am Rheinufer bei Sürth, nicht weit von Godorf entfernt, einen Toten. Der steife Körper war bis auf die Hose nackt, in der Bauchgegend waren zwei tiefe Stiche zu sehen. Mit einem Messer schnitt der Sürther Obrist das um den Kopf geknüpfte Hemd auf. Im wirren

Haar klebten Reste von Blut. Durch die Menge ging ein erregtes Raunen. Einige glaubten, in dem Toten den Sohn des Müllers erkannt zu haben. Man brachte den Leichnam unverzüglich nach Brühl, und noch während der Untersuchung durch Brühler Chirurgi begann Kerpen mit der Niederschrift eines Protokolls: »… am Kopf wurden zwei tödliche Schlagwunden gefunden und am Leib zwei tiefe Stiche wie von einem Hirschfänger. Im Übrigen war der Körper unverletzt. Der Vater und andere Personen haben die Leiche als die des Müllerssohns identifiziert, der seit dem 6. Februar, also seit fünf Wochen und vier Tagen vermisst war.« Einen Tag später, am 19. März, wurde Johann Stemmeler auf dem Friedhof von St. Margareta beerdigt. Halb Brühl folgte dem Sarg, Trauernde, Gaffer und die neugierige Kribben.

Mit der Zeit beruhigten sich die Gemüter. Nur den Stadtmüller quälte weiterhin die Ungewissheit. Er ließ vom Steinmetzen einen kostbaren Grabstein fertigen, dessen Inschrift auf immer und ewig die schändliche Tat herausschreien sollte, und stiftete jede Woche eine Messkerze, damit Gott ihm die wahren Mörder seines Sohnes zuführe. Aber Gott erhörte ihn nicht. Und Anton und Georg Dominick blieben verschwunden.

Am 12. September brachte Margaretha Cadusch einen Sohn zur Welt und taufte ihn auf den Namen Conrad Winandus, nach dem Paten Conrad Noisten. Viele bemitleideten die junge Mutter, die ein schreckliches Schicksal zur Witwe gemacht hatte, noch bevor sie überhaupt verheiratet war. Kerpen, der zufälligerweise im Pfarrhaus zu Besuch war, als Margaretha ihr Neugeborenes ins Kirchenbuch eintragen ließ, horchte auf, als sie auf Nachfrage von Pfarrer Mauel den im Februar ermordeten Johann Stemmeler als den Kindsvater angab.

»Als Vater gebe ich Johann Stemmeler an«, sagte sie leise und schaute zu Boden. Und Mauel schrieb ins Kirchenbuch: Mater patrem terminavit Joannem Stemmeler occisum in februario 1758.

»Er schrieb ›terminavit‹«, erzählte Kerpen später Agnes, die trotz des strahlenden Spätsommertages blass und niedergedrückt bei ihm in der Amtsstube saß und unlustig in einem Buch blätterte. Als sie ihn fragend anschaute, versuchte er, es ihr zu erklären.

»Der Pfarrer schrieb nicht ›est‹, also ›Johann Stemmeler ist der

Vater‹ oder so ähnlich, sondern die Mutter ›bestimmte‹, ›termi-navit‹, Johann zum Vater. Ich glaube, Mauel ahnt etwas. Aber na-türlich würde er nie etwas sagen, Caduschs sind eifrige Kirch-gänger.«

»Man hat die Dominicksbrüder nirgendwo mehr gesehen?«

»Nein, nirgendwo, obwohl der Hofrat in Bonn im ganzen Land einen Haftbefehl gegen sie erlassen hat. Sie scheinen wie vom Erd-boden verschluckt zu sein.«

»Glaubst du, dass ihre Flucht ein Eingeständnis ihrer Schuld ist?«

»Ich denke ja.«

»Dann könnte es vielleicht stimmen.« Agnes schaute nachdenk-lich zum Fenster hinaus.

»Was?«

»Johann hatte mir erzählt, dass Dominicks Anton ihn zur Über-nahme der Vaterschaft zwingen wollte.«

»Und Johann hat sich nicht zwingen lassen?«

»Nein.« Agnes lächelte traurig, sie ballte eine Hand zur Faust. Kerpen sah, wie sie zitterte, und er hätte gern die seine darüber ge-legt.

»Was ich nicht verstehe …«, er zögerte.

»Frag nur!«

»Wie sollen die Dominicks an einen Hirschfänger gekommen sein?«

»Nicht die Dominicks! Johann.« Ihr Lachen klang gequält. Sie zögerte. Dann kramte sie verlegen unter ihren Röcken, holte Jo-hanns Tabaksdose hervor und strich zärtlich über den silbernen Deckel. Kerpen schaute sie überrascht an, sie hielt seinem Blick stand.

»Und wo der Hirschfänger jetzt ist, weiß wohl nur der Joseph.«

Sie wickelte eine mit einem hellblauen Band verschnürte Pa-pierrolle aus einem Tuch und schob sie Kerpen zu.

»Übrigens«, sagte sie, »ich brauche neues Papier und Tinte. Und – vielleicht ein Zimmer zum Schreiben?«

Als ich vor einigen Jahren Ende Oktober mit dem Fahrrad den Rhein entlang von Köln Richtung Wesseling fuhr, bemerkte ich am Wegrand ein knapp ein Meter hohes altes Kreuz aus hellem Trachyt. Neugierig hielt ich an. Trotz des ungewöhnlich sonnigen, in allen Rottönen leuchtenden Herbsttages wurde mir beim Lesen der Inschrift ein wenig unheimlich – ein Mann war ermordet worden, an einem Februartag im Jahre 1758. Seither hat mich die Frage, wer dieser Mann war und was ihm zugestoßen ist, nicht mehr losgelassen, und ich begann nachzuforschen. Die vorliegende Geschichte beruht auf Fakten, die ich in zeitgeschichtlichen Gerichtsprotokollen, Kirchenbüchern und historischen Werken recherchiert habe. Einige Begebenheiten im Buch haben sich so oder so ähnlich abgespielt. Frei erfunden hingegen ist das Motiv für den Mord, da die historischen Unterlagen darüber keine Auskunft geben.

Auch das Mädchen Agnes Linnich und ihre Familie entspringen der Phantasie der Autorin, ebenso der Gerichtsschreiber Ignatz Clemens Kerpen, Joseph, der Puckel, Amtsjäger Gehrich und seine Familie, die alte Kribben, der kleine Will, Madame de Lavalière, Kammerjunker Johannes von Karlsbach und viele andere.

Die folgenden Personen haben zur Zeit der Geschichte tatsächlich gelebt. Ihre Charakterisierung entspricht jedoch nicht der Wirklichkeit.

Stemmeler, Jakob (1716–1763), Stadtmüller zu Brühl, Siebener, Schöffe, Bürgermeister, verh. mit 1) Gertrud Frühe, 2) Elisabeth Kalckers, mehrere Kinder, u.a.:
Stemmeler, Peter Josef (1733–1765)
Stemmeler, Johann (geb. 26. Juli 1736)
Nach dem Tod des alten Stadtmüllers Jakob Stemmeler gingen die Obere und Untere Mühle an seinen Sohn Peter Joseph, der zwei Jahre später ebenfalls verstarb. Seine Witwe Sophie Stahl heiratete einen Gottfried Longerich aus Kendenich. Aber

Longerich trank, er war unfähig, die Mühlen zu bewirtschaften, und musste verkaufen. 1788 konnten die Kinder von Sophie Stahl die Mühlen zurückerwerben. Ab 1791 gingen sie in den Besitz von Franz Kentenich über, mit dem Sophie Stahls Tochter Richmudis verheiratet war. In der Neujahrsnacht 1874/75 zerstörte ein Großbrand die Untere Stadtmühle, sie wurde jedoch bald wieder neu aufgebaut. Heute erinnert die Kentenichstraße an das ehemalige Mühlengrundstück.

Es ist nicht bekannt, an wen die Godorfer Mühle fiel, vielleicht bekam sie keinen neuen Besitzer, denn Ende des 18. Jahrhunderts wurde sie abgerissen, an ihrer Stelle entstand eine Glashütte. Erst 1849 wurde hier die neue »Holländerwindmühle« errichtet.

Dominick, Henrich (1700–1761), Halfe des Burbacher Hofs zu Brühl seit 1722, verh. mit Margaretha Kreins (Krings), mehrere Kinder, u.a.:

Dominick, Anton (geb. 9. Januar 1730)

Dominick, Georg (geb. 19. September 1740)

Dominick, Anna Gertrud (1737–1803), verh. mit 1) Severin Engels, 2) Theodor Ningelgen

Dominick, Peter aus Vochem, Pächter der Unteren Stadtmühle zu Brühl von ca. 1719 bis ca. 1745

Der Burbacher Hof gehörte den Nonnen des Klosters Burbach. Er befand sich zunächst dort, wo heute der Brühler Belvedere-Parkplatz angelegt ist, und war seit dem 14. Jahrhundert an sogenannte Halfen oder Halbwinner verpachtet, Bauern, die die Hälfte des Ertrags dem Kloster abzugeben hatten. Da Kurfürst Clemens August das Grundstück als Unterkunft für seine Jäger beanspruchte, wurde die Hofstelle 1731 vor das Kölntor am Schildgen gegenüber dem Judenfriedhof verlegt. Nach dem Tod des alten Henrich Dominick fiel der Hof an seine Tochter Anna Gertrud. Sie heiratete 1762 Severin Engels und führte mit ihm den Betrieb weiter. Als dieser starb, heiratete sie den fünfzehn Jahre jüngeren Theodor Ningelgen. 1807 ersteigerte Wilhelm Boisserée den Hof und verkaufte ihn in Teilstücken.

Auf dem ehemaligen innerstädtischen Hofgrundstück ließ Kurfürst Clemens August für seine berittenen Jäger die Hubertusburg bauen. Nach einer wechselvollen Geschichte richteten

Nachfahren der Familie Weisweiler um 1808 darin die Gastwirtschaft »Belvedere«, später »Hotel Belvedere«, ein. 1971 wurde das Gebäude abgerissen.

Cadusch, Gerhard (gest. 1778), Baumeister, Schöffe, Siebener, Bürgermeister, verh. mit Anna Maria Marcelli (1704–1777), mehrere Kinder, u.a.:

Cadusch, Anna Margaretha, geb. 6. April 1733, Geburt des Sohnes Conradus Winandus am 12. September 1758, Heirat am 23. Juni 1769 mit Adam Reinhard aus Oberholten.

Cadusch, Anna Maria, geb. 1736, Heirat am 14. März 1758 mit Conrad Noisten aus Bonn.

Gerhard Cadusch erbaute das Haus Zum Schwan, das noch heute auf dem Markt in Brühl steht.

Über das Schicksal von Margarethas unehelichem Sohn Conradus Winandus ist nichts bekannt.

Smulders, Catharina, 1738 Heirat mit Pieter (Peter) Smulders (auch Smölders, Schmölder, Schmulders), führte nach dem Tod ihres Mannes (1752) die Aufsicht über Schloss Falkenlust weiter bis zum Tod von Kurfürst Clemens August am 6. Februar 1761. Damit kam auch die Falkenjagd in Kurköln zu ihrem Ende.

Smulders, Ignatius, Sohn von Pieter und Catharina Smulders, wurde am 7. Juli 1762 wie schon sein Vater in der Kirche St. Margareta bestattet.

Stemmeler, Adelheid arbeitete zeitweilig in Falkenlust.

Weisweiler, Johann (1686–1771 oder 1772), Stadtschreiber, Gerichtsschreiber, Bürgermeister, Besitzer des Brühler Hauses Zum Stern, beerdigt in der Kirche St. Margareta.

Weisweiler, Henrich (1709–1774), Sohn des Johann, Stadtschreiber, Siebener, Bürgermeister, beerdigt in der Kirche St. Margareta.

Wollersheim, Anna Barbara, Ehefrau des Henrich Weisweiler, gest. 26. November 1757, beerdigt in der Kirche St. Margareta.

Außerdem:

Clemens August von Bayern (1700–1761), Kurfürst und Erzbischof von Köln aus dem Wittelsbacher Herrschaftshaus.

Ignatio Felix Freiherr von Roll zu Bernau, zwischen 1740 und 1761 Obriststallmeister und Oberfalkenmeister von Clemens August,

Neffe des im Mai 1733 in einem Duell ermordeten Komtur von Roll, einem engen Freund von Kurfürst Clemens August.

Markgraf Carl Wilhelm Friedrich von Ansbach (1712–1757) hatte in der eigenen Falknerei auch deutsche Falkenjungen aus guten Familien.

Reihermeister Jakob Herings, Milanmeister Peter Verbrüggen, Krähenmeister Bartholomäus Goossens aus dem niederländischen Valkenswaard waren während des Zeitraums der vorliegenden Geschichte Falkenmeister des Kurfürsten.

Paulus Mauel, Pfarrer der Brühler Pfarrei von St. Margareta von 1741–1777, begraben im Chor von St. Margareta vor dem Hauptaltar.

Maria Franziska Recks, Schulmeisterin in Brühl seit 1733, gest. 1750, beerdigt in der Kirche St. Margareta.

Simon Thenhoven (Tenhoven, Tenhaven, Thenhaven), Lehrer in Brühl.

Witwe (»Wittib«) Kemps, seine Schwester.

Ernst Salentin Heldt, Kaufmann, *Johann Gabriel Hertmanni*, kurfürstlicher Amtsverwalter, *Wilhelm Fabri*, Stadtschreiber, waren Mitte des 18. Jahrhunderts verschiedene Male als Siebener, Schöffen und Bürgermeister Mitglieder des Brühler Rats.

Pollichius von Laubersheim, Doctor medicinae, interessierte sich um 1705 für den Abbau von »Turff«, also Braunkohle, aber auch für Steinkohle und Schwefel auf dem Gebiet der Gabjei in Brühl. Doch »außer Spesen, nichts gewesen«: Am 11. Januar 1709 verfügte das Domkapitel die Einstellung der teuren Arbeiten, und Herr von Laubersheim verschwand spurlos.

Henrich Esser und Ehefrau Anna Maria Schmitz aus Brühl verkauften am 29. Juli 1758 ein ihnen gehörendes Grundstück unterhalb der Gabjei an Jakob Stemmeler und dessen Erben.

Wasserträger Blentz erhielt vom Kurfürsten ein Haus in Bonn; es steht dort noch heute in der Clemens-August-Straße.

Johann Heinrich Scheibler, angesehener Tuchmacher aus Monschau, Eifel. Das 1752 erbaute Wohn- und Geschäftshaus, das Rote Haus, ist heute ein Museum.

Anna Louisa Karschin, (1722–1791), Wirtstochter aus Schlesien, die sich und ihren Kindern das Überleben durch das Schreiben von Gedichten sicherte.

Glossar

Datumsangaben in Agnes' Tagebuch: Die Monatsnamen wurden teils in Deutsch, teils in Latein geschrieben. Man verwendete auch Abkürzungen wie 7bris = September, 8bris = Oktober, 9bris = November und Xbris = Dezember. Auch die Nummerierung der Tage erfolgte mit deutschen oder lateinischen Endungen.

Stüber und Albus: 1 Reichsthaler = 80 Albusse; 1 Stüber = 16 Heller; 1 Albus = 12 Heller. Ein Forstarbeiter am Rhein zur Befestigung des Rheins verdiente 1749 13 Stüber pro Tag, ein Aufseher 15 Stüber pro Tag.

Brühl: Fritz Wündisch schreibt, dass zur Zeit des Kurfürsten Clemens August Brühl nur aus dem kleinen Rechteck bestand, das heute von der Burgstraße, Kempishofstraße, Wallstraße und Böningergasse umgrenzt wird. 1747 wohnten etwa 1150 Menschen in 207 Häusern.

Häuser in Brühl: Zahlreiche Brühler Häuser hatten Namen wie »Zum Schwan«, »Zum Stern«, »Im Loch«, »Zum roten Löwen«, »Zum Wolf« u.v.m. Es handelte sich dabei nicht um Wirtshäuser. In der von Pfarrer Paulus Mauel 1747 aufgestellten Einwohnerliste sind auch Hausnummern angegeben.

Schulwesen in Brühl: Der erste Hinweis auf eine Schule in Brühl findet sich in einer Urkunde von 1477. Die Schule mit Lehrerwohnung lag neben dem Pfarrhaus an der Ecke Wallstraße/ Kirchhof und war bis ins 18. Jahrhundert ein strohgedeckter Lehmfachwerkbau. Seit etwa 1722 wurden Mädchen getrennt von Jungen durch eine »geistliche Juffer« unterrichtet. Die Brühler schienen diese Verordnung aber nicht besonders ernst genommen zu haben, sodass Kurfürst Clemens August 1745 einen scharfen Brief an die Stadt schrieb: »Da zur Abstellung aller ärgerlichen Unwesens Vorzeiten heilsamlich verordnet worden, dass die Mägder und die Jungen nie in einer Schule allhier zusammen, sondern in zwei separierten Schulen instruiert werden sollen, dieser Verordnung jedoch zuwider von einigen Brühlischen vor wenig Zeit gehandelt und zur Jungenschule die

Mädcher wieder zu schicken angefangen sein, Höchstgenannte kurfürstliche Durchlaucht mißvergnüglich verstanden haben: So thun sie dieses auf das Schärffste abermalen verbieten und dem Brühler Pastoren gnädigst anbefehlen, daß er zur Verhütung derlei Unanständigkeit die fleißige Aufsicht haben (...) soll.«

abhauben: (Falknersprache) Dem Falken die Lederhaube vom Kopf nehmen.

Akzise: Steuern

blutrüstig: (veralteter Begriff) sich mit einem Gegner in einem Streit blutig schlagen

Caffé-Menscher: (veralteter Begriff) Frauen, die in Kaffeehäusern die Männer bedienen – und ihnen auch anderweitig zu Diensten sind.

inquisiti: die Verdächtigen

Klütten: Das Wort Klütte wird in der Kölner Gegend zum ersten Mal in einem Schreiben der Hofkammer vom 6.11.1705 gebraucht. Klütten aus Torf oder »Turff« wurden aber schon seit Jahrhunderten am Niederrhein hergestellt.

Lichtmess: An Lichtmess (2. Februar) wurde früher oft der Dienstherr gewechselt. Danach begann wieder die Arbeit der Bauern nach der Winterpause. Zu Lichtmess wurden auch die neu gefertigten Kerzen geweiht. Dem Wachs von an Lichtmess geweihten Kerzen wurde im Volksglauben hohe Schutzkraft zugeschrieben. Bis 1912 war Lichtmess offizieller Feiertag.

sich verstoßen: (Falknersprache) Der Falke kommt von der Jagd nicht zurück.

Strecke legen, Strecke machen: (Falknersprache) Das Zusammenzählen der Beute am Ende eines Jagdtages bzw. der Jagdsaison.

Terzel: (Falknersprache) Bezeichnung für den männlichen Falken; Terzel sind ungefähr ein Drittel kleiner als weibliche Falken.

Turff: In der ersten Hälfte des 18. Jahrhunderts wird der Mangel an Brennstoff in der Gegend um Brühl spürbar. Bohrungen nach Steinkohlelagerstätten bleiben erfolglos. Allerdings fand man braune, aus verrottetem Holz entstandene Erde, »Turff«, der man zunächst jedoch keine Beachtung schenkte. Mit großer Wahrscheinlichkeit wurde rheinische Braunkohle zum ersten

Mal dann um das Jahr 1739 bei Kierdorf gewonnen und in Form von Klütten verwertet. Seit 1747 lässt sich eine Klüttengrube in Sommersbroich bei Badorf nachweisen und spätestens seit 1748 ließ die Pfarrei Brühl Brandklütten herstellen. Nach dem Tod von Kurfürst Clemens August wurde unter seinem Nachfolger Kurfürst Maximilian Friedrich u.a. auch eine Grube auf der Gabjei bei Brühl angelegt. Bereits im Spätmittelalter wurde aus so genannter brauner Farberde, also Braunkohle, Farbe gewonnen. Diese »Umbererde«, auch »Cöllnische Erde«, »Kölnische Erde« oder »Kölnische Umbra« genannt, war unter Malern und Farbenhändlern sehr geschätzt. Erst später erkannte man die Brennqualität von Braunkohle. In verschiedenen Quellen wird dann auch von Kohleerde oder »schwarzer Erde« gesprochen.

verhauben: (Falknersprache) Dem Falken die Lederhaube auf den Kopf setzen.

Literatur und Quellen

Die Protokolle des kurkölnischen Hofrates befinden sich im Landesarchiv NRW, Hauptstaatsarchiv Düsseldorf unter den Signaturen Kurköln III Protokolle 143A, 143B, 255Bl. 386–394. Die Kirchenbücher der Brühler Pfarrei St. Margareta sind im Nordrhein-Westfälischen Personenstandsarchiv, Brühl, einsehbar. Eine wertvolle Hilfe waren das umfangreiche Fritz Wündisch-Archiv im Stadtarchiv von Brühl (systematisiert und erschlossen im Findbuch durch Dr. Jutta Becher) sowie die Brühler Heimatblätter (BHB).

Die Bibelzitate anlässlich des Gottesdienstes am Tag der Brühler Bürgermeisterwahl sind Lukas 21,11, Jeremia 14,7 und 1. Korinther 10, 31–33.

Becher, Jutta: Das Brühler Hospital, Beilage zu den Brühler Heimatblättern, Brühl 2006

Becher, Jutta: Eigener Herd ist Goldes wert, Einblicke in die Geschichte der Küche, KISA Verlag, Brühl 2003

Becher, Jutta: Glück zu!, Die Geschichte der Brühler Mühlen, Beilage zu den Brühler Heimatblättern, 4/2002

Beckers, Alfred: Kurkölnische und kurpfälzische Falknerei im Raum Neuss-Dormagen, in: Zeitsprünge – Dormagen von der Steinzeit bis zur Gegenwart, 2/04, Geschichtsverein für Dormagen, Nievenheim und Zons e.V.

Bertram, Richard: Chronik der katholischen Pfarre Brühl, 1. Teil bis 1815, Verlag Karl Martini, Brühl 1913

Chronik von Lövenich 1750–1776, Aufzeichnungen von Gottfried von Berg, Hrsg.: Wilhelm Weisweiler, Erkelenzer Geschichts- und Altertumsverein, Heft 5, Erkelenz 1923

Der Riß im Himmel – Clemens August und seine Epoche, Buchreihe, Hrsg.: Frank Günter Zehnder und Werner Schäfke, DuMont Buchverlag, Köln 1999

Band III – Eine Gesellschaft zwischen Tradition und Wandel, Alltag und Umwelt im Rheinland des 18. Jahrhunderts

Band V – Hirt und Herde, Religiosität und Frömmigkeit im Rheinland des 18. Jahrhunderts

Band VIII – Aufbruch in eine neue Zeit, Gewerbe, Staat und Unternehmer in den Rheinlanden des 18. Jahrhunderts

Hansmann, Wilfried: Falkenjagd vor Schloß Falkenlust, Ein neu-
entdecktes Gemälde François Rousseaus, Sonderdruck aus dem
Jahrbuch der Rheinischen Denkmalpflege, Band 38, 1999

Hansmann, Wilfried: Schloss Falkenlust in Brühl, Beiträge zu den
Bau- und Kunstdenkmälern im Rheinland 36, Wernersche Ver-
lagsgesellschaft, Worms 2002

Kleinebeckel, Arno: Unternehmen Braunkohle, Hrsg.: Rheinische
Braunkohlenwerke AG, Greven Verlag, Köln 1986

Manfred Schoeneseiffen: Die kurkölnische Strafjustiz im 18. Jahrhundert, Druckerei Josef Kroth, Bonn 1938

Röhrig, Tilman: Stadtluft macht frei, Geschichte in Geschichten
von Brule bis Brühl, Bachem Verlag, Köln 1984

Thelen, Johann Leonard: Eis- und Wassernot am Rhein im Jahre
1784, Separatabdruck aus dem »Niederrheinischen Geschichts-
und Altertumsfreund«, Jg. 1903

Wündisch, Fritz: Brühl – Mosaiksteine zur Geschichte einer alten
kurkölnischen Stadt, Rheinland-Verlag GmbH, Köln 1987

Wündisch, Fritz: Vom Schulwesen im alten Brühl, Brühler Heimatblätter, Oktober 1958

Wündisch, Fritz: Von Klütten und Briketts, Druck- und Verlags-
GmbH Becher, Brühl 1964

Wündisch, Fritz: Zur Geschichte des rheinischen Braunkohlen-
bergbaus I, Von den Anfängen bis zum Jahre 1813, in: Rheinische Vierteljahrsblätter, Jg. 17, Heft 1/2 1952

Danken möchte ich …

… allen Freunden und Bekannten, die mir mit vielen wertvollen Ratschlägen und großer Sachkenntnis zur Seite standen, insbesondere Dr. Jutta Becher für ihre unermüdliche Hilfe in Fragen zur Brühler Stadtgeschichte, Christiane Winkler von der Verwaltung Schloss Brühl, die mir Zugang zu den intimen Ecken und Gemächern der Schlösser Augustusburg und Falkenlust ermöglichte, Ellen Thoben-Kreuzberg, die mich mit den Brühler Sprachgepflogenheiten vertraut machte, sowie Wolfgang Wessel vom Forstamt Bonn Kottenforst-Ville, in dessen Wäldern Kurfürst Clemens August gern und oft jagte.

Dr. Alfred Beckers und dem Landesverband NRW des Deutschen Falkenordens verdanke ich es, dass ich während einer Beizjagd mit Falken die faszinierenden Jagdflüge dieser Vögel erleben durfte. Auch Lothar Ciesielski danke ich für interessante Informationen über Aufzucht und Haltung von Jagdvögeln.

Günter Deuster und Peter Lennartz vom Brühler Stadtarchiv haben mir stets bei der Suche nach Büchern und Akten geholfen, Rechtsanwalt Winfried Seibert beriet mich in kniffeligen juristischen Fragen, und Franz-Joseph Wilkes aus Plaidt öffnete mir den Blick für die kleinbäuerliche Landwirtschaft im 18. Jahrhundert.

Viele Details über das Leben zur Zeit von Kurfürst Clemens August erfuhr ich von hilfreichen Mitarbeiterinnen und Mitarbeitern des Amts für rheinische Landeskunde im Landschaftsverband Rheinland, des Deutschen Klingenmuseums Solingen, der Stiftung Zanders – Papiergeschichtliche Sammlung, Bergisch Gladbach, des Schulmuseums Katterbach (Sammlung Cüppers) ebenfalls in Bergisch Gladbach sowie des Schulmuseums »F.E. von Rochow« in Reckahn, Brandenburg, u.v.a.m.

Nicht zuletzt auch herzlichen Dank an die Mitarbeiter des Rechtsmedizinischen Instituts der Universität Köln, die geduldig meine neugierigen Fragen beantworteten nach dem Zustand einer Leiche, die fünfeinhalb Wochen im eiskalten Rhein gelegen hat.